河出文庫
古典新訳コレクション

平家物語　2

古川日出男 訳

河出書房新社

目次

四の巻

五の巻

七の巻

平家物語

2

四の巻

厳島御幸《いつくしまごこう》　――三歳の新帝誕生

治承《じしょう》四年正月一日。

鳥羽殿《とばどの》には参賀に参る人がありません。入道相国《しょうこく》が朝臣の参賀を許さず、後白河《ごしらかわ》法皇もまた訪れた者がどうなるだろうかと気がねなさっていたからです。一日から三日まで参上する諸臣がないのです。ただし例外が二人、これは故少納言入道信西《しんぜい》の子息で、桜町の中納言藤原成範卿《ふじわらのしげのりきょう》とその弟、左京の大夫《だいぶ》の脩範《ながのり》でございました。両者のみは参ることが認められました。

正月二十日。

春宮《とうぐう》のおん袴着《はかまぎ》、ならびに、おん真魚始《まなはじ》めというめでたい儀式が執《と》り行なわれました。しかし法皇は鳥羽殿で、よそごとのようにお聞きになるばかり。

二月二十一日。

その春宮がご践祚《せんそ》になります。高倉天皇はべつにこれというご病気でもいらっしゃらなかったのに、無理にご退位させ申して、春宮が皇位を継がれたのでございました。もちろん入道相国の、「すべては思いのままになるから」となされたこと。平家一門は、とうとう自分たちの時代が到来したぞとばかりに、みな大騒ぎです。皇位のご象徴でございます三種の神器を新帝の御所にお移し申しあげます。

すなわち内侍所《ないしどころ》こと神鏡、八咫《やた》の鏡を。

神璽《しんじ》、八坂瓊《やさかに》の曲玉《まがたま》を。

宝剣、草薙《くさなぎ》の剣《つるぎ》を。

公卿《くぎょう》たちは陣《じん》の座《ざ》に参集し、古くからの慣例をきちんと踏襲するように物事を執り行ない、弁《べん》の内侍《ないし》が御剣《ぎょけん》を取って歩み出ました。これを清涼殿《せいりょうでん》の西側の間《ま》で中将藤《ふじ》原泰通《わらのやすみち》が受けとりました。また、備中《びっちゅう》の内侍が神璽を納めた御箱《おんはこ》を携さえて進み出、少将藤原隆房《ふじわらのたかふさ》が受けとりました。

さて、内侍とは天皇に常侍《じょうじ》します女官。このときの弁の内侍とは、筑前《ちくぜん》の守《かみ》である高階泰兼《たかしなのやすかね》の娘のことでございます。また備中の内侍とは、備中の守 源 季長《みなもとのすえなが》の娘のことでございます。この二人の内侍たちの心中はいろいろだったでしょう。ともに先帝に仕える身であるため、神鏡や神璽の御箱に手をかけてお世話するのも今夜だけであろう、そう思いあってさぞや感慨深かったでしょう。あわれ、あわれ。ただ、実はこんなこともございましたよ。少納言平信国《たいらののぶくに》の娘もまた先帝の内侍で、もちろん少納言の内侍と呼ばれていたのでございますが、当初はこの内侍こそが神璽の御箱をささげて出るはずだったのでございます。それが、まあなんとしたことか、誰かが「今晩これに手を触れたら、以後、永く新帝の内侍にはなれないよ」と申したのを聞いて、その場になって辞退したのでございますよ。神璽にご奉仕することをとりやめたのでございます。当たり前ですが人々は非難しましたとも。少納言の内侍は、すでに年をとり過ぎています。それなのに二度の盛りを期待したのも同然なのですから。ですが、このときに、備中の内侍がその役を特に望みまして。備中の内侍はまだ十六歳という年若い身です。なのにこの志願、この、三種の神器のお世話。まあ大したものです。

こうして皇室に代々伝わってきた御物《ぎょぶつ》の品々は、一々《いちいち》それぞれの役人が受けとって、新帝の皇居である五条内裏《だいり》へとお渡し申しあげたのです。

高倉天皇は高倉上皇となって、その御所、閑院殿《かんいんどの》は内裏ではなくなって、灯火《ともしび》も減り、時刻を知らせる役人の声も失《う》せ、宮中警固《けいご》に当たる滝口《たきぐち》の武士たちの名乗りも途絶え、古参の人々はそれはもう心細いのでして、めでたい祝いのなかにも涙を流し、歎《なげ》き悲しみます。左大臣の藤原経宗《ふじわらのつねむね》が陣の座に出て、ご譲位のことなどを言われたのを聞いて、心ある者たちは涙をはらはら落とし、袖を濡《ぬ》らすのでした。

そうですとも。ご自身の意向でもって御位《みくらい》を春宮に譲り、院の御所のうちで日々を静かに過ごそうとお思いになった先々《さきざき》の上皇がたの場合であっても、やはり実際のご譲位に臨まれては悲しまれるのが常でした。まして、このたびはお心ならずのこと、入道相国に強いられましてのご譲位。その哀れさは、どんな言葉をもって表わせばよいのやら。

そして、新帝は今年三歳なのでございますよ。

幼帝も幼帝。まさに幼君。

「ああ、このご譲位はあまりに時期が早すぎる」

当時の人々はみな申しあわれましたとも。しかし平大納言《へいだいなごん》こと時忠《ときただ》卿などは、新帝のおん乳母《めのと》、帥《そち》の典侍《すけ》の夫でございましたから、次のように批判を封じられるのです。

「今度の譲位が早すぎるなど誰が誹《そし》られようぞ。内外の例を尋ねてみるがいい。外国《とつくに》では、周《しゅう》の成王《せいおう》が三歳、晋《しん》の穆帝《ぼくてい》が二歳。わが国では、近衛院《このえいん》が三歳、六条院が二歳。みな産衣《うぶぎ》のなかに包まれて衣服や帯を正しく着ることはできなかったが、あるいは摂政が背負って位に即《つ》き、あるいは母后《ぼこう》が抱いて朝儀に臨まれたと記されている。後漢《ごかん》の孝殤《こうしょう》皇帝にいたっては生まれて百日というのに皇位をお継ぎになった。本朝ならびに異朝にて幼い天子が即位された先例は、ほれ、このとおりだ」

しかし、当時の、いろいろと故事に詳しい人々は、このような言葉には説得されません。ただただつぶやきあうのでした。

「とんでもない、ああとんでもない。それは申されてはならぬ前例ばかり。いったい、どこに倣《なら》うべき事柄があるというのだ」

春宮が即位せられましたから、入道相国夫婦はともに外祖父《がいそふ》、外祖母《がいそぼ》として准三后《じゅんさんごう》の宣旨《せんじ》を受けられました。すなわち太皇太后《たいこうたいごう》、皇太后、皇后のご年給に等しい年官《ねんかん》、年爵《ねんしゃく》を賜《たま》わることとなったのです。宮中に当番として出仕する者も召し使うこととなりました。邸《やしき》には紋様を箔《はく》で摺《す》り出した衣服を着用して糸花《いとばな》の飾りをつけた侍たちが出入りして、これはもう院や宮家の御所のよう。本当に、平清盛公《たいらのきよもり》という人は、出家入道の後もなお栄華は尽きることがないのだと見えました。

ちなみに出家の人が准三后の宣旨を賜わるというこれは、法興院《ほこいん》の大入道藤原兼家《ふじわらのかねいえ》公のおん先例に拠《よ》ったのでございます。

では治承四年の、今度は三月。

三月上旬に、高倉上皇が安芸《あき》の国の厳島《いつくしま》へ御幸《ごこう》なさる話が伝わりました。人々は不審に思いました。なぜならば天皇がご退位になった後の諸社御幸の初めには、八幡《やわた》、賀茂《かも》、春日《かすが》などへお出《い》でになるのが常の習いでして、遠い安芸の国までの御幸とは不思議でならないからです。ある者はこう説きました。

「白河院《しらかわいん》は熊野に御幸あり、後白河院は日吉《ひえ》神社に御幸なさった。そうした前例に照らしてもわかることだが、このたびの高倉院の御幸もまた上皇ご自身の思《おぼ》し召《め》しなのだ。ご心中に深いご立願《りゅうがん》があられるのだ。当然ながらこの厳島は平家がひととおりでなく崇《あが》め敬っておられる社《やしろ》。よって表向きは平家にご同意と映る。しかし内心では、後白河の法皇様がいついつまでとも限られずに鳥羽殿に押し込められておられることについて、どうぞ入道相国の悪《あ》しき心を和《やわ》らげてくださいという、厳島明神へのそうしたご祈念のためなのだ」

このような説明がなされたということでございます。

また、山門《さんもん》の衆徒《しゅうと》たちも憤《いきどお》りました。

「八幡すなわち石清水《いわしみず》八幡《はちまん》や、賀茂、春日に御幸ないのならば、日吉すなわち当山の山王《さんのう》神社へ御幸あるべきだぞ。安芸の国くんだりへの御幸はいつからの習いだ。よし、わかった。そうした次第であれば神輿《しんよ》を振り立てたてまつって、山を下り、御幸をおとどめ申す」

恐ろしや、ふたたび強訴《ごうそ》を論ずるのです。このため御幸はしばしのご延期となりました。太政《だいじょう》入道がいろいろに宥《なだ》められて、比叡山《ひえいざん》の衆徒は鎮まったのでした。

三月十七日。

高倉上皇は厳島御幸のおん門出《かどで》ということで、平家の別邸、あの入道相国の西八条《にしはちじょう》殿《どの》へお入りになりました。そして夕方、前《さき》の右大将宗盛《むねもり》卿を召して言われました。

「明日、御幸のついでに鳥羽殿に参って法皇にお目にかかりたいと、上皇であられる自分は思われている。この私がだ。これに関して、どう思うか。入道相国に諮《はか》ったうえでなければ具合が悪いか」

「まさか、まさか」と宗盛卿は涙をはらはら流し、申されます。「なんのさしつかえがございましょう」

「それでは宗盛、このことは今夜、ただちに鳥羽殿へ通知いたせ」

このおおせに前右大将宗盛卿は急いで鳥羽殿へ参り、奏上せられまして、すると後白河の法皇様としましてもあまりに会いたいと思いつめておられたことなので、おっしゃいましたよ。

「朕《ちん》は驚いたぞ。これは、夢か」

もちろん夢ではないのです。

三月十九日。

大宮《おおみや》の大納言こと藤原隆季《ふじわらのたかすえ》卿がまだ夜深いうちに御前《ごぜん》に参って、ご出発を促されました。先日来おおせ出されていられた厳島御幸を、西八条からいよいよご遂行なさるのでした。三月もなかばを過ぎて春も終わり近い時節ではありますけれども、そして春の月こそは朧《おぼ》ろなものと言われておりますけれども、霞《かすみ》に曇る有明《ありあけ》のこの月もなお朧ろ。北国をさして帰る雁《かり》が空高く鳴いて飛んでおりますのも、ご自身が京を離れられるというそうした折りも折りでございますから、実《げ》にしみじみと上皇はお聞きになります。その朧ろさ、しみじみさ。あわれやあわれ。それからまだ夜の明けぬうちに鳥羽殿へお着きになりました。門前でお車から下りられます。門の内へお入りになりますと、人影は稀《まれ》です。茂る木立のせいで薄暗くもあります。このお住居《すまい》は、なんとも、ああなんとも物寂しい。上皇はそうお思いになります。申しましたように春は終わろうとしておりまして、樹木のありさまは夏のもの。梢《こずえ》の花は色褪《あ》せて、この宮殿に鶯《うぐいす》が鳴いていても、なんだか老いた声に聞こえます。それはそれで風趣はございますけれども。しかしです、去年の正月六日、朝覲《ちょうきん》のために法住寺殿《ほうじゅうじどの》へ行幸《ぎょうこう》なさったときは、当時の高倉天皇のお目、お耳に入ったのは、こうではございませんでした。乱声《らんじょう》を奏している楽屋《がくや》が設けられ、列をなして立ち並んでいる公卿たちがいて、諸衛府《えふ》の役人がそれぞれの詰め所で警備につき、院庁《いんのちょう》に仕える公卿がお迎えに参って、幔幕《まんまく》を張った門を開いて、掃部寮《かもんりょう》の役人が道に長筵《ながむしろ》を敷き、いっさいが古式に則《のっと》って行なわれていました。しかし、今は。ああ今は。奏される太鼓も鉦鼓《しょうこ》もお耳に入らない。筵道《むしろみち》も、諸衛府の役人もお目に入らない。ない、ない。ですからお思いになるのでした。去年の正月こそが夢であったか、と。

上皇がいらっしゃった旨を後白河法皇に取り次がれたのは成範《しげのり》の中納言です。それを受け、法皇は寝殿の階隠《はしがく》しの間《ま》へお出ましになって、お待ちになられました。そのようにして、城南《せいなん》の離宮でご対面になられたのです。ええ、法皇と上皇でございます。

院と院、皇位をお退《しりぞ》きになった順より申せば、すなわち一院《いちいん》と新院《しんいん》でございます。そしてお二人は父子《おやこ》でございます。高倉上皇は今年おん歳《とし》二十。明け方の月光を受けて、お姿はひとしお美しくお見えになるのでした。また、おん母君の建春門院《けんしゅんもんいん》にたいそう似ておられるのでした。法皇は何よりも三十五歳でお亡くなりになられた建春門院のおん事を思い出されて、おん涙を抑えることがおできにならないのでした。

法皇と上皇の御座所《ござしょ》は間近に設けられました。

さて、何をお話しあわれたことやら。誰にもうかがえないのです。その御前にお仕えしていたのは、例の尼御前《あまごぜん》、紀伊《き》の二位《にい》のみ。

そうした次第でして。

他人《ひと》は聞くことのできないご会話はやや久しく続き、日がずいぶん高くなってから高倉上皇はお暇《いとま》を申され、鳥羽の草津《くさつ》という船着き場からお船にお乗りになりました。上皇は、法皇の離宮のその閑寂な、古びた御殿ならではのお住居《すまい》の様《さま》をお心苦しいとお思いになりつつ退出なされたのですし、法皇は法皇で、船路《ふなじ》にあられる間の上皇の波のうえでの仮住まい、その船中のご様子を案じられて、お心をたいそう砕かれたのでした。ああ、院と院、おん父子《おやこ》。

まこと、伊勢《いせ》や八幡、賀茂などをさしおいての、遠い安芸の国までのはるばるの御幸。厳島明神がどうしてご納受なさらぬことがありましょう。高倉上皇の御願の成就《じょうじゅ》はまず疑いないと思われましたよ。

還御《かんぎょ》――帰路の風雅

三月二十六日。

上皇は厳島《いつくしま》へご到着になりました。入道相国《しょうこく》がたいそう寵愛《ちょうあい》された内侍《ないし》の邸《やしき》が上皇の御所となりました。ただいま言い及びましたところの内侍とは、厳島神社に奉仕する巫女《みこ》、優美な舞姫のことでございます。中二日ご滞在なさって、御経供養や舞楽が行なわれました。導師は三井寺《みいでら》の公顕《こうけん》僧正であったということです。この僧正が高座に上《のぼ》り、鉦《かね》を鳴らし、表白《ひょうびゃく》の詞《ことば》に「九重《ここのえ》の都を出て、八重《やえ》の潮路《しおじ》を分け、はるばると参詣なさったおん志《こころざ》しの、忝《かたじけな》さ」と高らかに申されたので、君《きみ》も、臣《しん》も、みな感涙を流されましたよ。高倉上皇は本社の大宮や客人《まろうど》の宮をはじめ、各社残らず御幸《ごこう》になりました。それと大宮から五町ばかり山をまわって、滝の宮へもご参詣になりました。公顕僧正は一首の歌を詠《よ》み、その滝の宮の、拝殿の柱に書きつりられました。こうでございます。

雲井《くもゐ》より　　宮中より、上皇様が
おちくる滝の　　わざわざいらっしゃった厳島の、滝の

しらいとに　　この白糸の滝の宮に
ちぎりをむすぶ　　お供をして縁を結ぶのですから
ことぞうれしき　　やれ、うれしいわい

さて賞が行なわれましたけれども、厳島神社の神主の佐伯景広《さいきのかげひろ》はその位階を上げられて従《じゅ》五位の上《じょう》。安芸《あき》の国司の藤原有綱《ふじわらのありつな》は一階級昇進して従四位《じゅしい》の下《げ》、新院の殿上《てんじょう》に昇《のぼ》ることを許されました。厳島神社の別当《べっとう》、尊永《そんえい》は法印の位に上られました。こうした恩賞のありさまでしたので、さぞ神もご感動になり、また太政《だいじょう》入道の心も動いたことだろうと思われるのです。

三月二十九日。

上皇は船出の用意を調《ととの》えられて帰途に就《つ》かれました。しかし、どうにも風が烈《はげ》しい。そこでお船を漕《こ》ぎ戻させて、厳島のうちの有《あり》の浦《うら》というところにお泊まりになりました。上皇はお供の公卿《くぎょう》や殿上人《てんじょうびと》におおせになります。

「さあ、皆の者、厳島大明神とのお名残《なご》りを惜しんで、作歌しなさい」

そこで少将藤原隆房《ふじわらのたかふさ》が詠みましたのは、この一首。

たちかへる　　都へ立ち帰りますことが
なごりもありの　　名残り惜しくもある、有の
浦なれば　　浦なので

神もめぐみを　　大明神も恵みを、ああ
かくる白浪《しらなみ》　白波としてかけてくださいますよ

夜半になって波も静まり、あの烈風も収まりましたので、上皇はお船を漕ぎ出させ、その日は備後《びんご》の国の敷名《しきな》の泊《とまり》にお着きになりました。ここには去る応保《おうほう》年間のころ、後《ご》白河《しらかわ》法皇が御幸になった折りに国司藤原為成《ふじわらのためなり》が造った御所があり、そこを入道相国がこのたびの厳島御幸のご休憩所として準備されていたのですけれども、上皇はそこにはあがられません。そして今日が何月何日かと申せば、もう四月の一日。「そうか、今日は衣更《ころもが》えの行なわれる日だ」と、上皇も供奉《ぐぶ》の人々もそれぞれ都のほうを偲《しの》んで、お遊びに興じられます。岸辺には色濃い藤の花が松の枝に咲きかかっています。それを上皇がお目に留められて、大納言藤原隆季《ふじわらのたかすえ》を召し、「あの花を折りに人を遣《つか》わせ」と言われます。ちょうど左史生《さししょう》の中原康定《なかはらのやすさだ》が小舟に乗って御前《ごぜん》を過《よぎ》りましたので、隆季はこれを呼び、折りにやりました。

康定は、藤の花を手折《たお》り、しかも松の枝につけたまま、持って参ります。「ほう、なかなかに」とご感心になって上皇が言われます。「気がきいている」それから、お供におおせになります。

「さあ、皆の者、この花を題に作歌しなさい」

これに応えまして隆季の大納言が詠みましたのは、この一首。

千《ち》とせへん　千年をも生きられます
君がよはひに　上皇様のご寿命にあやかって
藤なみの　藤の花が、やはり
松のえだにも　千代《ちよ》を祝います松の枝に
かかりぬるかな　かかっているようでございます

上皇はその後、御前に人々を大勢お集めになって、ご冗談なども口にされます。たとえば五条大納言こと藤原邦綱卿《ふじわらのくにつなきょう》のこと。「白い衣《ころも》を着た内侍がどうも邦綱卿に心を寄せていたようだったな」と言われ、お笑いにもなりますので、五条大納言はむきになって否定されるのですけれども、おやおや、そこへ手紙を持った召し使いの女が参りました。しかも「五条大納言様へ」と言ってその手紙をさしあげたのです。その座にいた人々はみな沸《わ》きましたとも。「やっぱり本当だったぞ」と申しあわれました。
さて、大納言がこれを受けとってご覧になると、次の一首があるのです。

しらなみの　白波のような、白い
衣の袖《そで》を　衣の袖を涙で
しぼりつつ　濡《ぬ》らしては絞って
きみゆゑにこそ　あなたと別れたせいですよ
たちも舞はれぬ　立ち舞うこともできないほど、悲しいそこで上皇は言われました。

「おお。たいそう優雅なことだと、私、この上皇は思われるぞ。これには返事をやらねばな」

そして大納言邦綱卿にすぐおん硯《すずり》をお与えになりました。そこで邦綱が返事となさいましたのは、次の一首。

思ひやれ　　どうか思ってほしいのですよ
君がおもかげ　　あなたの面影が
たつなみの　　波を見るたびに浮かび、浮かんで
よせくるたびに　　波が寄せるたびに浮かんで、また浮かび
ぬるるたもとを　　だから袖は濡れつづけます

ここを出発すると今度は備前《びぜん》の国の児島《こじま》の泊《とまり》にお着きになりました。そこからの一日一日は、こうでございます。まずは四月五日に、空が晴れて海上も波が穏やかでしたので、上皇の御座船《ござぶね》をはじめとして、人々の船を全部出せたのでございます。遠くに雲のように重なり、また煙のように霞《かす》んで見える波を分けて、ああ進まれました、進まれました、その日の酉《とり》の刻《こく》に播磨《はりま》の国の山田の浦にお着きになりました。そこから御輿《みこし》にお乗りになって福原へお入りになったのでございます。四月六日はと申しますと、お供の人々はもう一日も早く都へと急がれていたのですけれど、上皇はご逗《とう》

留《りゅう》になって、福原をあちらこちらと巡ってご覧になったのです。池《いけ》の中納言こと平《たいらの》頼盛《よりもり》卿の山荘のある荒田《あらた》という地まで回られまして。それから四月七日でございます。福原をご出発になるにあたって、隆季の大納言が勅命《ちょくめい》をお受けして、入道相国の一族への恩賞が行なわれました。入道の養子、丹波《たんば》の守《かみ》の平清邦《たいらのきよくに》が正《しょう》五位の下《げ》、同じく入道の孫の越前《えちぜん》の少将平　資盛《たいらのすけもり》が従四位の上《じょう》ということでございました。その日は寺《てら》井《い》にお着きになりました。そして、とうとう、四月八日。都へお入りになり、お迎えの公卿と殿上人とが鳥羽の草津《くさつ》へ来られました。そのお帰りの折りは鳥羽殿へはお立ち寄りなさらないで、入道相国の西八条の邸へお入りになったのでございました。

四月二十二日。

はい、治承《じしょう》四年の四月二十二日のこと、これを付して語りましょう。語っておかねばならないのです。次の大きな、大きな事件の前に、それを惹起《じゃっき》する平家一門の最高の栄耀《えいよう》を。

この日、新帝のご即位の儀式が行なわれたのです。

ええ、安徳《あんとく》天皇でございますよ。

本来ならば大極殿《だいごくでん》で行なわれるはずでした。しかしながら先年の大火で焼失した後《のち》は、いまだ造営されておりません。そこで太政官の正庁で行なわれるように定められたのですが、当時の九条殿《くじょうどの》、すなわち右大臣の藤原兼実《ふじわらのかねざね》公が物申されました。

「太政官の正庁は、臣下の家でいえば公文所《くもんじょ》程度のところ。大極殿がない以上、紫宸《ししん》殿《でん》にてご即位あるのが至当かと思うが」

これにより紫宸殿にてご即位式が行なわれたのですけれども、異例といえば異例ですから、人々は申しあわれましたよ。

「去る康保《こうほう》四年十一月一日に冷泉《れいぜい》天皇のご即位が紫宸殿であったのは、天皇がご病気で、大極殿へ行幸《ぎょうこう》ができなかったためでしょうに。その例に従うというのは、どうも、いかがなものなのでしょうね。ここは延久《えんきゅう》年間の後三条《ごさんじょう》天皇の吉例に倣《なら》って、太政官の正庁で行なわれるべきでしょうに」

これが正論と思いあわれるのですけれども、なにしろ九条殿のお取り計らい、とやかく言うことはできませんで。

安徳天皇のおん母后《ははきさき》であられる中宮は後宮の弘徽殿《こきでん》から仁寿殿《じじゅうしん》へお移りになり、高御座《たかみくら》にお上がりになりました。安徳天皇をお抱き申してのおんありさま、それはもうご立派で、ご立派で。平家の人々はみな出仕されたのですけれども、ただ小松殿《こまつどの》の公達《きんだち》ばかりは、昨年この内大臣重盛《しげもり》公が薨《こう》ぜられておりましたから、喪中につき籠っておられたのでした。

源氏揃《げんじぞろえ》 ——その宮とうとう決断する

蔵人《くろうど》の衛門《えもん》の権佐《ごんのすけ》でありました藤原定長《ふじわらのさだなが》は、このご即位が秩序正しく見事に行なわれた様子を厚紙《あつがみ》十枚ばかりに詳細に記して、八条の二位殿《にいどの》にさしあげました。入道相国《しょうこく》の北《きた》の方《かた》にして、中宮のおん母君、安徳《あんとく》天皇のおん祖母君がこの二位殿でございます。もう、たっぷりと笑《え》みをたたえて悦《よろこ》ばれましたよ。このように華やかで結構なこと続き、と、こう語れはするのですけれども、世間にはやはり不穏な気配が。

あるのです。

あったのですとも。

当時、後白河《ごしらかわ》法皇の第二の皇子《おうじ》で、以仁王《もちひとおう》と申したお方がいらっしゃいました。おん母は加賀《かが》大納言こと藤原季成卿《ふじわらのすえなりきょう》のおん娘で、三条高倉に住んでおられたので高倉の宮と申しました。去る永万《えいまん》元年十二月十六日、おん年十五歳で、ひそかに近衛河原《このえかわら》の大宮の御所でご元服なされました。ご筆跡も美しいですし、ご学問にも優《すぐ》れておられ、まさに皇位にお即《つ》きになられるべきお方でしたが、故建春門院《けんしゅんもんいん》のおん嫉《そね》みを買われて、世には出られず籠居《ろうきょ》の暮らしを送っておられたのです。花の下《もと》での春の遊びには、自ら筆を揮《ふる》ってご自作の詩歌を書かれます。月の前の秋の宴では、自ら笛を吹いて雅《みや》びな音楽を奏せられます。こうした日々を過ごされるうちに治承《じしょう》四年にはおん年三十になられました。

　そのころ近衛河原には源三位《げんざんみ》入道頼政《よりまさ》がおりました。この者がある夜、上皇の厳島《いつくしま》御幸《ごこう》の間にですけれども、こっそりこの宮の御所に参りまして。そして申したことこそ、いや、もう大変なのでした。

「高倉の宮様。そもそも君《きみ》は天照大神《あまてらすおおみかみ》の四十八世のご子孫で、神武《じんむ》天皇より七十八代にあたっておられます。皇太子にお立ちになって皇位にもお即きになるべきですのに、三十まで宮でいらっしゃる。このこと、無念ではございませんか。今の世のありさまを見ますと、たしかに上辺《うわべ》では誰も彼も順《したが》っていて、しかしその平家に対して、内々はどうでしょうか。怨《うら》み、憎まない者がありましょうか。高倉の宮様、どうぞご謀叛《むほん》をお起こしになって、平家一門を滅ぼし、法皇がいつまでという限りもなく鳥羽殿《とばどの》に押し込められておられるお心をお安め申しあげてください。そして君も、皇位にお即きになってください。なるべきなのですし、これらこそはご孝行の至り。そうではございませんか、宮様。高倉の宮様。もしご決断なされて、令旨《りょうじ》をお下《くだ》しくださるならば、喜んで馳《は》せ参る源氏どもは幾らでもおります。源氏一門が」

　こう申して、頼政はさらに続けました。

「まず京都には、出羽《でわ》の前司《ぜんじ》の光信《みつのぶ》の子供、伊賀《いが》の守光基《かみみつもと》、出羽の判官光長《ほうがんみつなが》、出羽の蔵人光重《くろうどみつしげ》、出羽の冠者光能《かんじゃみつよし》、それと熊野には、亡き六条の判官為義《ためよし》の末子《ばっし》、十郎義盛《じゅうろうよしもり》という者が隠れております。摂津《せっつ》の国には多田蔵人行綱《ただのくろうどゆきつな》がおりますが、新大納言成親《なりちか》卿のあの謀叛で一味になっておりながら裏切ったとんでもない輩《やから》ですから、勘定には入れられませぬ。しかしながらその弟の多田次郎朝実《ただのじろうともざね》や、手島《てしま》の冠者高頼《たかより》、太田《おおた》の太郎頼基《たろうよりもと》が挙げられ、それと河内《かわち》の国には武蔵《むさし》の権守《ごんのかみ》入道義基《よしもと》、その子息石川《いしかわ》の判官代義兼《よしかね》、大和《やまと》の国には宇野七郎親治《うののしちろうちかはる》の子供、太郎有治《たろうありはる》、次郎清治《じろうきよはる》、三郎成治《さぶろうなりはる》、四郎義治《しろうよしはる》がおりまして、近江《おうみ》の国には山本《やまもと》、柏木《かしわぎ》、錦古里《にしごり》が、美濃《みの》と尾張《おわり》には山田次郎重広《やまだのじろうしげひろ》、河辺太郎重直《かわべのたろうしげなお》、泉太郎重光《いずみのたろうしげみつ》、浦野四郎重遠《うらののしろうしげとお》、安食次郎重頼《あじきのじろうしげより》、その子の太郎重資《たろうしげすけ》、木太三郎重長《きだのさぶろうしげなが》、開田《かいでん》の判官代重国《しげくに》、矢島《やじま》の先生重高《せんじょうしげたか》、その子の太郎重行《たろうしげゆき》、それと甲斐《かい》の国には逸見《へんみ》の冠者義清《よしきよ》、その子の太郎清光《たろうきよみつ》、武田《たけだ》の太郎信義《たろうのぶよし》、加賀見《かがみ》の次郎遠光《じろうとおみつ》、同じく小次郎長清《こじろうながきよ》、一条《いちじょう》の次郎忠頼《じろうただより》、板垣三郎兼信《いたがきのさぶろうかねのぶ》、逸見の兵衛有義《ひょうえありよし》、武田の五郎信光《ごろうのぶみつ》、安田三郎義定《やすだのさぶろうよしさだ》、それと信濃《しなの》の国には大内太郎維義《おおうちのたろうこれよし》、岡田《おかだ》の冠者親義《ちかよし》、平賀《ひらが》の冠者盛義《もりよし》、その子の四郎義信《しろうよしのぶ》、亡き帯刀先生義賢《たてわきせんじょうよしかた》の次男の木曾《きそ》の冠者義仲《よしなか》、それと伊豆《いず》の国には流人《るにん》である前《さき》の右兵衛《うひょうえ》の佐《すけ》の頼朝《よりとも》がおり、常陸《ひたち》の国には信太《しだ》の三郎先生義憲《さぶろうせんじょうよしのり》、佐竹《さたけ》の冠者正義《まさよし》、その子の太郎忠義《たろうただよし》、同じく三郎義宗《さぶろうよしむね》、四郎高義《しろうたかよし》、五郎義季《ごろうよしすえ》、そして陸奥《むつ》の国に亡き左馬《さま》の頭《かみ》の義朝《よしとも》の末子、九郎《くろう》冠者義経《よしつね》がおります。これらはみな六孫王《ろくそんおう》と号した源 経基《みなもとのつねもと》の血統で、多田《ただ》の新発意満仲《しんぼちまんじゅう》の子孫です。申せば、朝敵《ちょうてき》を平らげて官位昇進の望みを遂げたことは、源平のいずれも優劣はございませんでした。しかし、今、両氏の間は雲泥の隔たり。対等の交わりは結べず、はっきり申せば、源平両氏は主従の間柄よりも差が開き、すなわち源氏が遥《はる》かに劣っています。国においては国司に屈服し、ただ隷従し、荘園《しょうえん》においては預所《あずかりどころ》に召し使われ、公用やら雑用やらに駆り立てられて、憾《うら》みの日々を送るばかりです。どれほどつらいか、歎《なげ》かわしいか。宮様、高倉の宮様。君がもしご決断なされて令旨を下さるものならば、ただいま名を挙げた者どもが夜を日に継いで馳せ上《のぼ》り、平家を滅亡させること、多くの日時も要しません。この入道頼政も年こそとっておりますが、子供を引き連れてお味方に参りましょうぞ」

こう申し終えました。

高倉の宮は、どうしたものかと思案されて、しばらくはご承諾になりませんでした。ところがでございます。阿古丸《あこまる》の大納言藤原宗通《ふじわらのむねみち》卿の孫で、備後《びんご》の前司季通《すえみち》の子である少納言伊長《これなが》と申す者がひじょうに優れた人相見で、当時、相少納言《そうしょうなごん》と呼ばれていたのですが、この者が高倉の宮の人相を見申しあげたのです。そして「位にお即きになる相がおありです。天下のこと、あきらめられるべきではありません」と申したのです。これがあって、しかも源三位入道があぁ申されたのですから、宮は思われましたよ。

「そうか。そうなるのか。そうなるようにしろというのが天照大神のお告げか」

ついにご決意されて、抜かりなく抜かりなく、事を進められるのです。

まず熊野にいる十郎義盛を呼んで蔵人《くろうど》になされました。義盛は行家《ゆきいえ》と改名いたします。それから令旨を伝達するお使いとして東国《とうごく》へ下《くだ》ります。この治承四年の四月二十八日に都を出発したのでございました。宮の、以仁王の令旨を携えて、近江の国から始めて美濃、尾張と、諸国の源氏どもに触れまわります。五月十日には伊豆の北条《ほうじょう》に着き、流人の前《さき》の兵衛の佐殿《すけどの》、すなわち頼朝殿に令旨をさしあげました。続いて、信太の三郎先生義憲は兄であるのだから同じく令旨を与えよう、そう考えて常陸の国の信太の浮島《うきしま》に下りました。さらに、木曾の冠者義仲は甥《おい》にあたるからこれにも下賜《かし》しよう、そう考えて東山道《とうさんどう》へ向かいました。

そのころの熊野の別当《べっとう》、すなわち統轄者の役を務めておりましたのは湛増《たんぞう》でございました。この湛増、平家に深く心を寄せていたのですけれども、どのようにして漏《も》れ聞いたのでありましょう、こう言っていち早く動きに出たのです。

「新宮《しんぐう》の十郎義盛が高倉の宮の令旨をいただいて、美濃、尾張の源氏どもに触れてまわり、すぐにも謀叛を起こすという。この湛増が思うに、那智《なち》と新宮の者どもはきっと源氏の味方をする。するに違いないわい。しかしながら湛増は平家のご恩を天ほども山ほども高く高く受けている身。お叛《そむ》きすることはないわい。那智と新宮の者どもに、どれ、矢を一つ射かけて、平家に詳しいところをご報告するわいて」

湛増は全軍武装の一千余人を率いました。新宮の湊《みなと》へ出発しました。これを迎える新宮はといえば、揃《そろ》っております、しっかり打ち揃っております、鳥井《とりい》の法眼《ほうげん》が、高《たか》坊《ぼう》の法眼が、侍では宇井《うい》、鈴木、水屋《みずや》、亀甲《かめのこう》といった者どもが。そして那智には執行《しゅぎょう》法眼以下が揃い、併せますと二千余人もの軍勢です。それが鬨《とき》を作りました。それぞれが。源氏に荷担する側と湛増の軍とが。次いで鏑矢《かぶらや》を両軍が射合いました。源氏のほうではこう射るぞ、平氏のほうではああ射たぞ、そうした矢叫《やさけ》びの声がわずかも途絶えることなく、鏑はひゅうひゅう言いつづけて、三日の間その交戦は続きました。ああ、熊野の別当湛増は多くの家の子郎等《ろうどう》を討たれましたよ。自分も手傷を負いましたよ。もう命からがら、本宮へ逃げ帰ったのでしたよ。

鼬之沙汰《いたちのさた》 ——占いあり

さて一院《いちいん》、後白河《ごしらかわ》法皇でございます。遠い国へでも流されるのだろうかとおっしゃっておられましたね。遠い国へでも流されるのだろうかと。遥《はる》かな島にでも遷《うつ》されるのだろうかと。しかし城南《せいなん》の離宮におられて今年であしかけ二年となられるのでした。

この治承《じしょう》四年の五月十二日の、午《うま》の刻《こく》ごろです。椿事《ちんじ》が。

御所の中でたくさんの鼬《いたち》がにわかに走り騒いだのです。

法皇はたいへん驚かれて、自らおん占いをなされました。近江《おうみ》の守《かみ》の源《みなもとの》仲兼《なかかね》はそのころはまだ鶴蔵人《つるくろうど》と呼ばれていたのですけれども、これを召されて、次のようにお命じになりました。

「この占形《うらかた》を持って安倍泰親《あべのやすちか》のもとへ行くのだ。急ぎ吉凶を判断させて、それを記した勘状《かんじょう》をとって参るのだ」

仲兼はその占形をいただき、陰陽《おんよう》の頭《かみ》の泰親のところへ向かいました。しかし、たまたまですが宿所には不在です。白河にいるというのでそちらを尋ね、会い、法皇のお言葉を伝えると、泰親はただちに占形を判じて、勘状をたてまつりました。仲兼はまた、さっそく鳥羽殿《とばどの》に帰り、門より入ろうとするのですが、警固《けいご》の武士たちは許しません。とはいえ法皇を鎖《さ》し込めた御殿の、その内部の様子は心得ておりますので、築地《ついじ》を乗り越え、大床《おおゆか》の下を這《は》って、板敷から泰親の勘状をじかにお渡しあげたのでした。法皇はこれを披《ひら》いてご覧になります。すると、こう記されてありました。

「コノ三日ノ内ノオン悦《ヨロコ》ビ。並ビニオン歎《ナゲ》キ」

三日以内に慶事がある、と。

同時に、凶事か何かがある、と。

「おん悦びとあるのは結構。しかし、幽閉のこの朕《ちん》のおん身に、重ねてのおん歎きがあるだろうとは、どうにもこうにも」

法皇はおっしゃいましたよ。

さて慶事とはこうでした。前《さき》の右大将宗盛卿《むねもりきょう》は法皇のおん事をたびたび父入道に申しあげておりまして、その懇《ねんご》ろさに、入道相国《しょうこく》はしだいに思い直して、この五月の十三日、法皇を鳥羽殿からお出し申し、京中の、八条烏丸《からすまる》の美福門院《びふくもんいん》の御所へ御幸《ごこう》おさせ申したのです。「コノ三日ノ内ノオン悦ビ」と泰親が申したのはまさにこれなのでございました。

しかしながら凶事とは。

こうでございます。折りも折り、熊野の別当湛増《べっとうたんぞう》が飛脚でもって高倉の宮のご謀叛《むほん》のことを都へ報《しら》せてきたのです。前《さき》の右大将宗盛卿は大騒ぎをしまして、そのとき福原におられた入道相国にこの由《よし》を申し送られたのでした。それを聞くやいなや、入道相国は急遽《きゅうきょ》都へ馳《は》せ上《のぼ》りましたとも。そして命じられたのです。

「よいか。このこと、善し悪《あ》しを論ずる必要はない。高倉の宮を即刻搦《から》め捕《と》るべし。そして土佐《とさ》の畑《はた》へ流してしまえ」

責任者は三条大納言藤原実房《ふじわらのさねふさ》、実際に事にあたるのは頭《とう》の弁《べん》の藤原光雅《ふじわらのみつまさ》と定められたようで、源大夫《げんだゆう》の判官兼綱《ほうがんかねつな》と出羽《でわ》の判官光長《みつなが》が命をうけて宮の御所へ向かいました。この源大夫の判官は、源三位《げんざんみ》入道頼政《よりまさ》の次男でございました。それなのに宮の捕縛の人数に入れられたのは、平家がまだ高倉の宮のご謀叛が三位入道の勧めであることを知らなかったからでございます。

これっぽっちも。

信連《のぶつら》——武士の意地ここにあり

そして以仁王《もちひとおう》、すなわち高倉の宮でございます。

その夜、満月なのでございました。宮は五月十五夜の雲間の月をお眺めになって、これから先どのようなことが起こるのか、考えも及ばないでおられたのでした。そこへ一人の使者が現われました。この者、源三位《げんざんみ》入道に遣《つか》わされたと名乗り、文《ふみ》を携え、また大慌《おおあわ》ての体《てい》でございました。文を受けとったのは宮のおん乳母子《めのとご》、六条家の佐《すけ》の大夫宗信《たいふむねのぶ》でして、御前《ごぜん》に参って披《ひら》いてみますと、書面にはこうありました。

「君《きみ》のご謀叛《むほん》が早くも露見いたしまして、土佐《とさ》の畑《はた》へお流し申そうということで、検《け》非違使《びいし》庁の官人どもがお迎えに参ろうとしておりまして、ですから急いで御所を出られまして、三井寺《みいでら》へお入りなさいませ。この入道も、じき参りますので」

それはそれは高倉の宮は驚かれました。どうしたらよいのだろうと狼狽《うろた》えられもしました。そのとき、宮の侍に、長兵衛《ちょうひょうえ》の尉《じょう》として知られる長谷部信連《はせべののぶつら》という者があったのですけれども、この信連が進言いたしました。

「宮様、ほかに方法というのはございません。ここは女房装束でお出かけあそびませ」

「というと壺《つぼ》装束ですっぽりとか。うん、信連、それがよいな」

　ご納得されて宮は御髪《おぐし》をとき乱しました。次いで御衣《ぎょい》を重ね着し、市女笠《いちめがさ》をおかぶりになりました。ええ、すっぽりと。おん乳母子《めのとご》、佐の大夫の六条宗信は長柄《ながえ》の傘を持って宮のお供をし、鶴丸《つるまる》という童《わらわ》が袋にもろもろ要《い》り用のものを入れて頭にのせます。一見したところ、それほど高い身分でもない若侍が女を迎えに来て、そして今、送って行くのだというふうです。なかなかいい具合です。三条高倉の御所を脱《ぬ》けられて、その高倉小路を北へ落ちられるのですけれど、途中に大きな溝《みぞ》がありました。その溝を、女装の宮は、ひょい、と軽々お越えになってしまわれました。訝《いぶか》しんだのは通行人どもです。「まあ、あれなる女房は」と立ち止まるのでした。「なんと体裁《ていさい》の悪い。どうにも下品な溝の越えようだよ」

　しまったことです。宮は「うむ、しくじったぞ」と、いよいよ足早に過ぎていかれました。

　そして主《あるじ》なき御所です。

　その留守番にと残されたのが長兵衛の尉こと信連でした。女房たちが少々いたのを、あちらへ、こちらへと隠れさせ、見苦しい品物があったら取り片付けようと見回ります。とこうしているうちに見つけたのが、宮がどんなものよりも大切にされていた小枝《こえだ》というお笛。時しも、宮もまた普段の御座所《ござしょ》の枕もとに小枝をお忘れになったのをお気づきになって、「しまった。立ち帰ってでも取ってきたいぞ。またもや私は、しくじったぞ」とお思いになっていた吹物《ふきもの》なのでした。さすが、信連は心得ておりますから、言うのでした。

「これは大事《おおごと》。宮様の、あれほどご秘蔵のお笛ではないか」

すわ、いかにしてでも届けねば、とばかり、信連はただちに御所を駆け出、五町ばかりで宮と宗信と鶴丸とに追いつきました。そして小枝をお渡ししたのでした。宮はもう、心《しん》からのお喜びようです。私が死んだらこの笛は棺《ひつぎ》に納めよ、とまずは言われて、それから次のようにおおせになるのでした。

「実《げ》に、さすがの信連よ、このまま供をせよ」

しかし信連が応じたところは、こうでございました。

「御所へは今にも検非違使庁の官人どもがお迎えに参ります。そのとき人ひとりその当の御所にいないというのも情けない気がします。なにしろ信連が、そこ、宮様の御所にお仕えしているのは周知の事実。上の者も下の者も誰もが知ること。それなのに今夜留守にいたしましては、信連はその夜は逃げたな、等と言われましょうぞ。弓矢をとる身として、仮初《かりそ》めにも名前は惜しいものでございます。しばし、検非違使庁の官人どもの相手になるご許可を。この輩《やから》を討ち破って、すぐにお供に参りますので」

滔々《とうとう》と述べ、のち、信連はふたたび五町ばかりを走って帰るのでした。

その日の長兵衛こと信連の装束いかにといえば、薄青《うすあお》の狩衣《かりぎぬ》と、その下に着た萌黄《もえぎ》威《おどし》の腹巻《はらまき》、そして佩《は》いたのは儀式に帯用するのがもっぱらの衛府《えふ》の太刀《たち》。大鎧《おおよろい》もなければ華奢《きゃしゃ》ならぬ刀剣もありません。わずかこれだけの軽装備で、御所の、三条大路に面した総門も、また高倉小路に面した小門《こもん》も二つともに開いて、待つのでした。

待ちうけるのでございました。

そして十五日の夜の子《ね》の刻《こく》。はたして押し寄せるのでしたよ。源大夫《げんだゆう》の判官兼綱《ほうがんかねつな》と出《で》羽《わ》の判官光長《みつなが》に率いられる総勢三百余騎でございます。しかしながら源大夫の判官においては、宮の御所に押し寄せながらも心には思うところがあるわけですから、門前を遥《はる》か離れた辺りに控えておりました。いかにも、源大夫の判官の父親はあの頼政《よりまさ》、宮にご謀叛を勧めた源三位入道でございますから。いっぽうで出羽の判官光長は下馬せぬままに門内に入りまして、その馬を庭で止め、大音声《だいおんじょう》でこう告げたのでございます。

「ご謀叛を起こされたとの噂《うわさ》がありますため、検非違使の別当《べっとう》の命令を受け、官人どもがお身柄をお迎えに参りました。早々お出《い》でください」

さて、長兵衛の尉はどうしたか。

大床《おおゆか》に立ったのでございます。庭に面しました広廂《ひろびさし》に。

そして応じたのでございます。

「宮はただいま御所にはおられません。ご参詣です。ところで、これはいったい何事か。事の仔細《しさい》を申されよ」

出羽の判官は申します。

「何を言うか。この御所のほかに、どちらにいらっしゃることがある。そうは言わせぬわ。下部《しもべ》ども、参ってお捜し申せ」

捕縛や拷問などを受け持つ下級の官吏たちにそう命じたのでした。それを耳にするや、長兵衛は申しました。

「道理というものを知らぬか。官人どもの今の申しよう、呆《あき》れるぞ。馬に乗りながら門内に参ったのも不埒《ふらち》きわまりないというに、『下部ども、参ってお捜し申せ』ときたか。やれやれ、最低の申しよう。さあ、見よ、ここに左兵衛《さひょうえ》の尉の長谷部信連が控えておるぞ。怪我をするなよ。近づけば、斬る」

しかし、下部は下部で、止まりません。

検非違使庁のその下部のなかに金武《かなたけ》という大力の剛《ごう》の者《もの》がおりました。この金武が長兵衛をめがけて大床の上に飛びのぼったのです。のみならず、その同僚が十四、五人も後に続いたのです。長兵衛は狩衣の腰帯と袖の括《くく》り緒《お》とをひきちぎって捨てました。下に着込んでいた腹巻姿となりました。帯びていたのは衛府の太刀ではありましたけれど、刀身は念入りに作らせたのを抜き、そして構えあいました。長兵衛は斬って、斬って、思う存分斬りまくります。敵は大太刀や大長刀《おおなぎなた》で立ちまわるのですけれども、長兵衛こと信連のその衛府の太刀に斬り立てられて、あたかも嵐に木の葉が散るように庭へさっと逃げ下りました。

そして五月十五夜の月が。

あの満月が。

雲間から現われて、ああ、明るいのですけれども、敵は御所の内部の様子には不案内、対する信連は勝手をよく心得ております。あちらの長廊下に追いかけては、はたと斬る。こちらの隅に追いつめては、ちょうと斬る。

敵どもは待ってくれとばかりに声をあげます。

「われわれは宣旨《せんじ》のお使いだぞ。なぜ手向かう」

しかし信連はひと言、こうです。

「宣旨とはなんだ」

太刀が曲がれば信連は、ぱっと躍《おど》り退《の》いて押し直し、踏み直し、たちどころに腕利《うでき》きであろう敵の十四、五人を斬り伏せます。が、ついに太刀の先を三寸ばかり打ち折り、「ならばこれまで」と腹を切ろうと腰を探りますが、短刀の鞘巻《さやまき》はどこかに落としてしまったのでしょう、見当たりません。やむをえず、両手を大きく広げて高倉小路の小門から走り出ようとしますが、そこに大長刀を持った男が一人、駆け寄りました。信連は、長刀の柄《つか》に踏み乗らんとばかり、飛びかかります。しかし、駄目だ、乗り損なった、腿《もも》を縫うように刺し貫かれた、闘志というものは変わらぬのに、ああ身体《からだ》はそうはいかぬのです。たちまち大勢に囲まれて、わっと取り押さえられて、なんとも無念、生け捕りとなるのでございました。

官人どもでございますが、その後、御所を捜しますけれども高倉の宮はいらっしゃらない。そこで信連だけを縛って、この武者を六波羅《ろくはら》へ引ったてて行ったのでした。

六波羅では入道相国《しょうこく》は御簾《みす》の内におられました。代わってお姿を現わし、大床に立ってご詰問なさったのは前《さき》の右大将宗盛卿《むねもりきょう》でございました。信連を大庭にひき据えさせて、こうおっしゃいました。

「おい、お前は本当に『宣旨とはなんだ』と言って斬ったのか。検非違使庁の多数の下部を刃物にて傷つけ、殺したと聞いているが、そうなのか。そうなのだな。結局のところ、徹底的にその罪を問い質《ただ》して、事情を具《つぶ》さに調べあげて、それから河原《かわら》だな。賀茂川《かもがわ》の河原に引きだして、首をちょん斬ろう」

しかし、信連は少しも騒がないのでした。

それどころか大声で笑いだすのでした。

嘲《あざけ》り笑って、言うのでした。

「近頃、何者かが毎夜あの御所を狙っておりましてな。しかしまあ、どうせ大したことはあるまいと用心もしないでおりました。私は高《たか》を括っていたわけです。ところが、そこに鎧を纏《まと》った者どもが討ち入って参った。ですから私は尋ねましたよ、『お前らはなんだ』と。すると相手は答えたわけです、『宣旨のお使いだぞ』と。しかし、これこそ困った名乗りです。私はかねがね、山賊や海賊、強盗などと申す連中は『公達《きんだち》のお目見えだぞ』とか『宣旨のお使いなのだぞ』とか名乗るものだと聞いていたものですから、それで『宣旨とはなんだ』と言って斬ったのです。やれやれ、私が甲冑《かっちゅう》をじゅうぶんに着、また、斬れ味の鋭い太刀など帯びておりましたら、よもや官人どもを一人も無事では帰さなかったでしょうに。ああ、それから、高倉の宮のおられるところがいずこか、私は存じあげておりませんよ。たとえ存じあげておりましても、侍の身分にある者が言うまいと決心したことを、糾問《きゅうもん》されたからといって白状するような仕儀になりましょうか」

滔々と述べるや、あとは無言。

ぴたりと口を閉ざしました。

いやもう、その場に数多《あまた》居並んでいた平家の侍たちが感歎《かんたん》したことといったら。まずは「あっぱれ」の連呼です。そして「これほどの剛の者とは。惜しむべき男だぞ。斬られてしまうのは痛ましい。ああ痛ましい」と言いあいます。その中のある者がこのような話も持ち出します。

「あの信連という男はな、先年、後白河院《ごしらかわ》の武者所《むしゃどころ》に勤めていたときにも、大番衆《おおばんしゅう》がどうにも押さえかねていた六人の強盗をたった一人で追いかけ、四人を斬り伏せ、二人を生け捕った。そして、その功によって左兵衛の尉に任じられたのだ。一人当千《いちにんとうぜん》の兵《つわもの》とはああいう男をいうのだ」

これを聞き、平家の一同はさらに信連を惜しみまして、入道相国もどう考えられたのでしょうか、あるいは肯《がえん》じられるところがあったのでしょうか、斬首には処せられず、伯耆《ほうき》の国の日野《ひの》への流罪とされたのです。

後年、源氏の世になってからでございますが、信連は東国《とうごく》へ下《くだ》り、梶原平三景時《かじわらへいぞうかげとき》を通じましてこの事件の顚末《てんまつ》を一々《いちいち》、順々に申しあげましたので、鎌倉殿《かまくらどの》は「それは殊勝だな」とお賞《ほ》めになりましたそうで。それで信連は能登《のと》の国に領地を賜《たま》わったと聞いております。はい、もちろん鎌倉殿とは平家を滅ぼされて後《のち》の源頼朝殿、この治承《じしょう》の時代の、佐殿《すけどの》のことでございますよ。

競《きおう》――あの愛馬この秘蔵馬

高倉の宮は如意山《にょいやま》へお入りになりました。すなわち高倉小路を北へ行き近衛《このえ》大路を東へ進み、その先の賀茂川《かもがわ》へ、そしてこれをお渡りになって大津に越える山中にお入りになったのです。その昔、天武《てんむ》天皇がまだ春宮《とうぐう》であられたときに賊軍に襲われ、吉野山にお入りになったことがございますが、その折りには少女の姿に変装なさったとか。今のこの高倉の宮のご様子もそれと少しも変わらないのでございます。案内も知らぬ山路《やまじ》を夜通し分け入らせられて、なにしろご経験もないことなので、おん足から滲《にじ》まれる血が砂利《じゃり》を真っ赤に染めています。夏草の茂みの露《つゆ》にもどれほどの煩《わずら》いをお感じになったことでしょうか。こうして暁《あかつき》のころ、宮は三井寺《みいでら》へお入りになったのです。

「生きがいもない命だけれども」とおっしゃったのでした。「衆徒《しゅうと》をば頼んで、親王であられる自分、この宮はここに来臨になったぞ」

三井寺の衆徒は大いに畏《かしこ》まり喜んで、法輪院《ほうりんいん》に仮の御所を設け、そこへお入れ申しあげて、形のとおりのお食事を作ってさしあげました。

翌《あく》る五月十六日、京都じゅうの騒動は大変なものでした。高倉の宮がご謀叛《むほん》を起こさせられ、お姿を消されなさったとの噂《うわさ》が広まりましたから。後白河《ごしらかわ》の法皇様はこれをお聞きになって「鳥羽殿《とばどの》を出たことはたしかに慶事であった。しかし、安倍泰親《あべのやすちか》が『並ビニオン歎《ナゲ》キ』とあの勘状《かんじょう》に申したのは、これだったか」と言われたのでございました。

さて、そろそろ説かねばなりませぬ。いったい源三位《げんざんみ》入道の頼政《よりまさ》は、せっかく長年にわたって無事に過ごしてきたというのに、なにゆえに、なにゆえに今年になって平家に刃向かうように事を構えたのかを。実のところ、それは平 清盛《たいらのきよもり》公の次男、前《さき》の右大将宗盛卿《むねもりきょう》がしてはならないことをされたからなのです。だから人というものは、どんなに時を得て栄えているからといって、してはならないことを無闇にしたり、また言ってはならないことをやたら言ったりなどというのはよくよく考えるべきことなのです。これは教訓でございますよ。

具体的にまいりましょう。源三位入道の嫡子《ちゃくし》、仲綱《なかつな》のところに、その評判が宮中にまで聞こえた名馬がございましたのです。名を、木の下《こした》といいました。鹿毛《かげ》の馬で、まあ群を抜いておりましたよ。乗り心地、走り具合、性質、その全部がです。またとあろうとは思われないほどなのです。すると前の右大将はこれを伝え聞いて、仲綱のもとへ使者をやり「評判の高い名馬をぜひ拝見したいが」と申し入れたのでした。伊豆《いず》の守《かみ》仲綱はこれに以下のように返事をしました。

「そのような馬をたしかに持っているのですけれども、近頃はあまりに乗りまわして疲れさせてしまいましたので、暫時休憩をとらせようと考え、田舎《いなか》へやってあります」

宗盛卿は、「そういうわけなら致し方ない」と言ってさらに要請されることはなかったのですが、あるとき列座しておりました平家の侍どもが口々に申したのでした。

「あら。その馬は一昨日まではおりましたよ」

「昨日もいたのでは」

「といいますか、今朝も庭で乗りまわしていたと思いますが」

宗盛卿のお顔色が、な、なに、と変わります。

「な、なな、なんだと。それでは伊豆の守は惜しんでいるのだな。小癪《こしゃく》な奴《やつ》め。すぐに所望しろ」

こう言って侍に命じて馬を走らせ、手紙などでも一日に五度六度、いえ七度八度と要求されたのでした。源三位入道の頼政はこうした次第を耳に入れて、嫡男の伊豆の守仲綱を呼び寄せ、次のように言われましたよ。

「たとえ黄金《こがね》をまるめて作った馬であろうともだ。人がそれほど欲しがるものを惜しむという法はないぞ、仲綱。その馬、至急六波羅《ろくはら》へ送ってやれ」

こうなっては仕方ありません。伊豆の守はその愛馬を一首の歌を添えて六波羅へさしだしたのでした。

こひしくは　　ああ、そんなに恋しいんなら
きてもみよかし　　来てご覧になればよいのに
身にそへる　　わたしの身に添う、まるで影のような
かげをばいかが　　この鹿毛の馬を、どうして
はなちやるべき　　手放すことができましょう

さて、この一首に対する宗盛卿の返歌は。

ございませんでした。

宗盛卿は歌の返事もなさらずに、「うむ、いい馬だいい馬だ。馬はまことに名馬だなあ。しかし持ち主があんなに惜しんだのは憎いぞ。じ、じじ、じつに小癪でたまらないぞ。すぐに持ち主の名前を焼き印にして、馬に捺《お》せ」と命じたのでした。こうして世に聞こえた名馬の木の下は、仲綱という焼き印をされて廏《うまや》につながれたのでした。

するとどうなるか。

来客があり、「評判の名馬を見たいものです」と申しますと、こうなるのです。

「あの仲綱めに鞍《くら》を置いて引き出せ」

「仲綱めに乗れ」

「仲綱めに鞭《むち》をくれろ」

「ぴしぴし打ってしまえ。仲綱めを、ぴ、ぴぴ、ぴしぴし」

宗盛卿はこう言われるわけです。お命じになるわけです。

そうしたことを人伝《ひとづ》てに聞いた伊豆の守は当然ながら大いに憤慨されます。我が身に代えてもとまで大切に思う馬を、権勢を笠《かさ》にきて取りあげられたこと一つでも悔しいのに、と忿怒《ふんぬ》されるわけです。今度はその馬ゆえに俺が、俺の名が、この仲綱が天下の笑い者になっているだと。このような扱いが到底我慢できようか、おい。そして父の三位入道も伊豆の守仲綱にこう言ったのでした。

「侮《あなど》っているのだわ、あれらの一門は。平家の連中はこちらを何もできない輩《やから》だと侮って、愚弄《ぐろう》しているのだわ。そういうことであるならば、仲綱よ、なあ息子よ、ただただ平穏に命存《ながら》えるなど詮《せん》ないことだわなあ。わしは、好機を、狙うぞ。謀叛の機会をな」

こういうような経緯《いきさつ》だったのでございますよ。しかも一家の私事としては計画を立てず、高倉の宮を焚《た》きつけ申したのだとも。まあ、これは後《のち》に知られた真相だったのでございますが。

ところで宗盛卿というのは入道相国《しょうこく》の次男、すなわち総領息子から見ての弟。そして弟がこのようであれば偲《しの》ばれるのはやはり兄のほう。世間の人々は小松《こまつ》の内大臣重《しげ》盛《もり》公のおん事をば懐かしくかつ切なく思い出さざるをえないのでした。亡き小松殿が馬に関わる類いの逸話《いつわ》では、こんなこともありました。あるとき小松殿はその参内《さんだい》のついでにとおん妹の中宮のお部屋にお回りになったのですけれども、なんと、あらまあ、八尺ばかりある蛇がこの内大臣の指貫《さしぬき》の左の裾を這《は》いまわっていたのです。ここで自分が騒げば女房たちも騒ぎ、必定《ひつじょう》中宮もお驚きあそばされようとお思いになった小松殿は、左の手で蛇の尾を押さえ、右の手で頭を摑《つか》んで、直衣《のうし》の袖の中に入れられたのでした。いやはや少しも騒がずにすっと立って「六位はいるか。六位の蔵人《くろうど》はいるか。雑務を処理《こな》せる者は」とお召しになったのでした。

このお言葉に応じて姿を現わした人こそ、誰あろう伊豆の守でございました。当時はまだ衛府《えふ》の蔵人であられたのですけれども、「仲綱がここに」と名乗って参られ、大蛇を小松殿より渡されたのでした。仲綱は、いただいて弓場殿《ゆばどの》を通り、殿上《てんじょう》の小庭に出て、蔵人所の小舎人《こどねり》を呼び、「この蛇をお受けせよ」と命じられた。しかし小舎人は従いません。いやもう顔面は蒼白《そうはく》、大きく大きく頭を振って、逃げていってしまったのでした。しかたなく、自らの郎等《ろうどう》である滝口の武士の競《きおう》を呼んで蛇を渡しました。競は頂戴《ちょうだい》し、捨ててしまったとの次第でした。

その翌《あく》る朝のことでございます。小松殿はよい馬に鞍を置いて、伊豆の守に贈られたのでした。この折りに言われたところは、こうでございますよ。

「昨日のそなたのふるまいは実に立派であった。さあ、仲綱よ。これは乗り心地も最上の馬だ。夜になって、詰め所を退出してから美人のところへ通われるときにでも用いられるがいい」

「お馬は謹《つつし》んで頂戴いたします」と伊豆の守は、大臣へのお返事なので慇懃《いんぎん》に申されました。「昨日の大臣のおんふるまいこそ、さながら還城楽《げんじょうらく》を拝見いたすようでございましたよ」

と、木製の蛇を扱います舞楽の曲名を挙げたりもしたのです。

この例《ため》しにも見られますように、まこと小松の内大臣は優雅であられたのですけれども、どうしたわけで宗盛卿はああも兄君に及ばないのでしょう。それはまあ高望みであるのだとしても、しかしながら人の惜しむ馬を無理に所望して天下の一大事を惹《ひ》き起こすことになったこと、ただただ歎かわしい。ああ、もう情けない。な、なな、情けない。

この同じ五月十六日の夜に入って、源三位入道頼政と嫡子の伊豆の守仲綱、次男の源大夫《げんだゆう》の判官兼綱《ほうがんかねつな》、また六条《ろくじょう》の蔵人仲家《くろうどなかいえ》とその子蔵人の太郎仲光《なかみつ》以下、これらが総勢三百余騎の軍勢となって各自の館《やかた》に火を放ち焼き払い、高倉の宮のおられます三井寺へと馳《は》せ参じました。

しかし馬で駆けつけるのが遅れた者もいたのです。名前はすでに挙がりもしましたが、それが競《きおう》でございます。三位入道の侍で、摂津《せっつ》の国の渡辺党に属する源氏の三男にして、宮中の警固《けいご》を任とする蔵人所に属しまする武士。すなわち渡辺の源三《げんぞう》滝口の競。その名前、一文字名乗りの者でありますなのでございました。そして競は、兼《けん》参《ざん》と申しまして、頼政に仕えると同時に前《さき》の右大将宗盛卿のところへも出仕しておりました。

その右大将が、都に残りとどまる競《きおう》を呼んで尋ねられました。

「競《きおう》よ。宗盛は不思議に思うのだが、どうしてお前は三位入道の供をせずに後に残っているのだ」

「まさにそのことでございます。この競《きおう》は、万一のことが出来《しゅったい》したならば主人の真っ先を駆けて命をさしあげようと常々思っていたのですが」と競は畏まって申します。「その主人の三位入道殿が、はて、どうお思いになられたのでしょうか、今度はなんともおおせがないのです」

「ほう」と右大将は応えられます。「競《きおう》よ、いったいお前は朝敵《ちょうてき》となった頼政法師に味方しようと思うのか。それともだ。お前はもともと平家方のここにも出入りしていた者だから、将来の栄達なり子孫の繁栄なりをちゃんと考えて、このまま当家に奉公しようと思うのか。よいから競よ、ありのままに言え」

途端、涙がはらはらと。はらはらと。競《きおう》の両眼《りょうめ》より落ちました。

「先祖代々の主従の情誼《じょうぎ》はもちろん大切なことでございます。しかしながら、なにゆえに朝敵となった人に味方をいたしましょうぞ。私はこの殿中にご奉公したいと存じます」

「おお、そうかそうか」と宗盛卿はおっしゃいます。「それでは奉公せよ、競《きおう》よ。頼政法師がお前にした待遇に、あれだぞ、ちょっぴりも劣ることはないからな。そういうわけだぞ」

宗盛卿はおっしゃって、奥へお入りになったのでした。

それでも侍所《さむらいどころ》へは奥の間《ま》からしばしばお尋ねがあります。「競《きおう》はいるか」「おります」「競はいるか」「おります」という具合で、その日の朝から夕方まで、競は謹んで仕えたのでした。しだいに日が暮れかけて、大将が侍所に出てこられました。競はこの機会に畏まって宗盛卿に申しました。

「三位入道殿は三井寺にいるとの噂でございます。必ずや討《う》っ手《て》がさしむけられると存じます。なに、恐れるに足りません。敵の軍勢となるのは三井寺の悪僧どもと、それからまあ私もよく知る渡辺党の連中でしょう。ならばこの競《きおう》も討っ手に加えていただき、めぼしい相手を選《よ》り討ちにしたいと思うのですけれども、問題はしかし馬なのです。私も乗りまわすのに相応の馬を持っていたのですが、仲間の奴めに盗まれてしまいました。そこで、お馬を一頭お下げ渡しくださるわけにはいかぬでしょうか」

「それは実にもっともなことだな」大将はおっしゃいました。「よかろう」

そして白葦毛《しらあしげ》の馬で、煖廷《なんりょう》と名づけて秘蔵していた一頭に立派な鞍を置いて競《きおう》にお与えになったのです。

わが館に競《きおう》は帰って、言いました。

「日よ、早く暮れろ。俺はこの馬に乗って三井寺に馳せ参じ、軍《いくさ》の先頭に立って戦って、つまり三位入道殿の真っ先を駆けて、討ち死にを遂げようぞ」

日は、そして暮れたのです。競《きおう》は妻子らをそこかしこに隠れさせて、三井寺に向かって出立しました。ああ、その心中はいかに悲壮か。競は、大きく菊綴《きくと》じをつけた平紋《ひょうもん》の狩衣《かりぎぬ》を着ておりました。その上に先祖より代々伝わる大将用の大鎧《おおよろい》すなわち着背長《きせなが》を、それも緋威《ひおどし》のものを着ておりました。銀の星のついた兜《かぶと》の緒を締め、外装のじつに厳《いか》めしい大太刀《おおだち》を佩《は》き、大中黒《おおなかぐろ》の矢を二十四本さした箙《えびら》を腰につけておりました。競は、滝口の武士の礼儀作法を忘れまいというのか、鷹《たか》の羽根で作った的矢《まとや》二本をさし添えて、そして滋籐《しげどう》の弓を持ち、煖廷にうち跨《また》がり、乗り替えの馬を預かった従者一騎をひき連れ、わが館に火を放って焼き払ったのでした。

三井寺へと馬を走らせたのでした。

競《きおう》は。

さて六波羅では。こちらは人々が集まって騒ぎはじめておりました。なにしろ競《きおう》の館から火が出たというのですから。もちろん大将は急いで侍所へ出てこられ、「競はいるか」と尋ねられました。

しかし、返事はこうでした。

「おりません」

「ああ、しまった、た、たたた、謀《たばか》られた」大将は呻《うめ》かれました。「ぐずぐずしていたのが過失《あやまり》だった。ええい、追いかけて討て」

この命令に応える者があったでしょうか。や、それでは自分が、と進み出る者があったでしょうか。競《きおう》はもともと強力《ごうりき》の射手で、その弓勢は比類なく、まさに怪力の剛《ごう》の者《もの》。そうしたことは誰もが承知しておりました。ですから、宗盛卿に仕える武士たちはこう言うばかりでした。

「二十四本さしている矢で、まずは二十四人が射殺《いころ》されるに違いない」

「違いない」

「間違いない」

「であるからして、しーっ、ここは黙っていよう」

こうした始末で、沈黙《しじま》があるばかりなのでした。

ちょうどそのころ、三井寺では競《きおう》の噂をしあっておりました。渡辺党の者たちは「競をいっしょに召し連れてまいるべきでした。ただ一人で六波羅に残りとどまって、どのような憂《う》き目《め》に遭《あ》っているか」と言い、対して三位入道は、競の心中を知っていて「あの男はあの男。むざむざと捕らえられ縛られることはよもやあるまい。あの競という男は、この入道頼政に志《こころざ》しも深い。ゆえに、まあ見ておれ、今にもこちらへ参ろうぞ」と言われました。まさに、その言葉も終わらぬうち、つっと現われる者があるのです。

おお、あの男。

競《きおう》は参ったのでした。

「ほれ、見ろ」

源三位入道はおっしゃられました。

競《きおう》は畏まって申しあげました。

「伊豆《いず》の守殿《こうのとの》の愛馬、木《こ》の下《した》のかわりにと、六波羅の秘蔵馬、煖廷《なんりょう》を取ってまいりました。さしあげましょう」

たてまつられた伊豆の守の仲綱は、たいそう喜びまして、そして何をしたかと申しますと、まずはただちに煖廷の尻尾の毛を切る、たてがみも切る、それから焼き印を捺《お》す、そして次の夜、六波羅へ遣《つか》わして夜半に門の内へ追い入れたのでございます。はい、宗盛卿のその邸《やしき》の門の内へ。すると煖廷は、廏に入ります。他の馬どもと咬《か》みあいます。あちらの下人たちは驚きに驚き、大将宗盛卿に申しあげます。

「煖廷が戻ってまいりました。煖廷が」

大将は急いで出て、ご覧になります。と、いかなる焼き印であったのか。なんとなんと、「昔は煖廷、今は平宗盛入道」と捺されているではございませんか。毛を剃《そ》られた馬だから入道だ、と洒落《しゃれ》のめしております。大将は、まあ躍りあがって躍りあがって怒られましたな。

「どこまでも、どこまでもどこまでも憎らしい競《きおう》め。ぐずぐずと時機を逃《のが》して欺かれたのも残念至極だわ。今度三井寺へ押し寄せたときには、よいか、なんとしてでも競めをまずは生け捕りにせよ。あの首、鋸《のこぎり》で引き切ってやるぞ」

こうも残虐なことをおっしゃられて、しかし廄の煖廷からは、さて、たてがみも尻尾の毛も生えはしませんし、焼き印もやはり消えはしませんな。

山門《さんもんへの》牒状《ちょうじょう》——園城寺《おんじょうじ》から延暦寺《えんりやくじ》へ

一つの大寺の僧たちをひと括《くく》りにまとめて大衆《だいしゅ》と申します。そして言葉というのはいろいろでございますな。たとえば大衆、衆徒《しゅうと》、悪僧。いずれも僧侶を指しますこれらは、同じ意味合いで使われたり、違いを孕んでいたり。群れと成して事を起こしますれば、大衆でございますし衆徒です。刀杖《とうじょう》を携えて活躍なぞいたしますと、これは立派な武芸者、悪僧です。もともとは、朝廷への強訴《ごうそ》や他寺との争いに際して催されるのは大衆僉議《せんぎ》と呼ばれるのが常でございまして。そう、ですから呼び名としては、この場合であれば大衆。衆徒よりも大衆。この大衆僉議がいま三井寺《みいでら》にて行なわれております。法螺貝《ほらがい》が吹かれ、鐘《かね》が打ち鳴らされて、寺院内の全部の僧侶が呼び集められたのでございました。開かれましたこの集会で、一同は次のような案にこぞって賛成しました。

「今日このごろの世間のありさまを案ずるに、仏法の衰微と王法のゆきづまり、この二つが頂点に達している。今回、清盛《きよもり》入道の悪逆非道を懲らしめないというならば、いつ懲らしめる機会が得られよう。高倉の宮が我らの寺にお入りになったことは正八幡宮《しょうはちまんぐう》のご加護だし、新羅大明神《しんらだいみょうじん》のお助けではないか。天神地祇《てんじんちぎ》もお姿を顕わされた。仏力と神力、ともに清盛調伏《ちょうぶく》にご加勢あることは疑いないではないか。そもそも比叡《ひえい》山《ざん》は天台宗の教法を学ぶ道場であり、奈良の興福寺《こうふくじ》は夏の安居《あんご》修行と得度《とくど》を与える戒場。よって当寺から牒状《ちょうじょう》を送ったならば、どうして味方をしないことがあろうか」

あるはずがない、との結論に至り、比叡山へも奈良へも牒状を送ったのでございます。

まずは比叡山への牒状にはこう書きました。

「園城寺《オンジョウジ》カラ、延暦寺《エンリャクジ》ノ寺務所へ。

特ニ力ヲ協《アワ》セテイタダキ、当寺ノ破滅ヲ助ケラレルコトヲ願ウ書状。

右ニツイテ、入道浄海《ジョウカイ》ハ　恣《ホシイママ》ニ王法ヲ踏ミ躙《ニジ》リ、仏法ヲ滅ボサントシテオリマス。マコトニ歎《ナゲ》カワシイコトデスガ、去ル十五日ノ夜、後白河《ゴシラカワ》法皇ノ第二ノ皇子《オウジ》ガヒソカニ当寺ニゴ入来ナサレマシタ。スルト『院宣《インゼン》ダ』ト称シテ皇子ヲオ出シスルヨウニト催促ガアリマスガ、当寺トシテハオ出シスルコトハデキマセヌ。ソコデ入道浄海ハ官軍ヲサシムケルトノ噂《ウワサ》デス。当寺ノ破滅ハマサニ迫ッテオリマス。モロモロノ衆徒ハ愁《ウレ》エ歎カズニハオラレマスマイ。ナカデモ延暦、園城ノ両寺ハソノ門流コソ山門《サンモン》、寺《ジ》門《モン》ト二派ニ分カレテオリマスケレドモ、学ブトコロハ同ジ天台ノ教門デアリマス。タトエバ鳥ノ左右ノ翼デスシ、マタ、車ノ二ツノ輪ニ似テオリマス。一方ガ欠ケルコトニナッテハ、他方ハドウシテ歎カズニオラレマショウ。コノヨウナ次第デ、特ニ力ヲ協《アワ》セテ、当寺ノ破滅ヲオ助ケアレバ、長年ニワタル両寺対立ノ遺恨ハ忘レマシテ、同ジ山ニ住ンデオリマシタ往時ノ交誼《コウギ》ニ復シマショウ。衆徒ノ決議シタルトコロハ以上ノ通リデアリマス。ヨッテ牒状ヲ送リマス。

治承《ジショウ》四年五月十八日。大衆等《ラ》」

南都牒状《なんとちょうじょう》　――興福寺《こうふくじ》へ、興福寺から

山門《さんもん》の大衆《だいしゅ》はこの牒状《ちょうじょう》を披《ひら》き見ましたが、さてその反応は。延暦寺《えんりゃくじ》は三井寺《みいでら》すなわ

ち園城寺《おんじょうじ》に、呼応したのでしょうか、しなかったのでしょうか。

比叡山《ひえいざん》では、言ったのでございます。

「これは何たることだ。三井寺はこの比叡山の末寺《まつじ》であるのに『鳥ノ左右ノ翼デスシ、車ノ二ツノ輪ニ似テオリマス』だと。当山を格下げして書いてあるぞ。けしからんわ」

比叡山は、ですから返事も送らなかったのでございます。

おまけに入道相国《しょうこく》も動きまして。天台座主《てんだいざす》の明雲大僧正《めいうんだいそうじょう》に衆徒《しゅうと》を鎮められるようにと働きかけられたので、里房の東坂本《ひがしさかもと》におられた座主は急いで叡山に登って、大衆を鎮撫《ちんぶ》なさりました。この間《かん》、高倉の宮のほうへは「山門が味方するかどうかは未定」と申し送りました。入道相国はさらに延暦寺の懐柔に動いて、近江《おうみ》の米を二万石《ごく》と織《おり》延絹《のべぎぬ》三千疋《びき》を音信の証《しる》しにご寄進などもなさりました。これらは谷々峰々の僧房に配られたのですけれども、なにしろ急なことではあったし、一人で多くをとる大衆もあり、他方、何一つ手に入れられないでいる衆徒もありました。すると、何者のしわざでありましょうか、落書《らくしょ》が詠《よ》まれてしまいまして。

山法師《やまほふし》　さても比叡山の山法師
おりのべ衣《ごろも》　織延絹で作った僧衣は
うすくして　まあ薄いわな

恥をばえこそ　　薄すぎて恥をも
かくさざりけれ　　隠せないわな

また絹をもらえなかった大衆が詠んだであろう歌は、これでございます。

おりのべを　　まいったなあ、織延絹なぞ
一きれもえぬ　　一きれも得られなかった
われらさへ　　我々までも
うすはぢをかく　　その薄い、薄恥をかいた
かずに入《い》るかな　　そうした輩《やから》の数にかぞえられてしまったわい

比叡山への牒状の顚末《てんまつ》はこうであったのですけれども、続いて奈良への牒状です。南都《なんと》に送った牒状へはこう書きました、

「園城寺カラ、興福寺《コウフクジ》ノ寺務所へ。

特ニ力ヲ協《アワ》セテイタダキ、当寺ノ破滅ヲ助ケラレルコトヲ乞ウ書状。

右ニツイテ、仏法ガ特ニ優レテイルノハ王法ヲ護《マモ》ルタメデアリ、王法ガ久シク長クアルノハ仏法ニ依《ヨ》ルノデアリマス。ココニ入道、前《サキ》ノ太政大臣《ダイジョウダイジン》平朝臣清盛《タイラノアソンキヨモリ》公、法名浄海《ジョウカイ》ハ、恣《ホシイママ》ニ国ノ威光ヲ私《ワタクシ》ノモノトシ、朝廷ノ政治ヲ乱シ、僧界デアレ俗界デアレ恨ミト歎《ナゲ》キヲ生ンデオリマシタケレドモ、ソノタメニ今月十五日ノ夜、後白河《ゴシラカワ》法皇ノ第二ノ皇子《オウジ》ガ不慮ノ難ヲ逃レンガタメニ急ニ当寺ニゴ入来ナサレマシタ。スルト『院《イン》

宣《ゼン》ダ』ト称シテ皇子ヲオ出シスルヨウニト催促ガアリマスガ、衆徒ハヒタスラ宮ヲ惜シミタテマツリ、拒ンデオリマス。ソコデ入道浄海ハ武士ヲ当寺ニサシムケントシテオリマス。仏法トイイ王法トイイ、トモドモニ一時《イットキ》ニ破滅ニ瀕シテイルノデス。ソノ昔、唐《トウ》ノ皇帝武宗《ブソウ》ガ軍兵《グンピョウ》ヲモッテ仏法ヲ滅ボソウトシタトキ、五台山《ゴダイサン》ノ衆徒ハ合戦ニ訴エテコレヲ防ギマシタ。帝王ノ権力ニ対シテモ、コウデアリマシタ。マシテヤ、入道浄海ナル謀叛《ムホン》八逆ノ罪ヲ犯シタ輩ニ対シテハ、ナオサラノコトデハアリマセンカ。特ニ興福寺デハ、前例モナイトイウノニ藤原氏ノ長者基房《モトフサ》公ガ無実ノ罪デ配流《ハイル》ニセラレテオリマス。今度デナケレバ、イツノ日ニソノ恥ヲ雪《スス》ゲマショウ。ナニトゾ興福寺ノ衆徒ガ、内ニハ仏法ヲ破滅ヨリ救イ、外ニハ悪逆ノ者ドモヲ退ケテクダサイマスヨウ。ソウナレバゴ同慶ノ至リ、本懐モ達セラレルデショウ。当寺ノ衆徒ノ決議シタルトコロハ以上ノ通リデアリマス。ヨッテ牒状ヲ送リマス。

治承《ジショウ》四年五月十八日。大衆等《ラ》」

南都の大衆はこの牒状を披き見まして、さてその反応はどうであったか。興福寺は、三井寺、すなわち園城寺に呼応したのでしょうか、しなかったのでしょうか。南都は、実は、すぐに返書を送りました。そこにはこう書いたのでした。

「興福寺カラ、園城寺ノ寺務所へ。

オ手紙イタダキマシタ。一枚ノ紙ニ書キ記サレタ文面ニ拠《ヨ》レバ、入道浄海ノタメニ貴寺ノ仏法ガ滅ボサレヨウトシテイルトノコト。

　オ返事イタシマス。天台ト法相《ホッソウ》ノ両宗ハソレゾレノ宗義ヲ立テテイルケレドモ、経典ノ章句ハ同ジ。スベテ釈尊《シャクソン》一代ノ説法ニ基ヅク。ツマリ奈良ノ興福寺モ京都ノ延暦寺モトモニ如来《ニョライ》ノ弟子デアリマス。デスカラ各寺ハ互イニ力ヲ協《アワ》セテ、仏敵ノ提婆達《ダイバダッ》多《タ》ノゴトキ魔障《マショウ》ヲ屈伏サセルベキデス。ソモソモ清盛入道ハ平家ノ滓《カス》デアリマス。武家ノ芥《ゴミ》モ同然デアリマス。ソノ祖父正盛《マサモリ》ハ五位ノ蔵人《クロウド》ノ家ニ仕エテ、諸国ノ受領《ズリョウ》ノ手先ヲ務メマシタ。大蔵卿為房《オオクラキョウタメフサ》ガ加賀《カガ》ノ守《カミ》デアッタ昔ニ検非違使《ケビイシ》ニ任ジラレ、修理《シュリ》ノ大《ダイ》夫《ブ》顕季《アキスエ》ガ播磨《ハリマ》ノ守《カミ》デアッタ昔ニソノ廏《ウマヤ》ノ別当職ニ任ジラレマシタ。賤《イヤ》シイ者デアッタノデス。トコロガ父忠盛《タダモリ》ガ昇殿ヲ許サレマシテ、コレニ際シテハ都ヤ田舎《イナカ》ノ老少ヲ問ワナイ人々ガ『鳥羽《トバ》上皇ノゴ失政ダ』ト残念ニ思ッタノデス。マタ、仏家ヤ儒家《ジュカ》ノ優レタ学者タチハ耶馬台《ヤマタイ》ノ詩ニアル予言ガ事実トナッテ現ワレタコトヲ、ソレゾレニ悲シンダノデス。忠盛ハ立身出世シテ威儀ヲ整エマシタケレドモ、世間ノ人々ハヤハリ素姓ノ悪イコトヲ軽蔑シテオリマシタ。名ヲ惜シム若イ侍ハ平家ヘノ仕官ヲ希望シナカッタ。シカルニ去ル平治《ヘイジ》元年十二月、後白河上皇ガワズカ一度ノ清盛ノ戦功ニ感ジラレテ、破格ノ賞ヲオ授ケニナッタ。以来、ツイニハ清盛ハ太政大臣ノ高位ニ上《ノボ》リ、アワセテ兵仗宣下《ヒョウジョウセンゲ》ヲ賜《タマ》ワッテ、武装シタ随身《ズイジン》ヲ召シ連レル身分トナリマシタ。一家ノ男子ハアルイハ畏《オソ》レ多クモ大臣トナリ、アルイハ近衛府《コノエフ》ノ将官ニ連ナッタ。女子ハアルイハ中宮ニナリ、アルイハ准后《ジュゴウ》ノ宣旨《センジ》ヲコウムッタ。多クノ弟タチト庶子トガ、ミナ公卿《クギョウ》ニ至リ、ソノ孫ヤ甥《オイ》タチマデモスベテ国司ニ任ジラレタノデス。ソレバカリデハアリマセン。日本全国ヲ支配シテ、百官任免ノ実権ヲ握ッテ、官吏タチヲバ皆、自ラノ奴婢《ヌヒ》デアルトカ一家ノ従僕《ジュウボク》デアルカノ如クニ使ウノデス。少シデモソノ心ニ叛《ソム》ケバ王侯トイエドモ捕ラエ、ワズカナ言葉デモ耳ザワリトナレバ公卿デアロウトモ捕縛シマス。コウシタコトノタメニ、アル者ハ一時《イットキ》ノ生命ヲ保トウト、アル者ハ片時《カタトキ》ノ暴虐ヲ逃レヨウト、天子デスラ清盛ノ面前デハ媚《コビ》ヲ示シテ機嫌ヲトリ、藤原氏マデモガ膝行《シッコウ》ノ礼ヲトルトイウ有様《アリサマ》ナノデス。代々伝エラレテキタ領地ガ奪ワレテモ、宰相スラ恐レテ口ヲ閉ザシ、宮家ガ世襲シテキタ荘園《ショウエン》ガ奪ワレテモ、ソノ権力ヲ憚《ハバカ》ッテ誰モ抗議ガデキナイノデス。シカモ調子ニ乗ッタアゲク、後白河法皇ノ御所ヲ没収シ、関白ヲ流罪ニスルニマデ至リマシタ。コノ叛逆《ハンギャク》ノ行為ノ甚《ハナハ》ダシサハ古今ニマコト前例ガアリマセヌ。コウシタ時ニ当タッテ我々ハ、スベカラク国賊ノ清盛ラニ対シテ行動ヲ起コシ、ソノ罪ヲ問ウベキデシタノニ、アルイハ神慮ヲ畏レテ慎ミ、アルイハ清盛ガ『天皇ノゴ命令ダ』ト騙《カタ》ルノデ起《タ》チ上ガレズ、心鬱々《ウツウツ》トシテ月日ヲ過ゴシテキマシタ。スルト清盛ハ、カサネテ軍兵ヲ動カシテ、後白河法皇ノ第二ノ皇子ノ高倉ノ宮ヲソノ御所ニ包囲シマシタ。デスガ、八幡三所《ハチマンサンジョ》ノ神々ト春日大明神《カスガダイミョウジン》ガ窃《ヒソ》カニ示現《ジゲン》ナサッテ、オ乗物ヲ宮ニサシアゲ、貴寺ニ送リ届ケテ、新羅《シンラ》大明神ノ社殿ニオ預ケニナリマシタ。

王法ガ尽キテイナイコトハコノ次第カラモ明ラカ。シタガッテ貴寺ガ身命ヲ捨テテ高倉ノ宮ヲオ守リ申シアゲテイルコトハ、世ノ誰モヲ心カラ『アリガタイゾ、アリガタイゾ』ト感ジ入ラセルモノナノデス。ソウデナイハズハゴザイマセヌ。私タチモ奈良トイウ遠方ノ地ニアッテ、感動シテオリマシタトコロニ、アノ清盛入道メ、サラニ軍兵ヲ派シテ貴寺ヲ攻メントスル由《ヨシ》、ホノカニ聞キ及ビマシタノデ、アラカジメ準備ヲイタシマシタ。十八日、辰《タツ》ノ刻ニ大衆ヲ呼ビ集メ、諸寺ニ牒状ヲ送リ、末寺ニ命令シ、軍勢ヲ揃《ソロ》エテカラゴ通知申シアゲヨウトシテイルトコロニ、文使《フヅカ》イガ参ッテ貴寺ヨリノオ手紙ガ到達イタシマシテ、ココ数日間ノ胸ノ痞《ツカ》エガ一時ニ晴レマシタ。カノ唐ノ五台山ノ僧タチハ武宗ノ官兵ヲ追イ返シマシタ。マシテヤ日本ノ興福、園城両寺ノ衆徒ガ、ドウシテ逆臣清盛ノ邪悪ナ軍勢ヲ追イ払ワヌコトガアリマショウ。高倉ノ宮ノ左右ノ陣ヲヨク守リ固メマシテ、私タチノ出陣ノ報セヲオ待チ《シラ》クダサイマセ。コノ書状ヲゴ賢察ノウエ、ナニトゾ疑イ恐レルコトノナカランコトヲ。以上、オ返事ヲ送リマス。

治承四年五月二十一日。大衆等《ラ》」

永僉議《ながのせんぎ》——夜討ち叶《かな》うか

三井寺《みいでら》では再び大衆《だいしゅ》が集《つど》い、議論しました。その論じあったところはこうでございます。

「比叡山延暦寺《ひえいざんえんりゃくじ》は心変わりしたぞ。また、奈良の衆徒《しゅうと》はまだ参らぬ。このまま延び延びにしていては形勢不利になるばかり。いざ、ただちに六波羅《ろくはら》へ押し寄せて夜討ちをかけようぞ。やるならば、こうだ。老僧と若者とを二手に分ける。老僧どもは如意《にょい》が峰《みね》から敵の背後に向かえ。搦手《からめて》の軍勢となるのだ。足軽《あしがる》ども四、五百人を先に立てて白河の民家に火をかけて焼き払えば、在京の武士も六波羅の武士もともに『あわや一大事が出来《しゅったい》したぞ』とばかり、そちらに馳《は》せ向かうはず。そのときだ。岩坂《いわさか》、桜本《さくらもと》の辺りで繰り返し繰り返し襲いかかり、しばし敵をひきつけて応戦している間に、伊豆《いず》の守仲綱《かみなかつな》殿を大将軍にして大手《おおて》の軍勢が出るのだ。そうだ、正面より攻める勢力だ。悪僧どもが伊豆の守の指揮下に六波羅へ押し寄せ、風上《かざかみ》に火を放ち、一戦、入り乱れて激しく攻め込むならば、どうして太政入道《だいじょうにゅうどう》清盛《きよもり》を焼き出して討てないことがあろうか」

云々《うんぬん》。と、その議論の渦中、かつて平家のために祈禱《きとう》をしたことのある一如房《いちにょぼう》の阿闍梨《あじゃり》真海《しんかい》が弟子や同宿《どうしゅく》の僧数十人を引き連れて、評議の座に進み出て、訴え出すのです。

「こういうことを申すと『さては真海め、平家の味方か』とお思いになるかもしれませんが、それでも申しますぞ。なにしろ衆徒としての道義に背くことはない。また、当寺の名誉を重んじないこともない。これら、当然ですからな。ええ、昔は源平が左右に並んで競いあい、朝廷のご守護を仕《つかまつ》っておりましたとも。しかし当今はいかがか。源氏の運は傾き、平家がその栄耀《えいよう》を極めはじめて二十余年、天下に靡《なび》かぬ草木はございませんぞ。また、平家のそれぞれの館《やかた》の様子を六波羅に探ってみると、小勢《こぜい》では攻め落とすことなど、とてもとても。拙僧《せっそう》の意見としましては、ですからよくよく他の謀《はかりごと》をめぐらして、軍勢を集め、後日に攻め寄せられるほうが上策であろうと」

云々。この訴えは時を稼ごうとするがためのもので、ゆえに一如房の阿闍梨真海は長々とその意見を述べたてたのでした。

すると、真海の引き延ばしに待ったをかける者があります。乗円房《じょうえんぼう》の阿闍梨慶秀《けいしゅう》という老僧でした。法衣の下に腹巻《はらまき》すなわち簡略な鎧《よろい》を着、打刀《うちがたな》すなわち打ちあって斬りあうための鍔《つば》のある刀の大きいのを前下がりに差し、裹頭《かとう》すなわち布で法師頭を包んで眼《め》だけを出し、白柄《しらえ》の大長刀《おおなぎなた》を杖《つえ》につき、評議の座に進み出て、こう主張しました。

「『今がたとえ劣勢でも逆転は成る』という証拠をよそに引くまでもない。我らの寺を建立《こんりゅう》せられた本願の主《しゅ》、天武《てんむ》天皇のおん事でじゅうぶんだ。まだ春宮《とうぐう》であられたとき、大友《おおとも》の皇子《おうじ》にご遠慮なされて吉野の奥にお入りになったが、再びそこをお出になり、大和《やまと》の国の宇多《うだ》の郡《こおり》をお通りになったときにはその軍勢はわずかに十七騎。さりながら伊賀《いが》を経て伊勢《いせ》に至り、美濃《みの》、尾張《おわり》の軍勢と合流なさって、大友の皇子を滅した。ついに位にお即《つ》きになった。古典にも『窮鳥《きゅうちょう》懐《ふところ》に入《い》る、人倫これをあわれむ』と見える。他人《ひと》はいざ知らず、この乗円房の慶秀の門弟たる者はみな、今夜六波羅に押し寄せて討ち死にせよ」

と、そこに円満院《えんまんいん》の大輔《たいふ》源覚《げんかく》が進み出て、とうとう急き立てるのでした。

「なにを細々《こまごま》と末に走った議論を。やめい。夜が深《ふ》けるばかりだ。即、出陣せ《せ》よ」

大衆揃《だいしゅぞろえ》——撥《ばち》が鳴る

即、と三井寺《みいでら》の悪僧の一人が申しております。

即座に、即時に、と。

しかしながら物語りの続きは、しばし。

しばしお時間を。今、琵琶《びわ》を用意いたします。

一面の琵琶と一人の奏者を。

いよいよ合戦も近いのです。そこで、趣向をこれより変えまする。口ぶりを、語りぶりを深めまする。さあ、琵琶が到着しましたぞ。またその奏者も。以降は二人、こうして揃《そろ》ったのは合計二人にございます。従前のとおり、当方は語り、さて他方は、弾《ひ》かせましょう。

あちらの者には弾かせましょう。一面の琵琶を。

さあ、撥《ばち》が鳴ります。

は！

いや、撥が鳴らします。

は！　は！

それでは戻りましょうぞ。いよいよ、即、即時に。物語りの続きに。出陣した者たちは、名を挙げれば以下のよう。搦手《からめて》に向かう老僧どもは、その大将軍に源三位《げんざんみ》入道頼政《よりまさ》。それから乗円房《じょうえんぼう》の阿《あ》闍梨慶秀《じゃりけいしゅう》、律成房《りつじょうぼう》の阿闍梨日胤《にちいん》、帥《そつ》の法印禅智《ぜんち》、禅智の弟子の義宝《ぎほう》、禅永《ぜんよう》。これらを始めとして、総勢一千人。一千人！　手に手に松明《たいまつ》を持って如意《にょい》が峰《みね》へと向かいます。いっぽう大手《おおて》の大将軍には、もちろん源三位の嫡子《ちゃくし》伊豆《いず》の守仲綱《かみなかつな》。ここに次男の源大夫《げんだゆう》の判官兼綱《ほうがんかねつな》、六条の蔵人仲家《くろうどなかいえ》、その子の蔵人太郎仲光《なかみつ》が従います。では、大衆《だいしゅ》では。

円満院《えんまんいん》の大輔源覚《たいふげんかく》。

成喜院《じょうきいん》の荒土佐《あらどさ》。

律成房の伊賀《いが》の公《きみ》。

法輪院《ほうりんいん》の鬼佐渡《おにさど》。

おお、これらは力の強いこと、刀や長刀《なぎなた》をとっては鬼にも神にも立ち向かおうという、まさに一人当千《いちにんとうぜん》の兵《つわもの》！

では三井寺の三院に目を向ければ。

中院にあった平等院からは、因幡《いなば》の竪者荒大夫《りっしゃあらだゆう》、角《すみ》の六郎房《ろくろうぼう》、島の阿闍梨。

南の院にあった筒井谷《つついだに》の法師では、卿《きょう》の阿闍梨、悪少納言《あくしょうなごん》。

北の院の衆徒《しゅうと》には、金光院《こんこういん》の六天狗《ろくてんぐ》。すなわち式部、大輔、能登《のと》、加賀《かが》、佐渡《さど》、備《びん》後《ご》ら。これが六天狗！

そして松井の肥後《ひご》、証南院《しょうなんいん》の筑後《ちくご》、賀屋《がや》の筑前《ちくぜん》、大矢《おおや》の俊長《しゅんちょう》、五智院《ごちいん》の但馬《たじま》。それから「討ち死にせよ」と命じられた乗円房の阿闍梨慶秀の同房の者六十人のうち、加賀の光乗《こうじょう》、刑部《ぎょうぶ》の俊秀《しゅんしゅう》。これらの法師どもでは誰がいちばん武勇で知られたかといえば、一来《いちらい》法師！

は！

そして堂衆《どうしゅ》では、筒井《つつい》の浄妙明秀《じょうみょうめいしゅう》、小蔵《おぐら》の尊月《そんがつ》、尊永《そんえい》、慈慶《じけい》、楽住《らくじゅう》、かなこぶしの玄永《げんよう》。また武士では、渡辺省《はぶく》、播磨《はりま》次郎、授《さずく》、薩摩《さつま》の兵衛《ひょうえ》、長七唱《ちょうじつとなう》、競《きおう》の滝口《たきぐち》、与《あたう》の右馬《うま》の允《じょう》、続《つづく》の源太、清《きよし》、勧《すすむ》を先として、その総勢は。

総勢、一千五百余人。

これらがいっせいに三井寺を出発したのでございます。

その三井寺、高倉の宮がお入りになってからは、逢坂《おうさか》を経て大津に通じる道と四宮《しのみや》から大津、三井寺に至る道とを掘り切って、敵を防がんと堀《ほり》を作るのみならず逆茂木《さかもぎ》の柵も立てつらねていたので、それらの堀に橋を渡したり防御具の逆茂木をとりのぞいたりしているうちに、時刻はたちまち経過して、逢坂の関にかかるころには夜明けを知らせる鶏《とり》があちこちで鳴きあいました。大手の大将軍、伊豆の守は言われました。

「ここで鶏《にわとり》が鳴いては、六波羅《ろくはら》へは昼日中《ひるひなか》ごろに着いて攻めるという仕儀ともなろう。ぬう、いかにするか」

と、また前のように進み出たのは、誰あろう円満院の大輔源覚でございました。

「仲綱様。今より私、源覚めは大陸の故事をここなる一同に語りて聞かせます。すなわちこうです。昔、秦《しん》の昭王《しょうおう》の御代《みよ》に孟嘗君《もうしょうくん》が捕縛せられた。だが后《きさき》のお助けによって兵三千人をひき連れて逃げ出し、どうにか函谷《かんこく》の関に至った。しかしながらこの関所の戸は、鶏の声が夜明けを告げるまでは開かないことになっていた。さあ、どうする、どうなるのか。孟嘗君の三千の食客《しょっかく》のなかには、名をてんかつという兵《つわもの》がいたのだ。てんかつは鶏の鳴き真似がめったにないほど巧みで、鶏鳴《けいめい》とも呼ばれていたのだ。その鶏鳴、高いところに走りあがって鶏の鳴く真似をした。すると関所の辺りにいた鶏たちがこれを聞きつけて、みな一度に鳴いた。関守《せきもり》は、すると、この空鳴《そらな》きに騙《だま》されてしまった。戸を開けて孟嘗君の一行を通したのだ。ほれ、こんなこともある。ゆえに今度も、あれらの鳴き声も、敵の謀《たばか》りで『こけ』とも『こっこう』とも鳴かせたのであろう。

云々《うんぬん》。大いに主張したのでございます。

が、なにしろ五月の短い夜。とかくするうちに仄々《ほのぼの》と明けてしまいました。伊豆の守は言われたのでした。

「夜討ちであれば勝算ありと見込んでいた。しかしながら昼軍《ひるいくさ》では敵《かな》うまい。あれを呼び返せや」

あれとは搦手《からめて》の軍勢のこと。そちらを如意が峰から呼び戻したのです。そして大手の軍勢は、松坂から引き返しました。もちろん治まらない若い衆徒もおります。そうした者たちは、言うのでした。

「これは一如房《いちにょぼう》の阿闍梨の、あの長々しかった反対論なんぞのせいだ。あの長僉議《ながせんぎ》こそが時間を空費させて、こんなふうに夜を明けさせてしまったのだ。あやつの宿房、ぶち壊してやれ！」

そして宿房に押し寄せましたとも。さんざんに壊しましたとも。防ごうとした一如房の弟子や同宿《どうしゆく》数十人を討ってしまいましたとも。当の一如房の阿闍梨は、やっとのことでその場を逃れて六波羅に参り、老いた目の玉から涙を流してこのことを訴えたそうで。ですが、六波羅ではすでに軍兵《ぐんぴょう》数万騎が馳《は》せ集まっていて、べつに驚き騒ぐこともなかったのです。

は！

さて高倉の宮は、いかがか。同月二十三日の暁《あかつき》、宮はこうおっしゃられたのです。

「この三井寺だけでは六波羅に太刀打ちできまい。山門《さんもん》は心変わりし、奈良からの援軍もまだだ。日が延びれば延びるほど、まずいことになるぞ」

そのように判断なされて、宮は三井寺をお出になられました。奈良に向かわれたのです。

この宮は漢竹《かんちく》の笛を二つ持っておられました。それぞれ蟬折《せみおれ》、小枝《こえだ》と名づけられたもの。由来もございまして、蟬折というのは昔、鳥羽院《とばいん》の御代に黄金《こがね》を千両も宋《そう》の皇帝へお贈りになって、その返礼としてでしょうな、生きた蟬のようにしか見えない節《ふし》のついた笛材の竹がひと節贈られてきたのです。それで、「どうしてこれほどの貴重な宝物《ほうもつ》を、やすやす穴をあけて笛に作らせてよかろう」とおっしゃって、三井寺の大進の僧正覚宗《そうじょうかくそう》に命じて護摩壇《ごまだん》に立て、七日間加持祈禱《かじきとう》してから、作らせられたお笛なのです。その後のあるとき、高松の中納言実衡卿《さねひらきょう》が参内《さんだい》してこのお笛を吹かれたのですけれども、ついつい普通の笛のように思って膝《ひざ》より下に置かれたところ、名笛《めいてき》はその無礼を咎《とが》めたのでしょうな、ぽきり、そのときに蟬が折れてしまったのです。

ええ、それで蟬折という名がつけられたのでございますよ。

高倉の宮は、笛の名手であられたので、この蟬折をご相伝なされたのです。しかし、宮もまあ今が最後と思われたのでしょうね、このお笛を三井寺金堂《こんどう》のご本尊、弥勒菩薩《みろくぼさつ》にご奉納なさって。これはもう、五十六億七千万年という遥か未来に弥勒菩薩がこの世に下《くだ》られて、竜花樹《りゅうげじゅ》のもとで説法されるときにめぐり合われるためかと思われます。まことに、まことにあわれ深い。

老僧たちにはみな暇《いとま》を与えられて、三井寺に留め置かれました。任に適《かな》った若い衆徒や悪僧どもはお供をいたします。源三位入道の一族郎等《ろうどう》をひき連れて、その軍勢は一千人ということでございました。おや、宮の御前《ごぜん》に、乗円房の阿闍梨慶秀が鳩《はと》の杖《つえ》にすがって参りました。握りに鳩の形を刻んだ老人用の杖でございます。そして、おやおや、老いた目の玉から涙をはらはらと流しながら言うのでございます。

「どこまでも宮様のお供をいたしたくは存じますが、愚僧も年はすでに八十に及び、まともに歩くこともままなりません。そこで弟子の刑部房俊秀《しゅんしゅう》をお供におつけします。これは先年、平治《へいじ》の合戦のときに故左馬《さま》の頭《かみ》の義朝《よしとも》の配下にあって六条河原で討ち死にしました相模《さがみ》の国の住人、山内の須藤刑部《すどうぎょうぶ》の丞俊通《じょうとしみち》の子でございます。少々の縁がありまして、愚僧が養い親として育てあげ、心の底までよくよく存じております。どこまでもお召し連れくださいませ」

そして涙を抑え、後に残りました。

宮も、それはもう心を打たれて、おっしゃいましたよ。

「いつの恩義によって、こうも、これほどにも申してくれるのか」

おん涙は、おとめになれないのでした。

橋合戦《はしがっせん》――これぞ最初の合戦

高倉の宮は宇治《うじ》と三井寺《みいでら》との間で、実に六度まで落馬なされました。どれほどの強行軍だったことか！　これは前夜お寝《やす》みになれなかったからに違いない、みなはそう判断しまして、宇治橋《うじばし》の橋板を三間《げん》取り外し、敵が橋を渡れぬように細工して、それから宮を平等院にお入れ申しあげ、しばらくご休憩になっていただきました。そして、いっぽうの六波羅《ろくはら》はといえば。

は！

押し寄せます。宇治橋のたもとへ、押し寄せますすぞ。まずは不届きにもこう言ったのです。「や、ややや、高倉の宮は南都《なんと》へお逃げになるという噂《うわさ》だぞ。追いかけて討ちとり申せ」と。そして大将軍には左兵衛《さひょうえ》の督《かみ》の平知盛《たいらのとももり》、頭《とう》の中将の重衡《しげひら》、左馬《さま》の頭《かみ》行盛《ゆきもり》、薩摩《さつま》の守忠度《かみただのり》を任じ、侍大将には上総《かずさ》の守の藤原忠清《ふじわらのただきよ》、その子上総の太郎判官《たろうほうがん》忠綱《ただつな》、飛騨《ひだ》の守景家《かげいえ》、その子飛騨の太郎判官景高《かげたか》、高橋《たかはし》の判官平 長綱《たいらのながつな》、河内《かわち》の判官秀国《ひでくに》、武蔵《むさし》の三郎左衛門《さぶろうざえもん》有国《ありくに》、越中《えっちゅう》の次郎兵衛《じろうびょうえ》の尉《じょう》平 盛嗣《たいらのもりつぎ》、上総の五郎兵衛《ごろうびょうえ》忠光《ただみつ》、悪七兵衛景清《あくしちびょうえかげきよ》を先として、総勢は二万八千余騎。この大軍が木幡山《こわたやま》を越えて、どどうっと押し寄せたのでございます。宮の勢力が平等院にいると見てとったので、三度も鬨《とき》の声をあげました。と、宮のほうでも相《あい》呼応して、鬨の声をあわせました。平家方の先陣が叫びました。橋板が剥《は》がされているぞ、注意！　橋板が外されているのだから、注意！　注意せよ！　繰り返したのですけれども後陣はこれを聞きつけません。

すると、我先に、我先に！

我先に！

先陣の二百余騎は押し落とされる恰好《かっこう》となり、ああ、水に溺れる！　流される！

ああ！　ああ！

それでも両軍は橋の両方の際《きわ》に立って、さあ矢合わせです。戦闘の開始の合図です。宮のほうの軍勢には、大矢《おおや》の俊長《しゅんちょう》、五智院《ごちいん》の但馬《たじま》、そして渡辺党の例の一字名乗りの者ども、省《はぶく》、授《さずく》、続《つづく》の源太がおりまして、これらの強者《つわもの》たちが射た矢は鎧《よろい》をも通し、楯《たて》でも防げずに貫き通してしまいます。源三位《げんざんみ》入道頼政《よりまさ》は長絹《ちょうけん》の鎧直垂《よろいひたたれ》に品革威《しながわおどし》の鎧を着て、今日の戦いをば最後の出陣と思われたのでしょうね、わざと兜《かぶと》はつけられません。その嫡子《ちゃくし》の伊豆《いず》の守仲綱《なかつな》は、いかにも一軍の大将然とした赤地の錦《にしき》の直垂《ひたたれ》に黒《くろ》糸威《いとおどし》の鎧です。弓を強く引こうとして、こちらも邪魔になる兜はつけておりません。

　そして、まず前に出ましたのは。

　五智院の但馬。

　ただ一騎、大長刀《おおなぎなた》の鞘《さや》をはずして、橋の上に進み出ました。

　平家のほうではこれを見て、「あの男を射殺《いころ》せや、者ども！」と騒ぎます。そして剛力の弓の名手たちが、矢先を揃《そろ》えて、つがえては引き、つがえては引く。さんざんに射かける。ところが、どうだ。は！　但馬は少しも騒がない。高めの矢はくぐり抜けて低めの矢は躍《おど》り越える。まっこうから来る矢は、長刀で斬って落とす。この見事な戦いっぷりを敵も味方も見物する。

　このことがあって以来、五智院の但馬は「矢切《やぎり》の但馬」と呼ばれるようになったのですよ。

　しかし、それは後日のこと。再び場面に戻りますれば、三井寺の悪僧たちの中には筒井《つつい》の浄妙《じょうみょう》明秀《めいしゅう》がおりました。これが、次いで進み出る。褐《かち》の直垂に黒革威の鎧を着て、錣《しころ》が五枚の兜をかぶり、黒漆《くろうるし》の太刀《たち》をさし、黒ぼろの矢を二十四本さした箙《えびら》を腰につけ、塗籠籐《ぬりごめどう》の弓に当人好みの白柄《しらえ》の大長刀を持ち添えて、宇治橋の上に進み出たのでした。

　そして大音声《だいおんじょう》をあげて、名乗った！

「日頃は噂にも聞いていよう。だが今、その目に見ろ。しかと見ろ。三井寺では知らぬ者とてない、これぞ堂衆《どうじゅ》の一人、筒井の浄妙明秀なり。一人当千《いちにんとうぜん》の兵《つわもの》ぞ。我こそはと思う方々は、さあ来い。相手になってやるわ」

言うや否や、箙に二十四本さした矢を。

矢を！

つがえては引き、引いてはつがえ、さんざんに射て、たちどころに十二人を射殺して、十一人に傷を負わせ、箙にはただ一本の矢が残るのみ。と、浄妙房は弓をからりと投げ捨て、箙もかなぐり捨てて、毛皮の沓《くつ》をぬいで裸足《はだし》になり、橋の行桁《ゆきげた》を走り渡る。

さらさらと。

ああ、さらさらと。

余人は恐れて渡らない橋桁も、浄妙房の心地には一条、二条の大路を進むのと変わらぬぞとばかりの大立ち回り。向かって来る敵五人を長刀で薙《な》ぎ伏せ、六人めに打ちあい、すると長刀が、おお、その柄の真ん中から折れた。

浄妙房は、捨てた。

浄妙房は、太刀を抜いた。

戦った、戦った、しかし敵は大勢だ。そうして浄妙房が見せた太刀捌《さば》きといえば、こうだった。

蜘蛛手《くもで》。

かくなわ。

十文字。は!

とんぼ返り。

水車《みずぐるま》。

八方に斬り、捩《ねじ》り斬り、縦横に斬り、曲芸斬りもして大回転もさせ、とこれぞ秘術を尽くしての斬りまくり。たちどころに八人を倒し、いざ九人め、しかしその敵の兜の鉢《はち》にあまりに強く打ち当ててしまい、おお、太刀がその目貫《めぬき》の付け根から、折れた。

ちょうっ、と折れた!

すっ、と抜けた!

刀身は、ざんぶと川に落ちた!

こうなると、頼みとするのは腰刀《こしがたな》だけ。そんな小さな刀で、死にもの狂いの奮戦だ。

すると、ここに続いて出るのは一来法師《いちらいほうし》。乗円房《じょうえんぼう》の阿闍梨慶秀《あじゃりけいしゅう》の召し使っている、大力《だいりき》にして早業《はやわざ》の僧。ちょうど浄妙房の後ろに張りつかんばかりにして戦っていたが、橋の行桁は狭いし、浄妙房のそばを通り抜ける手もない。そこで浄妙房の兜の吹返《ふきかえ》しに手を置いて、ひと言申した。

「ちと失敬、浄妙房」

肩をずんと跳び越えた。

進んだ。

前へ！

平家勢と、戦った！

しかし、ああ一来法師も、一来法師とて、とうとうここで討ち死にだ。そして浄妙房はどうなったか。這《は》わんばかりにして、帰った、帰ってきた、そして平等院の門の前の芝生のうえに鎧兜を脱ぎ捨てた。鎧に立った矢の跡を数えてみると、おお六十三カ所もある。鎧の裏にまで通っていたものは、おお五カ所もある。しかし大事にいたる傷はない。ところどころに灸《きゅう》を据《す》え、血止めその他の応急の手当をすまして、それから浄妙房は、頭を袈裟《けさ》に包んだ。

浄妙房は、白い僧衣を着た。

続いて弓を切り折って杖《つえ》につき、平足駄《ひらあしだ》を履き、南無阿弥陀仏《なむあみだぶつ》と唱えながら、唱えながら、ああ、奈良のほうへと去ったのです。

南無阿弥陀仏。

阿弥陀仏。

しかし、しかし。は！

　宇治橋の場面は、まだ、まだまだ。さきほど浄妙房が渡ったのを手本として、三井寺の大衆《だいしゅ》や渡辺党の者があとからあとからと走りつづいて、われもわれもと行桁を進むのです。敵の首をあげる者あり、武器を分捕《ぶんど》る者あり。しかし深傷《ふかで》を負って腹をかき切り、川へ飛び入る者あり。橋の上の戦闘は火を噴かんばかりの熾烈《しれつ》さ、苛烈《かれつ》さ。

　いやはや烈《はげ》しい。

　これを見た平家方の侍大将、上総の守忠清は大将軍の御前《ごぜん》に参って、次のように提案いたしました。

「あれをご覧ください。宇治橋の上の合戦は味方も苦戦中と見えます。となれば今は川を渡るべきですが、折悪《おりあ》しく時節は五月雨《さみだれ》、水嵩《みずかさ》がたいへん増しております。むりに渡河《とか》を試みれば馬も人も多くを失いましょう。ここは迂回《うかい》が得策かと。淀《よど》、一口《いもあらい》へ向かうのはいかがでしょうか。また、河内路《かわちじ》に回るという手もあります」

　と、そこに、下野《しもつけ》の国の住人、足利又太郎忠綱《あしかがまたたろうただつな》が進み出て、こう申しました。

「淀、一口、河内路とは。どうもどうも解《げ》せませんぞ。天竺《てんじく》や震旦《しんたん》の武士たちを召して差し向けようというのならばまだしも、それも現にここにいる我らがご命令をうけるのでしょう。目の前に見える敵勢を討たずして高倉の宮をみすみす奈良へお入れ申したならば、どう結果するとお思いでしょう。吉野や十津川《とつかわ》の軍勢どもが馳《は》せ集まって、いよいよ一大事となりましょうぞ。そこで、お聞きいただけますか。打開の策にてございます。武蔵と上野《こうずけ》の国境《くにざかい》には利根川と申す大河がございます。この地で、秩父《ちちぶ》の一党と我が足利《あしかが》党とが仲違《なかたが》いして、つねづね合戦をいたしておりました。さて足利の軍勢が、大手《おおて》は長井の船渡し場から、搦手《からめて》のほうは古河《こが》、杉の渡し場からと押し寄せたことがあったのですけれども、そのときです。上野の国の住人たる新田の入道がこちら側に加勢をしまして、杉の渡し場から襲ってやろうぞと用意していた船々を、なんと、秩父の輩《やから》にみな壊《こぼ》たれてしまったのです。しかし、入道は申したのでございますよ。『ただ今ここを渡らねば、末長く武士の恥となろう。水に溺れて死ぬなら死ぬまでのことよ。いざ、渡ろう』と。そして馬筏《うまいかだ》というものを組んで渡ったのです。これぞ策。さあ、坂東武者《ばんどうむしゃ》の習いとして、敵を目前にした川を隔てる合戦に、その川が深いだの浅いだのとの選《え》り好みをする法はない。一切ございません。そもそもこの宇治川《うじがわ》の深さ、速さは利根川にどれほどの相違がありましょう。ゆえに、我に続け、おのおの方！」

　足利又太郎忠綱は叫びました。

　真っ先に川へ馬を乗り入れました。宇治川へ！

　そして、真っ先あれば二番手も、三番手もあり。足利又太郎に従って、大胡《おおご》、大室《おおむろ》、深須《ふかず》、山上《やまがみ》、那波《なは》の太郎《たろう》、佐貫広綱四郎大夫《さぬきのひろつなしろうだゆう》、小野寺禅師太郎《おのでらのぜんじたろう》、辺屋子《へやこ》の四郎が、郎等《ろうどう》の身分の者では宇夫方次郎《うぶかたのじろう》、切生《きりふ》の六郎《ろくろう》、田中の宗太《そうだ》をはじめとして、ああ、三百全騎が続いたのです。足利は大音声をあげて指示します。

「強い馬を上流に立てい！　弱い馬は下流に置けい！　川底に馬の足が届いている間は手綱を緩《ゆる》めて歩かせい！　しかし足が届かずに跳ねあがったら、手綱を締めて泳がせい！　遅れる者は弓の弭《はず》に取りつかせよ。手に手を組んで肩を並べて渡れ。鞍のまんなかに尻をしっかり据えて乗り、鐙《あぶみ》を強く踏め。馬の頭がもしも水に沈まば、手綱をひいて引きあげろ。強くひきすぎて馬に覆いかぶされるなよ。水にひたるほどならば尻尾の付け根のうえに乗れい！　よいか、馬にはやさしく当たり、水には強く当たれ。川の中では弓を引くな。敵が射かけてきても応射はするな。いつも兜の錣《しころ》を傾けろ。だが傾けすぎて、兜の天辺《てっぺん》を射られるな。あの天辺の通気の孔《あな》には注意、注意だ！　そして水の流れには直角に渡すな、斜めに、斜めにだ！　押し流されるな！流れには逆らわず、渡れや渡れい！」

　は！

　こうして三百余騎が一騎も残さず、向かいの岸へざあっと渡りたのでございます。

　ざあっ！

宮御最期《みやのごさいご》　——頼政の一家も宮も

こうして一軍を率いた足利又太郎忠綱《あしかがまたたろうただつな》の装束《しょうぞく》は。

こうでございます。巧葉《くちば》色の綾《あや》の直垂《ひたたれ》。その上に赤革威《あかがわおどし》の鎧《よろい》。緒を締めた兜《かぶと》を飾るのは高角《たかづの》すなわち鹿の角。黄金《こがね》作りの太刀《たち》を佩《は》き、切斑《きりふ》の矢を背負い、滋籐《しげどう》の弓を持って、連銭《れんぜん》すなわち白毛が銭のように丸く連なって表われた葦毛《あしげ》の馬に乗っている。その馬に、柏《かしわ》の木に木菟《みみずく》のとまっている模様を彫金してつけた金覆輪《きんぷくりん》の鞍《くら》を置いて、乗っている。そして鐙《あぶみ》を踏んばって立ちあがり、大音声《だいおんじょう》をあげるのです。

「遠くの者は音で聞き、近くの者はその目でご覧あれ。昔、朝敵《ちょうてき》の平将門《たいらのまさかど》を滅ぼして恩賞をこうむった俵藤太秀郷《たわらとうだひでさと》から十代の子孫、足利太郎俊綱《としつな》の子、又太郎忠綱、生年《しょうねん》十七歳。このような無官無位の者が高倉の宮に向かいたてまつって弓を引き、矢を放つことは、まっこと天に対しても畏《おそ》れ多いけれども、しかしながら弓も矢も神仏の加護のほども当今はことごとく平家一門のうえにこそあると見ましたぞ。さあ、三位《さんみ》入道頼政《よりまさ》殿のお味方で我はと思う人々よ、寄って来られい！　お相手いたす！」

颯爽《さっそう》と名乗って、平等院の門の内へ、攻め入り、攻め入り戦ったのでした。

は！

平家側の大将軍左兵衛《さひょうえ》の督知盛《かみとももり》は、これを見て命令されました。

「渡れよ。全軍、渡れ！」

宇治川《うじがわ》に二万八千余騎がいっせいに馬を乗り入れました。渡りはじめました。あれほどの川の急流も、馬や人に堰《せ》き止められて、水は上流にためられます。たまたま人馬の隙間からあふれ出す水勢は、やはり凄《すご》い、そのときは耐えられるものなく押し流されます。下人どもは馬よりも下流のほうを渡ったので、膝《ひざ》から上を濡《ぬ》らさない者も多くおります。と、どういうなりゆきだったのでしょう、伊賀《いが》と伊勢《いせ》両国の官兵たちが馬筏《うまいかだ》をおし破られて、水に溺れ、六百余騎が流される、流される！　それらの鎧武《よろいむ》者《しゃ》たちが着けているのは赤に黄、緑、すなわち萌黄威《もえぎおどし》や緋威《ひおどし》、赤威《あかおどし》など色とりどりの鎧でして、こうした多彩の具足《ぐそく》が浮きつ沈みつ揺られてゆく様《さま》は、神南備山《かみなみやま》の紅葉が峰の嵐に誘われて、竜田川《たつたがわ》の秋の夕暮れに、堰《せき》にかかって漂うのと同じです。おや、その中に緋威《ひおどし》の鎧を着た武者が三人、氷魚《ひお》を捕るための網代《あじろ》に流れかかって揺られております。これをご覧になったのは高倉の宮側の大将軍、源氏の、伊豆《いず》の守仲綱《かみなかつな》。思わず一首詠《よ》まれましたよ。

伊勢武者は　　伊勢の武士どもめ
みなひをどしの　　みんな緋威の
鎧《よろひ》着て　　あざやかな紅《あか》の鎧を着てだな
宇治の網代《あじろ》に　　宇治川の網代で、まるで氷魚《ひお》みたいに
かかりぬるかな　　一網打尽だわい

嗤《わら》われたこれらの武者たちは三人とも伊勢の国の住人で、黒田《くろだ》の後平四郎《ごへいしろう》、日野《ひの》の

十郎《じゅうろう》、乙部《おとべ》の弥七《やしち》という者でした。このうち日野の十郎は古兵《ふるつわもの》であったので、弓の弭《はず》を岩の隙間にねじこんで、それを頼りに岸へ上がり、ほかの二人の者たちも引きあげて助けたということでしたよ。

さあ、そうして平家の軍勢は全部が宇治川を渡って、平等院の門の内へ、攻め入り、攻め入り戦ったのでした。

は！

は！　は！

この混乱、この混雑。それに紛《まぎ》れて何が行なわれたか。迎え撃った側では高倉の宮を奈良へ先にお行かせ申して、源三位《げんざんみ》入道の一族郎等《ろうどう》が後に残り、防ぎ矢を射たのでした。

すわ、決戦でございます。

ここで、平等院で。

七十歳を越えた身で戦ったのが源三位入道でした。しかし、左の膝頭《ひざがしら》を射られる。しかも深傷《ふかで》です。ならば今は心静かに自害しようと思い、平等院の門の内へ引き退《しりぞ》くと、そこへ、敵！　これを助けに現われたのは次男の源大夫《げんだゆう》の判官兼綱《ほうがんかねつな》で、その装束は紺地の錦《にしき》の直垂に唐綾威《からあやおどし》の鎧。そして白葦毛《しらあしげ》の馬に乗り、父を落ちのびさせようと馬を引き返しては戦い、引き返しては戦いして護《まも》ります。兼綱はしかし、上総《かずさ》の太郎判官藤原忠綱《ふじわらのただつな》が射た矢に内兜《うちかぶと》をやられて、ひるんだ！　さらに忠綱の父である平家方の侍大将上総の守の召し使う童《わらわ》で、次郎丸という剛《ごう》の者《もの》が兼綱に馬を押し並べてきて、むんずと組みついて、両者はともにどっと馬から落ちた！　しかし、源大夫の判官兼綱とて人に知られた大力、射られた内兜は重傷《いたで》ではあったのですけれども童をとり押さえて、首を斬る！　そして、起《た》ちあがらんとする、ああ、そこへ！

平家の兵《つわもの》ども十四、五騎が馬から飛び下り、落ち重なって、兼綱を攻める！

そして。

そして、とうとう。

兼綱は討ちとられるのでした。

また、伊豆の守仲綱は。兼綱の兄は。

さんざんに深傷を負い、そして。

平等院の釣殿《つりどの》で自害するのでした。

その首を、武蔵《むさし》の国下河辺《しもこうべ》の藤三郎清親《とうざぶろうきよちか》が取る。平家方に奪われてなるものかと大《おお》床《ゆか》の下へ投げ入れる。六条の蔵人仲家《くろうどなかいえ》もその子の蔵人の太郎仲光《なかみつ》もじつにじつに奮戦し、分捕《ぶんど》り多くして、しかし、とうとう討ち死にする。この仲家と申す者は今は亡き帯刀《たてわき》の先生義賢《せんじょうよしかた》の嫡子《ちゃくし》にてございます。孤子《みなしご》となっていたのを二位入道が養子にして、可愛がっておられたのです。日頃の誓いを破るまいとしたのでしょうな、同じところで死んだというのはまことにいたわしい。

そう、同じところでです。

すなわち三位入道もここで。

望んだとおりに平等院で、心静かに、今。

渡辺党の長七唱《ちょうじっとなう》を呼んで「わしの首を討て」と言われたのでした。しかし唱《となう》は、主人の首を生きながら斬り落とすことの悲しさに、涙をはらはらと流して「とても務まりませぬ。ご自害なさいませせば、そのあとでお首をいただきます」と三位入道に申します。

「なるほど。もっとも」

三位入道は、そう言われて西に、浄土の方角に向かうのでした。声高らかに南無阿《なむあ》弥陀仏《みだぶつ》を十遍唱えられるのでした。最後のお歌を詠まれるのでした。あわれ、その辞世の一首とはこうでございます。

埋木《むもれぎ》の　　わしの生涯は埋もれ木のよう
花さく事も　　花が咲くような栄達も
なかりしに　　なんにもなかった
身のなるはてぞ　　実は結ばなかった、そんな身のなれの果てが
かなしかりける　　これだ、悲しいぞ

そして太刀の先を腹に突き立て、うつぶしざまに貫かれて死なれたのでした。ああ、このような折りに歌を詠めそうなはずもありませんのに、若いときから一途《いちず》に打ち込んできた歌道ですから、最期のときもお忘れにならなかったのですね。その首は唱《とな》が取り、これまた平家方に奪われまいとしてですが泣く泣く石に括《くく》りつけ、人には気づかれぬように乱戦のなかを紛れでて、宇治川の底に沈めてしまったのです。

さて、平家の侍たちがなんとしてでも生け捕りにしようと狙っていたのは競《きおう》の滝口です。が、そこはそれ、競のほうでも心得ていて、存分に戦い、命に関わる深傷を負い、そののち腹をかき切って死んでしまいました。

それから円満院《えんまんいん》の大輔《たいふ》源覚《げんかく》です。今は早《はや》、高倉の宮も遠く落ちのびられたろうと思ったのでしょう、大太刀《おおだち》と大長刀《おおなぎなた》を左右に持って敵の中を討ち破り、宇治川へ飛び込み、しかも武具を一つも捨てないで向こう岸へ渡り着き、高いところへ登って大音声をあげるのでした。

「さあさあ、平家の若君たち。ここまで来るのはお大儀か。よう!」

この嘲《あざけ》り。で、三井寺《みいでら》へひきあげていったのでした。

平家方の侍大将飛驒《ひだ》の守藤原景家《かみふじわらのかげいえ》は場数を踏んだ古武士であったので、この合戦の混乱、混雑にまぎれて高倉の宮はもう奈良へ向かって落ちたもうただろうと考えて、戦《いく》さはせずに五百余騎の軍勢を率いて、鞭《むち》を打つのと同時に鐙《あぶみ》をあおって馬どもを全力で駆けさせ、追いかけ申しました。そして、あんのじょうでございます。宮が三十騎ばかりで落ちて行かれるところを光明山《こうみょうぜん》の鳥居の前で追いつき申し、さあ、それではとばかりに雨の降るように矢を射かけ申しました。誰の矢であったでしょうな、宮の左のおん脇腹に、ああ、矢がひと筋。

突き刺さった。

宮は、お馬から、倒れ落ちられた。

それから、それから、お首を。

お取られになった。

お供申していた三井寺の悪僧たちがこれを見ました。鬼佐渡《おにさど》が。荒土佐《あらどさ》が。荒大夫《あらだゆう》が。理智城房《りちじょうぼう》の伊賀《いが》の公《きみ》が。刑部《ぎょうぶ》の俊秀《しゅんしゅう》が。そして金光院《こんこういん》の六天狗《てんぐ》が。こうなっては、と悪僧たちは思うのでした、いつのためにか命を惜しもうぞ。もう惜しくはないわ！

喚《おめ》きました。

叫びました。

討ち死にしました。

は！

だが全員ではない。そのなかで宮のおん乳母子《めのとご》の六条の大夫藤原宗信《ふじわらのむねのぶ》は、敵はあとからあとから続くし、馬は弱いし、そのために後《おく》れをとってもいるしで、贄野《にえの》の池に飛び込んで、浮草で顔を覆って身をひそめておりました。それはもう、慄えておりました。敵はそのまま前を通り過ぎたのですけれども、しばらくして平家勢の武士どもが四、五百騎、がやがや言いながら引き返してくる。そこに、浄衣《じょうえ》を着た死人が、しかも首のないのが、蔀《しとみ》の上に載せられて担がれてきたのが目に入る。様子をうかがっている宗信の目に入ったのです。あれは誰、と見ると宮ではございませんか。しかも「私が死んだらこの笛をお棺《ひつぎ》に入れよ」とおっしゃっていた小枝というお笛を、まだお腰にさされたままではございませんか。もちろん宗信は思いましたよ。走り出て宮のおん遺体《しかばね》に縋《すが》りつき申したい、と。しかし恐ろしくて、それができない。そうして敵がみんな帰った後に池から上がり、濡れた衣類を絞って着て、泣く泣く都へ上《のぼ》ったのですけれども、あいにく宗信を非難しない者は京中にはございませんで。

ところで奈良の大衆《だいしゅ》たちでございますけれども、全員揃《そろ》って甲冑《かっちゅう》に身を固めた七千余人が宮のお迎えに参上していたのでございます。先陣は木津《きづ》に進み、後陣はいまだ興福寺《こうふくじ》の南大門に溜《と》まって進めずにおりました。そこへ宮はすでに光明山の鳥居の前でお討たれになったとの報《しら》せが。大衆はやむなく、涙ながらに前進をとりやめました。なんと、あと五十町ばかりのところだったのです。この援軍をお待ちうけになれないでお討たれになった宮のご不運は、惨《むご》い、惨いですなあ。

若宮出家《わかみやしゅっけ》――宮の御子《おこ》お一人めの運命

　その痛ましさに、撥《ばち》を鳴らすのはここまで。ひとまず、琵琶《びわ》の加勢はここまで。しばし語りのみにて進みましょう。一面の琵琶は弾《ひ》かせず、語りにおいても叫ばず。しかしながら兵《つわもの》どもは叫んでおりますな。平家の軍勢でございます。なにしろ、首、首、首を掲げて帰還したのでございます。高倉の宮と三位《さんみ》入道頼政《よりまさ》の一族と、三井寺《みいでら》の衆徒《しゅうと》と、あわせて五百余人の首を、太刀《たち》なり長刀《なぎなた》なりの先に貫いて、高く掲げて、夕方になって帰りついたのでございますよ。このときの勇み騒ぎっぷりは、いやはや言語に絶する恐ろしさでして。どのように口を極めましても喚声にかき消されてしまいますな。首、首、首。首、首、首、首。しかしながら源三位《げんざんみ》入道の首は、長七唱《ちょうじっとなう》が取り、宇治川《うじがわ》の深いところに沈めたのでこの中には見えません。頼政の子供らの首はあそこここからみんな捜し出されてしまっておりました。ただ、高倉の宮のおん首ばかりは、この数年来は宮の御所に参上する人もなかったので、見知り申した者が誰一人としてございません。ただ、先年典薬《てんやく》の頭《かみ》の和気定成《わけのさだなり》がご療治のために召されたことがあったので、この者が見知っているであろうと呼ばれたのですけれども、病気中だということで参りません。代わって、高倉の宮がいつもお召しになっていたという女房が捜し出されて、六波羅《ろくはら》へ呼ばれました。この女房は宮がたいそう深くお心をかけられていて、御子《おこ》をもお産み申したりなどした、まさにご寵愛《ちょうあい》の女人《にょにん》。ですから、どうしてお見損《みそん》じ申すことがありましょうか。たったひと目見申しあげるなり、袖を顔に押しあてて涙を流した。そのようなことがあったので、宮のおん首だと確かめられたのです。

宮はこの他にも深い仲とおなりになっていた女人たちがおられ、それらとの間に大勢の御子たちがあられました。八条の女院《にょいん》のところには、伊予《いよ》の守《かみ》の高階盛章《たかしなのもりのり》の娘が三位《さんみ》の局《つぼね》という名で勤仕していたのですけれども、この女房にも腹を痛めて産んだ七歳の若宮と五歳の姫宮とがいらっしゃいました。そこで入道相国清盛《しょうこくきよもり》公は、弟の池《いけ》の中納言頼盛卿《よりもりきょう》をお使いとして八条の女院のところへ向かわせられ、申し入れられました。

「そちらの御所には高倉の宮の御子の宮たちがたくさんおいでになると聞きました。姫宮のことはさしつかえありませんが、されども若宮はただちに六波羅へお出しいただきたく。なにとぞ」

お身柄を渡せ、と申し出られたのです。

これに対する女院のお返事は、次のようなものでございました。

「もろもろのお噂《うわさ》が耳に入りました暁《あかつき》、おん乳母《めのと》などがまさに浅慮から動いてしまったようで、若宮をばお連れして逃げ失《う》せるやら何やらしたようです。そのため、全然こちらの御所にはおいでにならないのですのよ」

　こう言われては、頼盛卿とて致し方ありません。六波羅へ戻り、そうした由《よし》を入道相国に申されました。

「何を言う」と入道相国はおっしゃられましたよ。「あちらの御所以外、どこにおいでになられるはずがあろうぞ。もういいわい。その儀ならば、武士どもが参ってお捜し申せ。かまわぬ」

　いっぽうで八条の女院です。さきほど入道のお使いとなった中納言頼盛卿は、女院のおん乳母子《めのとご》である宰相殿という女房に連れ添って、いつも女院の御所に通っておられましたので、これまでは慕わしく感じてらっしゃったのでした。それが今回はあのように若宮のことを申しに参られたわけですから、いまは一転、別人のように疎《うと》ましいとお思いになった。そんな八条の女院に、高倉の宮の御子、わずかにもおん年七歳の若宮が申されるのでした。

「これほどのだいじとなりましたうえは、ぼくは、ついには、のがれられますまい。はやくはやく、ぼくをロクハラへおだししてくださいませ。ロクハラへ」

　六波羅へ、と言うのです。女院はおん涙をはらはらとお流しになって、おっしゃいました。

「ああ不憫《ふびん》な。七つ八つの年頃は、ふつう何事もまだ分別がつかないものなのに。自分のために大事が起こったことを気にかけて、こんなふうに言われるのね。結局は養い甲斐もなかった人をこの六、七年手塩にかけて育てあげて、今日、こんなにもつらい目に遭《あ》うわけね」

おん涙、抑えかねるのでございました。

頼盛卿が「若宮をお出しいただきたく」と重ねて申されてきます。女院も、もはや為《な》されようがございませんから、とうとう若宮をお差し出しになられたのでした。若宮のおん母の三位の局はと申しますと、これが今生の別れなのでさだめしお名残《なご》り惜しく思われたようでしてね、けれども泣く泣く御衣《ぎょい》をお着せして、御髪《みぐし》をかきなでて、お出し申しあげたのでした。ひたすらに夢のようだと思われるばかりだったのは述べるまでもございません。女院をはじめ局《つぼね》の女房や女童《めのわらわ》にいたるまで、涙を流し袖を絞らない者はなかったのでした。

そして頼盛卿は若宮をお請《う》け取り申し、お車にお乗せして、六波羅へ連行し申しあげたのです。

前《さき》の右大将宗盛《むねもり》卿は、六波羅にてこの若宮をご覧になって、父の入道相国の御前《ごぜん》にお出《い》でになって申されました。

「どういうわけでしょうか、この宮を見申しあげますと、愛《いと》おしい思いが込みあげるばかりです。ここはぜひとも、この宮のお命を宗盛にお預けください」

すると入道相国は言われたのです。

「それならば、早々にご出家をおさせ申せ。よいな」

宗盛卿はこのことを八条の女院に申されます。女院は「なんの異存がありましょうぞ。ただ早う、早う」と言われます。そこで若宮を法師にしてあげ、僧籍にお入れして、仁和寺《にんなじ》の御室《おむろ》のお弟子としたのでした。のちに東寺《とうじ》の一《いち》の長者、安井の宮の僧正道尊《どうそん》と申したのはこの宮のことでございますよ。

通乗之沙汰《とうじょうのさた》――宮の御子《おこ》お二人めの運命

また奈良にも高倉の宮の御子《おこ》がお一方おられました。お守《も》り役の讃岐《さぬき》の守《かみ》の藤原重秀《ふじわらのしげひで》がご出家させたてまつって、お連れして北国《ほっこく》へ落ち下《くだ》っていたのでございますが、あの木曾義仲《きそよしなか》が上洛《じょうらく》のとき、主上《しゅじょう》にしたてまつろうとお連れ申して都へ上《のぼ》り、ご元服おさせ申したので、「木曾が宮」とも申し、また、「還俗《げんぞく》の宮」とも申しました。のちには嵯峨《さが》の辺り、野依《のより》に住まわれたので「野依の宮」とも申しました。それに纏《まつ》わる義仲のあれこれに関しましては、また後で。ここにて語られずとも、ええ、必ずや誰かが語りましょうとも。

ですから、ここでは人相見に関してのことなどを一《ひと》くさり。

その昔、通乗《とうじょう》という人相見がおりました。宇治殿《うじどの》こと藤原頼通《ふじわらのよりみち》公とその弟、二条殿こと教通《のりみち》公の相を見て「三代の天皇に関白としてお仕えし、ともにおん年は八十」と予言したのも誤りはなかったし、帥《そつ》の内大臣藤原伊周《ふじわらのこれちか》公を見て「流罪の相がおありになる」と申したのも見事に当たったのです。それから聖徳太子《しょうとくたいし》のおん例《ため》しもございます。崇峻《すしゅん》天皇のことを「横死の相がおありになる」と申しまして、事実、ほら、大臣蘇我馬子《そがのうまこ》に殺されておしまいになって。まことに優れた人々というのは、必ずしも人相見ではなくとも立派な予言がおできになるのですね。さて、そこで今回の高倉宮の事件を振り返りますに、これはもう、宮のその相を見申しあげました相少納言《そうしょうなごん》の失態ではと思われますね。あの相少納言こと藤原伊長《ふじわらのこれなが》の。そもそも、きちんと前例に照らすべきなのですよ。そう遠くない昔、兼明《げんめい》親王、そして具平《ぐへい》親王と申したお方々は、それぞれ前中書王《ぜんちゅうしょおう》、後中書王《ごちゅうしょおう》といわれて、ともに賢王聖主《けんおうせいしゅ》と讃《たた》えられた醍醐《だいご》、村上両帝の皇子《おうじ》であられたのですけれども、皇位にもお即《つ》きになりませんでした。けれどもいつご謀叛《むほん》をお起こしになったことがありましょうぞ。そこを考えもせぬ相少納言のあの「天下のこと、あきらめられるべきではありません」などとの申しっぷりは。

そうそう、皇位にもお即きにならなかったといえば。後三条院《ごさんじょういん》の第三の皇子、輔仁《すけひと》親王のことがございます。この方も学才に勝《すぐ》れておられまして、白河院《しらかわいん》がまだ春宮《とうぐう》でおられた時分に、御三条院のご遺言があったのです。

「あなたが皇位に即かれた後は、この宮をお即け申されよ」というものです。しかしながら、白河院はどうお考えになったのでしょう、おん位にはついにお即け申されなかったのです。せめてもの償いとして、輔仁親王のその御子に源氏の姓を授けられて、無位から一度に三位《さんみ》に叙《じょ》して、ただちに中将になされるということはあったのでございますけれども。源氏の姓を賜《たま》わって臣籍に下った皇子が無位から三位に上ることは、嵯峨《さが》天皇の御子、陽院《ようい》の大納言こと源定《みなもとのさだむきょう》卿のほかには、これが初めであるとの由《よし》。はい、花園《はなぞの》の左大臣源有仁《みなもとのありひと》公のことでございます。

以上は余談。さて、高倉の宮のご謀叛に際して、調伏《ちょうぶく》の法をうけたまわって行なわれた高僧たちに恩賞が与えられました。また、前《さき》の右大将宗盛《むねもり》卿の子息の侍従清宗《きよむね》は三位に叙せられて、三位の侍従と申しました。今年わずかに十二歳でございますよ。父の宗盛卿もこの年齢ではまだ兵衛《ひょうえ》の佐《すけ》でいらっしゃったのですけれども。こんなふうに一挙に公卿《くぎょう》に昇進されるということは、摂政関白家の公達《きんだち》以外では、いやはや聞いたことがございません。その叙位の理由書きにはこうありました。

「源以仁《みなもとのもちひと》、および頼政《よりまさ》法師父子追討の賞」

なんとなんと、高倉の宮を源以仁と書いております。正真正銘の太上法皇《だいじょうほうおう》、後白河《ごしらかわ》の法皇様の皇子であられる方を、臣下扱いでございますよ。お討ちすることだけでも畏《おそ》れ多いのに、源以仁と改めるとは。

歎《なげ》かわしいにもほどがあります。

鵺《ぬえ》——怪物二度も射殺のこと

そもそも源三位入道《げんざんみにゅうどう》とは何者かを語りましょう。摂津《せっつ》の守《かみ》の源 頼光《みなもとのよりみつ》から五代めに当たり、三河《みかわ》の守頼綱《かみよりつな》の孫で、兵庫《ひょうご》の頭仲政《かみなかまさ》の子。保元《ほうげん》の合戦のときも後白河《ごしらかわ》天皇のお味方で、ちゃんと先駆けをして戦ったのですけれども、さほどの恩賞には与《あずか》らなかった。また平治《へいじ》の乱に際しても、途中で親族たちを捨ててやはり上皇となられた後白河様のお味方に馳《は》せ参じたのに、今度も恩賞は薄かった。大内裏《だいだいり》の守護というのを長年務めているというのに昇殿も許されなかった。すっかり齢《よわい》を重ねて老年となってから、述懐の歌一首を詠《よ》むことによって、やっと昇殿したのです。その一首とはこれです。

人知れず
大内山《おおうちやま》の
やまもりは
木《こ》がくれてのみ
月をみるかな

何人《なんぴと》にも認められずにいるこの私は
譬《たと》えるならば大内山の
山守《やまもり》でございまして、ゆえに大内裏の警固《けいご》をするばかり
木《こ》の間《ま》隠《がく》れに月を見るように
地下《じげ》にあって帝《みかど》のお姿を拝しておるのですよ

いま挙げた歌によって、はい、昇殿を許されたのでございました。ただし、位階は正四位《しょうしい》の下《げ》でしばらくおりましたので、次に三位《さんみ》を願ってこういう歌も詠んだのです。

のぼるべき　　木の上に登るための
たよりなき身は　　手蔓《てづる》が私にはないなぁ
木《こ》のもとに　　だから、ただただ木の下の
しゐを拾ひて　　椎《しい》の実を、つまり四位《しい》を拾って
世をわたるかな　　世を過ごしている身なのだなあ

なるほど、という一首。これによって三位に叙せられたのです。そのまま出家しまして、源三位入道と称し、今年は七十五になっておられたのでした。

この人の一生涯の名誉と思われることは、以下のような不思議にまつわるものでした。近衛院《このえいん》が天皇でおられたとき、仁平《にんぺい》年間のころでございますが、天皇が毎夜なにごとかに魘《うな》されて、気絶されるということがありました。効験灼《こうげんあらた》かな高僧たち、貴僧たちに命じられて大法、秘法が修《しゅ》せられたのですけれども、その効き目もございません。天皇のそのご発作は丑《うし》の刻《こく》ばかりのこと。その時分になると東三条《とうさんじょう》の森のほうからひと叢《むら》の黒雲が現われて、御殿の上を覆い、すると必ず天皇は魘されますし、怯《おび》えなさるのです。このために公卿《くぎょう》の会議が開かれました。先例は何かあるのか、ないのか。ございました。去る寛治《かんじ》年間のころ、堀河天皇ご在位のときにも、やはり同じよ

うに天皇が毎夜なにごとかに魘されておられた。で、どうしたか。そのときの将軍源 義家朝臣《みなもとのよしいえあそん》が紫宸殿《ししんでん》の大床《おおゆか》に控えておられ、天皇ご発作の刻限に及んで、妖魔を祓《はら》うために弓の弦《つる》を三度ひっぱって鳴らしたのです。はい、鳴弦《めいげん》したのでございますよ。この後、声高く名乗りました。

「前《さき》の陸奥《むつ》の守《かみ》源義家！」

は！

鳴りました。ええ、また鳴りましたとも、琵琶《びわ》が。一面の琵琶が、瞬時。そして、今の弾奏を耳にされた方々同様、義家のその名乗りを聞いた人々もみな身の毛がよだつ思いがして、天皇のご発作もお治《おさ》まりになったのです。こうした前例が見出されましたから、会議では「これに倣《なら》おう」との声があがり、「では武士に命じて警固すべきだ」となり、源平両家の武士どもの中からの選考へと進んで、頼政《よりまさ》が選び出されたとの次第。当時、頼政は兵庫の頭でございました。

頼政は、喜んだわけではございません。「昔から朝廷に武士を置かれるのは、謀叛《むほん》の者を討ち、勅命《ちょくめい》に叛《そむ》く輩《やから》を滅ぼすため。それが、目にも見えない怪物を退治せよとのおおせですか。このようなことは、ついぞ聞いたことがございませんが」と申し、しかしながら勅命はやはり勅命、お召しに応じて参内《さんだい》しました。伴っていったのは頼政が深く信頼を寄せる郎等《ろうどう》、遠江《とおとおみ》の国の住人である井早太《いのはやた》ただ一人で、こちらの者には母衣《ほろ》の風切《かざき》りで作った矢を負わせておりました。我が身は二重《ふたえ》の狩衣《かりぎぬ》に、山鳥の尾で作った鋒矢《とがりや》二本を滋籐《しげどう》の弓に添えて持ち、紫宸殿の広廂《ひろびさし》の間《ま》に伺候《しこう》しました。矢を二本携えたというのには理由がございました。実のところ、頼政をどなたがご推薦になったかと申すと、これは源雅頼卿《みなもとのまさよりきょう》。その当時はまだ左少弁《さしょうべん》でおられたのですけれども、この方が「怪物を退治できる御仁は、まあ頼政でございましょうね」とおっしゃったわけです。そこで頼政は、もしも一の矢で怪物を射損《いそん》じたばあいには、二の矢で左少弁雅頼の素《そ》っ首《くび》の骨を射てやろう、そう心に定めていたのです。

さてさて、その夜。これは日ごろ人々の申しているとおりでございました。天皇のご発作の刻限になると、東三条の森のほうからひと叢の黒雲が現われてきて、御殿の上を覆うではありませんか。頼政がきっと見上げると、雲の中には怪しいものの影が。その姿が。これを万一にも射損じたら、生きていられようとは頼政は思われなかった。しかし、頼政は矢をとった、弓につがえた。それから心の中に祈念した、南無《なむ》八幡大菩薩《はちまんだいぼさつ》と。頼政はじゅうぶんに引き絞った。

ひょうと射た。

射た。

は！

手応えあり。

はたと命中した！

「我、し得たり。おう！」

頼政は矢叫《やさけ》びをあげ、当たったことを宣したのでした。次いで、ただちに郎等の井早太がつっと走り寄り、怪物の落ちるところを取って押さえ、続けざまに刀を九遍刺し通しました。そのとき、殿中《でんちゅう》の上位下位の人々が、手に手に篝火《かがりび》を灯《とも》してこれをご覧になる。よくよくご覧になる。すると、これはいったい何か。頭は猿。胴体は狸《たぬき》。尾は蛇。手足は虎の姿ではございませんか。しかも、鳴く声といったら怪鳥《けちょう》の鵺《ぬえ》に似ているではございませんか。恐ろしいなどという言葉では、とてもとても、片鱗《へんりん》も言い表わせませんよ。いずれにしましても天皇はたいそう感心なさって、ご賞讃のあまり、獅子王《ししおう》という御剣《ぎょけん》を下されました。この剣を頼政に賜《たま》わるために取り次いだのは宇治の左大臣殿でございます。ええ、あの藤原頼長《ふじわらのよりなが》公でございます。頼政におやりになろうと御前《ごぜん》の階段を半分ほどお下りになったところ、時節は四月中旬のこととて、ほととぎすが二声《ふたこえ》三声《みこえ》鳴きながら空を飛んでいきました。とっさに左大臣殿は、歌いかけられます。

ほととぎす
名をも雲井《くもゐ》に
あぐるかな

ほととぎす、いや頼政よ
その名をともに空の上に、そして宮中に
轟《とどろ》かせおったというわけだな

　この上の句を聞き、頼政は右の膝《ひざ》をついて左の袖を広げ、月を少し斜めに見上げながら下の句を詠むのでした。

　弓はり月の
　　いるにまかせて

　弦月《げんげつ》が山の稜線に入《い》りますように、弓でもって射ましてまあ、言わば、まぐれ当たりに当てたのですけれども

あっぱれ。頼政は御剣をいただいて退出いたしました。これには君《きみ》も臣《しん》も「弓矢をとって並ぶ者なきうえに、歌道にも勝《すぐ》れていることよ」とみな感心され、お賞《ほ》めになりました。ところで射殺《いころ》された怪物と申せば、空舟《うつほぶね》、すなわち丸木をくりぬいた舟に入れて流されたということでございました。

　似た不思議はいま一つ。去る応保《おうほう》年間のころでございます。二条院が天皇であられたとき、さきほどもちらりと名前を挙げました鵼という怪鳥が宮中で鳴いて、しばしば天皇をお悩ませすることがございました。そこで、先例に倣いまして再び頼政をお召しになったのです。それは五月下旬の、まだ宵の口。鵼は、ええ鳴きましたとも。しかし、ただ一声《ひとこえ》。二声とは鳴かなかったのです。

　闇夜なのでございますよ。何かを狙おうにも、そもそも無理がございます。

　なにせ姿形も見えない。

　的をどことも定められない。

　しかし、さすがの頼政は一計を案じるのです。まず大鏑《おおかぶら》の矢をとって弓につがえ、

鵺の声がしました内裏の上空へ射あげました。鏑《かぶら》は凄《すさ》まじい音を立てるものですから、鵺はこれに驚いて、虚空をしばし鳴きました。

例の、怪鳥に特徴的なあの声で。ひひ、と。

ひひ。

ひひ。

ひひ、ひひ。

頼政はこれを狙ったのです。二の矢に小鏑をとってつがえ、ひょう、つっ、と射切りました。

つっ！

命中でございます。鏑と鵺とを並べて前に射落としたのでございます。いやもう、宮中は感歎《かんたん》のあまりに響動《どよ》めきましたよ。沸《わ》き返ったわけです。天皇もそれはもう感心なさって、その賞に御衣《ぎょい》を下されました。今回、これを頼政に賜わるために取り次いだのは大炊御門《おおいみかど》家の右大臣藤原公能《ふじわらのきんよし》公でございまして、礼法どおりに頼政の肩にこの御衣をかけてお与えになろうとなさりながら、「大陸の楚《そ》の人である昔の養由《ようゆう》は、遥《はる》か雲の彼方の雁《かり》を射た。日本国《にっぽんこく》の今の頼政は、雨空のその闇の中に鵺を射るのだな」と感じ入り、次の上の句を歌いかけられたのです。

五月闇《さつきやみ》　ひたすらに暗い五月の闇

名をあらはせる　　なのにそなたは、武名を現わしたな
こよひかな　　めでたい今夜だな

頼政は即座に下の句を、次のように詠むのでした。
たそかれ時も　　それはですね、「彼は誰だ」と問われるような刻限を
過ぎぬと思ふに　　とうに過ぎて何者とも判別つかなかろうと思って、名を現わしたのです

またまたあっぱれ。頼政は御衣を肩にかけて退出したのでございますよ。

その後は伊豆《いず》の国を賜わり、子息の仲綱《なかつな》をその国司とし、自分は三位に上《のぼ》って、丹《たん》波《ば》の五ケ《ごか》の荘《しょう》、若狭《わかさ》の東宮河《とうみやがわ》を領有して、そのまま無事に安泰でいられたはずであろうお方が、なんなのでございましょうな、いやまったく。無謀極まりない謀叛を起こして、高倉の宮をも死なせ、我が身も滅びたのは。

頼政という人物、ひと言、残念です。

三井寺炎上《みいでらえんしょう》――その大寺、全焼す

敗将頼政《よりまさ》に続いては、敗れた寺のことなぞも。

先にひと言添えれば、敗れるも何もなかった寺もございました。ええ、あの延暦寺《えんりゃくじ》が。これまでは山門《さんもん》の衆徒《しゅうと》こそ無法な訴えを繰り返してきましたのに、今回は違いま

したな。事を穏便にすませようと考えて、実に静かにしております。

しかるに南都《なんと》の興福寺《こうふくじ》は。

そして三井寺《みいでら》は。

あるいは高倉の宮をお引き受けたてまつり、あるいはお迎えに参ったのでした。これ、まさに朝敵《ちょうてき》と申すべきです。したがって三井寺も奈良も討伐されて然《しか》るべきです。このような理屈から同年五月二十七日、園城寺《おんじょうじ》をお攻めになる平家の軍勢が出発したのです。大将軍には入道相国《しょうこく》の四男頭《とう》の中将重衡《しげひら》、副将軍には薩摩《さつま》の守忠度《かみただのり》、あわせて一万余騎でございました。三井寺のほうでは、この平家軍を邀《むか》え撃つために堀をほり、搔楯《かいだて》を立て並べ、逆茂木《さかもぎ》を張りわたす。待ち構えたのです。そして、ああ、合戦の始まりを告げる矢合わせは早朝、卯《う》の刻《こく》です。

それから一日じゅう、戦いが。

戦いが。

討ち死にが。

防戦する大衆《だいしゅ》以下、法師たちは三百余人までが討たれてしまいました。夜軍《よいくさ》になって、その夜陰に乗じたと申しましょうか、官軍は攻め入りました。のみならず、火を放ちました。

朝敵に火を、とばかりに。

火を、とばかりに。

燃えて、焼ける。焼け落ちる。本覚院《ほんがくいん》が、成喜院《じょうきいん》が、真如院《しんにょいん》が、花園院《けおんいん》が、普賢堂《ふげんどう》が、大宝院《だいほういん》が、清滝院《しょうりゅういん》が、教待和尚《きょうだいかしょう》の本房が、焼け落ちる。それから本尊弥勒菩薩《みろくぼさつ》など、八間四面《しめん》の大講堂、鐘楼《しゅろう》、経蔵《きょうぞう》、灌頂堂《かんじょうどう》、護法善神《ごほうぜんじん》の社壇《しゃだん》、新熊野《いまくまの》の御宝殿《ごほうでん》、すべてで仏堂と塔廟《とうびょう》六百三十七宇《う》が、焼ける。大津の民家は一千八百五十三軒が、焼け失《う》せる。智証《ちしょう》大師が唐国《からくに》から我が日本国《にっぽんこく》へ持ってこられた一切経《いっさいきょう》七千余巻、仏像二千余体が、一瞬のうちに煙となって失せる。焼け失せる。この悲しさ、悲しさたるや。天上の諸神が奏でられる妙《たえ》なる楽曲の楽しみも永久に尽きて、竜神が受けられるという三熱《さんねつ》の苦しみがいよいよ劇烈《げきれつ》になるであろう、そう思われました。

三井寺はそもそも、近江《おうみ》の擬大領《ぎだいりょう》の私《わたくし》の寺であったのを、この擬大領が天武《てんむ》天皇にご寄進して天皇の御願寺《ごがんじ》となしたという来歴を持ちます。寺の本尊、弥勒菩薩も天武天皇のご本尊でございました。けれど、それから後《のち》に「生き身の弥勒」といわれた教待和尚が百六十年間ここで修行されて、智証大師に譲られたのです。弥勒菩薩は、誰もが知るように兜率天《とそってん》にある摩尼宝殿《まにほうでん》から五十六億七千万年後に天降《あまくだ》り、竜花樹《りゅうげじゅ》の下に成道《じょうどう》せられるはずだというのに、その弥勒がご本尊であって弥勒の化身の教待和尚も修行されたお寺がこのように焼け落ちるとは、いやはや、どうにも解《げ》せませんぞ。

また寺名の由来ですけれども、智証大師はここを伝法灌頂《でんぽうかんじょう》の霊場として、井花水《いけすい》の三《みっ》こと水《みず》を早朝一番に境内で汲《く》まれたので、そのことにちなんで三井寺と名づけられたのです。めでたい聖跡でございます。そのめでたい、実にめでたい聖跡が、今はなんたる空《むな》しさ。顕密《けんみつ》の仏法はまたたく間《ま》に滅んで、伽藍《がらん》は跡かたもありません。密教修行の道場もなし、聞こえるはずの鈴《れい》の音もなし。夏安居《げあんご》もなし、だから一夏供《ひとなつ》えられる花もなし、仏前にたてまつるための水を汲む音もこれまたなし。なし、なし、なしでございます。経験を積んだ老僧もその徳の高さで知られた僧も、今は行学《ぎょうがく》を怠り、これらの師から法を受け継ぎ伝えるべき弟子は、経文、教法から遠ざかってしまったのです。

さて三井寺の長吏《ちょうり》、円恵法親王《えんけいほっしんのう》は天王寺《てんのうじ》の別当《べっとう》職を解かれました。そのほか僧綱《そうごう》十三人が僧官を罷免されて、みな検非違使《けびいし》に預けられました。悪僧どもはと申しますと、筒井《つつい》の浄妙明秀《じょうみょうめいしゅう》にいたるまで三十余人が流罪となったのでした。

さて人々は言いあいました。

「このような天下の動乱、国土の騒乱はただごとではありませんぞ。あるいはこれは、平家の世が末になったという前兆では。そうであろうか、いや、ないのか。ああ、どうかしら」

五の巻

都遷《みやこうつり》――平家の悪行、頂点へ

遷都《せんと》でございますよ。

おわかりでしょう。それまでの都が旧《ふる》い都となる。そして新たな地に奠都《てんと》される。これぞ都遷《うつ》り。すなわち今であれば、京こそが旧都となってしまう。実に恐ろしい、大それたことでございます。ですけれども、それが行なわれたのでして。

治承《じしょう》四年六月三日に安徳《あんとく》天皇が福原へ行幸《ぎょうこう》なさるというので、それはもう京じゅうが大変な騒ぎでした。ここ数日、たしかに「都遷りがあるらしいぞ」との噂《うわさ》は立っていたのですが、まさかまさか、今日明日のこととは。それほど差し迫っているとは何《なん》人《ぴと》も想像だにしておりませんでしたから、これはなんとしたことだと貴《き》賤《せん》上下の人々がみな騒ぎあうのでした。しかもでございます、三日と定められておりましたのに、もう一日繰りあげて、二日になってしまったではありませんか。

六月二日にです。

これは三井寺《みいでら》の焼亡のわずか五日後。

あの宇治川《うじがわ》の合戦から数えても、十日と経《た》っておりません。

なんとまあ、この突発ぶりは。誰が驚かずにおれましょうか。

二日の卯《う》の刻《こく》には行幸の御輿《みこし》を御所に寄せたので、今年わずか三歳というご幼少の天皇は、何もおわかりにならぬままにお乗りになりました。天皇がご幼少でいらっしゃるときのご同乗にはご母后《ぼこう》が参られるのが常でありますけれども、今度は例を違《たが》えて、おん乳母《めのと》の帥《そち》の典侍殿《すけどの》が同じ御輿にお乗りになりました。この人は平大納言《へいだいなごん》時忠《ときただ》卿《きょう》の北《きた》の方《かた》にございます。

むろん中宮も福原へ御幸《ごこう》になりました。

後白河《ごしらかわ》法皇も御幸になりました。

高倉上皇も御幸になりました。

摂政《せっしょう》藤原《ふじわらの》　基通《もとみち》殿をはじめとして、太政大臣《だいじょうだいじん》以下の公卿《くぎょう》、殿上人《てんじょうびと》は我も我もとお供申しあげました。そして三日に福原へお入りになったのです。皇居となったのは池《いけ》の中納言頼盛《よりもり》卿の宿所でございまして、頼盛は宿所を皇居に捧《ささ》げた褒美《ほうび》として、同月四日に正《しょう》二位に叙《じょ》せられました。これにより、九条殿《くじょうどの》こと藤原兼実《ふじわらのかねざね》公の御子《おこ》の右大将良《よし》通《みち》卿は、頼盛に位階を追い越されておしまいになりました。並みの家柄の次男に摂関家のご子息がその位を越えられなさるなどということは、これが初めてだということです。

ところで入道相国《しょうこく》は、後白河法皇に対して思うところ多々あったわけですが、だんだん考えを改めまして五月の十三日には鳥羽殿《とばどの》からお出し申しあげ、都へお移ししていたのでした。けれども高倉の宮のご謀叛《むほん》によってまた大いに憤《いきどお》り、今回福原へお移し申すや、四面を端板《はたいた》で囲って入口をただ一つ開けた中に三間《げん》四方の小さな板葺《いたぶ》きの家を造り、そこに押し込め申しあげたのでした。警固《けいご》の武士には原田《はらだ》の大夫大蔵種直《たいふおおくらのたねなお》だけを仕えさせました。容易には人も参上したり通ったりということが叶《かな》いませんので、童《わらべ》などは「牢《ろう》の御所」と申しましたよ。いやいや、聞くも忌《い》まわしい。かつ恐ろしいことです。

法皇はおおせられましたよ。

「今は、朕《ちん》は世の政《まつりごと》を執《と》りたいとはちっとも思われぬぞ。ただ山々寺々を巡礼して、法皇であられる朕のお心のままに自らを慰みたい」

ああ、おわかりでしょう。平家の悪行はおよそ極まったのです。ここで、こうして、一切がその頂点に。悪行の果て、でございますよ。ですから人々も申しましたよ。

「去る安元《あんげん》年間よりこの方、平家の太政《だいじょう》入道清盛《きよもり》公は数多くの公卿、殿上人を、あるいは流罪にし、あるいは死罪などに処し、関白もお流し申して自らの婿《むこ》である者を関白にし、さらには法皇を鳥羽の離宮にお移し申して、その第二の皇子《おうじ》の高倉の宮をお討ちした。今、残る悪行といったら遷都だけであるから、これをご断行なさったのか」

こう言いあったのでございます。

もちろん都遷りに先例がないわけではございませんよ。その跡を尋ねましょう。ここは詳《つまび》らかに、事細かに。神武《じんむ》天皇と申すのは地神《じじん》第五代の帝《みかど》である彦波瀲武鸕鷀草《ひこなぎさたけうがや》葺不合《ふきあえず》の尊《みこと》の第四の皇子で、おん母は海神の娘の玉依《たまより》姫です。神代《かみよ》の十二代のあとをうけて人《ひと》の代《よ》の百王《ひゃくおう》の祖《おや》となられたお方です。辛酉《かのととり》の年、日向《ひゅうが》の国宮崎の郡《こおり》で皇位を継ぎ、五十九年めの己　未《つちのとひつじ》の年十月に東征して豊葦原《とよあしはら》の中津国《なかつくに》にとどまり、その当時は大和の国と名づけていた畝傍山《うねびやま》の辺りを選定して帝都を建て、橿原《かしはら》の地を伐《き》り拓《ひら》いて皇居をお造りになったのです。これを橿原の宮と名づけました。それより以後、代々の天皇が都を他国や他所《よそ》へ遷されたことは三十度を超え、四十度に及んでおります。

神武天皇から景行《けいこう》天皇までの十二代は、大和の国の郡々《こおりごおり》に都を建て、他国へ遷されることはありませんでした。しかるに成務《せいむ》天皇の元年に近江《おうみ》の国に遷って、志賀《しが》の郡に建都し、仲哀《ちゅうあい》天皇の二年には長門《ながと》の国に遷って、豊浦《とよら》の郡に建都しました。

さて同国の同郡で仲哀天皇が崩御されたので、后《きさき》の神功《じんぐう》皇后が皇位をお継ぎになり、女帝として、鬼界《きかい》、高麗《こうらい》、契丹《きったん》まで攻め、従えなさったのでした。外国《とつくに》での戦《いく》さを平定なさって帰国ののち、筑前《ちくぜん》の国の三笠《みかさ》の郡で皇子がご誕生になり、その場所をば宇《う》美《み》の宮と申しました。口にするのも畏《おそ》れ多い八幡《はちまん》神とは、この皇子のことでございますよ。即位なさってからは応神《おうじん》天皇と申したお方ですよ。

その後、神功皇后は大和の国に都を遷して、磐余稚桜《いわれわかざくら》の宮におられました。

応神天皇は同国、軽島明《かるしまあかり》の宮にお住みになりました。

仁徳《にんとく》天皇の元年に摂津《せっつ》の国の難波《なにわ》に遷って、高津《たかつ》の宮におられました。

履中《りちゅう》天皇の二年には大和の国に遷って、十市《とおち》の郡に建都。

反正《はんぜい》天皇の元年には河内《かわち》の国に遷って、柴垣《しばがき》の宮にお住みになりました。

允恭《いんぎょう》天皇の四十二年にやはり大和の国に遷り帰って、飛鳥《とぶとり》の飛鳥《あすか》の宮におられました。

雄略《ゆうりゃく》天皇の二十一年に、同国、泊瀬《はつせ》の朝倉《あさくら》に皇居をお構えになりました。

継体《けいたい》天皇の五年に、山城《やましろ》の国の綴喜《つづき》に遷って十二年、その後、乙訓《おとくに》に皇居をお構えになりました。

宣化《せんか》天皇の元年には再び大和の国に遷って、檜隈《ひのくま》の入野《いるの》の宮におられました。

孝徳《こうとく》天皇の大化《たいか》元年に摂津の国の長良《ながら》に遷って、豊崎《とよざき》の宮にお住みになりました。

斉明《さいめい》天皇の二年にはやはり大和の国に遷り帰って、岡本の宮におられました。

天智《てんち》天皇の六年、近江の国に遷って、大津《おおつ》の宮にお住みになりました。

天武《てんむ》天皇の元年にさらに大和の国に遷り帰って、岡本の南の宮にお住みになりました。この方を清見原《きよみはら》の御門《みかど》と申しあげまして。そして、持統《じとう》と文武《もんむ》二代の天皇の御代《みよ》は同じ大和の国の藤原《ふじわら》の宮におられたのです。元明《げんめい》天皇から光仁《こうにん》天皇までの七代は奈良の都にお住みになったのです。ところがでございます。桓武《かんむ》天皇の延暦《えんりゃく》三年十月二日、奈良の春日《かすが》の里から山城《やましろ》の国の長岡に遷って十年の正月に、天皇は大納言の藤原《ふじわらの》小黒丸《おぐろまる》、参議で左大弁《さだいべん》の紀古佐美《きのこさみ》、大僧都《だいそうず》の賢璟《げんけい》などを派遣して、当国は葛野《かどの》の郡《こおり》の宇多《うだ》の村を調査させられたのです。これらが揃《そろ》って、次のように奏上したのでした。

「この地のありさまを見ますと、東に流水があって青竜《せいりゅう》、西に大道《だいどう》があって白虎《びゃっこ》、南に沢畔《たくはん》があって朱雀《すざく》、北に高山があって玄武《げんぶ》、と四神《しじん》の座にまこと見事に適した地形でございます。帝都を定めるにはこれ以上はないのではないかと」

そこで愛宕《おたぎ》の郡に鎮座される賀茂《かも》の大明神《だいみょうじん》にご報告申されて、延暦十三年十二月二十一日、長岡の京からこの京へと都を遷されたのでした。ええ、とうとう、こちらの京へと。以来、天皇は三十二代、歳月は三百八十余年をここに送り迎えてきたのです。桓武天皇は言われましたよ。「昔から代々の天皇があちらの国そちらの国そこここと多くの都を建てられたけれども、これほどの勝地《しょうち》はないな」と。こういうわけでございまして、大臣や公卿をはじめ諸道の才人にご相談になって、この都が長久《ちょうきゅう》であるようにと、あることをなさったのです。

まず、土で八尺の人形を作り。

これに鉄《くろがね》の鎧《よろい》と兜《かぶと》を着せて。

それから鉄の弓矢も持たせ。

東山《ひがしやま》の峰に、都を見下ろすように西向きに立てて、埋められたのです。

そしてお約束なさったのです。

「後世、この都を他国に遷すような事態が訪れるものならば、守護神となって妨げよ」

ええ、ですから天下に大事が起ころうとするときには、この塚は必ず鳴動するのですよ。ほら、「将軍が塚」といって、今もございますよ。華頂山《かちょうざん》の頂きにちゃんとございます。

さて、お忘れではありますまい。桓武天皇、この天皇こそは平家の流祖に当たられる。しかもこの京は平安城と名づけられて、「平《たい》らかに安《やす》き」京《みやこ》という字、これを宛《あ》てている。誰あろう、平家がもっとも尊ぶべき都でありましょうぞ。平らかなれ、平らかなれ！　先祖の帝がそうもご執心になられた都を、これという理由もなしに他国、他所へ遷されるというのは、ああ情けない！　いま一つ前例を尋ねますと、嵯峨《さが》天皇の御代に、先帝の平城《へいぜい》上皇が尚侍《ないしのかみ》の藤原薬子《ふじわらのくすこ》の勧めによって乱を起こされるということがございました。このときも都を他国へ遷そうとせられたのですけれども、大臣が反対しました。公卿が反対しました。諸国の人民が反対し申しました。それで遷されずにすんだのです。

　このように、一天《いってん》の君《きみ》、万乗《ばんじょう》の主《あるじ》ですらお遷しになれない都をたかが入道相国というのが人臣の身をもって遷されたのは、ひと言、とんでもない。

　本当にとんでもないことでございますよ。

　ああ、旧都、旧都。この京の都。旧きこの場所こそはまことに結構な都でございました。仏はその目《ま》映《ばゆ》い威光を和《やわ》らげ抑えながら、王城守護《おうじょうしゅご》の鎮守《ちんじゅ》の神々として顕現なさって、霊験《れいげん》じつに灼《あら》たかな寺々がその瓦葺《かわらぶ》きの屋根を北から南へ、上京《かみぎょう》から下京《しもぎょう》へと並べて建ち、万民は誰もが煩《わずら》いがない。五畿《ごき》七道《しちどう》のどこにでも通じている。ですが、今はどうでございましょうか。その交通の便も断たれましたぞ。どの四《よ》つ辻《つじ》も掘り返され、壊されてしまいました。容易に車が往《ゆ》き交えるものではない。たまに通る人があっても、乗っているのは小車《おぐるま》で、厄介な回り道を強いられております。軒を並べていた人家も日が経てば経つほど、ひたすら荒廃です。家々を、おやおや、取り壊しては賀茂川《かもがわ》か桂川《かつらがわ》に投げ入れて、それらの元の建材を筏《いかだ》に組んで浮かべ、財産やら雑具やらをそこに積み込み、福原へ運び下《くだ》しておりますぞ。花の都はどうやら寂《さび》れ、寂れて田舎《いなか》となるばかりのようで、痛恨の極み。そして、何者のしわざであったのでしょうか、旧都の内裏《だいり》の柱にはこんな歌が二首。

ももとせを　　百年を
四かへりまでに　　四《よ》度《たび》も繰り返した
過ぎきにし　　この京という四百年の都、すなわち
愛宕《をたぎ》のさとの　　愛宕《おたぎ》の里も、今は
あれやはてなん　　荒れ果ててしまうのだなあ

これが一首めでして、次がこれ。

咲きいづる　　咲き出る桜の、その花のような
花の都を　　この平安京という花の都を
ふりすてて　　ふり捨ててしまい
風ふく原の　　風の吹いている野原、すなわち福原へと遷るなんて
するぞあやふき　　大丈夫であろうかしら、不安だなあ

同年六月九日、新都造営の起工を行なうというので、これを担当する首席の公卿に徳大寺《とくだいじ》家の左大将実定《さねさだ》卿と土御《つちみ》門《かど》家の宰相《さいしょう》中将通親《みちちか》卿が、奉行《ぶぎょう》の弁官には蔵人《くろうど》の左少弁行隆《ゆきたか》が任命され、役人たちを連れて和田《わだ》の松原から西の野にかけての土地を選び、都の地割りを行ないました。もちろん九条の区画が要るのでございます。しかし、一条から下、五条までの場所はあるのですけれども、測量したところ五条以下がござい

ません。事務を担当する役人が帰ってきてこのことを奏上いたします。

「それでは播磨《はりま》の印南野《いなみの》がよいか」

「やはり摂津の国の児屋野《こやの》か」

等々、公卿の会議で論じられるのですけれども、どうも首尾よく進みそうにないのです。

さて、人々はといえば、旧都はすでに後にしてきたわけで、しかし新都はまだ整っていない。それはもう、ありとあらゆる者たちが浮き雲のように落ちつかない心持ちでしたよ。以前からこの福原に住んでいた者は土地を取りあげられてしまって、歎《なげ》きに歎いておりますし、今回のことがあって移ってきたばかりの者は、土木工事の面倒を互いに歎きあっています。なんともまあ、すべてはただ夢のようなこと。土御門の宰相中将通親卿は、こう申されました。

「異国には、『三条の広路《こうろ》を開いて十二の通門《とうもん》を立てる』との例が見えております。長安京の前例でございます。とするならば、五条まである福原のような都にどうして内裏を建てられないことがありましょう。とりあえず、まずは里内裏を造るのがよいでしょう」

このことは即座に議決されました。そして入道相国は、五条大納言こと藤原邦綱《ふじわらのくにつな》卿が臨時に周防《すおう》の国を賜《たま》わって、その収入を用いて内裏を造進するようにと取り計らわれました。邦綱卿という方は並ぶ者とてない大金持ちでいらっしゃいましたから、造営のことは大して問題ではなかったのですけれども、それはそれ、やはり今度のことが国家の失費や民の困苦のもととならないはずがありません。当面の大事というのは、たとえば即位なされた安徳天皇の大嘗会《だいじょうえ》を執り行なうといった類い。天皇一代に一度の儀でございますよ。それらの大事をさしおいて、このような世の大混乱のさなかに遷都だ内裏の造営だというのは、ただただ不適当なのでございます。ですから、人々は申しましたよ。

「古《いにし》えの賢帝の御代には、皇居は茅《かや》でもって葺いて、軒も不揃いのままにしておいた。民家の炊事する煙が乏しいのをご覧になると、規定の税をも減じられたというぞ。それもこれも、民を恵み、国をお救いになるためだった。ほら、大陸にはいろいろな故事があるだろう。楚《そ》の霊王《れいおう》が豪奢《ごうしゃ》な宮殿、章華台《しょうかだい》を建てたために人民は疲弊し切って逃散《ちょうさん》しただとか、秦《しん》の始皇帝《しこうてい》が巨大な阿房殿《あぼうでん》を造ったために天下に争乱が起きただとか。ああ、あちらにも宮殿の屋根を葺いた茅の端を切り揃えず、山から伐り出したままの垂木《たるき》を削りもせず、船にも車にも飾りなど付けず、また、衣類には紋様もない質素なのを着けていたという堯帝《ぎょうてい》の治世の先例もあったのに。だからこそ、唐《とう》の太宗《たいそう》は臨驪山宮《りざんきゅう》を造られはしたけれども、民の出費に対して遠慮なさったものか、ついには臨幸されなんだ。驪山宮の瓦には爪蓮華《つめれんげ》が生え、垣《かき》には蔦《つた》が茂って、そのまま荒れてしまった。これに比べると、いやはや、今回の遷都はたいへんな違いだな。どうにもこうにも!」

月見《つきみ》――光源氏《ひかるげんじ》を偲《しの》び、宇治《うじ》も偲び

六月九日に新都造営のことに着手と定められました。さらに八月十日に皇居の棟上《むねあ》げの儀式、十一月十三日に安徳《あんとく》天皇がこの新皇居にご遷幸《せんこう》と定められました。旧都はしだいしだいに荒れてゆき、あわせて新都は賑《にぎ》わい、栄えるのでございます。人々を驚かす大事件ばかりが続発した夏も過ぎ、早くも秋になりました。その秋もだんだんと半ばになりますと、福原の新都におられる方々は名所の月を見ようと、あちらこちらに出かけられるのでございます。

ある者は源氏物語の主人公のあの源氏の大将の昔の跡を偲《しの》んで、須磨《すま》から明石《あかし》の浦を伝い、淡路《あわじ》の海峡を渡って、絵島《えじま》が磯《いそ》の月を見ます。

ある者は白良《しらら》へ。吹上《ふきあげ》へ。和歌の浦へ。ある者は住吉《すみよし》へ。難波《なんば》へ。またある者は高砂《たかさご》へ。尾上《おのえ》へ。

これらの名所を訪ねて、あけぼのの月を眺めて帰る人もいます。そして旧都に残る人々は、伏見《ふしみ》や広沢の月を見るのです。

そうした方々のうちで、徳大寺《とくだいじ》家の左大将実定卿《さねさだきょう》は旧《ふる》き都の月を恋しく思って、八月十日過ぎに福原から京へ上《のぼ》られました。ああ、なにもかもが、なんという変わりよう。稀《まれ》に残っている家では門前に草が生い茂り、庭いっぱいに露《つゆ》が降りております。蓬《よもぎ》はあたかも杣山《そまやま》のように繁茂して、あるいは茅萱《ちがや》が一面に生えている野原だの、鳥の臥《ふ》し所《ど》だのといった荒れっぷり。虫の声々は怨《うら》みごとを言うようで、あわれではございませんか。そして黄色い菊に紫の藤袴《ふじばかま》、そうした秋草の花が咲き乱れる野辺になってしまっているではございませんか。左大将実定卿にとって、昔の都の名残《なご》りとしてはおん姉の近衛河原《このえがわら》の大宮がおられるばかり。この大宮とは、誰ありましょう、近衛天皇が崩御《ほうぎょ》なされたのちに心ならずも二条天皇に再度の入内《じゅだい》をなさった、例の「二代の后《きさき》」でございますよ。

その御所に参って、大将はまず随身《ずいじん》に正門を叩《たた》かせられたのですが、すると内から女の声でこう尋ねるのです。

「いったい誰でございましょう。生い茂った蓬の露を払って訪ねられる人とてもない、このような家へ」

随身は応じました。

「福原から大将殿が来ておられます」

女の声は応じました。

「正門は錠がさされております。東側の小門《こもん》からお入りなさいませ」

大将は、それでは、と東の門から入られました。ちょうど入宮は、南に面した御格子《みこうし》をあげさせて琵琶《びわ》を弾じられていたところでした。ええ、琵琶でございますよ。一面の琵琶を。お寂しさのあまり、昔を思い出されておられたのでしょう。そこに大将が来られたのですから、ああ悦《よろこ》ばしい。

「これはまあ、夢かしら、現《うつつ》のことかしら。どうぞこちらへ、こちらへ」

こうおっしゃいましたよ。

源氏物語の宇治《うじ》の巻には、優婆塞《うばそく》の八の宮のおん娘が、秋の名残りを惜しんで夜もすがら琵琶を弾《ひ》き、心を澄《す》ましておられると有明の月が出て、もう感に堪えないとお思いになったのか、琵琶の撥《ばち》でこの月をお招きになったとの条《くだ》りが見えますが、ええ、そうした風情《ふぜい》も今こそ思い合わされたのでした。

しみじみと。

そして、撥。

琵琶。

いえいえ、ここでは撥のかき鳴らされる戦事《せんじ》の烈《はげ》しさよりも、まずは、びん、びんと、沁《し》み入るような風流をば。

そうした一情景をば。

待宵《まつよい》の小侍従《こじじゅう》という女房もこの御所にお仕えしていたのです。これを待宵と呼ぶようになりました事情は、次のようなもの。あるとき大宮から、「恋人を待つ宵と、その恋人が別れて帰る朝と、どちらが切実に思われるかしら」とお尋ねがあったのでした。するとこの女房は一首詠《よ》んだのです。

待つ宵《よひ》の　恋人を待ちわびる宵が
ふけゆく鐘《かね》の　ただただ深《ふ》ける、深けるぞと告げる、鐘の
声きけば　音を聞きます空《むな》しさが
かへるあしたの　恋人の帰りを促す朝方の、あの
鳥はものかは　鶏鳴なんぞに比べられましょうか

物の数ではありませぬ、と見事に答えたのです。そこで待宵という女房名で召し使われるようになったのでした。大将はこの待宵の小侍従を呼びだして、昔や今のことなどを語りあううち、夜もしだいに深けてゆきますので、旧都が荒れて廃《すた》れてゆきますその様《さま》を、今様《いまよう》すなわち当代の流行歌にして歌われたのです。

ふるき都を　古い都に
きてみれば　来てみると
あさぢが原とぞ　浅茅《あさじ》が原《はら》のように
あれにける　荒れ果てている

月の光は　　月の光は
くまなくて　　隈《くま》なく照りわたり
秋風のみぞ　　ああ、秋風だけが
身にはしむ　　この身に、つらい

以上を三べん繰り返して歌い納められると、そのすばらしさに大宮をはじめ、御所じゅうの女房たちがみな感動の涙に袖を濡《ぬ》らされたのでした。

そうこうするうちに夜も明けまして、大将はお暇《いとま》を申して福原へお帰りになったのでした。その途中、お供をしていた蔵人《くろうど》を呼んで、こう言われました。

「別れ際の小侍従はあまりに名残り惜しい様子だったな。どれお前、戻って何でもいいからひと言、挨拶《あいさつ》してきてくれないか」

はい、とばかりに蔵人は御所へ走り帰って、畏《かしこ》まって「大将殿がご挨拶せよとのことです」と言って、次の一首を詠んだのでした。

物かはと　　物の数ではない、比べられるものですかと
君がいひけん　　あなたがおっしゃいました
鳥のねの　　別れの朝の鶏鳴でございますけれども
けさしもなどか　　今朝《けさ》は、どうして
かなしかるらん　　こんなに悲しいのでしょうか

女房は涙を抑えました。こう返しました。

またばこそ　恋人を待っていればこそ
ふけゆく鐘も　深まる夜の鐘の音も
物ならめ　つらいものなのでしたね
あかぬわかれの　今朝は、名残り惜しいこの別れの
鳥の音《ね》ぞうき　鶏鳴のほうがつらいと感ぜられる身になりましてよ

蔵人は帰ってきて大将にこの由《よし》を申しあげました。大将は大いに感心なさって、こう言われましたよ。

「うむ、見事。お前ならば立派につとめるだろうと思っていたぞ。だから遣《つか》わしたのだ。よくやった」

それ以来、この者は「物かはの蔵人」と呼ばれまして。なあるほど、風流。

物怪之沙汰《もっけのさた》——そして神々の会議が

しかし風流に続きましては、奇怪《きっかい》なる事どもを。続けざまに続いた事件の数々を。福原へ都を遷《うつ》されて後《のち》、平家の人々はどうにも夢見が悪く、いつも胸騒ぎばかりしているような塩梅《あんばい》で、妖怪なぞが現われることも多かったのでございます。

たとえばある夜、入道清盛《きよもり》公が寝ておられるところに、一間《ひとま》に入りかねるほどに大きな顔が出てきて、入道をお覗《のぞ》き申したのでした。しかし、さすがは入道相国《しょうこく》、少しも驚かずに強《した》たかに睨《にら》んでおられつづけたところ、巨大な顔はみるみる消え失《う》せたのでした。

それからたとえば、岡の御所。ここは新築されたところなので然《しか》るべき大木もなかったのですけれども、ある夜、大木の倒れる音がしまして、人じあれば二、三十人ほどがどっと笑う声がするということがあったのです。「どう考えても天狗《てんぐ》のしわざだろう」ということになって、蟇目《ひきめ》すなわち魔《ま》除《よ》けの鏃《やじり》を携えた当番と称して、夜百人、昼五十人の交代の警備の者たちを揃《そろ》えてこの蟇目を射させられました。と、どうでしょう。天狗のいる方角へ向かって射たときは何の音もしない。しかし、いないほうへ向かって射たときは、やはり、どっと笑いなどするのです。

また、これはある朝のこと。入道相国が帳台から出て妻戸《つまど》を押し開き、中庭をご覧になると、死人の髑髏《しゃれこうべ》がそこには幾つという数もわからぬほど充《み》ち満ちている。それらが上になり下になり、転がりぶつかり離れ、端《はし》のほうの髑髏が中に来て、中のほうの髑髏が端へ行って、転げ込んだわ転がり落ちたわ、からからからぁととんでもない音を立てております。入道相国は「誰か、誰かいないか」と呼ばれるのですけれども、折悪《おりあ》しく参る者がない。と、そのうちに白骨の頭《かしら》がつぎつぎ一つに固まりあい、いったい幾つ固まったのか中庭の内に入り切れないほどの大きさになって、ついには高さが十四、五丈はあろうかと思われる山のような代物《しろもの》になったのです。その一つの大頭《おおがしら》に、今度は生きている人間の眼《め》のように大きな眼がまたまた数知れず出てきて、入道相国を揃ってじっと睨んで瞬《まばた》きもしません。が、入道は少しも騒がずに猛烈に睨み返して、しばし立っておられました。すると大頭はあまりに強く睨まれて、霜や露《つゆ》の類いが日に当たって消えるように跡形もなく失せてしまったのでした。

　このほかにも例がございます。お馬でございます。入道相国がもっとも上等の馬をつなぐ第一の廏《うまや》に入れて、大勢の舎人《とねり》をお付けになり、朝夕片時《かたとき》もうちやらず大切に世話をして飼われていたお馬の尾に、わずか一夜にして鼠《ねずみ》が巣を作り、子を産むという一件が。これは尋常《じんじょう》なことではないというので、七人の陰陽師《おんようじ》に占わせられたところ、「重キオン慎ミ」との答申。このお馬は相模《さがみ》の国の住人の大庭三郎景親《おおばのさぶろうかげちか》が関東八カ国第一の名馬だと申して、入道相国に献上したものでございました。黒い馬で、額は白く、名を望月《もちづき》と付けられておりました。陰陽《おんよう》の頭《かみ》の安倍泰親《あべのやすちか》がこの名馬を賜わりました。なにしろ昔、天智《てんち》天皇の御代《みよ》に、馬寮《めりょう》につながれたお馬の尾に一夜にして鼠が巣を作り、子を産んだことがありまして。そのときには外国《とつくに》の謀叛《むほん》の者たちが蜂起《ほうき》したと日本書紀には見えております。

　それと源中納言雅頼卿《げんちゅうなごんまさよりきょう》のもとに召し使われていた若侍が見た夢も、これはもう恐ろしいものでしたよ。詳《つまび》らかに説かせていただきますと、大内裏《だいだいり》の神祇官《じんぎかん》の庁舎と思われるところに、束帯《そくたい》で正装しました高貴な方々が大勢おられて、会議のようなことが行なわれていたそうで、しかし末座に控えていた方で平家に味方をしていたと思《おぼ》しき人を、その席から追い立てられてしまったのです。若侍は夢のなかで、ある老翁《ろうおう》に「今の貴人はどういうお方でいらっしゃったのですか」とお尋ねしたのですが、するとお返事は「厳島《いつくしま》の大明神《だいみょうじん》だよ」とのものでございました。その後で、上座におられた見るからに貴々《あてあて》しい古老がこう言われたのでした。

「このところ平家が預ってきた節刀《せっとう》を、今は伊豆《いず》の国の流人《るにん》、源 頼朝《みなもとのよりとも》に授けることにしよう」

そのお側《そば》には、やはりお一方《ひとかた》の古老がおられて、続けてこう言われました。

「その後は、わが子孫にもお授けいただければ」

節刀とは朝敵《ちょうてき》征討に向かう将軍に、天皇おん自らがその証《しる》しとして授けたもう刀のこと。さて、それではいったい、これはなんなのか。若侍は順々に老翁にお尋ねしました。するとお返事は、このようなもの。

「節刀を源頼朝に授けようと言われたのは八幡大菩薩《はちまんだいぼさつ》だよ。その後はわが子孫にも、と言われたのは春日大明神《かすがだいみょうじん》だよ。そして、こう申している年寄りの私は誰か、と申せば、武内《たけのうち》の大明神だ」

そこで目覚めまして。いやはや、若侍はもちろん「大変だぞ。これこれ、こういう夢を見た」と人々に語り、そうしているうちに入道相国も漏《も》れ聞いて、雅頼卿のもとへ源大夫《げんだゆう》の判官季貞《ほうがんすえさだ》を遣《つか》わしまして、「夢を見たその若侍、ただちに私のもとへお寄越しください」と申し入れられたものですから、当の若侍は「すわ」とばかりにとっとと姿を晦《くら》ましたのでございました。ですから雅頼卿は、致し方ございません、入道相国のもとへ出向いて「いろいろ取り沙汰《ざた》されている夢のことですとか、その夢を見たという、拙邸《せってい》に仕えます六位の侍のことですとか、根も葉もないただの噂《うわさ》話でございます」と釈明せられました。さいわい、その後はなんの追及もなかったのでした。

しかし、しかし、不思議は続きましたのです。平清盛《たいらのきよもり》公がまだ安芸《あき》の守《かみ》であった時分、新任国司として厳島神社に参拝の折りに、霊夢《れいむ》を見、厳島の大明神から現に賜わった銀《しろがね》の蛭巻《ひるまき》をした小《こ》長刀《なぎなた》のこと、きっと憶《おぼ》えておいででしょう。はい、いつも枕もと近くに立てておかれた例の小長刀、それが、ある夜にわかに消え失せてしまったのです。不思議、不思議、おお不思議。平家はこれまで朝廷の警固《けいご》役となって天下を守ってきたのですけれども、今は勅命《ちょくめい》に背いたので、節刀も召し返されるのでありましょうか。これはもう、実に心細いということでした。

取り沙汰はさまざまでございましたが、以上のようなことを伝え聞いた宰相《さいしょう》入道藤《ふじ》原成頼《わらのなりより》は、当時は高野《こうや》におられたのですけれども、中でもこう言われたのです。

「おお、平家の時代というのもいよいよ終焉《しゅうえん》を迎えるわ。厳島の大明神が平家のお味方をなされたというのには、もちろん理由がある。平清盛はそのお社《やしろ》を修造したからな。若侍の夢においても、そうだろう、そうだろう。ただし厳島大明神は娑羯羅竜王《しゃかつらりゅうおう》の第三の姫君であるから女神とうけたまわっている。多少解《げ》せないところはあるが。八幡大菩薩が節刀を源頼朝に授けようと言われたのは、こちらは実にもっともだな。しかし春日大明神が、その後はわが子孫にお授けいただければ、と言われたというのもやはり釈然とせぬ。あるいはあれか、平家が滅んで源氏の時代が終わった後に、大織冠《たいしょっかん》こと藤原鎌足《ふじわらのかまたり》公のご子孫、摂関家の公達《きんだち》が天下の将軍になられるのか。そういうことが、あるというあれか」

この折り、ちょうど高野の成頼入道のところへ来あわせていたある僧が、こう絵解きを添えもしました。

「そもそも神は衆生済度《しゅじょうさいど》のためにご威光を和《やわ》らげ、この世に顕《あら》われなさる方法がまちまち。あるときは俗人の姿を採られ、またあるときは女神にもなられます。まことに厳島大明神は、女神とは申しながら三明六通《さんみょうろくつう》すなわち一切に通ずる智慧《ちえ》、力を具《そな》えていらっしゃる霊神《れいしん》であられるので、俗人の姿で現われなさるのも、実際、ございましょうよ」

成頼入道は憂《う》き世《よ》を厭《いと》い、仏道に入った身。一途《いちず》に後世《ごせ》の菩提《ぼだい》を願うより他には、たとえば俗世のことなどは関わらないでよいはずですが、そこはやはり人間の常。善政を聞きては「実に善《よ》い」と感じ入り、世の人々の愁訴《しゅうそ》を聞いては「うむ、悪《あ》し」と歎《なげ》きに沈むわけでございました。

早馬《はやうま》——驚愕の挙兵

同じ治承《じしょう》四年、九月二日。

さあ、早馬《はやうま》が参りましたぞ。関東は相模《さがみ》の国の住人の大庭三郎景親《おおばのさぶろうかげちか》が福原へ急使を派したのです。その使者が申すところは、おおなんと、このようなもの。

「申しあげます。去る八月十七日に、伊豆《いず》の国の流人《るにん》、右兵衛《うひょうえ》の佐《すけ》の源頼朝《みなもとのよりとも》が、その舅《しゅうと》、北条四郎時政《ほうじょうのしろうときまさ》に命じて伊豆の国の目代《もくだい》である和泉《いずみ》の判官《ほうがん》こと平兼高《たいらのかねたか》の居館を夜討ちさせました。その後、兵衛の佐はおのれに従う土肥《とい》、土屋、岡崎《おかざき》などの三百余騎と石橋山《いしばしやま》に立て籠りまして、そこをこの景親が、平家方に心を寄せております一千余騎を率いて攻め、攻め抜いたのでございます。すると兵衛の佐の軍は崩れて、わずかに七、八騎になり、兜《かぶと》も脱げて乱戦する仕儀となり、土肥の椙山《すぎやま》へ逃げ籠りました。その後は畠山次郎重忠《はたけやまのじろうしげただ》が五百余騎でこちらの味方をしております。ですが三浦大介義明《みうらのおおすけよしあきら》の子供らが三百余騎で源氏方につき、由比《ゆい》、小坪《こつぼ》の浦で合戦となりまして、畠山は敗れてしまって武蔵《むさし》の国へ退《しりぞ》きました。けれども、のち、畠山はその一族の河越《かわごえ》、稲《いな》毛《げ》、小山田《おやまだ》、江戸《えど》、葛西《かさい》ほか武蔵七党の兵《つわもの》ども総勢三千余騎を率いて三浦の衣笠城《きぬがさじょう》に押し寄せ、攻めに攻め、大介義明は討たれました。その子供らは久里《くり》浜《はま》の浦から船に乗り、安房《あわ》、上総《かずさ》へ渡りました」

云々《うんぬん》。さて、この驚くべき急報でございますが、福原はどのように反応したか。ひと言で申せば、平家の人々は遷都《せんと》のことに早くも興醒《きょうざ》めするというありさまとなったのです。特に若い公卿《くぎょう》や殿上人《てんじょうびと》たちは「ああ、早く事が起こればよいぞ。討《う》っ手《て》に向かおう」などと言ったりして、まあこれはさながら浅慮の見本のような不見識な申しぶり。また、ちょうどその折りに次郎重忠の父、畠山の荘司重能《しょうじしげよし》と小山田の別当有重《べっとうありしげ》、宇都宮左衛門朝綱《うつのみやのさえもんともつな》という東国の三人が大番《おおばん》役で京におりました。畠山は、これは何かの間違いでございましょうと申しました。「北条時政は娘を兵衛の佐の頼朝に嫁がせておりますから、親しい間柄なのは事実。よって動向は読めませんが、その他の連中はまさか朝敵《ちょうてき》の味方はいたしますまい。この報《しら》せ、じき訂《ただ》されるかと」

この畠山の言を聞き、反応は二つに割れました。「なるほどなあ。そのとおりだろうよ」と言う人あり、いっぽうで「いやいや。たちまち天下の一大事になるぞ」と囁《ささや》く者も多かったのです。そして入道相国《しょうこく》の憤《いきどお》られる様《さま》といったら、これはもう大変なものだったのです。

「頼朝はあの平治《へいじ》の乱の後、首謀者義朝《よしとも》の嫡子《ちゃくし》としてすぐにも死罪に処せられるはずだったのだ。それを、俺の父忠盛《ただもり》の後室であった亡き池《いけ》の禅尼殿《ぜんにどの》たってのご歎願《たんがん》で、流罪にと減刑してやったのだ。なのにその恩を忘れたか。平家に向かって弓を引くというのか。このような所業、神仏もどうしてお赦《ゆる》しになろうか。ならぬ、ならぬわ！　頼朝、おお頼朝よ。たちまち天罰はお前に、下《くだ》るは必至ぞ！」

恐ろしや、おっしゃったのですよ。

朝敵揃《ちょうてきぞろえ》――この日本国《にっぽんこく》の謀叛人《むほんにん》一覧

そもそも我が国における朝敵《ちょうてき》の初めを尋ねてみましょう。それは神武《じんむ》天皇の御代《みよ》の四年のこと。紀州、名草《なぐさ》の郡《こおり》の高雄《たかお》の村に一つの蜘蛛《くも》がおったのです。ええ、日本書紀にいう土蜘蛛《つちぐも》ですよ。朝威《ちょうい》すなわち天子の威光に従わなかったこの者、その背は低く、手足は長く、力は常人に遥《はる》かに勝《まさ》っておりました。人民に多くの損害を与えたので官軍がその征伐にと出発しまして、宣旨《せんじ》を読んで聞かせ、葛《くず》を編んだ網でもって覆うことでとうとう捕らえ、殺したのです。

それより以降、野心を抱いて朝威に叛《さか》らい、あろうことかこれを滅ぼさんとした者どもは、次から挙げまする二十余人。

まず大石山丸《おおいしのやままる》。
続いて大山《おおやま》の皇子《おうじ》。
また守屋《もりや》の大臣。
また山田石川麻呂《やまだのいしかわまろ》。
蘇我入鹿《そがのいるか》。
大友真鳥《おおとものまとり》。
文室宮田麻呂《ふんやのみやたまろ》。
橘 逸成《たちばなのはやなり》。
氷上川継《ひかみのかわつぐ》。
伊与《いよ》の親王《しんのう》。
大宰《だざい》の小弐《しょうに》こと藤原広嗣《ふじわらのひろつぐ》。
また恵美押勝《えみのおしかつ》。
早良《さわら》の太子《たいし》。
井上《いがみ》の皇后。
藤原仲成《ふじわらのなかなり》。
平将門《たいらのまさかど》。
藤原純友《ふじわらのすみとも》。

また安倍貞任《あべのさだとう》、そして宗任《むねとう》。

対馬《つしま》の守《かみ》の源 義親《みなもとのよしちか》。

また悪左府《あくさふ》、すなわち藤原頼長《ふじわらのよりなが》。

また悪衛門《あくえもん》の督《かみ》、すなわち藤原信頼《ふじわらののぶより》。

と、こうでございますけれども、一人として本望を遂げた者などございませんよ。誰もがその屍《しかばね》を山野《さんや》に晒《さら》しまして、首は獄門にかけられたのですよ。


今でこそ天皇の権威というのもひどく軽んじられておりますけれど、昔は違ったのでした。たとえば宣旨を読んで聞かせれば、枯れた草木もたちまちに花が咲き、実が生《な》り、飛ぶ鳥もこれに順《したが》ったものでした。その例をさほど遠くない昔に見てみましょう。醍醐《だいご》天皇の御代でございます。天皇が神泉苑《しんせんえん》に行幸《ぎょうこう》なさったところ、池の汀《みぎわ》に鷺《さぎ》がいるのでした。これをご覧になった天皇は、六位の蔵人《くろうど》を召して「あの鷺、捕らえてまいれ」と命じられたのでした。さて、六位はそうそう捕獲などできるものかと思うのですが、なにしろ天皇のご命令なので、鷺のほうへ歩いてゆきました。鷺は、もちろん、羽繕《はづくろ》いして飛び立とうとします。そこで六位は「宣旨だぞ」と思わず命じまして、すると、なんとまあ、鷺はその場に平伏《ひれふ》して、飛び去らないのでございます。ですから捕まえて、お持ちすることができました。

醍醐天皇は、おっしゃいましたよ。

「鷺よ。お前が宣旨に服してこのように我が御前《ごぜん》に参ったこと、殊勝である。よいぞ、まことによいぞ。この鷺をただちに五位にせよ」

こうして鷺を五位になさったのです。さらに「今日より後《のち》は、鷺のなかの王たるべし」という札をお書きになって、この鷺の首にかけてお放しになったのです。おわかりでしょうか。醍醐天皇は、けっして鷺がご入用でなされたのではないのですよ。ただ帝《みかど》の権威がどれほどのものか、それを知ろうとなされたのです。

咸陽宮《かんようきゅう》——秦《しん》、始皇帝《しこうてい》と敵国王子の一幕

また、異国の先例も尋ねてみましょう。燕《えん》の国の太子《たいし》、丹《たん》という人が秦《しん》の始皇帝《しこうてい》に捕らえられて、幽閉されること十二年に及ぶということがございました。太子丹《たいしたん》は涙を流して、秦の始皇帝に「私は本国に年老いた母がおります。お暇《いとま》を賜《たま》わり、この母に会えればと願っております」と歎願《たんがん》しました。しかし、始皇帝は嘲弄《ちょうろう》するのです。

「そうか、そうか。ならば馬に角《つの》が生え、烏《からす》の頭《かしら》が白くなったらお前に暇を出そう。その時を待つがよい」

燕の太子丹は、ああ天を仰ぎました。ああ地に伏しました。そして祈りました。次のようにです。

「願わくば馬に角を生やしてくださいませ。烏の頭を白くしてくださいませ。私は故郷に帰って、もう一度母に会いたいのです」

昔、かの妙音菩薩《みょうおんぼさつ》はお釈迦《しゃか》様のおられた天竺《てんじく》の霊鷲山《りょうじゅせん》に参ってその説法を聞き、不孝の輩《やから》を戒めましたし、また震旦《しんたん》には孔子《こうし》とその弟子顔回《がんかい》とが現われて、忠孝の道というのをお始めになりました。聖賢とはこの世の仏、すなわちあの世でもこの世でも諸仏は孝行の志《こころざ》しを必ずお憐《あわ》れみになるのです。そのため、馬には角が生えて宮中に現われました。烏の頭は白くなって、庭先の木に留まりました。始皇帝は烏の頭、馬の角の奇蹟《きせき》に驚きましたとも。天子の言葉は取り消すことができない、ということを心に守りましたとも。ですから太子丹を許して、本国に帰されたのでした。

しかし、悔しいといえば実に悔しい。始皇帝は、やはり悔しいというので策をめぐらされました。秦の国と燕の国の境いには楚国《そこく》という国がございまして、大きな川が流れております。この川に架かった橋を「楚国の橋」と申します。始皇帝は官軍を派して、燕の太子丹がここを渡るとき、その川の中央で踏めば落ちるような仕掛けを橋板に施したのです。そうしておいて太子丹を渡らせたのですから、どうして落ち入らずに渡り切れましょうか、たちまち落ちてしまったのでした。しかしながら太子丹は少しも水に溺れません。あたかも平地を行くように向こう岸に着いたのでした。丹その人もこれはどうしたことかと思って、後ろをふり返って見ると、数もわからぬほどの数多《あまた》の亀が水の上に浮かびあがってきて、甲羅を並べているではありませんか。その上を丹に歩かせたのです。これも丹の孝行の志しをあの世この世の諸仏がお憐れみになったからでございますよ。

帰国しました太子丹ですが、心中には深い恨みがございます。ですから始皇帝には従わない。始皇帝は官軍を派遣して燕の太子丹を討とうとなされます。太子丹は恐れおののき、荆軻《けいか》という剣の達人を味方にして大臣にとりたてました。荆軻はまた田光《でんこう》先生《せんせい》という勇猛の人を仲間に加えようとしました。ですが、先生はこう申したのです。「そうか。君はこの私の盛時を知っていて、頼りになさろうと言われるのか。麒麟《きりん》すなわち良馬は千里を飛ぶように駆けるけれども、老いては駑馬《どば》にも劣る。私の盛りは過ぎ、正直お役には立てまい。代わって、他の剛胆の士を誘ってお味方させよう」

そして帰ろうとしましたので、荆軻は「このこと、ゆめゆめ人には口外せぬよう」と告げました。すると先生は申しました。

「なんたるひと言。誰かに疑われる以上の恥辱はない。もしもこのことが漏《も》れたならば、まずは私が疑われるということか」

そう言って門前にある李《すもも》の木に頭を突きあて、打ち砕いて死んでしまったのです。

また樊於期《はんよき》という勇者がおりました。これは秦の国の者でしたが、始皇帝のために親、おじ、兄弟を殺されて燕の国に逃げ籠っておりました。始皇帝は天下に宣旨《せんじ》を下《くだ》して、樊於期の首を斬って持参した人間には五百斤《こん》もの莫大な金《きん》を与えようと布告しました。荊軻はこれを聞いて、樊於期のもとへ行き、申しました。

「俺はお前の首に五百斤の賞金がかけられていると聞いている。だから、お前のその首、俺に貸せ。それを取って始皇帝に奉じよう。始皇帝は喜んでお前の首をご覧になるだろう。その首実検のときだ、俺は剣を抜き、始皇帝の胸を刺す。やすやす討つぞ」

樊於期は躍《おど》りあがりました。よし、よし、よし、と興奮して震え、大きく息を吐き出してから言うのでした。

「私は親を、おじを、兄弟を始皇帝のために殺された。夜も昼もこのことを思うと骨髄に恨みが沁《し》み透《とお》り、どうにも我慢がならなかった。そうか、本当に始皇帝を討てるのならば、わが首を与えるのは塵芥《ちりあくた》よりもたやすいわ」

申すや、自ら首を斬って死んでしまったのです。

また秦舞陽《しんぶよう》という勇者がおり、これも秦の国の者でした。十三のときに敵《かたき》を討って、燕の国に逃げ籠っておりました。並ぶ者のない猛者《もさ》で、怒って立ち向かうときには大の男も気絶します。いっぽう、笑顔で対するときには赤子もなついて、その手に抱かれてしまうという塩梅《あんばい》です。荊軻はこの者を仲間に引き入れまして、秦の都の案内人に立てました。そうやって連れ立って進んだのですが、ある辺鄙《へんぴ》な山の麓《ふもと》に来て、そこに宿泊した夜のことです。その辺りの里で楽器が奏でられておりました。そこで荊軻は、音調によって願いごとの成否を占いました。さて始皇帝を殺《あや》めることはできるか、できないか。五音の音階に五行の元素を当てたところ、敵のほうは水、わがほうは火。言わずもがな火は水に消される。そのうちに夜も明けました。見ると、白虹《はっこう》が太陽にかかりながら、しかし途中で消えてしまっている。刺し貫いていない。太陽のごとき君主を、犯し切れていない。荊軻はこれらにすべてを悟り、言うのでした。

「願いごとは成就せぬ、ということか。無念」

けれども今さら引き返せる旅ではございません。二人、なお進みます。始皇帝の都、咸陽宮《かんようきゅう》に到着します。燕の国の地図と樊於期の首とを持参して参上したことを申しあげます。始皇帝は、臣下の者に受けとらせようとなさります。一人はさらに申しあげます。

「いかにしても、人伝《ひとづ》てで献上はいたしかねます。直々にさしあげたい」

それでは、と謁見《えっけん》の儀式がととのえられました。

燕の使者を、お召しになりました。

さて咸陽宮とはいかなる都か。古《いにし》えの大陸では三百歩または三百六十歩をもって一里としておりましたが、咸陽宮の周囲はこの尺度《ものさし》にて一万八千三百八十里に及んでおります。宮城は地面より三里高く土盛《ども》りをして、その上に建てられてあります。長生《ちょうせい》殿《でん》や不老門《ふろうもん》がございます。黄金《こがね》でもって太陽の装飾を作り、銀《しろがね》でもって月を作り、真珠や瑠璃《るり》、金を、あたかも砂のように一面に敷きつめております。四方には高さ四十丈の鉄の塀をめぐらし、宮殿の上にも同様に鉄の網が張ってあって、これは冥途《めいど》の使いを入れまいとしてのもの。とはいえ秋に飛んできた雁《かり》が、春、北国へ帰るのには障《さわ》りになるというので、塀には雁門《がんもん》と名づけた門をば用意しまして、鉄のこの門を開けて通してやったのでございました。その宮城のなかに阿房殿《あぼうでん》がございました。始皇帝がいつも行幸《ぎょうこう》あって政務を執《と》られる御殿がです。高さは三十六丈、東西へ九町、南北へ五町。大床《おおゆか》の下には五丈の幢《はたほこ》を立ててあるのですが、まだ上に届かないほどなのです。屋根は瑠璃の瓦で葺《ふ》いて、殿中はといえば金銀で飾り立ててありました。

荊軻は燕の地図を持ち、秦舞陽は樊於期の首を持って、珠で飾られた階段をのぼります。あまりにも宮殿が壮麗でございましたので、秦舞陽はわなわなと震えてしまいます。そこで始皇帝の臣下の者が怪しみ、「舞陽には謀叛《むほん》の心があると見た。危険人物を皇帝の側《そば》に置いてはならぬし、また、君子は危険人物に近づいてはならぬ。そのような人物に近づくことは、これすなわち死を侮《あなど》ることだ」と申しました。そこで、先に進んでいた荊軻はひき返して、こう言います。

「舞陽には謀叛の心など全然ございません。ただ田舎《いなか》などの賤《いや》しいところにばかり住み慣れているものですから、壮大で華麗なこの皇居にはとても慣れず、気を動転させているのです」

むむ、なるほど、と臣下の者たちはみな静まりました。さあ、荊軻たちは王に近づき申します。燕の地図、および樊於期の首をお目にかけます。その地図の入っていた櫃《ひつ》の底に何があったかといえば、氷のように刃《やいば》を冷たく光らせた剣《つるぎ》。それをご覧になって、始皇帝はとっさに逃げようとなさいます。

荊軻は、王のお袖をむんずと摑《つか》んで、剣を胸に当てます。

もはやこれまで。

そう見えました。

数万の軍兵《ぐんぴょう》がびっしりと御殿の庭に居並んでいたのですけれども、救う術《すべ》がございません。ただただ、主君が謀叛人に害せられようとしているのを悲しみあうばかり。

と、始皇帝が言われました。

「われにしばしの時間を与えよ。最愛の后《きさき》の琴の音《ね》をいま一度聞きたいのだ」

なるほど、とばかりに荊軻はしばらく刺殺をお控え申しあげました。

始皇帝は三千人の后を持っておられました。その中に花陽夫人《かようぶにん》という優れた琴の名手がおられました。いかにすばらしいかを説けば、この后の奏でる琴の音を聞いたならば総じて猛《たけ》き武士《もののふ》の怒れる心も和《やわ》らぎ、飛ぶ鳥も落ち、草木も揺らいでしまうほど。ましして今回の弾奏は、これが最後と皇帝のお耳に入れようとしているのですから、涙ながらのその演奏が興趣深くなかったはずもございません。荊軻とて首を垂れ、耳をすまして聞き入ってしまいます。ついつい、謀叛を企《たくら》む心に緩《ゆる》みが生じてしまいます。后は、そのとき、さらに新しく一曲奏します。

その歌曲とは、これ。

「七尺《しっせき》の屛風《びょうぶ》は、いかに高くとも、躍らばどうして越えられないことがございましょう」

「一筋の薄物は、いかに強くとも、引かばどうして裂き切れないことがございましょう」

荊軻には歌の意味がわかりませんでした。しかし始皇帝は、ただちに悟られます。綾織《あやお》りのお袖を引きちぎり、七尺の屛風を飛び越えて、銅《あかがね》の柱の陰に逃げ隠れなさったのです。荊軻はいきりたち、剣を投げつけたのですけれども、ちょうど御前《ごぜん》に控えていた当番の医師がその剣に向かって薬の袋を投げました。荊軻の剣は、薬の袋をかけられたまま、直径六尺の銅の柱をその半分までも切り、しかしながらそこまで。投げた剣のほかにには予備の剣など持っておりませんから続いては投げられない。王はといえば、引き返して自分の剣を取り寄せ、おお、荊軻を八つ裂きにしてしまわれた。秦舞陽も討たれた。

そして始皇帝は官軍を派遣して、燕の太子丹を滅ぼされたのです。

ふり返りますと、天がお許しにならないからこそ、あの白虹は太陽にかかりながらも貫通することがなかった。そういうことなのでございますよ。だから秦の始皇帝は危機を逃れて、太子丹はとうとう滅びてしまった。

だから今の頼朝《よりとも》も、きっと燕の太子丹と同じように謀叛の本意は達せられまいよ、とまあ、平氏にお追従《ついしょう》を言う人々もあったのだとか。

やれやれでございますね。

文覚荒行《もんがくのあらぎょう》——武者から験者《げんじゃ》へ

頼朝《よりとも》、頼朝、頼朝。この者は去る平治《へいじ》元年十二月に生じました父左馬《さま》の頭義朝《かみよしとも》の謀《む》叛《ほん》によって、永暦《えいりゃく》元年三月二十日に伊豆《いず》の国の蛭島《ひるがしま》へ流されたのでした。このとき齢《よわい》は十四歳。以来、二十余年の春秋をその流《る》刑地《けいち》に送り迎えてきました。長年のあいだ一つも事を起こされず、だからこそ平家全盛の世でも無事でいらっしゃったのですけれども、それがなぜ今年になって謀叛を企てられたのか。

そこには煽動者《せんどうしゃ》がおったのです。一人の怪僧が。

高雄《たかお》の文覚上人《もんがくしょうにん》。この方が説き勧められたのでした。

この文覚というのは、渡辺党の遠藤左《えんどうさ》近《こん》の将監茂遠《しょうげんもちとお》の子であり、もとは遠藤武《む》者盛《しゃもり》遠《とお》と申しており、上西門院《じょうさいもんいん》に仕えて雑事をなした所《ところ》の衆《しゅう》でございました。十九歳のとき道心を発《おこ》して出家して、修行に出ようとしましたが、その際につぶやいたのです。

「俺には少しばかし疑問なのだが、いったい修行というのはどれほどの苦行なのだろうな。どぉれ、ひとつ試してみよう」

そして何をやったかといえば、六月の太陽がかんかんと照りつけて、無風のため、そよとも草が揺れない炎天下をその辺の山の藪《やぶ》の中へ入り、あおむけに寝たのでした。じき、虻《あぶ》や蚊《か》、蜂《はち》、蟻《あり》などの毒虫がびっしりと身体《からだ》にとりついて、刺し、咬《か》みつきますけれども、身動《みじろ》ぎもしない。そのまま七日までは起きあがらず、八日めに起《た》って、人に尋ねたのでした。

「修行というのは、この程度の難事か」

「その程度とは、いったいぜんたい」と問われた者は答えたのでした。「それほどの荒行《あらぎょう》をしたら、命が保《も》ちますすまい」

「ならば、たやすいことだ」

文覚はこう応じて修行に出たのでございます。

初めは熊野へ参って那智《なち》に籠る予定であったのですが、まずは修行の小手調べに有名な那智の滝にしばらく打たれてみよう、そう思いたちまして、滝の落ち口へ行ったのでした。いつの時分かと申せば、十二月の中旬です。雪は降りつもり、水は凍って、谷の小川には水音一つしません。峰から吹き下ろす強風はひどく凍てつき、滝の白糸は氷柱《つらら》となり果て、そこいらじゅう真っ白。一面の白色ですから四方《よも》の梢《こずえ》も見分けがつかないありさま。しかし文覚は滝壺《たきつぼ》に下りて水に入ったのです。しかも、首の付け根までひたれるところに進んだ。そして慈救《じく》の呪《じゅ》すなわち不動明王《ふどうみょうおう》の中呪《ちゅうじゅ》を三十万べん唱えようとしましたが、二、三日はともかく四、五日ともなると堪《こら》えかねて、さすがの文覚も浮きあがってしまった。なにせ数千丈の高さから漲《みなぎ》り落ちる滝です、そうした水勢です、どうしてそのままでいられましょう。たちまちにざっと押し流される。刀の刃のように険《けわ》しい岩角《いわかど》のあいだを、浮いたり、また沈んだり、五、六町ほども流されてしまう。と、そのときです。可愛らしい童子《どうじ》が一人顕《あら》われて、文覚の左右の手を取ってお引きあげになったのでした。

人々はこれを不思議なことと思いましたよ。ですから火を焚《た》き、文覚のその身体を暖めなどするうち、まだ尽きるべき寿命には達していない者であったので、間《ま》もなく息を吹き返したのでございます。が、文覚は多少正気づきますと、なんと大きな眼《まなこ》をぐっと剝《む》いて、こう怒鳴ったのでした。

「俺はこの滝に二十一日のあいだ打たれて、慈救の呪を三十万べん唱え果たそうという大願《たいがん》を立てたのだぞ。今日はわずか五日め、たかだか七日も過ぎておらん。どこのどいつが俺をここへ連れてきたのかっ」

周囲の人々は、いやもう身の毛がよだちましたよ。ものも申せませんで、すると文覚はまた滝壺へ戻って、あの漲り落ちる水に立って打たれるのでございました。

それから二日めという日、今度は八人の童子が顕現なさいました。そして文覚を引きあげようとなさるのですが、文覚はこれに抗い、それどころか摑《つか》みあいをして、滝から上がろうとは全然しないのです。三日めという日になって、ついに文覚は息絶えました。すると、滝壺を死の穢《けが》れから守ろうとしてでしょうか、角髪《みずら》を結った天の童子が二人、滝の上から降《くだ》ってきまして、その香《こう》ばしい暖かいお手でもって文覚の頭のてっぺんから手足の爪《つま》さき、手のひらに至るまでをお撫《な》でになったのでした。ああ、夢のような心地！　文覚は息を吹き返しました。

文覚はお尋ね申しあげました。

「俺をこのように憐《あわ》れみくださるとは、どういうお方様でいらっしゃいますか」

童子お二人のお答えはこうでございました。

「僕たちは大聖《だいしょう》不動明王のお使いです。矜羯羅《こんがら》童子と制吒迦《せいたか》童子です。僕たちがお側《そば》に侍《はべ》ります明王が『文覚はこのうえもない大願を起こしたぞ。実に勇ましい荒行を企てているぞ。童子たちよ、行って援《たす》けてやれ。ちょっと力を協《あわ》せよ』と命じられたのでで来たのですよ」

「おお」と文覚は声を張りあげます。「それで明王は、どこにおられるのです」

「兜率天《とそってん》に」

お答えになるや、二人の童子は雲の上はるかに昇ってゆかれました。文覚は合掌してこれを拝み申しました。

「それでは俺の修行を、大聖不動明王までご存じであられたのだな」

頼もしいわいと思って、なおも滝壺に戻り、文覚は滝の下に立って水に打たれるのでした。本当にめでたいお示しがあったのですから、もはや吹きつける寒風も身に沁みない。落ちてくる冷水もいまや湯のように感じられるのです。かくて二十一日間の大願はついに成就しました。その後の文覚はといえば、まず那智山に千日参籠し、大峰《みね》に三度、葛城《かずらき》に二度。さらに高野山《こうやさん》、粉河寺《こかわでら》、金峰山《きんぶせん》、白山《はくさん》、立山《たてやま》、富士山、伊豆《いず》山《さん》、箱根、信濃《しなの》の戸隠《とがくし》、出羽《でわ》の羽黒《はぐろ》など、日本国《にっぽんこく》のありとあらゆる名山を修行して回って、さすがの怪僧も生まれ故郷が恋しかったのでしょうか、京都へ帰ってきたのですけれども、そのときには飛ぶ鳥をも祈り落とすほどの鋭い効験《こうげん》を顕《あら》わす修験者《しゅげんじゃ》、すなわち「やいばの験者《げんじゃ》」だとの評判をまとっていたのですよ。

勧進帳《かんじんちょう》――院の御所にて悪言《あくげん》

そののちの文覚《もんがく》は高雄《たかお》という山の奥で修行に専心しておりました。この高雄には神《じん》護寺《ごじ》という山寺がございました。昔、称徳《しょうとく》天皇の御代《みよ》に和気清麻呂《わけのきよまろ》が建立《こんりゅう》した寺院にございます。久しく修理もなかったので、春には霞《かすみ》がその堂の内部にまで立ち籠《こ》めて、秋には霧が入り込み、扉はといえば風に倒されて落ち葉の下に腐り果て、屋根の棟《むね》瓦《がわら》はといえば雨露《あめつゆ》に傷《いた》められて仏壇さえも剝《む》き出し。住職もいないので、まれに射し入るものは、日の光、月の光ばかり。と、かような荒れ具合。文覚はそれをなんとかして修理したいという大願《たいがん》を発《おこ》し、勧進帳《かんじんちょう》を捧《ささ》げ持って、いたるところで施主《せしゅ》になるようにと勧め歩いたのですが、そんなある日、後白河《ごしらかわ》法皇の御所であるあの法住寺殿《ほうじゅうじどの》へ参上したのでした。財物をご寄進なされませと申し入れたけれども、ちょうど管絃《かんげん》のお遊びのまっ最中、そのためにお聞き入れもなかったのでした。そして、文覚が「ああそうでございますか」と引き下がったのかと申せば、いえいえ、それはまさか。この者はもともと不敵千万のとんでもない荒聖《あらひじり》でありましたので、法皇様はご都合が悪いことをちっともわきまえず、ただ取り次ぎの者が奏上しないのだと思い込んでしまって傍若無人《ぼうじゃくぶじん》にも法住寺殿のお庭へと押し入り、こう大音声《だいおんじょう》をあげるのでした。「院は大慈大悲《だいじだいひ》の君《きみ》であらせらる。どうしてお聞き入れにならぬほどのことがあろうか。かっ！」

それから勧進帳を引き展《ひろ》げて、高らかに読みあげるのでした。

はい、以下の書面をでございましたよ。

「沙弥《シャミ》文覚ガ謹《ツツシ》ンデ申ス。特ニ貴賤《キセン》オヨビ僧俗ノ区別ノナイ援助ヲ得テ、高雄山ノ霊地ニ一寺院ヲ建立シ、現世ト来世ノ安楽トイウ大利益《ダイリヤク》ヲ求メテ勤行《ゴンギョウ》スルコトヲ願イ出ル勧進ノ書状。

ソモソモ考エテミルニ、真如《シンニョ》、スナワチ永久不変ノ真理ハ広大デアル。衆生《シュジョウ》ト仏トヲ区別シテ、仮ニ別ノ名ヲ立テテハイルケレドモ、実ノトコロハ両者ニハ、否《イナ》、アラユルモノノ根底ニハ仏性《ブッショウ》ガ在ルノデアル。シカシナガラ、ソノ仏性ハ妄念ニヨッテ隠サレテシマウ。ソノ様《サマ》、雲ニ隠サレル月ノゴトシ。純一ナル心地カラハ、モロモロノ現象ト迷イトガ生ジ出テ、ソノ様、峰ニ棚引ク厚キ雲モ同然トナリ、本来ノ仏性ハ幽《カス》カトナッテ、ソノ様、雲間ノ月ノ光ノゴトシ。ヨッテ煩悩ヤ慢心ニ覆ワレタ大空ヲ照ラシテクレルコトガナイ。悲シヤ、太陽サナガラノ仏陀《ブッダ》ハ早ク没シタ。ソノタメニ生死流転ノコノ人間世界ハ暗黒ニ閉ザサレタ。タダ色情ニ溺レテ酒ニ耽《フケ》リ、何人《ナンピト》タリトモ狂エル象ノゴトキ迷イヲ除《ノゾ》キ得ズ、跳ネル猿ノゴトキ妄執《モウシュウ》ヲ断チ得ナイ。イタズラニ人ヲ謗《ソシ》リ、法ヲ謗ルバカリデアッテ、ドウシテ閻魔《エンマ》ノ庁《チョウ》ノ鬼ドモノ責苦ヲ免《マヌカ》レヨウ。ココニ文覚、タマタマ俗界ヲ遁《ノガ》レテ僧衣ヲ纏《マト》ウ身ニハナッタケレドモ、日夜、ナオモ悪行ハ心ニ蔓延《ハビコ》ッテ増エル。マタ、朝夕、善言モ耳ニ逆ラッテ衰エル。痛マシヤ、再ビ三悪道《サンアクドウ》ニ堕《オ》チ、永ク四生《シショウ》ノ苦界《クガイ》ヲ輪廻シツヅケヨウ。コウシタ次第デアルカラコソ、釈迦牟尼仏《シャカムニブツ》ノ経文千万巻ハ、ソノ各巻、成仏ノ理法ヲ説キ明カサレル。方便トシテノ法デアレ真実ノ法デアレ、仏ガ説カレタ御教《ミオシ》エハ一ツトシテ悟リノ境地ニ導カナイモノハナイ。ユエニ文覚、諸行無常《ショギョウムジョウ》ヲ悟ラシメルソノ教法ニ心ヲ動カサレ、身分ノ上下ヲ問ワヌ僧侶ナラビニ俗人ニ勧メテ、最上位ノ蓮華《レンゲ》ノ台座ニ往生セサセンガタメ、仏ノ霊場ヲ建立シヨウトスルノデアル。モトモト高雄ハソノ山高クシテ、霊鷲山《リョウジュセン》サナガラ。ソノ谷閑静ニシテ、苔《コケ》ヲ敷イタ商山洞《ショウザントウ》ノ趣《オモム》キガアル。岩間《イワマ》ノ泉ハ音ヲ響カセテ白《シロ》布《ヌノ》ヲカケタガゴトク流レ、峰ノ猿ドモガ叫ビナガラ枝ニ遊ンデイル。人里ハ遠ク離レテ、喧噪《ケンソウ》モナケレバ塵埃《ジンアイ》モナイ。周辺、ドノ地デアレ欠点ハナク、実ニ信仰ノ場ニ適シテイル。地形モ優《スグ》レル。仏ヲ崇《アガ》メルノニ恰好《カッコウ》デアル。寄付ヲ求メテイルトハイエ、額ハ僅《ワズ》カデアル。コレニ応ジナイ者ガドコニオロウカ。コノ文覚ノ伝エ聞クトコロニヨレバ、幼子《オサナゴ》ガ戯レニ砂デ仏塔《ブットウ》ヲ作ッテモ、ソノ功徳《クドク》デ成仏デキルトカ。マシテヤ一枚ノ紙ヲ寄付スレバ、ナオサラ。半銭ノ財ヲ寄進スレバ、ナオサラ。アア、願ワクハ寺院建立ノ大願ガ成就シテ、皇居ト御代ノゴ安泰ノ御願《ゴガン》ガ満タサレンコトヲ。都《ミヤコ》ダ鄙《ヒナ》ダ、遠イゾ近イゾノ別ナク、近隣ノ人々モ親シイ者モ疎遠ナ者モ、古《イニシ》エノ外国《トックニ》ノアノ堯舜《ギョウシュン》ノ世ノヨウニ太平無事ノ世ヲ謳歌《オウカ》シ得ルコトヲ。八千年ヲモッテ一春《ヒトハル》トスル大《ダイ》椿《チン》ノ葉ガ再ビ改マルホドノ永イ間、ソノ太平無事ガ続カンコトヲ。特ニ、死者ノ霊魂ガソノ死期ノ先カ後カヲ問ワズ、身分ノ高イ低イニカカワラズ、スミヤカニ真《マコト》ノ浄土ニ住生シ、必ズ三仏身《サンブッシン》ノ功徳ヲ得ルコトヲ、ココニ沙弥文覚ハ願ウ。ヨッテ、勧進修行ノ趣旨、以上ノ通リ。

治承《ジショウ》三年三月ノ日。文覚」

このように高らかに、高らかに読みあげたのでした。

文覚被流《もんがくながされ》 ――投獄、出獄、ついに遠流《おんる》

このときの院の御前《ごぜん》のご様子はというと、妙音院《みょうおんいん》こと太政大臣《だいじょうだいじん》の藤原師長《ふじわらのもろなが》公が琵琶《びわ》をかき鳴らしながら朗詠を見事になされていたのでした。按察《あぜち》の大納言　源　資賢卿《みなもとのすけかたきょう》は笏拍子《しゃくびょうし》をとって風俗《ふぞく》と催馬楽《さいばら》とを歌われ、右馬《うま》の頭《かみ》の源　資時《みなもとのすけとき》と四位《しい》の侍従藤原　盛《じじゅうふじわらのもり》定《さだ》は和琴《わごん》をかき鳴らして、今様《いまよう》をとりどりに歌われ、玉簾《たますだれ》のうちにも錦《にしき》の帳《とばり》のうちにも華やかな音色と歌声との響きあいがあって、その感興もまことに昂《たか》まり、法皇も声を合わせておられました。そこへ文覚《もんがく》の大音声《だいおんじょう》です。そんなものが突然闖入《ちんにゅう》してきたのです。調子も狂いますし、拍子もすっかり乱れてしまいました。後白河《ごしらかわ》法皇はおっしゃいましたよ。

「ぜんたい何者のしわざか。不埒《ふらち》な輩《やから》めが首、突いてしまえ」

ただちに血気に逸《はや》る若者どもが我も我もと飛び出していった中で、資行判官《すけゆきほうがん》という者が走り出て、文覚に「おのれはなんということを申すのだ。退出せよ」と迫ります。

しかし、応じた文覚の言はこうでした。

「法皇様が高雄《たかお》の神護寺《じんごじ》に荘園《しょうえん》一カ所ご寄進くださらぬうちは、この文覚、まずは、まぁずは退《しりぞ》かぬわっ」

そして、でんと構えて動かないのです。資行判官は首を突こうとするのですが、文覚は勧進帳《かんじんちょう》を持ち直すや資行判官の烏帽子《えぼし》をはたと打ち落とし、握り拳《こぶし》でどんと胸を突き、おお、あおむけに突き倒しました。結局、資行判官は烏帽子なしの頭を剝《む》き出しにし、すなわち恥ずかしくも髻《もとどり》をあらわにしたまま、大床《おおゆか》の上におめおめと逃げのぼる始末。いっぽう、文覚は直後に懐中から刀をとりだしました。その刀、柄《つか》は馬の尾の毛で巻かれ、抜き放たれるや刃《やいば》は氷のようにひやり、ひぃやりと光る。そんなものを構えて、この怪僧は近寄る者があったらば突こうとする。左の手には勧進帳、右の手には刀、しかも抜いた刀を握って走りまわって、なにしろ御所の内の何人《なんぴと》も予期していなかった突発事件ではあり、人々には文覚がその右左の手に刀を持っているように見える。もう大騒ぎです。公卿《くぎょう》や殿上人《てんじょうびと》も「ああ、なんということ。なんということだ！」とお騒ぎになって、管絃《かんげん》のお遊びもいまや滅《め》茶苦《ちゃく》茶《ちゃ》、収拾がつかず、院の御所は大変なことになってしまいます。そこへ信濃《しなの》の国の住人、安藤武者右宗《あんどうむしゃみぎむね》が「何事か」と太刀《たち》を抜いて走り出ました。この者、当時は現職の武者所《むしゃどころ》、すなわち院中警《けい》固《ご》の役に就《つ》いておりましたから、やるわけです。そして文覚も喜んで飛びかかります。

安藤武者は、実際に斬ってしまってはあとが悪いと思ったのでしょうか、太刀を持ち直し、その峰《みね》を使い、文覚の刀を持っているほうの腕《かいな》をびしりと打ちます。打たれて、ぬ、と怯《ひる》むところを、安藤は太刀を捨てて「狙いどおりだわ。うりゃ！」と組みつきました。組まれながらも、文覚は安藤の右の腕を突く。突かれながらも、安藤は文覚を締めつける。安藤武者と文覚、互いに劣らぬ大力無双《だいりきむそう》、上になり下になり、転げあって格闘し、と、そこへ院中のさまざまな身分の者どもが「今だぞ。しめしめ」というう顔で文覚と安藤とに群がり寄り、文覚の動いているところというところをばしばしと片端《かたはし》から打ちすえる。ならば文覚は黙ったか、降参したかといえば、いやはやそれが全然。ますます悪口を言い放つ。しかしながら文覚は法住寺殿《ほうじゅうじどの》の門外へ引きずり出されて、検非違使《けびいし》庁の下級役人に渡されます。その下役《したやく》、文覚をひったてるのですが、ひったてられながら、立ちながら、文覚は御所のほうを睨《にら》みつけるのでした。

大音声をあげるのでした。

「寄進をなさらないのはともかくも、文覚にこれほど酷《むご》い目をお見せになりましたな。かくなるうえは今に思い知らせてさしあげますぞ。今ぁに、かっ！　衆生《しゅじょう》が生死輪廻《しょうじりんね》する三界《さんがい》はみな火宅《かたく》！　たとえ王宮であっても、この難、免《まぬか》れられず！　十善《じゅうぜん》の帝位に誇りたもうとも、冥途《めいど》への旅に出られた後では、牛頭《ごず》、馬頭《めず》、それらの地獄の鬼どもからの責め苦を、お逃れになれず！」

躍《おど》りあがり躍りあがりながら申したのでした。

「この法師めが、不届き千万。千万無量」

文覚は、そのまま投獄されました。

その他の者どもの結末はと申しますと、資行判官は烏帽子を打ち落とされたのを恥じて、しばらくは出仕もしませんでした。安藤武者は文覚と組みあったその褒美《ほうび》として、その場で一階級飛び越えて右馬《うま》の允《じょう》に任ぜられました。

さて、ただいま申した結末のその先でございますが、そのころ鳥羽《とば》法皇の后《きさき》であられた美福門院《びふくもんいん》が亡くなられて、大赦《たいしゃ》が行なわれるということがあったので、文覚もほどなく赦《ゆる》されたのでした。となれば、しばらくは京を離れてどこか別のところで修行するのが順当でしょうにそうはせず、またもや勧進帳を捧《ささ》げて寄付を勧めて歩きまわる、歩きまわる。しかも普通の勧進では足りぬとばかりに、こんなことまで言い触らしてまわる。

「聞けっ。この世の中はもう今すぐにも乱れて、君《きみ》も臣《しん》もみな滅び果てるわ。必ず果てるわっ！」

不穏、不穏。結局、こんな法師は都に置いておけるものではないわいな、ええい遠《おん》国《ごく》に配流《はいる》せよという仕儀になって、文覚は伊豆《いず》の国へ流されたのでした。

当時は源三位《げんざんみ》入道頼政《よりまさ》の嫡子《ちゃくし》、仲綱《なかつな》が伊豆の守《かみ》でいらっしゃいました。その仲綱の指図で、東海道を経て船で下《くだ》すのがよいということになり、伊勢《いせ》の国へ護送されました。このとき、検非違使庁の下部《しもべ》の、刑期を終えて釈放された囚人のうちから選ばれる放免《ほうめん》という者どもが二、三人、警固に付けられました。ええ、放免どもでございます。あの浅ましい連中でございますよ。これらの放免が文覚に、まあ露骨に申したわけです。

「ええと、検非違使庁の下部の習いとして、このような護送、このような連行、こうしたことには依怙贔屓《えこひいき》があるんだな。どうですか、聖《ひじり》の御房《ごぼう》。これほどの罰をうけることになって、あんたは遠国へ流されなさるわけだけれども、知り合いはおありではないですか。土産《みやげ》だとか、食糧だとか、ちょっとそういうものをお願いなされませよ」

そして放免の俺たちに回しなよ、と、賄賂《わいろ》を求めたわけでして。

「あいにく、文覚にはそのような用事を言ってやれる知り合いはおらんな。しかしだ、東山《ひがしやま》の辺りにいささか、いると言えばいる。では、そこへ手紙を書き送ろう」

そこで放免どもは得体の知れない粗末な紙を探してきて、文覚に渡しました。

「これはなんだ。紙か、それとも塵《ちり》か。こんなものにまともな用事を書けるか。かっ！」

文覚は投げ返しました。

ならば、というので、今度は放免どもは厚手の鳥《と》の子紙《こがみ》を探し出して文覚に渡しました。文覚は、むむ、今度はよいぞ、とばかりに笑いますが、こうも言います。

「この法師は字が書けないのだ。この俺はな。だからだ、お前たちが書いてみろ」

俺が、今から口にすることをな、と書かせます。

「『文覚は、高雄の神護寺を建立《こんりゅう》供養する志《こころざ》しがあって寄付を勧めておりました。けれども、このような君《きみ》の御代《みよ》にめぐりあって、この所願を成就することができないばかりか、獄へも入れられ、そのうえ伊豆の国へ流罪に処せられることにもなったのでございます。遠い道程《みちのり》ゆえに、土産、食糧というようなものも大切でありまして、なにとぞこの使いの者にお与えいただきたく存じます』と書いてみろ。お前たちが書いてみろ。さあ」

放免どもは文覚に言われるままに書きました。

「ええと、それで、さて宛て名は『どなた殿へ』と書いたらよいですかね」

「『清水《きよみず》の観音殿へ』と書いてみろ」

「それは、なんですかね。清水の観音宛てというのは、検非違使庁の下部を愚弄《ぐろう》しているのですかね。愚弄を、ええい、さてはしているのだな、御房っ！」

怒鳴られても文覚は平然と返すのでした。

「そうは言っても俺はだ、観音を深くお頼みしているのだぞ。観音殿以外に誰に用事を言ってやれるという。なあ」

　伊勢の国には安濃《あの》の津《つ》がございまして、これが東国《とうごく》への航路となっております。文覚はこの津より船に乗って下《くだ》ったのですけれども、遠江《とおとおみ》の天竜灘《てんりゅうなだ》で急に大風が吹き、大波が立ちました。今にも船を転覆させようとしています。船頭や梶取《かじとり》たちはなんとかして助かろうとするのですけれども、波風はますます荒れるばかり。ですから、ある者は観音の名号《みょうごう》を唱え、ある者は「お終《しま》いだ」とばかり臨終のときと同様に念仏を十ぺん唱えます。しかし、怪僧文覚はどうか。ちっとも騒がず、それどころか高《たか》鼾《いびき》をかいて寝ているのです。と、あわや船もこれにて最後と思われたとき、がばと跳ね起きるのです。そして、船の舳先《へさき》に立つ。沖のほうを睨《にら》みつける。大音声をあげる！

「竜王はいるか！」

　叫びました。

「この海に竜王はいるか！」

　叫びたてました。

「これほどの大願《たいがん》を発《おこ》した聖《ひじり》の乗る船を、竜王めっ！　おい八大竜王めっ！　いかなる理由で沈めんとする。たちまちに天の罰を受けるであろうぞ、こぉの竜神どもめ。かっ！」

なんと文覚は海中にお住まいになるという八大竜王を叱《しか》ったのでした。そのためでありましょうね。ほどなく波風は静まって、無事に船は伊豆の国へと着いたのでございました。

文覚は京都を出た日からその心中に祈誓することがございました。「もし、俺がふたたび都に帰って、高雄の神護寺を建立供養することができるのであれば、この道中に命を落とすことは決してない。が、もし、その願が叶《かな》わぬものならば、この道中にて死ぬ」と、このように荒々しい願を立てまして、京都から伊豆に着くまでの日々、このときは折悪《おりあ》しく順風が吹かなかったので浦伝い島伝いに船をやって三十一日を要したのですが、そのあいだ、完全に食を断ったのでした。しかし気力は少しも衰えず、勤行《ごんぎょう》をしつづけ、いやはや、もうこれはどうしたって尋常の人とは思えないことばかりだったのですよ。

福原院宣《ふくはらいんぜん》——髑髏《どくろ》と法皇のおおせと

伊豆《いず》の国到着後の文覚《もんがく》でございますが、その身柄を近藤四郎国高《こんどうしろうくにたか》という者に預けられて、同国の奈古屋《なごや》の奥に住みました。そして、ここからが肝《きも》でございますが、この怪僧は前《さき》の兵衛《ひょうえ》の佐頼朝《すけよりとも》のところにいつも参上しまして、昔や今のあれやこれやをお話しして、慰めていたのです。そしてあるとき、文覚は切り出したのですよ。

「平家では小松《こまつ》の内大臣重盛《しげもり》公が、気性も剛毅《ごうき》、知謀《ちぼう》にも優れておられました。しかしながら、平家の運命が末になったためなのだろうか、この内大臣は去年の八月に亡くなられた。さて文覚の見るところ、今は源平両氏のうちで、佐殿《すけどの》、あなたほど将軍となるべき相を持ったお方はおられぬぞ。この人相見を信用して、早々謀叛《むほん》を起こし、日本国《にっぽんこく》を掌中《しょうちゅう》にお収めなさい」

兵衛の佐頼朝は、まずはこう応じられました。

「これなる聖《ひじり》の御房《ごぼう》は、またなんと思いもよらぬことを言われるのですか。存じておられるでしょうに、私は今は亡き池《いけ》の尼御前《あまごぜん》に将来の望みもなかった命をお助けいただいた身。だから尼御前の後世《ごせ》を弔うために毎日法華経《ほけきょう》一部を転読するより他はいっさい何も考えておりませんが」

しかし文覚、重ねて申します。

「たしか史記に書かれていた金言だったか、『天が与えるものを受け取らねば、かえってその咎《とが》めを受ける。よい機会が訪れたのに起《た》ちあがらなければ、かえってその災いを受ける』とあります。ま、文覚がこう申すと、あなたの心を試そうとしているのだなと考えられるか。しかしです、文覚があなたを思っている情の深さの証《しる》しとしてこちらをご覧あれ」

そして文覚、懐中から白い布で包んだ髑髏《どくろ》を一つ、取り出したのです。

「それは、なんだ。なんですか」

兵衛の佐がお問いになって、文覚が「これこそがっ」と答えます。

「この髑髏こそがっ、あなたの父上、故左馬《さま》の頭殿《こうのとの》の首。最初は平治《へいじ》の乱の後、牢獄《ろうごく》の前の苔《こけ》の下に埋もれたまま後世を弔う人とてなかった。しかし、この文覚に思うところあって、牢番に請うてもらい受けた。そして文覚はこの十余年、首にかけて山々寺々を拝みまわって弔い申しあげたのです。よって今では長い地獄の苦しみからも救われなさっただろうと見る。さあ、おわかりでしょう。この文覚こそは亡き頭殿のおん為《ため》にも奉公を尽くした者だということが。どうですかっ！」

本当に父、源義朝《みなもとのよしとも》の頭骨なのか。兵衛の佐殿は確実にそうだとは思われませんでしたけれども、父の首と聞いた懐かしさに、まずは涙を流されました。その後は打ち解けて、怪僧と話しあわれました。

「しかし御房、そもそも頼朝は流罪の身なのですよ」と言われるのでした。「勅勘《ちょくかん》を赦《ゆる》されなければ、どうして叛乱《はんらん》を起こせよう。そうでしょうが」

「わけもないことを。この文覚がただちに上京してお赦しをいただいて参りましょう」

「『わけもない』はずがないでしょうに。御房、あなたもまた勅勘を受けて流罪となっている。そんな人間が他人《ひと》の赦免を願い出ようと言われるのですか。その調子のよさ、ぬう、正直に言うのですが信用ならんな」

「この文覚が、わが身の赦しを乞い、刑を免じてもらおうと申すのならば然《しか》り。道理に外れておりましょう。しかし佐殿、あなたのことを申し出ろのになんの不都合がありましょう。今の都、福原の新都へ上《のぼ》るのに三日以上は要さぬはず。院宣《いんぜん》のことを打診してみるのに一日は逗《とど》まることとなるか。ま、合わせて七日八日以上にはならぬはずよっ」

こう言うや、なんと文覚、ついと出て行ったのです。奈古屋に戻り、そこには弟子たちもできていたのですけれども、この者たちには「伊豆山神社《いずさん》に、人に隠れて七日参籠《さんろう》するつもりだ」と言って即座に出発したのです。そして、おお、言葉に違《たが》えないことに三日めに福原の新都へ上り着きました。後白河《ごしらかわ》法皇の近臣で、前の右兵衛《さきのうひょうえ》の督《かみ》の藤原光能卿《ふじわらのみつよしきょう》のところに多少の縁があったので訪ねて行き、さっさと申し入れました。

「伊豆の国の流人《るにん》、前の兵衛の佐頼朝がこう言っておりますぞ。『院宣を賜《たま》われば関東八カ国の家人《けにん》どもを召集して兵を挙げ、平家を滅ぼし、天下を鎮めます』と。いかが」

兵衛の督は言いました。

「『いかが』と問われても、弱ったなあ。私自身も現在はね、三つの官職を停められて苦境にあるんだよ。なにしろ法皇様その人が押し込められておられるし。どうかな。どうだろう。しかしながら、伺ってはみますよ」

そしてこの由《よし》をひそかに奏上されたのです。

法皇は、おお、これはまたなんと、即座に院宣を下《くだ》されたのです。聖《ひじり》、文覚はそれを首にかけて、また三日めには伊豆の国に下り着いたのです。

いっぽう、兵衛の佐は思い煩《わずら》っておりました。あの聖の御房がなまじっかつまらぬことを申し出て、この頼朝はこの先、再びどんな酷《ひど》い目に遭《あ》うだろう云々《うんぬん》。まあ考えつくことすべてを考えては案じておりました。と、そこへ八日めに当たる日の午《うま》の刻《こく》に文覚が下り着きまして、さあご覧あれ、さしあげましたよ。

「そおら佐殿、院宣ですぞ」

兵衛の佐は、院宣と聞きましてこれはもう畏《おそ》れ多い、畏れ多い、ですから手を洗い口を濯《すす》いで身をきちんと浄《きよ》めまして、新しい烏帽子《えぼし》と白い狩衣《かりぎぬ》をきちんと着用しまして、さらに院宣をきちんと三度も拝んで、後《のち》、披《ひら》かれました。

書かれておりましたのはこうでございます。

「近年以来、平家ハ皇室ヲ蔑《ナイガシ》ロニシテ、政道ニオイテモ行《オコ》ナイヲ慎ムトコロガナイ。仏法ヲ破壊シテ朝威ヲ滅ボソウトシテイル。ソモソモ我ガ国ハ神国デアル。皇祖ノ廟《ビョウ》タル伊勢大神宮ト石清水八幡宮《イワシミズハチマングウ》トガ相並ンデ、霊験《レイゲン》ハ灼《アラタ》カデアル。ソレユエニ建国シテカラノ数千余年ノ間、天皇ノ政道ヲ妨ゲテ国家ヲ危《アヤブ》メントスル者ハ、ミナ敗北セザルヲ得ナイ。シカレバ、一ツニハ神々ノゴ加護ニ頼リ、一ツニハ勅命《チョクメイ》ノ趣旨ヲ重ンジテ、スミヤカニ平氏ノ一族ヲ討伐セヨ。朝敵ヲ退《シリゾ》ケヨ。源氏ノ家ニ代々伝ワル武略ヲ継イデ、祖先カラノ忠勤ヲサラニ励ンデ、身ヲ立テ、家ヲ興スベシ。コウシタ理由ニヨッテ、院宣ハ以上ノ通リ。ヨッテ、コレヲ通達スル。

治承《ジショウ》四年七月十四日。前《サキ》ノ右兵衛《ウヒョウエ》ノ督光能《カミミツヨシ》ガ承《ウケタマワ》リ。

謹《ツツシ》ンデ差シ上ゲル。前ノ右兵衛ノ佐殿へ」

この院宣、兵衛の佐殿は錦《にしき》の袋に入れて、石橋山《いしばしやま》の合戦のときも首にかけておられたということですよ。

富士川《ふじがわ》——緒戦の平家軍

さて福原では。あの早馬の後の福原では。九月二日のあの早馬の後の福原では。

「源　頼朝《みなもとのよりとも》挙兵」との大庭三郎景親《おおばのさぶろうかげちか》の急報を受け、頼朝方に勢が加わらぬうちに急ぎ討《う》っ手《て》を派遣すべきであると公卿《くぎょう》の会議で定まりました。その大将軍には、亡き平《たいらの》重盛《しげもり》公の嫡子《ちゃくし》である小松権亮《こまつごんのすけ》少将維盛《これもり》が、副将軍には平　清盛《たいらのきよもり》公の末弟薩摩《さつま》の守忠度《かみただのり》が任じられました。軍勢はつごう三万余騎、九月十八日に福原の都を発《た》ち、十九日には旧都に着き、ただちに二十日に東国《とうごく》へ向かって進発したのでございます。大将軍権亮少将維盛は齢《よわい》二十三歳、その身のこなし、その武者姿、絵に描いても及ばないほどです。平家に代々伝わる鎧《よろい》の「唐皮《からかわ》」という着背長《きせなが》を唐櫃《からひつ》に納めて担がせられ、道中は赤地の錦の直垂《ひたたれ》に萌黄威《もえぎおどし》の鎧を着て、連銭葦毛《れんぜんあしげ》の馬に金覆輪《きんぷくりん》の鞍《くら》を置いて乗っておられます。

副将軍薩摩の守忠度は紺地《こんじ》の錦の直垂に黒糸威の鎧を着て、黒い馬の、太って逞《たくま》しいのに沃懸地《いかけじ》の鞍を置いて乗っておられます。馬、鞍、鎧、兜《かぶと》、弓矢、太刀《たち》、刀に至るまで光り輝くばかりに装いを凝らされての出発で、じつに立派な見物《みもの》でしたよ。

その副将軍のほうですが、これは風雅な人でございました。こんな話も伝わっております。薩摩の守忠度はここ数年、とある姫宮の娘である女房のもとへ通っておられました。あるとき、これも普段と同じように訪ねていかれたのですが、その女房のところへ身分の高い女房が客人《まろうど》として来あわせていて、少々長いあいだ話をなさっていたのです。この客人、夜がだいぶ深《ふ》けていってもお帰りになりません。忠度は軒下の辺りにしばらく佇《たたず》んで、扇をばたばたと手荒くお使いになっていたのですが、すると姫宮の娘の女房がこう口遊《くちずさ》まれたのでした。

「野も狭《せ》にすだく虫の音《ね》よ」

優雅に名歌の一句を引き、それに続いた「我だに物は言はでこそ思へ」は詠《よ》まず、わたしもまたあなた様に会いたい心を抑えているのですよと、来客には知られぬように遠回しに示したのですね。薩摩の守は即座に扇を使うのをやめ、帰られました。

その後、またおいでになったとき、姫宮の娘の女房は確かめられました。「ねえ、どうしてこのあいだは扇を使うのをおやめになったの」とお尋ねになったのです。「これに忠度は「さあて、『かしがまし』などと言う声が聞こえたので、それで使いやめたのですが」と答えられました。この「かしがまし」とは例の名歌の上の句の一部。わざと下の句には触れずに、忠度は教養をもって応答せられたのですよ。

東国進発を前に、この女房のもとから忠度のもとへ小袖《こそで》が一着贈られました。はるばる遠い距離に別れねばならない悲しさに一首の歌が添えられてあります。

あづまぢの　　東国の戦場に
草葉をわけん　　草葉を分けて赴かれる
袖《そで》よりも　　あなたの袖よりも
たたぬたもとの　　都に残るこの私の袂《たもと》のほうに
露《つゆ》ぞこぼるる　　涙の露がこぼれますよ

薩摩の守の返事はこの一首。
わかれ路《ぢ》を　　この別離を
なにかなげかん　　どうして歎《なげ》くことがあるでしょう

すよ。

こえてゆく　　これから越える
関《せき》もむかしの　　関は、昔の
跡《あと》と思へば　　あの跡だぞと思えるのですから

「関も昔の跡」と詠みましたのは、ご先祖の平将軍貞盛《へいしょうぐんさだもり》が将門《まさかど》追討のために東国へ下向したことを思い出して詠んだのでありましょうか。たいそう風雅なことと思われま

昔は朝敵《ちょうてき》を平らげるために地方へ向かう将軍は、まず宮中に参って、節刀《せっとう》を賜《たま》わるのが常でございました。天皇が紫宸殿《ししんでん》にお出ましになり、近衛府《このえふ》の役人たちが階《きざはし》の前に整列し、内弁、外弁《げべん》の公卿《くぎょう》が参列して中儀《ちゅうぎ》の節会《せちえ》が行なわれたものです。そして大将軍、副将軍ともおのおの礼儀を正しくして、節刀を戴《いただ》くのです。けれども承平《しょうへい》年間と天慶《てんぎょう》年間の先例もすでに年久しい過去のこと、倣《なら》いがたいというので、今度は讃岐《さぬき》の守《かみ》の平正盛《たいらのまさもり》が前《さき》の対馬《つしま》の守の源　義親《みなもとのよしちか》を追討するために出雲《いずも》の国へ下向した例を範《はん》に、駅鈴《えきれい》だけを賜わって皮の袋に入れ、雑色《ぞうしき》すなわち雑役に服する無位の者の首にかけさせて下《くだ》っていかれました。

ええ、昔は朝敵を滅ぼそうとして都を出発する将軍には、三つの心得がございました。節刀を戴く日には家を忘れ、家を出るときには妻子を忘れ、戦場で敵と戦うときには我が身を忘れる。と、こうした覚悟。そうでありますから今の平氏の大将の維盛

も忠度も、さだめしこれらのことを心得て進発されたでしょうな。いやいや、感慨深いもので。

さて同月二十二日でございますが、高倉上皇はふたたび安芸《あき》の国厳島《いつくしま》へ御幸《ごこう》になられました。去る三月にも御幸なさっておりますが、そのためか直後の一、二カ月は世の中も無事に治まって、民の苦しむようなこともなかったのです。けれども高倉の宮、こちらは以仁王《もちひとおう》でございますね、この宮のご謀叛《むほん》のためにまた天下は乱れて、世間も不穏になったのです。それゆえ、一つには天下の安泰《あんたい》のため、一つには上皇ご自身のご病気平癒のためのお祈りの御幸であるということにございました。今度は福原からの御幸なので、旧都の折りのように陸路《くがじ》を進まれる面倒がなく、即、海路《うみじ》でございました。上皇はご自身の手で御願文《ごがんもん》をお書きになって、清書は摂政藤原《せっしょうふじわらのもとみち》基通殿におさせなされました。

「聞クトコロニヨルト、真如《シンニョ》ノ光ハ雲ニ隠サレズ、十四夜、十五夜ノ月ノヨウニ空高ク晴レ、厳島明神ノ智《チ》ハ深ク、陰陽《インヨウ》ノ風ガ交互ニ吹クヨウニ、ソノ神ノ道ハ爽ヤカデアル。ソモソモ厳島ノ社《ヤシロ》ハ仏名《ブツミョウ》ヲ唱エル声ガアマネク聞コエ、ソノ霊験《レイゲン》ハコノ上ナイ。高イ峰々ガ社殿ヲ繞《メグ》リ囲ンデイルトコロ、コレ仏ノゴ慈悲ノ高リヲ示シ、大海ガ社殿ノモトマデ迫ッテイルコト、コレ仏ノ衆生済度《シュジョウサイド》ノオ誓イノ深サヲ表ワシテイル。サテ思ウニ私ハ、初メハ凡庸カツ愚カナ身ヲモッテ忝《カタジケナ》クモ天皇ノ位ニ即《ツ》キ、今ヤ老子《ロウシ》ノ教エニ従ッテ退位シ、自適ノ暮ラシヲ院ノ御所ニ愉《タノ》シム。シカシナガラ去ル三月、ヒソカニ真心ヲ込メテコノ離レ小島ノ霊社ニ参詣シ、玉垣ニ平伏《ヒレフ》シテ神恩ヲ仰ギ、畏《カシコ》マッテ一心ニ祈念シ、神殿ニオイテゴ神託ヲ下《クダ》サレタ。ソノ内容ヲ肝ニ銘ジテイルガ、ソノ中デモ特ニ申シタイコトトシテ、畏怖シテ謹慎スルベキ期間ハ夏ノ終ワリカラ秋ノ初メト占ワレテ、果タシテコノ時節ニ私ハタチマチ病《ヤマ》イニ蝕《ムシバ》マレ、医術ニヨル効キ目ハ得ラレズ、月日ハタチマチ経過シタ。私ハ、イヨイヨ神ノ感応ノ灼《アラタ》カデアッタコトヲ知ッタ。祈禱《キトウ》ヲ行ナワセテモ病苦ノ鬱陶《ウットウ》シサハ晴レヌ。ソコデ志《ココロザ》シヲサラニ深クシテ、再ビ参詣ノ旅ヲシヨウトスルコトニ勝《マサ》ルモノハアルマイト思ッタ。果テシナイ寒風ノ中、熟睡モデキヌ旅寝ヲ続ケテ、薄ラ寒イ微《カス》カナ陽光ノ中、遠路ヲ眺メテ、彼方《カナタ》ヲ彼方ヲト見ツメル。ヨウヤク神社ノ境内ニ着イテ、恭《ウヤウヤ》シク清浄ナ席ヲ設ケ、色紙ニ墨書シタ法華経《ホケキョウ》一部、無量義経《ムリョウギキョウ》ト普賢観経《フゲンカンキョウ》、阿弥陀経《アミダキョウ》、般若心経《ハンニャシンギョウ》ナドノ経オノオノ一巻ヲ書写シタテマツル。マタ、自筆デ金泥《コンデイ》ノ法華経提婆品《ダイバホン》一巻ヲ書写シタテマツル。コノトキ、蒼々《アオアオ》トシタ松ヤ柏《カシワ》ノ陰ガ善根ノ種ヲ増ヤシ、潮ガ引キ潮ガ満チルソノ波ノ音ガ仏ヲ讃歎《サンタン》スル声明《ショウミョウ》ト和スルノヲ私ハ感ジタ。仏弟子デアル私ガ内裏《ダイリ》ヲ出テ八日、決シテ、多クノ歳月ヲ経テイルワケデハナイガ、西海《サイカイ》ノ波ヲ越エテ参詣スルコトハ二度、厳島神社トノ縁ノ浅カラヌコトヲ知ッタ。コノ神社ニ、朝、祈願ニ詣デル者ハ少ナクナク、夕《ユウ》べ、祈願成就ノオ礼ニ詣デル者モ極メテ多イ。シカシ身分高キ者タチノ信仰シ帰依《キエ》スルコトガ多イトイッテモ、院ヤ宮ノ参詣ハマダ聞イテイナイ。ソレヲ、後白河法皇ガ、初メテ厳島詣デノ前例ヲ残サレタノデアル。仏弟子デアル私ハ、トルニ足ラヌ身ナガラソノ志シヲ継イデ参ッタノデアル。ソノ昔、漢ノ武帝《ブテイ》ハ月ノ夜ニ嵩高山《スウコウザン》ニ詣デタケレドモ、マダ仏ノオ姿ヲ拝スルコトガデキナカッタ。マタ仙境タル蓬莱《ホウライ》ノ島ニオイテモ、神仙ハツイニ顕《アラ》ワレナカッタ。私ハ今、厳島大明神ニ仰ギ願ウ。法華経ニ伏シテ請ウ。新タニ丹精ヲ込メタ私ノコノ祈リヲ照覧アッテ、唯一ノ感応ヲオ恵ミクダサルコトヲ。

　治承《ジショウ》四年九月二十八日。太上天皇《ダイジョウテンノウ》」

　以上をお書きになったのでございます。

　さて頼朝追討に向かった人々は都を発って遥《はる》か東国へと赴かれました。無事にふたたび都に帰ってこられるかどうかは危ぶまれる様でして、あるいは露深い野原に外寝《そとね》をし、あるいは高峰《たかね》の苔《こけ》のうえに旅寝をして、山を越えて川を渡り、また川を渡り、また川を渡り、日数も積もり重なって、十月十六日に駿河《するが》の国の清見《きよみ》が関に到着されたのでした。都を三万余騎で出発されたわけですけれども、途中で加わる武士や徴集される兵士どもというのがあって、七万余騎に膨れていたということでございます。先陣は、蒲原《かんばら》、富士川《ふじがわ》にまで進んでおりました。後陣はまだ、手越《てごし》、宇津《うつ》の谷《や》で足踏みしておりました。

　大将軍権亮少将維盛は、侍大将の上総《かずさ》の守藤原忠清《ふじわらのただきよ》を召して、こう逸《はや》り立たれました。

「維盛の考えとしては、足柄山《あしがらやま》を越えて、関東で戦《いく》さをしようと思うぞ」

「お言葉ですが」と上総の守は申しました。「福原を出発なさったおり、入道殿のおおせでは、『戦さのことは忠清にお任せなさい』であったはず。坂東《ばんどう》八カ国の兵《つわもの》どもはみな兵衛《ひょうえ》の佐《すけ》頼朝に従いついておりますから、何十万騎かおりましょう。いっぽう、味方の軍勢は七万騎とは申しておりますが、これらは駆《か》り武者、あちこちの国々から駆り集めてきた輩《やから》です。すなわち寄せ集めでございます。おまけに馬であれ人であれ、ずいぶんと疲れております。伊豆と駿河の軍勢でこちらへ参るはずの者さえまだ参りませぬ。ここはもう、ただ富士川を前に置いて、味方の軍勢が揃《そろ》うのを待たれるのが良策かと存じます」

　こう言われたので、維盛もやむをえず、進撃は中止して富士川に停《とど》まりました。

　ところで平家軍に対する兵衛の佐はと申しますと、こちらの軍勢こそは足柄山を越えて駿河の国の黄瀬川《きせがわ》にお着きになっていたのでした。そこへ甲斐《かい》と信濃《しなの》の源氏どもが馳《は》せ参じて合流いたしました。浮島《うきしま》が原《はら》で勢揃《せいぞろ》えが行なわれて、参陣を記します着到簿に書き留められたところによれば、その勢は全部で二十万騎。ええ、これほどの大軍でございましたよ。

その後、常陸源氏《ひたちげんじ》の佐竹太郎《さたけのたろう》の雑色《ぞうしき》が、主人の使いで手紙を持って京へ上《のぼ》るところを、平家の先陣上総の守忠清が捕らえるということがありました。携えていた手紙を奪いとり、披《ひら》いてみると、女房のもとへの文《ふみ》であります。ですから、さしつかえあるまいと返してやりました。そして訊《き》いたのでした。

「いったい兵衛の佐殿の軍勢は、どれほどだ」

「そうでございますね、だいたい八日九日の道程《みちのり》にびっしりと続いておりまして、野も山も海も川も武者で埋まっておりますね。下郎の私には四、五百、それから千まではどうにか数えられても、それより上の数は知りませぬので。多いのやら少ないのやら、わからないのでございます。ただ、昨日黄瀬川で人の申していたところでは、源氏のおん勢《ぜい》は二十万騎だと」

「ああ、なんという」上総の守は天を仰ぎました。「都におられる大将軍宗盛《むねもり》公がのんびりしていらっしゃったがゆえか、これは。無念、実に無念だぞ。あと一日でも早く討《う》っ手《て》を下しておられたなら！　そうであれば我々とて、足柄山を越えて坂東八カ国へ進むことができたはず。また、畠山の一族や大庭兄弟が必ずや味方に参ったはず。ああ、この者たちさえ参っていれば！　関東には平家方に靡《なび》かない草木もなかったろうに」

こう臍《ほぞ》をかみましたけれど、もはや詮《せん》ない、どうにもならない。

　さて大将軍権亮少将維盛は、東国の地理やその他の事情に通じている者として、長《なが》井《い》の斎藤別当実盛《さいとうべっとうさねもり》を呼び、尋ねられました。

「なあ実盛、お前のように張りの強い弓を扱える選《え》り抜きの武士というのは、坂東八カ国にどのくらいいるのだ」

と、斎藤別当は大笑いしました。

　そして申しました。

「いやはやあなた様は、実盛を大矢の扱える者だと思われるのですね。私は、矢の長さがわずか十三束《ぞく》のものを射るだけ。普通の矢よりも一束《いっそく》長いだけでございますよ。そしてこの実盛程度に射る者でしたら、坂東八カ国になんぼでもおります。『大矢を扱える』と称《たた》えられているほどの者で、十五束以下の矢を使う者は、おりませぬ、全然おりませぬよ。弓の強さにしましても、屈強の者が五、六人で張るのでございます。このような選り抜きの武士どもが射ますと、鎧の二、三領はやすやす射通します。また、関東では、大名と申すほどの者になれば一人で五百騎は手勢を持っておりまして。まあ、それ以下ということはございません。馬に乗ったら、落ちることなどありえません。いかに険《けわ》しいところを馳せさせても馬を倒しません。いざ合戦となれば、親が討たれようが子が討たれようが、いっさい意に介せず、誰かが戦死したのならばその屍《しかばね》を乗り越え乗り越え戦うのでございます。他方、西国の戦いと申すのはこうではございませんな。親が討たれれば、まずは仏事供養だ。忌が明けてから攻め寄せますな。子が討たれれば、もう駄目だ、歎《なげ》き悲しんで攻撃を止《や》める。兵糧米《ひょうろうまい》が尽きてしまうと、春に田を作り、秋にそれを穫《と》ってから攻め、夏は暑い、冬は寒いと申して合戦を嫌います。このような儀、東国には一つもございませぬぞ。そして、ただいまのことですが、甲斐と信濃の源氏どもはこの辺の地理にはよく通じておりますぞ。富士の裾野から搦手《からめて》に回ることもあるでしょう。誤解なきように申しますけれど、この実盛、あなた様を怖《お》じさせんがために説いているのではございませんぞ。合戦はその軍勢の多い少ないによって決まるのではない、軍略、軍術によるのだと昔から申しておりますからな。そもそも実盛、今度の戦さ、生き存《なが》えて都にふたたび帰ろうとは思っておりませぬ」

申しあげたのは以上のとおり。そして、平家の兵どもは実盛のこの言を聞いて、みな震えおののきました。

そうして十月二十三日になったのでした。明日は源平両軍が富士川で開戦の合図の矢合わせをすると定められておりました。その夜のことですが、平家のほうから源氏の陣を見渡しますと、伊豆と駿河の人民百姓たちが戦禍《せんか》を恐れまして、あるいは野へ逃げて山に隠れ、あるいは舟に乗って海や川に浮かび、そこで炊事などをする火が見えたのでした。平家の兵士どもは、いやもう慌《あわ》てましたよ。「なんという源氏の陣の遠火《とおび》の多さ！　あの夥《おびただ》しい篝《かが》り火《び》！　聞かされていたように野も山も、海も川も、どこもかしこも敵軍だぞ。ああ、どうしよう！」

まさに周章狼狽《しゅうしょうろうばい》です。

さらにその夜中、富士の沼にたくさん群がっていた水鳥どもが、いったい何に驚いたのか、一度にぱっと飛び立ったのでした。そして、その羽音！　これがまるで大風か雷などのようです。ああ！　平家の兵どもは、言いました、言いました。

「そりゃ、源氏の大軍だ！　来たぞ来たぞ、攻めてきたぞ！　斎藤別当が申したように、きっと搦手にも回って陣の背後をとられるぞ！　包囲されたら、こりゃ敵《かな》わん。ここは退却、退却だ！　尾張川《おわりがわ》と洲俣《すのまた》を防ごう」

そして、とる物もとりあえず、我さきにと逃げる、逃げる。あまりに慌て騒いでいるものだから、弓をとった者は矢を忘れてしまい、矢をとったものは弓を忘れてしまう。他人《ひと》の馬に自分が乗り、自分の馬は他人に乗られ、そればかりか繋《つな》いだ馬に乗って駆け出し、ひたすら杭《くい》の周りをぐるぐる回る者もいる。ぐるぐる、ぐるぐる。

は！

近くの宿場宿場から呼んできて、平家の軍勢がその陣内で遊んでいた遊女たちの、あるいは頭が蹴割《けわ》られる。

逃げる兵士に。

は！

あるいは腰を踏み折られる。

落ちようとする平氏の馬に、人に。

は！

遊女たちは喚《おめ》き叫ぶ。ただならぬ数の遊女たちが。遊女たちが。

翌二十四日の朝、卯《う》の刻《こく》、源氏の大軍二十万騎は富士川のその岸辺に押し寄せて、天にも響き大地も揺れるほどに鬨《とき》の声をあげる。三度、あげたのでございます。

えいえい、おう、と。

おう！

五節之沙汰《ごせちのさた》 ——緒戦の結末、その後

撥《ばち》は鳴らしておりますぞ。琵琶《びわ》を。一面の琵琶のその絃《げん》を。しかし、ああしかし。

平家の陣地からはなんの音もしないのです。

人をやって調べさせますと、なんと、「みんな逃げてしまっております」と申すではありませんか。それどころか敵の忘れていった鎧《よろい》を取ってきたり、敵が捨てた大幕《おおまく》を拾ってきたりという者も。そして「敵の陣中には蠅《はえ》一匹たりと飛んでおりません」

と申すのです。

兵衛《ひょうえ》の佐《すけ》は馬から下り、兜《かぶと》を脱ぎ、手を清め、口を濯《すす》ぎ、それから帝都のほうを伏し拝みました。

「これは、頼朝《よりとも》一個人の手柄ではないな」とおっしゃいましたよ。「八幡大菩薩《はちまんだいぼさつ》のお計らいだよ。ひとえにな」

続いて、すぐにも攻めとって領地にするところなのだからと言われて、駿河《するが》の国を一条《いちじょう》の次郎《じろう》忠頼《ただより》に、遠江《とおとおみ》の国を安田三郎義定《やすだのさぶろうよしさだ》にお預けになりました。平家をすぐにも追っていって攻めるべきではありましたけれども、背後にもなお不安なことがある、関東はまだ磐石《ばんじゃく》とは言いがたいからと、浮島《うきしま》が原《はら》から退《しりぞ》いて相模《さがみ》の国へ帰られたのでございます。

まあ、この平家軍の緒戦の顚末《てんまつ》に、東海道の宿場宿場の遊女たちは大笑いしまして。「もう呆《あき》れ果ててしまうことね。討《う》っ手《て》の大将軍たる者が矢の一本も射ないで、都へ逃げ帰ってしまわれたんですものね。たいそう情けないこと！　合戦での『見逃げ』と呼ばれる遁走《とんずら》は本当に狡《こす》いけれども、これはもうそれどころではないわね。もう『聞き逃げ』ね。たまらないわ！　もう！」と嬌笑《きょうしょう》しあうのです。諷刺《ふうし》する落書《らくしょ》もずいぶん作られましたよ。都にいる大将軍を宗盛《むねもり》といい、討っ手の大将を権亮《ごんのすけ》というので、たとえば平家を「平屋《ひらや》」と読みとったこんな一首。

ひらやなる　　平屋のさ
むねもりいかに　　棟守《むねも》りはどんなにさ
さわぐらん　　慌《あわ》ててるかね
はしらとたのむ　　柱とも頼んでいた
すけをおとして　　支柱《すけ》を落としてしまってさ

それからこんな一首。

富士河《ふじがは》の　　富士川《ふじがわ》のさ
瀬々《せぜ》の岩こす　　急流の岩を越す
水よりも　　水よりもさ、ぜんぜん
はやくもおつる　　速く落ちて、逃げてしまった
伊勢平氏《いせへいじ》かな　　伊勢の瓶子《へいじ》そのままに、ころころと転《まろ》んだ平氏だね、こりゃ

あるいはこういうのも詠《よ》まれましたよ。上総《かずさ》の守忠清《かみただきよ》が富士川に鎧を捨てたことに関しての一首。

富士河に　　富士川に
鎧《よろひ》はすてつ　　鎧を捨てて、武士失格
墨染《すみぞめ》の　　あんたはもう墨染の
衣《ころも》ただきよ　　衣をただ着て出家なさいな、忠清さん

後《のち》の世のため　平家の後世《ごせ》でも弔ってさ

同じことで、もう一首。

忠清は　忠清さんは
にげの馬にぞ　二毛《にげ》の馬に乗って
乗りにける　逃げちゃった
上総《かずさ》しりがい　上総の立派な鞦《しりがい》を
かけてかひなし　飾っていても、駄目だこりゃ

同じ治承《じしょう》四年の十一月八日に大将軍権亮少将維盛《これもり》は福原の新都へ上《のぼ》り着かれました。さて入道相国《しょうこく》はどう出なさったか。平清盛《たいらのきよもり》公は。これはもう激怒でございましたよ。

「俺は決めたぞ。大将軍権亮少将維盛を、鬼界《きかい》が島《しま》へ流せ。侍大将上総の守忠清は、

おう、死罪に処せ。いいから処してしまえ！」

こうおっしゃったのでございました。

同じ十一月の九日、平家の侍たちは老人も若いのも集まりまして、忠清の死罪というのはどうであろうかと評議しました。その最中、主馬《しゅめ》の判官《ほうがん》の盛国《もりくに》、この者は入道相国の腹心で侍たちの頭株《あたまかぶ》でございますが、この盛国が進み出て申しました。

「忠清は昔からの臆病者ではございますまい。そうしたことは聞いておりません。それどころか、たしか忠清が十八の年のこととこの盛国は記憶しておりますが、鳥羽殿《とばどの》

の宝蔵に畿内《きない》五カ国で随一という悪党が二人逃げ籠ったおり、踏み込んで搦《から》め捕ろうとする者もなかったのに、あれが行ったのでございます。十八歳の忠清、真っ昼間にただ一人、築地《ついじ》を越えて躍《おど》り込んで、一人をば討って一人をば生け捕った。この快挙で名を後世にまで揚げたのですよ。今度の失態は、これはもう何かの祟《たた》りでもありましょうぞ。よって、むしろ兵乱《ひょうらん》鎮定のためのご祈禱《きとう》こそ緊要なのではないでしょうか」

以上の次第。

同じ十一月の十日、大将軍権亮少将維盛は右近衛《うこんえ》の中将になられました。島流しどころか、おやまあ、ご昇進でございます。当然ながら人々は囁《ささや》きあいまして。「討っ手の大将ということであっても、特に何をどうしたという功績もないのに、これはどういうご褒美なのかしらねえ」

言われても仕方のない陰口でしたね。

そこで少しばかり脇道を。治承四年の十一月から離れまして、天慶《てんぎょう》年間の昔のことをば少々。このころ、将門《まさかど》追討のために平将軍貞盛《へいしょうぐんさだもり》と俵藤太秀郷《たわらとうたひでさと》が勅命《ちょくめい》を受けて坂東《ばんどう》へ向かうということがございました。しかし将門を攻め滅ぼすのが容易ではありませんでしたので、公卿《くぎょう》の会議が行なわれ、「重ねて討っ手を下すべきである」と決定しました。そこで宇治《うじ》の民部卿藤原忠文《みんぶきょうふじわらのただふん》と清原滋藤《きよはらしげふじ》が軍監《ぐんけん》という役目を賜《たま》わり、お下りになったのでございます。駿河の国の清見《きよみ》が関に宿泊した夜、この滋藤は漫々たる海上を遠く見渡しまして、次の漢詩《からうた》を高らかに朗詠されました。

漁舟火影《ぎょしゅうのひのかげ》　漁船の火影が
寒　焼　浪《さむうしてなみをやき》　寒々と波間に映っている
駅路鈴声《えきろのすずのこゑ》　駅路《えきろ》の鈴の音が聞こえて
夜過山《よるやまをすぐ》　旅人が、夜、山を越えるのがわかる

これを聞いた忠文は、雅《みや》びなことよと感じ入って涙を流されたということです。さて、そうしている間にでございますが、貞盛と秀郷とがついに将門を討ちとりました。この将門の首を持たせて都へ上るうちに、忠文、滋藤と清見が関で行き逢《あ》ったのです。この後、先に派遣されていた大将軍も後《おく》れて向かった大将軍も連れ立って上京いたしました。

貞盛、秀郷は賞を与えられました。

しかし忠文、滋藤も褒賞《ほうしょう》あるべきか。

このことが問われて、公卿の会議と相成《あいな》ったのです。九条家の右大臣藤原師輔《ふじわらのもろすけ》公は申されました。

「坂東へ討っ手は向かったけれども容易には将門を攻め滅ぼしがたかったところへ、この人々が勅命を受けて関東へ赴いたのでございますよ。たしかに朝敵《ちょうてき》はこの人々が

着いたときにはすでに滅んでいたのだとしても、こうした経緯《いきさつ》がある以上、褒賞はあって然《しか》るべきでしょう」

が、そのときの摂政《せっしょう》、小野宮家《おののみや》の藤原実頼《ふじわらのさねより》公がこう抗弁なさったのです。

「しかしながら礼記《らいき》にも見られるではありませんか。『疑わしいことはしてはならない』と」

そして賞はついに行なわれなかったのでした。

忠文はこれを悔しがりました。「小野宮殿め、小野宮殿め」と誓ったのです。「そのご子孫、いずれ将来奴僕《ぬぼく》にしてやろう。小野宮家をば。いっぽう九条殿のご子孫、いつの世に至るまでも守護神となってお護《まも》りしよう」と念じ、食を断って死んでいかれたのでした。

恐ろしや、ああ恐ろしや。それゆえ九条家はめでたく繁栄しておられるのに、小野宮家からはこれというほどの人も現われず、現在は絶えてしまわれたのでしょうな。

さて横道に逸《そ》れるのはここまでにして、治承年間の今に戻りましょう。入道相国の四男、頭《とう》の中将重衡《しげひら》は左近衛《さこんえ》の中将におなりになりました。同じ治承四年十一月の十三日、福原では内裏《だいり》が完成して主上がお遷《うつ》りになりました。大嘗会《だいじょうえ》が行なわれるべきでしたけれども、結局執《と》り行なわれませんでした。この大嘗会というのは十月の末、賀茂川《かもがわ》に御幸《ごこう》があって、まず御禊《ごけい》があり、内裏の北の野に斎場所《さいじょうしょ》をしつらえて、神服《しんぷく》や神具《しんぐ》をととのえ、それから大極殿《だいごくでん》の前、竜尾道《りゅうびどう》の壇の下に廻立殿《かいりゅうでん》を建てて、ここで天皇が御湯《おゆ》をお浴びになります。同じ壇のならびに大嘗宮《だいじょうぐう》を造って、神膳《しんぜん》を供えます。御神楽《みかぐら》があり、管絃《かんげん》の御遊《ぎょゆう》があります。そして大極殿で即位の大礼があり、清暑堂《せいしょどう》で御神楽が催され、豊楽院《ぶらくいん》で宴会があるのでございます。

ところがこの福原の新都には、大極殿もない。即位の大礼は、さあ、どこで行なうべきか。

清暑堂もない。

さあ、御神楽はどこで奏するべきか。

豊楽院もない。

宴会は、さあ。

などという始末でございますから今年はただ新嘗会《しんじょうえ》と五節《ごせち》だけを行なうのがよいと公卿の会議で決定しまして、やはり新嘗《にいなめ》の祭りは旧都の神祇官《じんぎかん》で執り行なわれたのでございますよ。

五節については、由来も少々。古《いにし》えは天武《てんむ》天皇の御代《みよ》、吉野の宮で、月が白く、嵐の烈《はげ》しかった夜がございまして、天皇がお心を澄《す》まして琴をお弾《ひ》きになったところ、神女《しんにょ》が天降《あまくだ》りましてその袖を五度ひるがえし、舞ったのでございます。

ええ、これこそが五節の初め。

一、二、三、四、そして五度。

都帰《みやこがえり》——新都たちまち旧都に

ご承知のように、今度の遷都《せんと》のことは君臣ともに歎《なげ》いておられました。のみならず比叡山《ひえいざん》の延暦寺《えんりゃくじ》も、また奈良の興福寺《こうふくじ》も、この他の諸寺諸社に至るまでが「よろしいことではない」と揃《そろ》って訴え申し出ます。あれほど我《が》を押し通す太政入道《だいじょう》清盛《きよもり》公も、まあ折れましてな、それなら旧都へ還《かえ》ろうと言われたので、京じゅう、これはもう大変な騒ぎとなりました。

同年すなわち治承《じしょう》四年の十二月二日でございます。還都《かんと》はにわかに行なわれました。新都の福原は北は山に沿って高く、南は海が近くて低くなっております。波の音がいつも騒がしく、潮風の激しいところです。そんなわけで高倉上皇はいつからとなくご病気がちであらせられたので、急いで福原をお出になられました。摂政藤原《せっしょうふじわらの》基通《もとみち》公をはじめ、太政大臣以下の公卿《くぎょう》、殿上人《てんじょうびと》は我も我もとお供なさりました。入道相国《しょうこく》をはじめ、平家一門の公卿、殿上人もまた我さきにと京へ上《のぼ》られました。このことが証しておりますが、いったい誰がつらかった新都に片時でも残っていたいでしょう。去る六月以来、京の家々は取り壊して片寄せ、財産や雑具とともに川を運び下《くだ》し、そうやって福原へ持ってきて形だけは建てたのですけれども、またもや気が変になりそうな都帰り。このたびは跡始末《あとしまつ》ひとつできず、もう打ち捨ててしまって上られたのです。京ではそれぞれ住むところもございませんから、八幡《やわた》、賀茂《かも》、嵯峨《さが》、太秦《うずまさ》、西山《にしやま》、東山《ひがしやま》のやや辺鄙《へんぴ》な土地に身を寄せ、相当な身分の人々でありましても御堂《おどう》の回廊や神社の拝殿《はいでん》などに仮の宿をとられたのでした。

そもそも今回の福原への遷都、その本当の理由はなんだったのでしょうか。旧都とされてしまった京は、奈良にも比叡山にも近いわけで、些細《ささい》なことにも春日《かすが》神社の神木や日吉《ひえ》神社の神輿《みこし》などを持ち出し、衆徒《しゅうと》どもが大騒ぎいたします。ところが福原でしたら、山を隔てて海を間にし、道程《みちのり》もさすがに遠い、これならば衆徒どもも強訴《ごうそ》などの狼藉《ろうぜき》もできまいと考えられて、入道相国が企てられたのだとか。さもありなん。

同じ治承四年十二月の、二十三日。近江源氏《おうみげんじ》が叛乱《はんらん》を起こしました。これを鎮めようと左兵衛《さひょうえ》の督《かみ》の平知盛《たいらのとももり》、薩摩《さつま》の守《かみ》の平忠度《たいらのただのり》を大将軍として合計二万余騎の軍勢が近江の国へ進発しました。山本《やまもと》、柏木《かしわぎ》、錦古里《にしごり》などという源氏の末流どもを一々《いちいち》残らず攻め落として、そのまま美濃《みの》へ、尾張《おわり》へ、と国境《くにざか》いを越え進まれました。

おお、鎮圧です。さらに進攻です。

奈良炎上《ならえんしょう》——治承《じしょう》四年の末

その一方、都では「高倉の宮が園城寺《おんじょうじ》にお入りになったとき、興福寺《こうふくじ》の大衆《だいしゅ》がこの企てに同意して、さらには宮のおん奈良入りをお迎えにまで参ったのは、つまり朝敵《ちょうてき》の所行である。それゆえ興福寺も三井寺《みいでら》同様に攻められるべきである」との気運となって、これを察した奈良の大衆はいやはや大変な騒ぎ、こぞって蜂起《ほうき》します。摂政《せっしょう》の藤原《ふじわらの》基通《もとみち》公が「藤原の氏《うじ》の長者として、氏寺たる興福寺のため、そちらに考えるところがあれば何度でも奏上しようぞ」とおおせくだされたのですが、このご仲介を奈良はまったく受けつけようともしません。勧学院の政所《まんどころ》の別当《べっとう》忠成《ただなり》をお使いとして遣《つか》わされても、大衆はこの者をも囲んで「あやつめを乗り物から引きずり落とせ。髻《もとどり》を切ってしまえ。恥をさらさせろ」と罵り騒ぎたて、収まりません。忠成は顔色を変えて都へ逃げ帰ります。次に右衛門《うえもん》の佐《すけ》の藤原親雅《ふじわらのちかまさ》が遣わされまして、この第二の使者をも大衆は「髻を切れ。切れ!」と大騒ぎして、使者親雅は取るものもとりあえず逃げ帰るのでした。そのときは勧学院の雑色《ぞうしき》二人が髻を切られて、例の、大童《おおわらわ》のざんばら髪となったのでした。まさに生き恥、生き恥さらし。また、奈良では大きな毬打《ぎっちょう》の玉を作って、これを平相国《へいしょうこく》の頭《こうべ》と名づけ、「さあ打て」だの「ほれ踏め」だの申しました。物の本に書かれているところによれば、外に漏《も》れやすい詞《ことば》というのは災いを招く媒《なかだち》でして、慎まない行ないというのは敗北に至る道でございます。この入道相国と申すお方は、やはり、口にするのも畏《おそ》れ多いのですけれども当代の天皇の外祖父《がいそふ》であらせられます。そのお方を、「打て」だの「踏め」だの申した南都《なんと》の大衆は、天魔のしわざでそうしているのだと思われましたよ。

以上のようなことを聞き伝えられた入道相国、どうして「それでも結構」などと思われましょうぞ。ですが、とりあえずは南都の騒動を鎮めようと、備中《びっちゅう》の国の住人瀬尾太郎兼康《せのおのたろうかねやす》を大和の国の検非違使《けびいし》に任ぜられたのです。兼康は五百余騎を率いて奈良へ向かって出発しました。入道相国は兼康たちに、「たとえ衆徒《しゅうと》が狼藉《ろうぜき》をいたすことがあっても、よいか、お前たちは決してするなよ。鎧《よろい》を着けるな、兜《かぶと》を着けるな。弓矢も帯するなよ」と命じられ、派遣されたのですけれども、このような内々の取り決め、大衆の側は知るべくもないですな。そのために兼康の軍勢のうち六十余人を搦《から》め捕って、一人ひとりの首を斬り、興福寺の山門前にある猿沢《さるさわ》の池のほとりに晒《さら》し首にしてしまったのです。

これを聞き伝えられた入道相国は、当然ながら怒《いか》られて、それも激怒も激怒、大激怒です。

言われました。

「ならば承知した。よし、南都も攻めてしまえ！」

大将軍には頭《とう》の中将 平重衡《たいらのしげひら》、副将軍には中宮《ちゅうぐう》の亮平通盛《すけたいらのみちもり》、すなわち入道清盛公の子息と甥《おい》でございます。この二人がつごう四万余騎を率いまして、奈良へ向かって出発しました。邀《むか》え撃たんとする興福寺の大衆は、老人もいれば若いのもいる、そうした年のほどなど区別せずに七千余人が兜の緒を締め、奈良坂《ならざか》と般若寺《はんにゃじ》の二カ所の道に堀を作ります。道を掘り切って断ってしまい、また掻楯《かいだて》をしつらえまして、それから逆茂木《さかもぎ》を並べて待ち構えます。平家方はと申せば、四万余騎のその軍勢を二手に分け、奈良坂と般若寺の二カ所の城郭に押し寄せて、どっと鬨《とき》の声をあげました。

大衆はみな徒歩。構えるのは太刀《たち》。

官軍は馬、駆けまわり駆けまわり、もちろん弓矢も擁する。

興福寺の大衆をあそこに追い、ここに追いつめ、官軍たる平家勢は矢をつがえては射《い》、つがえては射、これぞ連射。

防ごうとしている大衆は、ああ、そこにいる限りの者全部が討たれます。

朝、卯《う》の刻《こく》に矢合わせをして、その日じゅう合戦し、夜に入って奈良坂と般若寺の二カ所の城郭は二つながらに陥《お》ちたのでした。

落ちゆく衆徒のうちに坂四郎永覚《さかのしろうようかく》という悪僧がございました。これは奮戦した悪僧でございましたよ。なにしろ太刀を扱っても弓矢を射ても、もちろん力の強さにおいても、七大寺、いや十五大寺にぬきんでた傑物。萌黄威《もえぎおどし》の腹巻の上に黒糸威《くろいとおどし》の鎧を重ねて着、帽子兜《ぼうしかぶと》の上に五枚兜を重ねて緒を締め、左右の手には茅《ちがや》の葉のように刃《やいば》が細長く反り返った白柄《しらえ》の大長刀《おおなぎなた》と黒漆《くろうるし》の大太刀《おおだち》とを持ち、同じ僧房に寝起きする修行仲間十余人を前後に立てて、碾磑門《てんがいもん》から打って出たのでした。さすがにございます、永覚たちは官軍をしばらく食い止めました。騎馬の官兵たちは多くがその馬の足を薙《な》ぎ斬られて、討たれたのでございます。しかし、ああしかし。官軍は大勢で入れ代わり、立ち代わりと攻める、攻める。永覚の仲間の僧が前で討たれ、後ろで討たれ、左右で斃《たお》れて、みな果てる。それでも永覚はたった一人猛《たけ》りに猛るのですけれども、あまりに後方が無防備になった。それで永覚は、南をさして落ちていったのでございました。

さて悪僧の活躍も一《ひと》くさり口にしましたところで、それではいよいよ大事件を。語り落とすわけにはいきませぬ、あの惨《むご》い、惨い大事《おおごと》の顚末《てんまつ》を。

夜戦となったことが始まりなのです。あまりに辺りが暗かったわけです。それで大将軍の頭の中将重衡は般若寺の門前に立って、「火をつけよ」と命じられたのです。そこで平家の軍勢のうちにおりました播磨《はりま》の国の住人、福井の荘の下司《げし》、次郎大夫友方《じろうたゆうともかた》という者が、ただちに楯《たて》を割って松明《たいまつ》を作り、あたりの民家に火をかけたのでした。

十二月二十八日の夜でございましたよ。

想《おも》い描けますでしょう。いかに風が強いか。ええ、風は烈《はげ》しいのでございましたよ。火元は一つでございましたが、ああ、風が迷う、迷う、吹き迷う。それに煽《あお》られて、多くの寺に火を、火を！　吹きかけたのでございます。

火を！

火炎！

さて、誰がこの場にいたのか。燃える伽藍《がらん》の敷地に残されていたのか。ええ、南都方のことでございますよ。恥を知り、名を惜しむほどの者はすでに奈良坂で討ち死にしております。般若寺で討たれてしまっております。また歩ける者は吉野《よしの》なり十津川《とつかわ》なりへと落ちのびております。ですから生きて残っているのはと申せば、歩くこともままならぬ老僧、学問修行に専心するばかりで太刀や長刀など構えるはずもなかった立派な僧、稚児たち、そして女子供と、こうした者ども。これらが火の手を避けて、どうにか助かりたいと大仏殿《だいぶつでん》の二階の上に、また山階寺《やましなでら》の内へと我さきに逃げ入ったのです。大仏殿の二階の上には千余人が登りましたよ。そして敵が追いかけてきても登らせてなるものかと、階段を取り外してしまいましたよ。そこへ、ああそこへ。

猛火が。

まっこうから猛火が。

押し寄せてまいりましたよ。

ですから、喚《わめ》きましたよ。叫びましたよ。その声。その聞くに堪えぬ声。焦熱地獄《しょうねつじごく》や大焦熱地獄、無間地獄《むげんじごく》といった炎の底の罪人《つみびと》どもの発する声も、これには過ぎまいと思われた一大叫喚なのでございましたよ。

ああ、ああ。

興福寺は淡海公《たんかいこう》ことあの藤原不比等《ふじわらのふひと》公の御願《ごがん》によって建立《こんりゅう》された藤原氏代々の氏寺《うじでら》です。東金堂《とうこんどう》にましますのは仏法伝来と同時に我が国に渡ってきた最初の釈迦《しゃか》の像ですし、西金堂《さいこんどう》にましますのは自然にこの世に湧《わ》いて出た観世音《かんぜおん》像でございます。それから瑠璃《るり》を並べたような四面《しめん》の回廊《かいろう》が、朱《しゅ》と丹《に》をまじえて塗った二階建ての楼《ろう》が、九輪《くりん》が空に輝く二基の塔がございます。いえ、ございました。この日、この夜に、一切はたちまち煙となったのです。なんたる悲しさ。

東大寺には大仏像がましました。常在不滅《じょうざいふめつ》で、実報《じっぽう》と寂光《じゃくこう》の二土《にど》に通じる生身《しょうじん》の御《み》仏《ほとけ》に象《かたど》られあそばされて、聖武《しょうむ》天皇がご自身で磨きたてられた、金銅《こんどう》十六丈の盧遮那《るしゃな》仏《ぶつ》が。その頭頂、烏瑟《うしつ》が高く現われて中空の雲に隠れ、その眉間《みけん》、白毫《びゃくごう》が灼《あら》かに拝せられ、満月のように尊いお姿でございましたのに、いまや、お首は焼け落ちて大地にある。お身体《からだ》はと申せば鎔《と》け崩れて、ただ山のよう。なんたる、ああなんたる。八万四千の美点があるといわれる仏の尊いご容貌は、秋の月がたちまち雲に隠れるように五逆重罪の暗雲に隠れました。四十一地を徴《しる》した瓔珞《ようらく》は、夜の星が風にその光を失うように十悪《じゅうあく》の風に虚《むな》しく光を消しました。

煙は中空に充《み》ち満ちております。

炎は虚空を焦がして、やはり満ちる。火炎！

これが、これが東大寺。目《ま》のあたりに拝し見る者は、そのようなありさまをいささかも正視はできませんでしたよ。そして遠く伝え聞く人はといえば、ええ、ひたすら肝を潰したのです。

法相宗《ほっそうしゅう》と三論宗《さんろんしゅう》の経典は一巻も残らず焼失しました。我が国において先例なき事態であるのはいわずもがな、天竺《てんじく》と震旦《しんたん》においてもこれほどの法滅があろうとは思われませぬ。なにしろ、ことは大仏。優塡《うでん》大王が紫磨金《しまごん》を磨いて作ったという仏像も、また毘《び》須羯磨《しゅかつま》が赤栴檀《しゃくせんだん》を刻んで作ったという仏像も、わずかに等身の御仏にすぎませぬ。ましてや人間世界ではただ一つの並ぶもののない御仏で、永久に朽ちたり損《そん》じたりするときがあろうとも思えなかった大仏が、ああ大仏像が、今、濁り穢《けが》れた俗界の塵《ちり》に混《ま》じり淆《ま》ざって、永い、永々《えいえい》と久しい悲しみを残されたのでございますよ。いやもう、梵天《ぼんてん》も帝釈《たいしゃく》も四《し》天王《てんのう》も竜神八部《りゅうじんはちぶ》も冥府《めいふ》の官人とこれに仕える鬼神らも、驚き騒いでおられるだろうと思われました。そして法相宗を擁護なされる春日大明神《かすがだいみょうじん》は、いったい何事とお思いになったか！　春日野の露《つゆ》もたしかに色が変わりましたよ。三笠山《みかさやま》の嵐の音も、そうでありますから恨みごとを言うように吹き、人々の耳にそのように聞こえたのでございます。

炎の中で焼け死んだ者の数を記したところ、大仏殿の二階の上には千七百余人、山階寺すなわち興福寺には八百余人、ある御堂《みどう》には五百余人、それとは別のある御堂には三百余人、詳細に記録したところ合計で三千五百余人でございました。

そして戦場で討たれた大衆は千余人。

こちらは首を斬って少々は般若寺の門の前にかけ、晒し首に、また少々は持たせて都へ帰還されたのでございます。

ええ、南都攻めの大将軍が。

頭中将重衡卿《しげひらきょう》は二十九日に奈良を滅ぼして京都へお帰りになりました。憤《いきどお》りも晴れて喜ばれたのは入道相国です。いかにも、いかにも。しかしながら喜ばれたなどというのは入道相国ただ一人。中宮も後《ご》白河《しらかわ》法皇も高倉上皇も、それから摂政の基通公以下の人々が、歎《なげ》かれる、ああ歎かれる。「悪僧を滅ぼすとしても、寺院をも破損して滅ぼすなど。そのような方術、ありえようか」と歎かれる。当初は衆徒の首はまず大通りを引きまわして、それから獄門の木にかけるということであったのですけれども、なにしろ東大寺と興福寺が滅んでしまったことへの驚きと歎きとから、もう何の命令もありません。指図がないのならば仕方がない、奈良より持ち帰ってきた首は、あそこ、ここの溝《みぞ》や堀に捨て置かれるのでした。聖武天皇のご自筆の詔書《しょうしょ》には「我が寺が興福《こうぶく》すれば天下も興福し、我が寺が衰微《すいび》すれば天下もまた衰微するだろう」と書かれてあります。とすれば、天下の衰微することはもう疑いない、とこう見えましたな。

ああ、無惨《むざん》で、歎かわしくて、悲しい驚きばかりであったこの年も暮れ、さあさあ、治承《じしょう》も五年になりましたよ。

六の巻

新院崩御《しんいんほうぎょ》——運命の年、陰鬱《いんうつ》に明ける

治承《じしょう》五年正月一日の内裏《だいり》でございますが、東国《とうごく》の兵乱と奈良の火災のことがあったために小朝拝《こちょうはい》の儀をおやめになって、天皇のお出ましもございません。のみならず奏せられる音楽もない、舞楽もない、吉野の国栖《くず》の者も参らない、藤原氏の公卿《くぎょう》は一人も参内《さんだい》なさらない。氏寺《うじでら》である興福寺《こうふくじ》が焼失してしまったからでございますよ。正月二日はといえば、殿上《てんじょう》の間《ま》で催される淵酔《えんずい》が、やはりない。男も女もひっそりと、声などは立てないようにしていて、宮中はどうにも陰鬱《いんうつ》な感じが漂いました。仏法も王法もともに尽き果てたのは、どうにも歎《なげ》かわしい。後白河《ごしらかわ》法皇もおおせられましたよ。

「前世に十善《じゅうぜん》の戒行を修めたその果報として、朕《ちん》は今生《こんじょう》に皇位に即《つ》いたのだった。そののちに続いた四代に及ぶ天皇も、考えてみれば朕の子であり、孫である。そんな朕が、どうして天子としての政務を停められ、この年月を過ごさねばならないのであろ

うか」

二条天皇、六条天皇、高倉天皇、安徳《あんとく》天皇の四代を挙げ、お歎きになったのですよ。同月五日に奈良の僧綱《そうごう》たちが官を解かれ、公《おおや》けの法会《ほうえ》に召される資格を停止せられ、職務を没収せられました。衆徒は老若いずれも、あるいは射殺《いころ》され、あるいは斬り殺され、あるいは煙に巻かれて炎に咽《むせ》び、大勢死んでしまいましたから、生きのびたのはごく僅《わず》か。その者たちも山林に逃げ隠れまして、南都《なんと》に残っておる者は一人もおりません。興福寺別当《べっとう》の花林院《けりんいん》の僧正永縁《そうじょうようえん》は、仏像や経典の巻物が煙となって焼けるのを見て、「惨《むご》い、惨い、このあさましさは」と胸を痛め、衝撃に心を砕かれて、病床の身となり、ほどなくとうとう亡くなられたのでしたが、この僧正はまあ実に優雅でものの情趣というのを解する人でございましたな。あるとき、郭公《ほととぎす》の鳴くのを聞いて、次のような歌を詠《よ》んだのでございます。

きくたびに
めづらしければ
ほととぎす
いつもはつ音《ね》の
ここちこそすれ

それを聞くたびごとに
いつも珍しい思いがするのが
ほととぎすの声だね、だから
いつだって初音《はつね》の
心地になってしまうのだなあ

以来、「初音《はつね》の僧正」と呼ばれたのでして。

このような具合ではあったのですけれども、形式なりとも御斎会《ごさいえ》は行なわれるべきだということで、法会の講師の選定がございました。公卿の会議は「奈良の僧綱は解任されてしまっているのだから、京都の僧綱の手で行なわれるべきか」と決しかけましたが、しかし奈良をすっかり見捨ててしまうのはどうかとの意見が出、三論宗《さんろんじゅう》の学《がく》匠《しょう》である成宝已講《じょうほういこう》が勧修寺《かんじゅじ》にひそかに隠れていたのを召し出されまして、それで御斎会をば形式どおりに執り行なったのでございました。

さて高倉上皇でございます。

治承五年の正月と申せば、この上皇のおん事でございます。

上皇は、一昨年はおん父君の後白河法皇が鳥羽殿《とばどの》に押し込められなさったり、昨年はおん兄君の高倉の宮がお討たれになったり、また遷都《せんと》によってあさましい限りの天下の擾《みだ》れがあったりと、そうしたいろいろを心苦しくお思いになっておられたためにご病気に罹《かか》られて、いつもご病状が憂慮されていると噂《うわさ》にのぼっていたのですが、東大寺と興福寺が焼け滅んだ今度の由《よし》をお聞きになり、そのご病気、いよいよご重態になられました。おん父、後白河法皇はひとかたならずお歎きになっておられました。そして同年正月十四日、六波羅《ろくはら》の池殿《いけどの》にて上皇はついに崩御あそばされたのです。

そのご治世、十二年。

仁徳《じんとく》の政治を万般にわたって施され、詩経《しきょう》と書経《しょきょう》に説かれている仁義の道を再興し、世を治め、民を安楽にする政道が絶えていたのを継いで、再び行なわれた。

しかし、しかしながら。

死は三明六通《さんみょうろくつう》の羅漢《らかん》もまぬかれず、神変不可思議《しんぺんふかしぎ》な法術をもってこの世に顕《あら》われた仏菩薩《ぶつぼさつ》の化身も逃《のが》れられぬ道。

万物無常は世の習いなのですよ。そうですとも。

しかしながら、あまりに道理に適《かな》いすぎることも、悲しい。そうではありませんか。

上皇のご遺体はその夜のうちに、東山の麓《ふもと》、清閑寺《せいかんじ》にお移し申し、火葬にしたてまつって、すると夕《ゆう》べの煙にともなって春の霞《かすみ》の中にお昇りになりました。澄憲《ちょうけん》法印がご葬送に間にあうようにと急いで比叡山《ひえいざん》から下りてこられました。しかし、ああ間にあわなかった。すでに空《むな》しい煙となられていたのを見たてまつって、こう詠まれました。

つねにみし　　いつも拝見しなれておりました
君《きみ》が御幸《みゆき》を　　上皇様の御幸《ごこう》を
今日《けふ》とへば　　「今回はいずこに」と尋ねますと
かへらぬたびと　　「二度と帰られぬ死出の旅」との答えです
きくぞかなしき　　それを聞いて、私は悲しくてなりません

またある女房は、上皇がお亡くなりになったと聞いて、その思いを次のような歌に

詠みました。

雲の上《うへ》に
行末《ゆくすゑ》とほく
みし月の
ひかり消えぬと
きくぞかなしき

　　雲の上に見た月と、宮中の上皇様と
　　どちらも、行末遠く
　　皓々《こうこう》と光りつづけられると思ってましたのに
　　こちらの月の光は消えてしまったのだと
　　聞くのですから、悲しくてなりません

高倉上皇、おん年は二十一。仏道においては十戒《じっかい》を保ち、儒教においては五常《ごじょう》を守り、礼儀正しい方であられました。末代の賢王でいらっしゃいましたよ。だから世人の惜しみ申しあげることは月日の光を失ったようなのです。

ああ、死はまぬかれない。かように人の願いも聞き届けられず、民の運も悪い。まったく、人間界のこの境涯《きょうがい》というのは。ただ、ひたすらにただ悲しい。

紅葉《こうよう》――高倉院の逸話二つ

高倉上皇はそれはそれは優雅なお方でございました。人望がおありになることも、おそらく延喜《えんぎ》年間の醍醐《だいご》天皇、天暦《てんりゃく》年間の村上天皇と申してもこれ以上ではなかったであろうと人々は口にしました。なんといっても、賢王と讃《たた》えられて仁徳《じんとく》の行ないをなさるなどというのは、総じて天皇がご成人あそばされてから。ものの善悪の判断がおできになってからのことでしょう。けれどもこの君《きみ》は違われましたぞ。まったくご幼少のころから柔和なご性格に生まれついておられましたぞ。

　いろいろと逸話を挙げましょう。去る承安《しょうあん》年間の、皇位にお即《つ》きになったまだ最初のころ、おん年は十歳ばかりになっておられたでしょうかね、たいそう紅葉《こうよう》を愛されたのです。それで北の陣に小山を築かせ、櫨《はぜ》や楓《かえで》の色美しく紅葉した枝をたくさん挿《さ》して「紅葉《もみじ》の山」と名づけられまして。一日じゅうご覧になっても、まだお飽きにならないというご様子でした。ところがです。ある夜、無情にも木枯らしが吹き荒れまして、紅葉をみんな吹き散らし、まあ落葉はそれはそれは酷《ひど》いありさまです。宮中の清掃などをつかさどります主殿寮《とのもりょう》の下役人たちが、翌朝、掃除をするとてこれをすっかり掃き捨ててしまいまして。しかも風の冷たい朝であったので、残った枝や散った木の葉をかき集めて、縫殿《ぬいどの》の陣で酒を温めて飲む薪《たきぎ》にしてしまいましてな。それで、「紅葉の山」の係の蔵人《くろうど》が天皇のお出《い》でよりも先にとその朝急いで行って見ると、まあ紅葉がないのでございます。跡形もない。どうしたのかと尋ねましたよ。すると、これこれこうだと言う。蔵人はたいそう驚いて、こう歎《なげ》いたわけです。

「困ったぞ困ったぞ、困ったぞ。あれほど主上《しゅじょう》ご執心の紅葉を、こんなにしてしまったとは。あさましい奴《やつ》らめ！　きっとお前らはただちに牢屋《ろうや》に入れられるか、あるいは流されるか、なんともわからぬがそうした目に遭《あ》うだろうし、俺だっておんなじだ。どんなお叱《しか》りをうけることやら！」

そこへ天皇が、普段よりもいっそう早くご寝所《しんじょ》をお出になり、直後にこの「紅葉の山」へお越しになったのです。

それから紅葉をご覧になる。ない。

跡形もない。

「どうしたのか」

もちろんお尋ねになりましたよ。

そして、蔵人には申しあげる言葉が、ない。

ですから結局、ありのままに奏上したのです。

するとどうなったかと申しますと、天皇はご機嫌ことのほかに麗《うるわ》しく、にっこりなされたのでした。それから、こう言われたのです。

「『林間に酒を煖《あたた》めて紅葉を焼《た》く』という詩の心を、誰がその役人たちに教えたのだろうね。風流なことをしたものだね」

なんと、お賞《ほ》めです。特にお叱りもなかったのですよ。

次の逸話は安元《あんげん》年間のころのものでございます。お方違《かたたが》えの行幸《ぎょうこう》がありましてな。

普段であっても例の払暁《ふつぎょう》、「夜間に時刻を告げる役人の声が暁《あかつき》を報《しら》せ、天皇の眠りを驚かす」と詠《うた》われている早暁になるといつもお目覚めがちで、ですから少しもお寝《やす》みになれなかった。しかもその夜というのが冷えこみもやたら烈《はげ》しい霜夜《しもよ》。天皇は想《おも》い起こされましたよ。延喜の御代《みよ》に、醍醐天皇が「国の民どもはどんなに寒い思いをしていることだろう」と思われて、ご寝所で御衣《ぎょい》を脱がれたということなどまでも。そして天子としての自らの徳がなお醍醐天皇に及ばないことを歎かれていたのです。いよいよ夜深《よふ》けになりますと、おや、遠くで人の叫ぶ声がするではありませんか。お供の人々はそれを聞きつけなかったけれども、天皇はお聞きつけになりました。ですから言われました。

「今叫んだ者は何者だろう。急いで見てきなさい」

これを受け、宿直《とのい》の殿上人《てんじょうびと》が当番で出仕している役人たちに命じて、あちこち走りまわって捜させました。すると、ある辻《つじ》に、賤《いや》しい女童《めのわらわ》がいるではありませんか。長持《ながもち》の蓋をさげて泣いているではありませんか。当番たちは尋ねましたよ。

「何があった。言え」

「私の主人の女房は」と女童は申しました。「後白河《ごしらかわ》の法皇様の御所にお仕えしております。それで、私、このごろやっと苦心してお仕立てなされましたご装束《しょうぞく》を持ってまいるところだったのですが、その途中だったのですけれども、それが、ああそれが。

たった今、男が二、三人現われて奪い取っていったのです。ご装束があればこそ主人は御所にお仕えもできましょう。しかし、ないとなったら。今はもう、それがおできになれないのです。かといって別に頼りにして、お身をお寄せになれる親しい方もいらっしゃりません。ああ、どうしよう、どうしよう。だから私は考えあぐねて泣いているのです」

こう言われたものですから、当番たちはその女童を連れてきて、この旨を奏上いたしました。天皇はお聞きになって、おっしゃいました。

「なんて気の毒な。どういう者の仕業《しわざ》なのか。堯《ぎょう》の代《よ》の民は皇帝たる堯の正直な心を範《はん》として自分たちの心にしたので、みな正直だった。今の代の民は、天皇であられる自分の心をこそ範として心にしているはず。その結果として、心のねじけた者が市中にあって罪を犯している。これはすなわち私自身の恥というわけだね。釈明はできないよ」

それから女童に尋ねられたのです。

「さて、お前が盗《と》られた衣《きぬ》はどんな色なの」

これこれの色です、と奏申があります。

この出来事は建礼門院《けんれいもんいん》がまだ中宮であられた時分のものでしたよ。さて天皇は、その中宮の方《かた》へ「そのような色の御衣はありますか」と言われて、すると奪われたものよりずっと美しい衣が届けられました。そしてこれをその女童に賜《たま》わったのです。しかも「まだ夜が深い。再びあのような目に遭うかもしれないから」と言って当直の役人をつけて、主人の女房の部屋まで送らせられもしたのでした。まこと畏《おそ》れ多い。だから卑賤《ひせん》の男や女に至るまで、この君が千年万年ものご長寿を保たれるようにと、ただただお祈り申しあげていたのですよ。

葵前《あおいのまえ》――高倉院の愛その一

逸話をさらに。何よりもあわれであったのは、以下の出来事でございました。中宮のところにお仕えしていた女房の召し使っていた少女が、思いがけなくも高倉天皇のご寵愛《ちょうあい》をうけるということがございました。いかにも世間にありがちな一時《いっとき》の浮気心というのとは違って、心からのご愛情を注《そそ》いでいらっしゃったので、主人の女房もこの少女を使わず、かえって主人のように大切に扱ったのです。ほら、その昔、詠《うた》われたことがあるでしょう。「女を産んでも悲しむな。男を産んでも喜ぶな。男は諸侯にさえも封ぜられないが、女は皇妃になれる」と。長恨歌伝《ちょうごんかでん》でしたか。楊貴妃《ようきひ》が后《きさき》に立ったことを伝えておりますよ。そうした先例もありますから、人々は考えたわけです。「この少女はいずれ女御《にょうご》や后と崇《あが》められ、ついには国母《こくも》や女院《にょいん》として仰がれることにもなろう。いや、実にめでたい幸運だ」と。少女は、名を葵の前《あおいのまえ》と申したので、内々では葵女御《あおい》などとも囁《ささや》かれましたよ。

それで、天皇がこれをお聞きになったわけです。すると、ぷっつり、お召しがなくなりました。ご愛情が薄れたからではありませんよ。ただ世間の非難にご遠慮されたのですよ。だから、物思いに沈まれがちになって、ご寝所《しんじょ》にばかり入っておられたのです。当時は松殿《まつどの》こと藤原基房《ふじわらのもとふさ》公が関白であられたのですが、「これはお気の毒なことだ。お慰め申そう」と急ぎ参内《さんだい》して、次のように奏上なさりました。

「そのようにお心にかかっていらっしゃることでしたら、何のさしつかえがありましょう。その女房をただちにお召しになるのがよろしいと存じますよ。家柄や身分をお調べになるには及びません。基房がすぐにも養女にいたしましょう」

「とはいうものの、どうかな」と天皇は言われました。「基房が申すことはもっともだよ。退位して後《のち》なら、そういう例もあると思う。しかしだ、現に位に在るときにそのような処置、それは後世の人の譏《そし》りをうけるのではないかな」

お聞き入れにならなかったのです。関白殿は致し方なく、おん涙を抑えてご退出になりました。

その後、天皇は緑の薄手の鳥《とり》の子紙《こがみ》の、特に色彩の濃いものに、古歌ではありますけれども次の一首を思い出されてお書きになりました。

しのぶれど　　隠してはいたのだけれど
いろに出《い》でにけり　　顔色に出てしまったらしいよ
わがこひは　　私の恋心は
ものや思ふと　　「おや、物思いをしているのだね」と
人のとふまで　　人が怪しんで尋ねるまでに

このおん手習いの歌を冷泉《れいぜい》家の少将藤原隆房《ふじわらのたかふさ》がいただき、例の葵の前に取り次いでお届けすると、少女は顔を赤らめて、「ああ、どうも気分が。気分がすぐれません」と言って、宮中から里へ帰りました。そして病《やま》いに臥《ふ》すこと五、六日。ついに亡き数に入ってしまったのです。「主君の一日の寵愛のために、女が生涯の身を誤る」とはこのようなことを申すのでしょうか。昔、唐《とう》の太宗《たいそう》が鄭仁基《ていじんき》の娘を元観殿《げんかでん》に入れようとなさったのを、賢臣で知られる魏徴《ぎちょう》が「あの娘はすでに陸《りく》氏と婚約しております」と諌《いさ》め申して、宮廷に迎えるのをやめられたということがございました。いささかもこれとお違いにならないお心遣いでしたよ。

小督《こごう》――高倉院の愛その二

高倉天皇はこうして恋慕《れんぼ》のおん思いに沈み、没《しず》んでおられました。これをお慰め申

しあげようと、中宮のもとから、そこに仕えていた女房で小督殿《こごうどの》と申す者がお側《そば》にさしあげられました。この女房は桜町《さくらまち》の中納言こと藤原成範卿《ふじわらのしげのりきょう》のおん娘で、宮中第一の美人であり、琴の名手でもあられました。冷泉《れいぜい》家の大納言藤原《ふじわらのたかふさ》隆房卿がまだ少将であった時分に見初《みそ》めた女房です。少将は、初めは歌を詠《よ》んで贈り、何通も何通も文《ふみ》を書き、小督殿を恋い慕われたのですけれども、なびく気色《けしき》がない。しかし、真情にはさすがにほだされたのでしょうね、とうとう少将の愛をお受け入れになったのです。ところがです。今では小督殿は天皇のお召しをうけてしまった。

少将にはどうしようもない。逢《あ》えない。逢えないのです。

飽きもしないで別れたその未練、その悲しさ。冷泉少将の袖は涙に濡《ぬ》れて、乾く暇とてありません。が、なんとかして、どうにかしてとお思いになるのです。よそながらでも小督殿を見申しあげることがあろうかとつねに参内《さんだい》しておられたのです。小督殿のおられる局《つぼね》のあたり、御簾《みす》のあたりを通り過ぎられたり立ち止まられたり、あちらこちら、うろうろ歩きまわられたのですけれども、小督殿は小督殿でこうお考えになるのです。

「天皇のお召しをうけたからには、私は、少将の隆房様がなんと言おうとも、言葉を交わしたり手紙を見たりするべきではないのだわ」

こうした心中でございましたから、人伝《ひとづ》てにも情けの言葉をおかけにならない。いっぽう少将は、もしやと一首の歌を詠んで、小督殿のおられる御簾の内へ投げ入れられます。ええ、返事がもらえるやも、と期待なさったのですよ。

思ひかね　　恋しい思いに耐え切れず
心はそらに　　心はうわの空で、それこそ空に広がる、だから大いなる空に満ちる
みちのくの　　陸奥《みちのく》の
ちかのしほがま　　千賀《ちか》の浦の塩釜みたいに
ちかきかひなし　　近くにいるのですけれども、ああ甲斐《かい》がない

小督殿は、もちろん即座に返事をしたいと思われたでしょうよ。ただ、天皇のために心疚《やま》しいとも同時に思われたのでしょう、手にとってさえご覧にならなかった。側仕えの女童《めのわらわ》に拾わせて、中庭へ投げ出させた。少将にとっては、ああ情けない、ああ恨めしい。しかし他人《ひと》に見られたらこれは一大事と空恐ろしく、急いで拾いあげて懐《ふとこ》ろに入れて、そこを出られたのでございました。それでも未練が。さらに未練が。なお立ち戻って、詠《うた》ったのです。

たまづさを　　あなた様は私の手紙を
今は手にだに　　今では手にも
とらじとや　　取ってくださらぬというのですか

さこそ心に　　それほど私のことを、あなた様の心に
　思ひすつとも　　思い捨てられたのだとしても、ああ、せめて手に取るぐらいは
もう今ではこの世で互いに逢うこともできない。なまじ生きて歎《なげ》き悲しみつづける
よりは、いっそ死んでしまいたい。少将はそんなふうにばかり願われるのですよ。
　さて、こんなときに現われるのが入道相国《しょうこく》です。専横を極める人であられた平清《たいらのきよ》
盛《もり》公です。こうした由《よし》を聞かれまして、おっしゃったのです。
「中宮と申すのも俺のおん娘、冷泉少将もまた俺の下のほうの娘の夫。すなわち婿《むこ》。
つまり俺は、二人の婿を小督殿にとられてしまったぞ。いやいや、わかった。小督が
いる限りは夫婦仲はうまく行くわけがないぞ。召し出して、亡き者にするのがよかろ
う」
　こうしたおおせを小督殿も漏《も》れ聞かれました。そして思われたのです、自分の身は
どうでもよいけれども、帝《みかど》のおん為《ため》にはお気の毒だ、と。それである夕暮れ、内裏《だいり》を
出て、行方《ゆくえ》を晦《くら》ましてしまわれました。
　大いに歎かれたのは主上《しゅじょう》でございます。
　高倉天皇でございます。昼はご寝所に籠られておん涙に咽《むせ》ばれ、夜は紫宸殿《ししんでん》にお出
ましになって、月の光をご覧になり、わずかにお心を慰めておられるのでした。
　こうした由を聞かれたのがまたもや入道相国でございまして、まあ、のたまわれま

したな。次なるひと言、ふた言を。

「なるほど、帝は小督のことで塞《ふさ》がれたというわけか。そういうことなら、俺にも考えがあるわい」

お世話する女房たちをお側にさしあげないようにしたのです。さらには参内される臣下の者をもお憎みになったのです。こうなると、誰もが入道の権勢を恐れはばかり、帰するところ宮中へ通う人の姿が絶える。宮中はそれはそれは沈鬱《ちんうつ》な雰囲気でございましたよ。

そうして八月も十日あまりとなりました。その夜、とても澄《す》みわたった空でありましたのに、主上はおん涙にお目も曇って、月の光さえも朧《おぼ》ろにご覧になっておられます。そして、かなりの夜深《よふ》けになってからでございますが「誰か、誰かいないか」とお呼びになったのです。最初、お答え申す者もございません。しかし弾正《だんじょう》の少弼《しょうひつ》を務めます源仲国《みなもとのなかくに》がちょうどこの晩に宿直《とのい》に参っておりまして、御座所《ござしょ》からははるか遠くに控えていたのですけれども、「仲国がおります」とお答え申しました。

「近くへ参りなさい。天皇であられる自分が申しつけたいことがあるから」

仲国、何事であろうかと御前《ごぜん》近くに参りました。

「お前は、仲国、もしや小督の行方を知ってはいないか」

「どうして存じておりましょう。ゆめゆめ存じませんが」

「それは本当か。本当かしら。いや、小督は嵯峨《さが》の辺りの、片折戸《かたおりど》とかいうのをした家の内にいると申している者があるようなのだ。主人の名はわからないとしても、どうだ仲国、尋ね出してはもらえないか」

「主人の名がわからないのでは、どうしてお尋ね申せましょう」

「それは」と高倉天皇は言われました。「なるほど、もっともだね」

そして貴《とうと》きお顔からおん涙をお流しになる。

なるのです。

ですから仲国もつくづくと思案いたします。そして、「そうだ」と思うのです。「あれだ、小督殿は琴をお弾《ひ》きになられたぞ。今宵のこの月の明るさ、きっと帝のことを思い出されて琴をお弾きになるはず。そうでないはずは、まさかあるまい。だとすればだ。俺は小督殿が宮中におられて、帝の御前でお弾きになった折りに笛の役としてお召しを受けているから、あの琴の音《ね》を知っている。どこであろうと聞けばわかるだろう。また、嵯峨の里だったら民家もたいした数ではあるまい。一軒ずつ回れば、回って捜すならば、どうしてその琴の音を聞き出せないことがあろう」と、こう思い至ったのです。

仲国、そこで奏上いたしました。

「それでは、主人の名がわからないでも万が一というのがございますから、お尋ね申しましょう。しかし、たとえ尋ねてお会いすることが叶《かな》ったとしましても、お手紙をいただかずにお話し申したのでは、小督殿も『いつわりごとでは』などとお思いになるでしょう。お手紙を頂戴し、万全にして嵯峨に向かいましょう」

「おお、それも」と高倉天皇は言われました。「なるほど、もっともだね」

そしてお手紙をお書きになる。仲国にお渡しになるのです。さらにお言葉がございます。

「馬寮《めりょう》のお馬に乗って行きなさい」

仲国は寮のお馬をいただきました。名月に鞭《むち》をあげ、お馬にぴしりぴしりと鞭を入れて、しかしながら当てもなく出かけ、走ったのです。

嵯峨はその昔、「牡鹿《おしか》鳴くこの山里」と歌人にも詠まれております。その嵯峨の辺りの秋の情景、さぞかしあわれ、あわれでございましたでしょう。仲国、片折戸をした家を見つけましては、ああ小督殿はこの内におられるか、おられるのではないか、そう思って馬をとめ、また馬をとめ、耳をすませるのですけれども琴の音《ね》はない。どの家でも弾いておりません。それならば御堂《みどう》などへ詣でられておられようかと、清涼寺の釈迦堂《しゃかどう》をはじめとしてあちらの堂、こちらの堂と見て回るのですけれども、小督殿に似ている女房一人いらっしゃらない。さてどうしたものか、尋ねあてられずに虚《むな》しく内裏へ帰っては、嵯峨へ来なかったほうがましだということになる。仲国は、いっそここからどこへなりとも行方を晦ましてしまいたいと思います。しかしです、この日本国《にっぽんこく》に天皇のご領地でないところがどこにあると申せましょうか。ないのです。仲国に、身を隠せる家はないのです。仲国は思い沈みます。どうしよう、どうしよう。それから突然、ひらめきます。そうだ、法輪寺《ほうりんじ》はたしか道程《みちのり》が近い、今宵の月の光に誘われて参詣しておられるやもしれないぞ。そうして仲国、法輪寺の方角へと馬を進めるのです。

馬を。

お馬を。

亀山の辺りに近いところで、ひと叢《むら》の松が立っている方角でございました。かすかに琴の音《ね》が聞こえます。そう、かすかに、かすかに。峰を吹きわたる嵐の音か、松風か、それとも捜しているお方の弾く琴の音か。はっきりとはしないのですけれども、馬を急がせて近づきますと、片折戸の家の内でたしかに誰かが心を澄まして琴を弾いているのです。仲国は馬を止めて、これを聞きます。

ああ、まぎれもない。小督殿の奏でる爪音《つまおと》!

そして、楽曲はいったい何でしょうか。

夫を想《おも》って恋《こ》うと読む「想夫恋《そうふれん》」という曲であったのです。

仲国は思いましたよ。やはりそうだったか、と。帝のことを思い出し申して、琴の楽曲は世に数多《あまた》あるだろうに、この曲をこそ選んでお弾きになっているのだ。なんという優しさ。こう感動しましたので、仲国は腰にさしていた横笛を抜き出し、自らも一瞬、吹いたのです。

ひと瞬《またた》きの合奏。

それから門をとんとんと叩《たた》きます。すぐに弾きやめられたのです。

琴の音《ね》が、消えます。そう、
仲国は声高く申しました。

「私は内裏からのお使いとして参った者、仲国でございます。お開けくださいませ」

繰り返し、繰り返し叩きます。

しかし答えがない。誰も怪しんで問い質《ただ》したりしない。

それでもしばらく経《た》てば、おお、中から人の出てくる音が。うれしいことだと思って待っていると、錠が外される、門が細めに開けられる、覗《のぞ》いたのは幼なげな可愛らしい小女房。そして、こう申したのでした。

「もし、お門違《かどちが》いをなさっていらっしゃいますよ。こちらは内裏からお使いをいただくようなところでは、全然ございませんよ」

そう言われて仲国がどう応《いら》えたかといえば、ひと言も応えませんでした。なまじっか返事をしたら門を閉められる、錠もかけられる、それは困ると瞬時に思って、応答はせずに門を押し開け、ええいっとばかりに中へ入ってしまったのです。それから妻戸のそばの縁《えん》に座ります。申しあげたのは、こうです。

「ああ、どうしてこのようなところにおいでなさるのですか。帝はあなた様ゆえにお歎きで、沈んでおられます。お命もすでに危ういかと思われるのですよ。いえいえ、仲国のこの言《げん》を『いつわりごとでは』などとお思いになってはいけませんよ。なにしろ私は、お手紙をいただいて参りました」

そして取り出し、たてまつったのです。

さきほどの女房が取り次いで、これを小督殿にお渡しします。そう、やはり小督殿です。小督殿は、披《ひら》いてご覧になります。すると、本当に帝のお手紙。

高倉天皇のお手紙。

小督殿はすぐにお返事を書き、結び文になさいます。

そして使者である仲国への引出物《ひきでもの》として、女房装束《しょうぞく》ひと揃《そろ》えを添えてお出しになります。

引出物を頂戴した仲国は、作法どおりにこの女房の装束を肩にかけて、続いて申したのでした。

「他の人がお使いに参ったのでしたら、お返事をいただきました以上、とやかく申すには及びますまい。しかしながらでございます、内裏で日頃お琴をお弾きなさいましたときに、この仲国が笛の役に召されてご奉仕いたしましたこと、どうしてお忘れなされましょう。ぜひ、私にじきじきのお返事をうけたまわりたい。人を介してではないものを頂戴できずに帰りますること、実《げ》に残念でございますから」

これには小督殿も、なるほど、もっとも、と思われたのでしょうね。ご自身で仲国に返事をなされましたよ。以下のようにでございます。

「あなたもお聞きになっているでしょう、入道相国が何を申しているか。この小督に関してです。それがあまりに恐ろしいことばかりなものですから、そうした話を耳に入れた私は、もう驚いて内裏から逃げ出した。そして、そして、近頃はこのような住《す》ま居《い》です。琴を弾くようなこともなかった。でもね、このままこうしているわけにもいかない。私は、明日から大原の奥に移ろうと思い立ったのです。ちょうど思い立つようなことがあったのです。だからです、この家の主《あるじ》の女房が今宵最後の別れを惜しんで『もう夜も深《ふ》けました。立ち聞きするような人はいないはずですよ』などと勧めたの。本当にそう。私も大丈夫だと思って、昔、月夜にはやっぱり内裏で琴を弾いていたことを懐かしく感じて、それで、こうして。私、手慣れた琴を奏でるうちに、やすやすと聞きつけられてしまったのです。あなたに」

小督殿は堪《こら》えきれない涙を流されます。

仲国も、涙で袖を濡らします。

ややあって、仲国が涙を抑えて、申します。

「明日から大原の奥へ入ろうと思い立つことがあるとおっしゃるのは、髪を落とし尼になられるとのご所存でございますね。いけません。そんなことをなさっては、決して、決して。小督殿がご出家などとなったら、帝のお歎きをどのようにしてさしあげられますか。さあ」

と、お供に連れてきた下役人の馬部《めぶ》、吉上《きちじょう》といった者どもに命じるのでした。

「この家から小督殿をお出しするな。よいな」

仲国はこれらをあとに残しました。その家を警固《けいご》させて、自らは馬寮のお馬に跨《また》がりました。そして進める、馬を、お馬を。

内裏に帰ってくると、夜はほのぼのと明けてしまっておりました。

帝も今はご寝所に入りお寝《やす》みになっておられるだろう、誰に取り次ぎを頼んでお返事のことを申しあげようかと思案しつつ、馬寮のお馬を繋《つな》がせ、さきほど頂戴した女房装束は清涼殿《せいりょうでん》の渡殿《わたどの》の南、はね馬の障子に投げかけて、仲国は紫宸殿のほうへ参りました。すると、帝はまだ昨夜のままのご座所においでになるではありませんか。それも吟詠《ぎんえい》しておられたのです。

「南《みんなみ》に翔《かけ》り北に向かう、寒温《かんうん》を秋の雁《かり》に付け難《がた》し。東《ひんがし》に出で西に流る、ただ瞻望《せんぼう》を暁《あかつき》の月に寄《よ》す」

恋の詩《うた》でございますね。大江朝綱《おおえのあさつな》の。

秋には南に、春には北に飛び向かう雁。

そんな雁に、手紙を託したい。

しかし、できない。

出るのは東、入るのは西の夜ごとの月。

そんな月に、想いを託したい。

しかし、しかし、しかし、できない。

まさにお心から吟唱をしておられたのでした。そこに仲国がつっと参上したのでした。そして小督殿のお返事をさしあげられたのでした。もちろん帝は、それはもう大変にお喜びになります。そして言われたのです。

「仲国よ、お前がすぐ、今日の夜になったら連れてまいれ。頼んだよ」

もちろん仲国は、そんなことをしたら入道相国のお耳にも回りまわってお入りもするでしょうから、それはもう恐ろしいのですけれども、これもまた天皇のお言葉。背けません。ですから雑色《ぞうしき》や牛飼い、牛、車を立派に支度して嵯峨へ行きましたとも。小督殿はと申せば、内裏へは帰るつもりはないということをいろいろ言われましたとも。仲国はそれを、さまざまにお宥《なだ》めおすかし申しましたとも。そして、お車にお乗せ申し、内裏へお連れした。それからは人目につかないところに隠して住まわせ、毎夜高倉天皇がお召しになっているうちに、姫君がお一人おできになられたのです。この姫君と申すのが、のち、坊門《ぼうもん》の女院《にょいん》となられたお方でございますよ。

さて、そこに現われるのが横暴なる人、清盛公。どのようにして漏れ聞いたのでしょうね、委細はわかりませぬが、入道相国はこう言われたのです。

「小督がどこぞへ消え失《う》せ、宮中にはおらぬなどというのは、とんだ嘘《うそ》だったわい。とんだ！」

そして入道相国は、小督殿を捕らえ、尼にして追放なさったのでした。もちろん小督殿は、出家はもとからの望みではありましたよ。しかし心ならずも尼にさせられ、齢《よわい》二十三歳で黒い墨染《すみぞめ》の法衣を纏《まと》うお姿に変わり果てられるというのは。嵯峨の辺りに住んでおられたのですけれども、ああ、おいたわしい。

まこと痛ましい。

そうなのですよ、逸話から治承《じしょう》五年の今に戻りますれば、高倉上皇もこうしたことが重なってご病気にお罹《かか》りになり、とうとうお薨《かく》れになった、と、そう言われているのですよ。

正月十四日、崩御あそばされたのだ、と。

お歎きがひたすら相次がれたのは、誰あろう後白河《ごしらかわ》法皇でございますな。その積み重なるお歎きの初めとして、去る永万《えいまん》元年には第一皇子《おうじ》の二条院が崩御あそばされました。安元《あんげん》二年の七月にはお孫の六条院がお亡くなりになりました。それからお后《きさき》であられ、高倉院のおん母君であられた建春門院《けんしゅんもんいん》。この方とは「天に住まば比翼の鳥、地に住まば連理の枝となろう」と、天の川を指さして固くお約束なされたのですけれども、同じ安元二年の初秋の霧に冒《おか》されておん病《やま》いをうけ、朝の露《つゆ》のように儚《はかな》くお亡くなりになった。それから歳月こそ経ちましたけれども、いまだ昨日、今日のお別れのように思われて、お歎きのおん涙もまだまだ乾かぬのに、今度は治承四年の五月に第二皇子の高倉の宮がお討たれになったのです。そして半年も少しばかりが経つと、この正月、この正月の十四日です。ああ、新院すなわち高倉上皇を、法皇は現世ばかりか来世でも頼りに思われていた。そのお方に先立たれた。ああ、あだともこうだとも愚痴のこぼしようのない、そんなおん涙ばかりがあふれるのでございましたよ。

先ほど、恋の詩《うた》の作者として大江朝綱の名を出しましたけれども、天暦《てんりゃく》年間のこの宰相が子息澄明《すみあきら》に先立たれて書いたという願文《がんもん》がございます。「悲しみの中でもいちばん悲しいのは、老いて後《のち》、子に先立たれること。それ以上の悲しみはない。恨みの中でもいちばん恨めしいのは、若くして親に先立ってしまうこと。それ以上の恨みはない」とありまして、この文章がそれはもう痛切におわかりになったのでした。法皇はただただ思い知られたのでした。

このような次第で、後白河法皇はかの法華経《ほけきょう》ご読誦《どくじゅ》も怠らずお続けになり、真言《しんごん》の身密《しんみつ》、口密《くみつ》、意密《いみつ》の三つの行法《ぎょうぼう》もお積み重ねになっておられます。天下は諒闇《りょうあん》、すなわち安徳《あんとく》天皇がおん父君の喪に服される一年となりました。宮中に仕える人々はみな、普段の華やかな衣裳《いしょう》を脱ぎ、鈍色《にびいろ》の喪服に替えたことでしょうよ。

廻文《めぐらしぶみ》——そして木曾《きそ》には義仲《よしなか》が

さあさあ、このような次第を承《う》けて、入道相国《しょうこく》はそれではいかに。酷《ひど》いと申せばあまりに酷い、この上なく無情なふるまいを続けられていることを入道ご自身もさすがに空恐《そらおそ》ろしく思われたのでしょうか、後白河《ごしらかわ》法皇をお慰め申しあげねばとなりまして。安芸《あき》の厳島《いつくしま》の内侍《ないし》が産んだ今年十八歳になられるおん娘で、じつに臈長《ろうた》けて美《うる》わしいお方を法皇へさしあげられたのです。お付きの女房には身分の高い女官たちが大勢選ばれて、参られました。のみならず公卿《くぎょう》、殿上人《てんじょうびと》も多くお供をしまして、まったく女御《にょうご》のご入内《じゅだい》のようでありましたよ。これに関しては、人々は内々に「高倉上皇がお亡くなりになって、わずか二七日《ふたなのか》、つまり十四日さえ過ぎていないのだぞ。あってよろしいことではなかろうに」と囁《ささや》きあっておりました。

そして、そのころ。

ええ、そのころ。

噂《うわさ》が伝わってまいりました。信濃《しなの》の国に木曾《きそ》の冠者義仲《かんじゃよしなか》という源氏がいるとの噂が。今は亡き六条《ろくじょう》の判官《ほうがん》こと源《みなもとの》為義《ためよし》の次男の、これも今は亡き帯刀《たしわき》の先生《せんじょう》であった源《みなもとの》義賢《よしかた》の子です。父の義賢は久寿《きゅうじゅ》二年八月十六日に鎌倉の悪源太《あくげんた》義平《よしひら》のために殺《あや》められております。そのとき義仲は二歳であったのを、母が泣く泣く抱いて信濃へと下《くだ》り、木曾の中三兼遠《ちゅうぞうかねとお》のもとへ行って、こう頼んだのです。

「この子をなんとしてでも育てて、どうか一人前にしてみせてくださいませ」

兼遠は引き受けました。

二十数年、骨身を惜しまず養育しました。

すると、だんだん成長するにつれ力が並外れる、じつに強い、それから気性もまた剛毅《ごうき》となって、こちらも並ぶ者がない。ですから人は申しましたよ。

「いや、この義仲というのは世にも稀《まれ》な強い弓を引く、とんでもない精兵《せいびょう》なのだ。騎馬でも徒歩でも戦いに勝《まさ》る。古《いにし》えの坂上田村麻呂《さかのうえのたむらまろ》、藤原利仁《ふじわらのとしひと》、余五《よご》将軍こと平維茂《たいらのこれもち》、平致頼《たいらのむねより》、藤原保昌《ふじわらのやすまさ》、また先祖の源《みなもとのよりみつ》頼光、義家朝臣《よしいえあそん》といえども、義仲には及ぶまいぞ」

その義仲が、あるとき守《も》り役の兼遠を呼び、言われたのです。

「兵衛《ひょうえ》の佐頼朝《すけよりとも》がすでに謀叛《むほん》を起こしたってよ。関東八カ国を討ち従えて、東海道から都へ攻めのぼり、平家を追い落とそうとしているってよ。だとしたらだ、この義仲も起《た》とうと思うぜ。東山《とうさん》と北陸の両道を討ち従えて、一日でも早く平家を攻め落とし、たとえば『日本国《にっぽんこく》の二人の将軍、義仲と頼朝』とでも言われたいと思うのだが、どうだ」

こう本心を匂わせたのでございます。

中三兼遠は、それはそれは喜び、また畏《かしこ》まって言いましたよ。

「そのためにこそ、あなた様を今までお育て申しあげたのですよ。こうしたお言葉こそ、あなた様がまことに八幡殿《はちまんどの》のご子孫である証し。そう存じられますよ」

さあ、そうして即座に謀叛を計画したのでございました。

義仲はこれまでにも兼遠に連れられて、いつも都へ上《のぼ》り、平家の人々のふるまい、その消息というのを探っておりました。十三歳で元服したときも石清水八幡《いわしみずはちまん》に参詣しまして、八幡大菩薩《だいぼさつ》のご神前で「我が四代の先祖、すなわち曾祖父《そうそふ》の義家朝臣は、この八幡大菩薩の御子《みこ》となって名を八幡太郎と号した。自分もまたその例に倣《なら》おう。比類がない猛将であったという曾祖父にあやかり、その跡に続きもしよう」と言って、八幡大菩薩のご神前にて髻《もとどり》を結って元服いたしました。そして木曾次郎義仲と名乗ったのです。

さて謀叛ですが、兼遠は申しましたよ。

「まず回状をまわしましょう」

そして信濃の国では根井《ねのい》の小弥太《こやた》行親《ゆきちか》、またの名海野《うんの》行親をすぐに説き伏せました。ええ、背くことのない同意でございました。これを初めとして信濃一国の兵《つわもの》たちが続々と従う。いやもう、靡《なび》かない武士はないのです。また上野《こうずけ》の国では亡き帯刀《たてわき》の先生《せん》義賢《じょうよしかた》の縁《ゆかり》によって、多胡《たご》の郡《こおり》の武士どもがみな従いつきました。平家が末路に近づいたこの機会を捉えて、源氏がここに長年の宿望を遂げようとするのでした。

宿望、それ即《すなわ》ち、源氏再興。

源氏の！

飛脚到来《ひきゃくとうらい》——謀叛《むほん》続々、撥《ばち》が鳴る

は！

鳴る、鳴る、鳴らす、撥《ばち》が。

琵琶《びわ》を！

さあ、語りましょうし奏でましょう。奏でさせましょう。木曽《きそ》というところは信濃《しなの》の国の中でも南の端、そして美濃《みの》との国境《くにざか》い、さすれば都もすぐ近い。平家の人々はこの義仲《よしなか》の挙兵を漏《も》れ聞いて、「東国《とうごく》が叛《そむ》くのさえ大変なことであるのに、今度は北《ほっ》国《こく》が、北国さえもが！」と騒ぎあわれる。「これは一体、どうしたこと！」と。しかし、入道相国《しょうこく》は動じない。ええ、動じないのです。そして言われた。

「奴《やつ》め、木曾《きそ》といったか。それがなんだというのだ。思うに信濃一国の武士どもが従いついたとしても、越後《えちご》の国には余五《よご》将軍こと平維茂《たいらのこれもち》の子孫、城太郎助長《じょうのたろうすけなが》が、また同じく四郎助茂《しろうすけもち》がいるぞ。あれらは兄弟ともに大勢の兵《つわもの》を持つ者どもだ。よって俺が命令を下したならば、その木曾という奴など赤子の手を捩《ひね》るように討ちとってまいるだろうよ。毛ほども動じる必要はないわ」

さて、どうでしょうか。

いえいえ、内々には「どうかしらん」と囁《ささや》く者も多かったのですよ。

入道は楽観し、しかし人々は。

人々は。

は！

二月一日、越後の国の住人の城太郎助長が越後の守《かみ》に任ぜられた。これ、木曾を追討するための謀《はかりごと》であるとか。

は！

二月七日、大臣以下の家々で尊勝陀羅尼《そんじょうだらに》と不動明王《ふどうみょうおう》の書写供養が行なわれた。これまた、兵乱《ひょうらん》鎮定を祈禱《きとう》してだとか。

は！

二月九日、河内《かわち》の国の石河《いしかわ》の郡《こおり》に居住していた武蔵《むさし》の権守《ごんのかみ》入道義基《よしもと》とその子石河の判官代義兼《ほうがんだいよしかね》が平家に叛いて兵衛《ひょうえ》の佐頼朝《すけよりとも》に内通し、じき東国へ落ちて行きそうだとの報《しら》せが入った。入道相国はただちに討《う》っ手《て》をさしむけた。その討っ手の大将に任じられたのは源大夫《げんだゆう》の判官季貞《すえさだ》と摂津《せっつ》の判官盛澄《もりずみ》、総勢三千余騎にて進発した。すなわち河内へ、石河へ。は！　敵《かたき》のその城郭の内には武蔵の権守入道義基と子息の判官代義兼をはじめ、その勢《ぜい》、おお、その軍勢はわずか百騎ばかりに過ぎない。両軍は対峙《たいじ》し、鬨《とき》を作る！　矢合わせする！　兵を入れ替え入れ替え数時間にわたって、戦う！　城内の武士どもは力の限り争《あらが》って、その多くが討ち死にする。武蔵の権守入道義基も討ち死にした。子息、石河の判官代義兼は重傷《いたで》をうけ、生け捕りにされた。されました。は！

二月十一日、義基法師の首が都へ送られて大路をひきまわされる、される。諒闇《りょうあん》ちゅうに賊《ぞく》の首が都大路をひきまわされること、これは堀河《ほりかわ》天皇が崩御のときに前《さき》対馬《つしま》の守の源　義親《みなもとのよしちか》の首がひきまわされた例に拠《よ》るとか。

は！

二月十二日、九州から飛脚が到来する。宇佐《うさ》の大宮司《だいぐうじ》公通《きんみち》が申すことには、九州の者どもは緒方三郎《おがたのさぶろう》をはじめとして、臼杵《うすき》、戸次《へつぎ》、松浦《まつら》党に至るまで、みなが平家に叛いて源氏に同心したとの由《よし》。この報せには、おお、おお、誰もが手を打って驚き、呆《あき》れる。悔しがる。東国と北国が叛乱《はんらん》しただけでも一大事なのに！　こんなことが！　どうして！

は！

二月十六日、伊予《いよ》の国から飛脚が到来する。その報せによれば、去年の冬のころから河野四郎通清《かわののしろうみちきよ》をはじめとする四国の者どもがみな平家に叛いて源氏に一味した。そこで平家に忠勤する志《こころざ》しの深い備後《びんご》の国の住人、額《ぬか》の入道西寂《さいじゃく》が伊予の国へ攻め渡り、道前と道後の境《さか》いとなる高縄城《たかのうじょう》で河野四郎通清を討ちとった。しかしながら子息の河野四郎通信《みちのぶ》は、父の討たれしとき、母方の伯父《おじ》である安芸《あき》の国の住人、奴《ぬ》田次郎《たのじろう》のところへ行っていて、不在だった。子は生きた。生きた！　西寂のことを「癪《しゃく》に障《さわ》るわ。なんとしてでも討ちとる！」と思い定め、様子をうかがった。いっぽう、額の入道西寂は河野四郎通清を討ってからのちは四国の叛乱を平定し、今年、治承《じしょう》五年の正月十五日に備後の鞆《とも》へ渡り、それからは、遊女どもを呼び集めて遊ぶ、戯れる、酒盛りをする。はは！　前後も知らずに酔い臥《ふ》して、そこへ決死の人々を百余人引き入れた河野四郎が、さあ強襲した！　もちろん西寂のほうにも三百余人はいた、いましたとも、しかし俄《にわ》かのことでありすぎて、不意《い》を《ころ》つかれ、慌《あわ》て、どたばた立ち騒ぐばかりだ。それらを、手向かいする者は射殺《いころ》す！　斬り伏せる！　まずは西寂を生け捕りにして、さあ伊予の国に渡った、父が討たれた高縄城へひっさげて行き、鋸《のこぎり》で首を切ったとか。また磔《はりつけ》にしたとか。は！

　は！　は！

入道死去《にゅうどうしきょ》　――無の一字

以後、四国の武士どもはみな河野四郎《かわののしろう》に従いつきました。熊野《くまの》の別当湛増《べっとうたんぞう》も代々平家から恩をうけた身であったのに、これも平家に叛《そむ》き、源氏に味方したとの噂《うわさ》が伝わりました。およそ東国《とうごく》、北国《ほっこく》はすっかり平家に叛きました。四国、九州もこのとおり。地方では続々と挙兵があり、その報告が人々を驚かせ、しきりと奏上されるのは動乱の先触《さきぶ》れの事件ばかり。東西南北、それら蛮敵の蜂起《ほうき》はたちまち。これでは今にもこの世が滅ぶはず。おお、そのように、平家一門に属しているのではない者までも、心ある人々はみな歎《なげ》いたのです。

　歎き、悲しんだのです。

　二月二十三日に公卿《くぎょう》の会議が行なわれます。前《さき》の右大将宗盛卿《むねもりきょう》が、この日、申し出られました。

「昨年十二月、坂東《ばんどう》へ討《う》っ手《て》が向かいはしたが、さほど成果をあげることもなかった。よって私、宗盛が今度は大将軍をうけたまわって討伐に向かう決心だが」

これに公卿たちは追従《ついしょう》します。「なんとも、すばらしい。頼もしい」と申されます。それで公卿と殿上人《てんじょうびと》のなかでも武官の職にあり、弓矢の道に関わりを持つ人々は、宗盛卿を大将軍として東国および北国の謀叛人《むほんにん》どもを追討せよ、と法皇からのおおせがあったのでした。

二月二十七日、源氏追討のために前の右大将宗盛卿がいよいよ東国へ出発、とのはずでした。しかし、中止されます。どうやら入道相国《しょうこく》がご病気だとか。翌《あく》る二十八日からは、これが重病であられると知れわたって、京都じゅうも、また六波羅《ろくはら》でさえも、次のような囁《ささや》きが人々の間に交わされるのです。

「ああ、それ見たことか。悪行《あくぎょう》の報いが、来たぞ、来たぞ」

来たのですとも。

入道相国はご発病になったその日から、水さえ喉を通らない。その身の内の熱いこと、まるで火を焚《た》いているよう。臥《ふ》しておられる場所から四、五間《けん》以内に入る者は、もう熱くてたまらないのです。そして清盛《きよもり》公その人はと申せば、ただ「あた、あた」と言われるばかり。

暑《あた》と。

また、熱《あた》と。痛《あた》と。

尋常《じんじょう》ではございませんよ。

たとえば比叡山《ひえいざん》から千手井《せんじゅい》の水を汲《く》み下ろして、石造りの浴槽になみなみと満たし、それに入ってお体をお冷やしになるのですが、水はぐらぐらと沸《わ》きたって、ああ、間もなく湯になってしまう。もしや、これならば少々は楽になられるかと懸樋《かけひ》で水を注《そそ》ぎかけるようにしましても、これがまた焼け切った石や鉄に注いでしまっているのとおんなじ、水が飛び散って寄りつきません。たまたまお体に当たった水は炎となって燃えましたので、黒煙が御殿《ごてん》じゅうに満ちあふれまして、炎は渦を巻いて上がります。立ち昇ります。これは昔の、法蔵僧都《ほうぞうそうず》といった人の話を想《おも》い起こさせます。この僧都、閻魔王《えんまおう》の招きで地獄に赴きまして、亡き母の生まれ変わっているところを尋ねたのですけれども、閻魔王はその孝心を憐《あわ》れまれまして、獄卒《ごくそつ》を伴わせて焦熱地獄《しょうねつじごく》へとお遣《つか》わしになったのです。そこに母がいるというのですけれども、おお、鉄の門の内へ入ってみると、炎は流星などのように空へ立ち昇っている！　その高さ、何千里、いや何万里に及んでいる！　はい、その情景なのですよ。今、この場面でこそ思い当たるのは。

それから、夢が。

恐ろしいこととしては、あの夢が。

入道相国の北《きた》の方《かた》であられる二位殿《にいどの》のご覧になった、あの夢が。

こうでございますよ。猛火に包まれている車がある。烈《はげ》しく燃えあがる車があって、それを門の内へ引き入れた。その車の前後に立っている者は、あるいは馬のような顔であり、あるいは牛のような顔である。車の前には「無」という文字だけが見える鉄の札が付けてある。二位殿はその夢の中でお尋ねになる。

「あの車は」とお尋ねになる。「どこから来たのです」

「閻魔の庁から」と申す。「平家太政《だいじょう》入道殿のお迎えに参りましたよ」

「ところで」とさらにお尋ねになる。「その札はなんという札なのです」

「南閻浮提《なんえんぶだい》すなわち人間世界の金銅《こんどう》十六丈の盧遮那仏《るしゃなぶつ》を焼き滅ぼされた罪により」と申す。「無間《むげん》地獄の底にお沈みになることが閻魔の庁でお定《き》まりになりましたが、その無間の『無』が書かれて、『間』の字がまだ書かれていないのですよ」

二位殿はそこで目覚められたのです。もう、びっしょりの冷や汗で。これを人々に話されると、聞く人はみな恐ろしさに身の毛がよだったのでした。それで、霊験《れいげん》も灼《あら》かな仏寺と神社とに金と銀と七宝《しっぽう》とを寄進し、さらに馬だ鞍《くら》だ鎧《よろい》だ兜《かぶと》だ弓矢だ太刀《たち》だ刀だと、取り出しては運んでこれを社寺に献《ささ》げ、ご病気の平癒を祈禱《きとう》されたのですけれども、効験《こうげん》がない。入道相国の男女の公達《きんだち》は病床の枕もとに、足もとにと集まって、「どうしたらよいのか、どうしたらよいのか」と歎き悲しまれましたが、こうした子供らの願いが叶《かな》えられそうには、まあどうにも見えませんで。

同じ治承《じしょう》五年の翌《あく》る月は閏《うるう》二月、その二日、二位殿は熱くて熱くてたまらなかったのですけれども入道相国のおん枕もとに寄り、次のようなことを泣く泣く言われました。

「ご容態を見申しあげますと、日ましに治られる望みが少なくなっていくように思われます。もしもこの世にお思い残しのことがありましたら、少しでも物事のおわかりになる間におっしゃっておいてくださいませ」

ご遺言を促されたのでございます。

入道相国は、日頃はあれほど剛毅《ごうき》、傑《えら》そうにしてらっしゃるお人であったのに、今はまことに苦しげ、その息の下から言われましたよ。

「俺は、保元《ほうげん》の乱と平治《へいじ》の乱このかた、たびたび朝敵《ちょうてき》を平らげ、俺は、身にあまるご恩賞を賜《たま》わり、ああ俺は、畏《おそ》れ多くも帝《みかど》のご外戚《がいせき》となって、太政大臣にまで上《のぼ》り、その栄華は子孫にまで及んだ。だから俺、俺、俺は、現世の望みは残さず達したぞ。それでも俺、俺の、俺の未練というのはだ、伊豆《いず》の国の流人《るにん》、前《さき》の兵衛《ひょうえ》の佐《すけ》の源頼朝《みなもとのよりとも》が首を見なかったこと。これだけは、だけは、愉快ではない。俺が死んだら堂も塔も建てるな。供養の手間などかけるな。さっさと討っ手を送り込んで頼朝の首を刎《は》ね、その、その首、その首を俺の墓の前にかけろ。それが何よりの供養だ。俺の」

さすが平清盛《たいらのきよもり》、まことに罪深い。

閏二月四日、いよいよ病苦に責められて、最後の手段として板に水を注いで、その上に寝ころばれたけれども楽になった心地もなさらず、悶《もだ》えられ、苦しまれ、気絶され、地に倒れ伏され、とうとう踠《もが》き死にをなされました。悶絶死《もんぜつし》を。

悶絶死をなされました。清盛公は。

死んだ。清盛は。

清盛は死に、その報を受けて弔問《ちょうもん》に来る人の馬や牛車《ぎっしゃ》の馳《は》せ違う音は天も響いて大地も揺らぐほどだった。一天万乗《いってんばんじょう》の君《きみ》たる天皇にどのような大事がおありになろうとも、これ以上のことはあるまい。そう思われた。今年は六十四になられた。老衰には遠い。だが、前世から定まっている寿命が忽然《こつぜん》と尽きてしまわれたわけだ。それゆえに大法秘法《だいほうひほう》による祈禱も効かぬ。神仏の威光も消えてしまい、仏教の守護神たちも庇《かば》われぬ。それを人間の考えでどうにかしようなど、できるものか。

平清盛の一代記は終わった。
前《さき》の太政大臣、平朝臣清盛公《たいらのあそんきよもり》のそれは。よって、あまりにも想像を絶するようなことの人物をどうにかして言葉で表わそうとした者も、役目は了《お》えて、いましがた去った。しかし閏二月は続いている。清盛の亡骸《なきがら》もここにあり、平家の一門も遺されている。ならば、それらを承《う》けて続けよう。一人めの語りを継承して、二人めとして続けよう。琵琶《びわ》もまた、一面が二面になるやもしれん。

清盛の御殿《ごてん》だった。そこには、いざというときには身代わりになって死のうという忠義心を持った数万の軍勢がいた。御殿に上がっている者も、そうではない下にいる者もだ。しかし目には見えない敵こそが死だ。力ではどうすることもできない相手が、無常という殺鬼《さっき》なのだ。ほんのしばらくでも戦って撃退など、できぬ。一度越えたならば再度《ふたたび》は帰ってくることのないのが死出《しで》の山なのだ。それから三途《さんず》の川だ。冥途《めいど》の旅路だ。入道相国は、ただお一人、お出かけになったことだろうよ。いや、一人ではなかった。平素作っておかれた罪業が獄卒どもとなって迎えただろうからな。この類いがお供をしただろうからな。

あわれな。

いつまでもそのままにしておけないのは当然だから、同じ閏二月七日に愛宕《おたぎ》において火葬にし、骨は円実法眼《えんじつほうげん》が首にかけて摂津《せっつ》の国へ下《くだ》り、経《きょう》の島に納めた。生前、あれほどまでに日本全国に名を揚げて、権勢をふるった人ではあったが、その身は、焼かれてしまえば一時《いっとき》の煙だ。都の空に立ち昇り、それだけ。骨はどうかといえば、その遺骨はたしかに少々の間はこの世に残りとどまったが、浜の砂《まさご》と入り混じって、ついには空《むな》しい土と化していかれた。

それだけだ。

築島《つきしま》——善行もあった

他ならぬその葬送の夜だった。信じがたいことが数々起こった。玉を磨き、金銀をちりばめて造った西八条殿《にしはちじょうどの》が、すなわち入道相国《しょうこく》邸が突如として焼けてしまったのだ。人の家が焼けるのは常の習いといっていいが、しかし驚いてしまうことだった。何者のしわざかは明らかではないが放火だと噂《うわさ》された。またその夜、六波羅《ろくはら》の南の方角で、仮に人間とすれば二、三十人の声で「うれしや水、鳴るは滝の水」と拍子をとって舞い踊り、どっと笑う声がした。去る正月には高倉上皇が崩御されて天下は諒闇《りょうあん》となっている。それからわずか中一、二カ月おいて入道相国が薨《こう》ぜられた。だとしたら、今、賤《いや》しい男女に至るまで誰が歎《なげ》き悲しまないでいられよう。おかしいではないか。これはどう考えても天狗《てんぐ》のしわざだ、そう言われだしたわけだ。そこで平家の侍のなかでも血気盛んな若いのが百余人、声のするほうへ尋ねて行った。院の御所、法《ほう》住寺殿《じゅうじどの》にゆき当たった。もっとも、院の御所とはいってもこの二、三年は後《ご》白河《しらかわ》法皇はここへはおいでにならない。留守を預っているのは備前《びぜん》の前司《ぜんじ》基宗《もとむね》という者だ。そして、この基宗の知人どもが問題のたねだったわけだ。二、三十人が夜に紛《まぎ》れてこの御所に集まってきて、酒を酌《く》み交わしたのだ。初めはそれでも「こうした折りだから、声を立てずにな」などと言って静かにやっていた。だが、酒というのは次第に回る。ついには、舞って、踊って、とこうなった。そこに平家の侍たちだ。ばっと押し寄せて、酔っ払いどもを一人も漏《も》らさず三十人ほど縛りあげて、六波羅へ連行した。前《さき》の右大将宗盛卿《むねもりきょう》のおられる中庭の内に引きすえた。事情は、よくよく尋問した。そのうえでだが、「なるほど、そんなにも酔った痴《し》れ者《もの》を斬るべきではないな」と、みな放免してしまった。

そういう奇妙なことの一切が、まさに葬送の夜だった。

人の死んだ後には世の習いというのがある。たとえば身分賤しい者でも、朝夕に鉦《かね》を打ち鳴らし懺悔《ざんげ》の法要を執り行なう。だが、この入道相国が薨《かく》れられてのちはどうだ。仏に供養し僧に布施する法事ということも営まれぬ。あるのは、朝夕の評議、それも合戦のための計略をめぐらすばかりだ。他事《たじ》はない。

まあ尋常《じんじょう》ではない。

尋常ではないついでに、入道相国がいかに凡人ではなかったか、の余話のいくつかも語り落とさずにここに挿《はさ》む。思えば臨終のその病苦のありようは見苦しかったが、実際、清盛《きよもり》公には単なる人臣とは思われないことが多々あった。たとえば華やかさにおいては、日吉《ひえ》神社に参詣されたときに平家一門はもちろんのこと他家の公卿《くぎょう》も大勢お供して、「摂関家の方が春日《かすが》にご参詣になられたり、関白に就《つ》かれて初めて宇治平等院《うじびょうどういん》に入られたりする光景も、いやいや、これには及ぶまい」と世間では噂した。藤氏《とうし》の摂関家を越えられていることだ。それから善行もある。ずっと悪行ばかりが説かれていたが、実はあるのだ。これは、なによりも福原の経《きょう》の島を築いたことだ。今の世にいたるまで上《のぼ》り下《くだ》りに往来する船の風波の心配をとりのぞいたのは、本当に立派な業績だった。あの島は去る応保《おうほう》元年二月上旬に築きはじめられて、しかし同年八月、突然に吹いた大風と立った大波にやられて、完全に崩れ去った。そこで同じ応保年間の三年、その三月下旬に阿波《あわ》の民部《みんぶ》重能《しげよし》を奉行として、再度築かせられた。このときは、人柱《ひとばしら》、すなわち生《い》け贄《にえ》の者を用意するべきだと公卿たちのご評議があった。けれども「それは罪深いぞ」と拒まれたのが清盛公だったのだ。そこでどういう手段を採ったのかといえば、石の表に一切経《いっさいきょう》を書いて、その石で築かれたのだ。

だから、経の島と名づけられた。

この、人間の手による島は。

結構なことだろう。

慈《じ》心房《しんぼう》——善き前世もあった

結構ずくめで進める。

古老の話によると、清盛《きよもり》公は悪人と思われているけれども、実は比叡山《ひえいざん》中興の祖であられる慈恵《じえ》僧正の生まれ変わりなのだ。そのわけはこうだ。摂津《せっつ》の国に清澄寺《せいちょうじ》という山寺がある。その寺の住僧、慈心房尊恵《じしんぼうそんえ》と申すのはもとは比叡山の学僧で、多年法華経《ほけきょう》を深く信じてつねに読誦《どくじゅ》した人物だった。が、さらに仏果を求める求道心を発《おこ》して離山し、この清澄寺に来て日々を送っていた。長い歳月だ。それで多くの人々が尊恵を敬い従った。

それで、去る承安《しょうあん》二年十二月二十二日の夜のことだ。尊恵は脇息《きょうそく》に寄りかかり、法華経を読誦していた。丑《うし》の刻《こく》ばかりだ。夢とも現実ともつかなかったが、年五十ほどの男が来た。浄衣《じょうえ》を着ている。白い狩衣《かりぎぬ》だ。かぶっているのは立烏帽子《たてえぼし》、わらじを履き脚絆《きゃはん》をつけている。

そして立文《たてぶみ》を持っている。尊恵は「あなたはどこからお出《い》でか」と訊《き》いた。男は「閻《えん》魔《ま》王宮からのお使いです。閻魔王の宣旨《せんじ》でございますよ」と答えて、立文を尊恵に渡した。披《ひら》いてみると、こうだ。

「お招きする。

人間世界の大日本国《だいにっぽんこく》、摂津の国は清澄寺に在住の慈心房尊恵へ。

来《きた》る二十六日に閻魔城の大極殿《だいごくでん》において十万人の持経者《じきょうじゃ》をもって十万部の法華経の転読がなされる。ついては貴僧も参ってお勤めされよ。閻魔王の宣旨によってお招きすること、右のとおり。

承安二年十二月二十二日。閻魔の庁より」

こう書かれていた。もとより辞退することではない。尊恵はためらわずに承諾の返書を書いて、お渡しした。

と、夢が覚めた。

私は死ぬのだろうかと尊恵は思った。清澄寺の住職である光影房《こうようぼう》にこのことを話した。誰もがこれは不思議だ、霊妙だと思った。尊恵は、その口に弥陀《みだ》の名号《みょうごう》を唱えた。南無阿弥陀仏《なむあみだぶつ》、南無阿弥陀仏と。その心に弥陀引接《いんじょう》の悲願を念《おも》った。極楽浄土、極楽浄土と。いよいよ二十五日の夜になる。いつも念仏を唱える仏前に参って、例のように脇息に寄りかかって念仏読経していると、子《ね》の刻になって耐えられないような眠気がさしてきた。そこで住房《じゅうぼう》に帰って横になった。

それから、また丑の刻ばかりだ。前のように浄衣姿の男が、今度は二人、来た。「早々に参りなさいよ」と勧めた。閻王の宣旨を辞退しようとするのは甚《はなは》だ畏《おそ》れ多い、が、しかし困ったことに王宮に参詣しようにも今は袈裟《けさ》や鉢《はち》がまったくない。尊恵は案じた。すると、どうだ。法衣がひとりでに尊恵の身に巻きついて、肩にかかった。それどころか天から金の鉢が降ってきた。また、二人の童子《どうじ》が出現した。二人の従僧《じゅうそう》が出現した。十人の下僧《げそう》が、七宝《しっぽう》で飾った大きな車が尊恵の住房の前に出現した。尊恵はそれはそれは喜んで、この車に即、乗った。従僧たちは西北の方角に車を走らせて、空を翔《か》ける。飛翔《ひしょう》だ。そうして、じき、閻魔王宮に到《たど》り着いた。

王宮のそのありさまは、こうだ。城壁が続いている、続いている、遥《はる》かに続いている。その内側は見渡すかぎり広々としている。そして中央に七宝をちりばめた大極殿があるのだ。その高いこと、その広いこと、金色《こんじき》であること、凡人にはきちんと賞讃《しょうさん》し切れるものではない。そのような言葉が出せぬ。出てこぬ。

さてその日の法会《ほうえ》は終わった。

招かれた僧はみな帰った。

いや、尊恵がいた。尊恵はひとり南方の中門《ちゅうもん》に立っていた。遥かに大極殿を見渡していた。何が見えたか。冥府《めいふ》の官人などが全員、閻魔法王の御前に畏《かしこ》まっているのが見えた。尊恵はめったに来られないところに来ているのだと思った。再度《ふたたび》はあるまじき参詣、この機会に私の後生《ごしょう》のことをお尋ね申そうと思った。それで大極殿へ向かって行った。

するど、どうだ。

二人の童子が絹張りの傘をさしかけた。

二人の従僧が箱を持った。

十人の下僧が列を作って尊恵に従った。

不思議ではないか。しかもだ、大極殿にしだいに歩み近づくと、閻魔法王とその王庁の官人たち、下役人たちがこぞって御殿から降り、尊恵を迎えた。

そうなのだ。二人の童子とは多聞天《たもんてん》と持国天《じこくてん》であられた。二人の従僧とは薬王菩薩《やくおうぼさつ》と勇施菩薩《ゆぜぼさつ》であられた。十人の下僧とは十羅刹女《じゅうらせつにょ》、姿を変えられて尊恵につき従い、世話をなさっていたのだ。

そして閻魔王が、さあ、問われたぞ。

「他の僧たちはみな帰ったようだが。しかし、御房《ごぼう》ひとりはここに参った。そのわけ、いかに」

「はい。死後、私がどのようなところに生まれ変わるのか、お尋ねできればと思いまして」

「つまり極楽往生するか、しないかか。それは信心いかんによるな。他にはあるか」

云々《うんぬん》。いろいろと説かれた。閻魔王はまた官人にこうも命じた。

「この御房の善行を書きとめた文書を納める文箱《ふばこ》が南方の宝蔵にある。取り出して、御房の一生の行ないや他人《ひと》を教化《きょうけ》したことを記した文書をお見せ申せ」

冥府の官人はうけたまわり、南方の宝蔵に走る。一つの文箱を取って参る。おもむろに蓋を開いて、これを尊恵に全部読んで聞かせる。尊恵は、悲歎《ひたん》した。泣いた。閻魔王に哀願した。こうだ。

「どうかお願いでございます。この尊恵をお憐《あわ》れみくださって、生死《しょうじ》の苦界《くがい》を離脱する方法を教え、大いなる悟りを得るための正しい道をお示しください」

閻魔王はといえば、そのとき、憐れみを垂れたし尊恵を教化した。種々の偈《げ》を唱えた。官人が筆を執《と》り、一々《いちいち》これを書きとめた。

妻子王位財眷属《さいしおういざいけんぞく》
死去無一来相親《しこむいちらいそうしん》
常随業鬼繋縛我《じょうずいごうきけばくが》
受苦叫喚無辺際《じゅくきょうかんむへんざい》

すなわち「妻子も王位も財宝も従者も、死ねば一つとしてついてこないぞ。常について くるのは生前に犯した罪業の鬼で、それが身を束縛し、無限に責め苦を与えてお前を叫ばせ、喚《わめ》かせるぞ」と、こうした意味の偈を唱え終えると、閻魔王は書き取られたこの文をそのまま尊恵に伝授した。尊恵は喜んだ。大いに、大いに。それからだ、閻魔王を随喜させ感歎させることを、今度は尊恵が申したのだ。

「日本の平大相国《へいだいしょうこく》清盛公と申す人が、摂津の国の和田の岬《みさき》を特に選んで指定しまして、十余町四方に家屋を並べ建て、本日ここで行なわれました十万僧《じゅうまんぞう》の会のように法華経の持経者を大勢招いて、どの房にもいっぱいに着座させて、説法や読経などの勤行《ごんぎょう》を丁寧にさせるということがございました」

こう言った。

閻魔王は言われた。

「あの入道は尋常一般の人ではない。慈恵僧正の生まれ変わりなのだ。天台の仏法を護持するために日本に再び生まれた。それゆえにこの閻魔が毎日三度、あの人を礼讃《らいさん》して読む偈文《げもん》がある。さあ、この偈文を持って帰ってその人に献《ささ》げよ」

敬礼慈恵大僧正《きょうらいじえだいそうじょう》
天台仏法擁護者《てんだいぶっぽうおうごしゃ》
示現最勝将軍身《じげんさいしょうしょうぐんじん》
悪業衆生同利益《あくごうしゅじょうどうりやく》

すなわち「慈恵大僧正に敬礼する。大僧正は天台の仏法の擁護《ようご》者《しゃ》である。もっとも勝《すぐ》れた将軍の姿で示現され、悪業の恐ろしさを衆生《しゅじょう》に教えた。これは大僧正が衆生に与えられた利益と、じつに等しい」との意味。尊恵はこれをいただいた。

大極殿の南方の中門を出るとき、閻魔王庁の兵士たち十人が門外に立って尊恵を車に乗せ、前と後ろに付き従った。そして再び空を翔けて、そうだ、尊恵は帰還した。それは蘇生だった。夢心地のなかに息を吹き返したのだ。

尊恵は、この偈文を持って西八条へ参った。

入道相国は、この偈文を入道相国にさしあげた。

入道相国は、喜びに喜び、いろいろと饗応《もてな》し、さまざまな引出物《ひきでもの》を賜《たま》わり、また、その褒賞《ほうしょう》として尊恵を律師に任ぜられた。つまり、五位に準ずる僧位を授けられたということだ。

こうしたことがあって、人々は知ったのだ。清盛公が慈恵僧止の再誕である、と。

これまた結構。

祇園女御《ぎおんにょうご》――善き出自もあった

結構ずくめの締めだ。何人《なんぴと》にとっての結構なのかはさておき、いま一つだけ亡き平清盛《たいらのきよもり》公の余話を語って、これに接《つ》いで治承《じしょう》五年の今に戻る。すなわち、もう一つだけここに挿《はさ》む。ある人がまた申したのだ、「清盛は忠盛《ただもり》の子ではない。本当は白河《しらかわ》法皇の皇子《おうじ》だ」と。そのわけはこうだ。去る永久《えいきゅう》年間のころ、白河法皇のご寵愛《ちょうあい》を一身に集める祇園女御《ぎおんにょうご》と申したお方がおられた。この女房のお住まいは、東山《ひがしやま》の麓《ふもと》、祇園の近くだった。法皇はいつもそこに通っておられた。あるとき、殿上人《てんじょうびと》を一、二人と北面《ほくめん》の武士少々とを召し連れて、お忍びで御幸《ごこう》された。

五月下旬だ。新月に向かっている。

まだ宵の時分だった。

見通しのきかない闇に加えて、五月雨《さみだれ》までが降りこめていた。まあ鬱陶《うっとう》しいし、不気味だ。この女房のお住まいの傍《そば》には御堂《みどう》がある。と、その御堂の辺りに何かが現われた。何か、夜陰の内にあって光るものが。頭は、銀の針を磨きたてたようにきらきらと輝き、左右の手とも思《おぼ》しいのをさしあげている。片手には、どうやら槌《つち》か。いま一つの手には、発光する物を持つ。これには君《きみ》も臣《しん》も驚かれたし騒がれた。ああ、ああ、恐ろしい、と。本物の鬼に違いないぞ、こ奴《やつ》は、と。さては手に持っているのも名に聞こえた打出《うちで》の小槌《こづち》だろう、と。どうしたらいいだろう、どうしたらいいのだと騒《ざわ》つかれる中、当時はまだ北面の武士のうちでも下﨟《げろう》でしかなかった忠盛が召された。お供をする一人だったのだ。白河院は言われた。「忠盛よ、いま揃《そろ》っている供では頼みとなるのはお前だ。あの者を射殺《いころ》すなり、斬り殺すなり、できるだろうか」と。忠盛はもちろん謹んでうけたまわった。

発光するその何か、怪《あや》しの何かのほうへ向かって行った。

が、内心は思ったのだ。この者はさして強力な物の怪《もののけ》ではなかろう、と。狐《きつね》か、狸《たぬき》か、そうした類いでもあろう、と。それを矢で射殺すなり太刀《たち》で斬り殺すなりしたら、おそらくは後で悔いもする、と。そして、どれ生け捕りにしてやろう、と思った。

忠盛は歩み寄った。

一歩一歩。

怪しの何かは、ちょっと間《ま》をおいてはさっと光る。また間をおいてはさっと光る。

それを二、三度繰り返した。

忠盛は走りかかった。

むずと組みついた。

組まれて、相手が叫んだ。

「なんですの。これは、なんですの」

騒いだ。人語《じんご》だ。つまり変化《へんげ》の物ではなかった。もともと人間であったのだ。そのとき、上下の人々がてんでに火を灯《とも》してこれをご覧になった。法師だ、六十歳ばかりの。詳《つまび》らかに語れば、あの御堂の雑用を務める承仕《じょうじ》の僧で、ご灯明《とうみょう》を捧《ささ》げようとして、手瓶《てがめ》という物に油を入れて持ち、片手には土器《かわらけ》に火を入れて持っていたのだ。そして雨もわざわいした。あまりに降りしきるので濡《ぬ》れまいとして、頭には小麦の藁《わら》の束を笠《かさ》のように結んでかぶり、土器の火にその小麦の藁が輝いた。そう、きらきらと、銀の針のように。

こうして事の真相は一つひとつ明らかになった。

白河法皇は言われた。

「この下法師《しもぼうし》を射殺したり、斬り殺したりしたとしたら、いかにも悔やまれた。忠盛の行ない、まことに思慮深かった。武士《もののふ》というのはさすがに殊勝なものだ」

お心の底から賞讃されて、その褒美《ほうび》に、あれほどご寵愛深いと評判でもあった祇園女御を賜《たま》わったのだ。そう、忠盛に。

しかしながらその女房はすでに白河院の御子《みこ》を身籠っていた。それで、法皇は言われた。「生まれてくる子が女子ならば私の子としよう。男子ならば忠盛の子として、武士として育てあげよ」と。

そしてどちらが生まれたのかといえば、男だ。

忠盛はこのことを申しあげようと機会を待った。しかし、適当な折りというのがない。ところがだ、法皇が熊野へ御幸あそばされて、紀伊《きい》の国の糸鹿坂《いとがざか》というところに御輿《みこし》をとめ、しばらくご休息になるということがあったのだ。これこそ好機だった。

忠盛はどうしたか。その一帯の藪《やぶ》に、零余子《ぬかご》、つまり山芋の子がたくさんあったのを採って袖に入れ、御前《ごぜん》へ参ってこう申したのだ。

いもが子は　山芋の子も、それから妹《いも》すなわち女御の子も
はふ程にこそ　どちらも地を這《は》うほどに
なりにけれ　なっておりますよ、育ちましたよ

上の句が詠《よ》まれたのだった。法皇はすぐご合点なすって、おっしゃられた。

ただもりとりて　ただ盛り採って、すなわち汝《なんじ》忠盛が引き取って
やしなひにせよ　栄養の糧《かて》に、そう、お前の養子にしなさい

こうお付けになられたのだ、下の句を。それ以来、忠盛はわが子としてお育てした。
また、この若君はあまりに夜泣きをなさった。白河院はその由《よし》をお聞きになって、
一首のおん歌をお詠みになり、忠盛に賜わった。

夜泣《よなき》すと　夜泣きをするとも
ただもりたてよ　なあ忠盛よ、ただ守《も》り立てるのだぞ、大事にな
末《すゑ》の代《よ》に　いずれ将来
きよくさかふる　清く盛んに、栄えるような
こともこそあれ　こともあるかもしれないからな

この御製《ぎょせい》あって、清盛と名のられることになった。
清盛だ。平家の嫡子《ちゃくし》、清盛。それが十二歳で兵衛《ひょうえ》の佐《すけ》となり、十八歳で四位《しい》になる。

つまり四位の兵衛の佐と申すようになった。あまりに捗々《はかばか》しい昇進、もちろん事情を知らぬ者たちは訝《いぶか》しんだ。「摂関家に次ぐ華族の家柄の若者なら、こうもあろうがのう」と申した。しかし鳥羽《とば》上皇は事情をすっかりご承知で、次のようにおっしゃったそうだ。

「清盛のその血筋、華族の人に劣るまいよ」

たとえばだ、昔にも似たことがある。天智《てんち》天皇がすでに孕《はら》まれていた女御を大織冠《たいしょっかん》こと藤原鎌足《ふじわらのかまたり》公に賜わっている。このとき、言われたのだ。「この女御の産む子が女子ならば私の子としよう。男子ならばそなたの子にせよ」と。

そしてどちらをお産みになったのかといえば、男。

多武峰《とうのみね》を開かれた定恵和尚《じょうえかしょう》が、これだ。

上代にもこうした例はあったわけだ。ならば末代においても、平大相国《へいだいしょうこく》はまことに白河院の御子であられもしたか。それゆえにあれほどの天下の一大事、都遷《みやこうつ》りなどという容易ならぬことを思い立たれたか。

さもありなん、とは言える。

結構、結構、結構。では治承五年の今に戻る。何が起きているのかだ。閏《うるう》二月二十日に五条大納言こと藤原邦綱卿《ふじわらのくにつなきょう》が亡くなられた。平大相国とは親交が深く、友情が浅くなかった人だ。その縁がよくよく深かったからだろう、同じ日に病みついて同じ月に亡くなられた。この大納言は、中納言藤原兼輔《ふじわらのかねすけ》から八代めの子孫で、前の右馬《うま》の助《すけ》盛国《もりくに》の子だ。蔵人《くろうど》にすらならず、進士《しんじ》の雑色《ぞうしき》として仕えておられた。しかしだ、近衛《このえ》天皇がご在位の仁平《にんぺい》年間のころに、内裏《だいり》に突然火事が起こった。天皇は紫宸殿《ししんでん》にお出ましになったのだが、近衛府の役人が一人も参らないではないか。茫然《ぼうぜん》として立っておられたところに、現われたのがこの邦綱だ。腰輿《ようよ》、すなわち火急の際に用いられる手輿《たごし》を運ばせて参上して、申しあげた。

「緊急時でございます。このような御輿《みこし》に、どうぞお乗りください」

もちろん近衛天皇は、これに乗られてお出になった。そしてお尋ねになった。

「お前は、何者か」

「進士の雑色、藤原邦綱です」

　名のり申した。

　そののちだ。帝《みかど》は当時の関白、法性寺殿《ほうしょうじどの》こと藤原忠通《ふじわらのただみち》公にこうお命じになった。

「ああも機転のきいた者がおったぞ。忠通、召し使え」と。そこで忠通公は御領地を多く下《くだ》されるなどして、身近に置き、いろいろと用をおさせになるようになった。そうするうちに、また邦綱の用意周到ぶりを証すようなことがあった。同じ帝の御代《みよ》に、石清水八幡宮《いわしみずはちまんぐう》へ行幸《ぎょうこう》なさったときだ。とんでもないことなのだが、舞人《まいにん》の長が酒に酔って川へ落ち、装束《しょうぞく》を濡らしてしまい、御神楽《みかぐら》が遅延してしまったのだ。しかし、そこでも見事に動かれ、捌《さば》かれたのがこの邦綱だ。

「立派なものではありませんけれども、舞人の長の装束は、私のほうで別に持たせてございます」

こう言って、装束の上下ひと揃いを取り出されたのだ。舞人の長はこれを着、結果、御神楽は障《さわ》りなく奏された。時刻こそ少し遅れたけれども、歌の声はじつに澄《す》みとおった。舞の袖も拍子に合った。まさに興趣深かった。こういう神楽などが身に沁《し》みて「面白い」と感じられることは、神であれ人であれ同じだ。だから神代のあの故事もあるのだ。昔、天照大神《あまてらすおおみかみ》が天《あま》の宇受売《うずめ》の命《みこと》の舞った神楽に惹《ひ》かれて、天《あま》の岩戸を押し開かれてしまったというあれだ。それが今こそお思い知らされる。

いろいろと語り加えるが、まず、言っておきたいのはこの邦綱の先祖に山陰《やまかげ》の中納言という人がおられたということだ。そして、その子が如無《じょむ》僧都《そうず》だった。この僧は身にあまるほどの智慧《ちえ》と才学を持ち、その行ないは浄《きよ》く、戒律は堅く守っておられた。昌泰《しょうたい》年間のころだ、宇多《うだ》天皇が大井川へ御幸なさったときに、勧修寺《かんじゅじ》の内大臣高藤《たかふじ》公の御子、泉の大将定国《さだくに》の烏帽子《えぼし》が川へ吹き落とされるということがあった。小倉山《おぐらやま》から嵐が吹き下ろしたためだった。定国は、髻《もとどり》を袖で押さえる。途方に暮れてつっ立っているしかない。他ならぬそのときだ。この如無僧都が袈裟箱《けさばこ》の中から烏帽子を一つ取り出された、と伝えられている。

では、そんな僧都は父の山陰の中納言が大宰《だざい》の大弐《だいに》になって九州に下られた時分は何歳だったか。稚《いと》けなくも二歳だ。そのときの有名な逸話をここに挿む。二歳の如無僧都は継母《ままはは》に憎まれていたのだ。そのために継母は、ちょっと抱くように見せかけて、海に落とし入れて殺そうと図ったのだ。しかし、その刹那に現われたのが亀だった。亀だ。なにゆえに亀か。僧都の亡き実母がそこに関わる。この母は、生前、桂川《かつらがわ》の鵜飼《うか》いが鵜の餌にするために亀を獲って殺そうとしたのを「かわいそう」と憐《あわ》れんで、着ておられた小袖を脱ぎ、その亀を買い取って放されたことがあったのだ。こうしたご恩を亀は忘れなかった。だから若君《わかぎみ》すなわち二歳の僧都が窮地に陥られたとき、落とし入れられた水の上に浮かんで来て、甲羅に乗せて助けたのだ。

さあ、その如無僧都が長じられて大井川の御幸にて、あの用意のほどを示された。これはまあ上代の話だし、どれほど珍しいことだったのかは測りかねる。しかし末代の邦綱卿の八幡行幸にてのあのお手柄は、はっきりと珍しいと言える。

邦綱について続ける。法性寺殿すなわち忠通公が関白であられた時代に、邦綱は中納言になった。そして法性寺殿がお薨《かく》れになった後だ、入道相国清盛公が「考えるところがある」とのことで、この人にしばしば、いろいろと相談なされた。邦綱は相当な富者だったから、毎日必ず何か一品を入道相国のもとへ贈られていた。入道相国は、そして、言われたわけだ。「現世における俺の親友として、この人以上の者はおらんぞ」と。だから邦綱の子供を一人、養子に迎えた。この公達《きんだち》には清邦《きよくに》と名のらせた。それから自分の四男、これは頭の中将　平重衡《たいらのしげひら》のことだが、それを大納言の婿《むこ》としたのだ。邦綱卿の三女を重衡の北《きた》の方《かた》にもらいうけて、だ。

入道相国の親友、または片腕の邦綱。この人物には学識もあった。前年というかお斃《たお》れになる二、三カ月前にさかのぼって語れば、治承四年の五節《ごせち》は福原で行なわれた。殿上人たちが中宮の御方へ参られたのだが、ある殿上人が「竹湘浦《しょうほ》に斑《まだら》なり」という朗詠をなさったのだ。すると、この大納言が立ち聞きして、次のように言われたのだ。「驚いた。なんと不適切な。この朗詠は縁起の悪いもの、忌み憚《はばか》るべき文句のはずだぞ。そのような禁じられた句は、聞いても『自分は聞かなかったのだ』としなければ」

そして抜き足、さし足、その場を逃げ出された。

詳細な説明をさしはさめば、この朗詠の意味は以下のとおり。昔、堯《ぎょう》の皇帝に二人の姫宮がおられた。姉は娥皇《がこう》、妹は女英《じょえい》、この二人はともに舜《しゅん》の皇帝の后《きさき》だった。やがて舜の皇帝がお亡くなりになる。あの蒼梧《そうご》の野辺に葬送したてまつり、荼毘《だび》に付すとき、二人の后は名残《なご》りを惜しみ、湘浦《しょうほ》というところで跡を慕って泣き悲しまれた。涙が落ちる、落ちる、それが湖岸の竹にかかって、その色を斑《まだら》に染める。その後もいつも同じ場所におられて、瑟《しつ》、すなわち二十五絃《げん》の大きな琴を弾《ひ》いて二人は心を慰められたという。今でもその湘浦の地では湖岸の竹は斑だ。そういうことなのだ。この朗詠は、そうやって瑟を奏でられた跡に雲が棚引《たなび》いて哀愁が深いという情景を、その心を、橘相公《きっしょうこう》こと文章博士《もんじょうはかせ》の橘 広相《たちばなのひろみ》がかつて賦《ふ》に作ったものなのだ。大納言のこの邦綱の文才はそれほどでもなく、詩歌に優れておられたというわけではなかったが、しかし本当に賢いお方だった。だからこのようなことまで聞き咎《とが》められた。これぞ学識だ。

もともとは、大納言にまで昇ろうとは思いもよらなかった人だった。しかし母上が賀茂《かも》の大明神《だいみょうじん》に参詣し、百日間肝胆《かんたん》を砕いて次のように祈られるということがあった。「願わくは、わが子の邦綱を蔵人の頭《とう》になさせたまえ。一日だけでもよろしゅうございますから」と。すると母上は夢を見、その夢というのが檳榔《びろう》毛の牛車《ぎっしゃ》の出るものだったのだ。貴人しかお乗りになれぬはずのそれを、引いてきて、わが家の車寄せに立てた。これはいったい、なんだ。見られた夢のことを人に話させると、こう判じられた。

「それはあなたが、公卿《くぎょう》の北の方になられる、と、そういうことでしょうね」

「まさか。私はもう年です」と母上は言われた。「いまさらそのようなことがあるとは思えませんよ」

たしかに母上には、なかった。お子の邦綱にあったのだ。蔵人の頭どころか正《しょう》二位大納言に昇進せられた。なんたるめでたさ。

これが邦綱。

五条大納言こと藤原邦綱卿。入道相国の一の親友。しかしその親友も、亡くなられた。閏二月二十日に。

さあ、ふたたび日を追い、月を追う。同月二十二日、後白河法皇《ごしらかわほうおう》は院の御所、法住寺殿《ほうじゅうじどの》へ御幸になる。この御所は去る応保《おうほう》元年四月十三日に造営せられた。その鎮守として、新日吉《いまびえ》神社、新熊野《いまくまの》神社なども間近いところに勧請《かんじょう》申しあげた。また庭の築山《つきやま》や池、木立に至るまで、お望みのままに作られた。にもかかわらず、この二、三年は平家の悪行によって御幸もなかったのだ。だが前《さき》の右大将宗盛《むねもり》卿が、御所の破損した箇所を修理して御幸をお願いする由《よし》、奏上された。後白河法皇は「修理には及ばぬ。ただ早く、早く」と言われて御所にお移りになったのだ。

法住寺殿に。

まず、今は亡き建春門院《けんしゅんもんいん》のお住まいだった御殿をご覧になる。過ぎた時間をあらわして、池の岸の松や水際《みずぎわ》の柳も木高くなっている。すると、想い起こされるのだ。長恨歌《ちょうごんか》のあの句が。「太液《たいえき》の池の蓮《はす》、未央宮《びようきゅう》の柳、これを見るとどうして涙の流れないことがあろうか」と白楽天《はくらくてん》が歌った内容が。あの南苑西宮《なんえんせいきゅう》で、昔、玄宗《げんそう》皇帝が亡き楊《よう》貴妃《きひ》を偲《しの》ばれたということ、そのことが。今しみじみと想い起こされるのだ。

日を追い、月を追う。三月一日、奈良の僧綱らを本官に復して、末寺《まつじ》や荘園《しょうえん》を以前そのままに支配するようにとのおおせが下《くだ》る。同月三日、大仏殿の再建が始まる。これを起工する責任者には蔵人の左少弁藤原行隆《ふじわらのゆきたか》が任命されたという。この行隆は、先年、石清水八幡宮に参詣して通夜《つや》なさった。その夜の夢に、ある大事な夢を見なさった。御神殿の中から角髪《みずら》を結った天童が顕《あら》われ、「僕は八幡《はちまん》大菩薩《だいぼさつ》の使いだぞ。おい行隆、大仏殿の奉行をするときはこれを持ちなさい」と言って、笏《しゃく》を賜わるというものだった。そして、目覚めてからご覧になると、現にその笏があったのだ。行隆はこう言われた。

「どうも不思議だな。今どき、何の必要があって大仏殿の奉行になるのだろう」

首を傾げられたが、その笏を懐《ふとこ》ろに入れて我が家に帰り、奥深く蔵《しま》っておかれた。しかしだ、平家の悪行によって南都《なんと》が焼失するということがあり、この行隆が弁官の中から選ばれて、起工のもろもろを奉行することと相成《あいな》った。これぞ宿縁、すなわち前世からの因縁だ。すばらしい。

同じ三月の十日、美濃《みの》の国の目代《もくだい》が都に早馬を飛ばしてきた。その報《しら》せは、東国の源氏勢がすでに尾張《おわり》の国まで攻め上《のぼ》り、道を塞《ふさ》いで人を通さないようにしている、との内容だった。六波羅《ろくはら》はただちに討《う》っ手《て》を派した。大将軍には左《さ》兵衛《ひょうえ》の督《かみ》の平知盛《たいらのとももり》、左中将 平清経《たいらのきよつね》、小松の少将 平有盛《たいらのありもり》が就《つ》き、つまり入道相国の子が一人と孫が二人ということだが、あわせて三万余騎の軍勢で進発した。入道相国が亡くなられてから、未《いま》だわずかに五十日さえ経《た》たぬ。いかに乱世とはいえ、まああさましいことだ。

源氏方では大将軍に十郎蔵人行家《じゅうろうくろうどゆきいえ》と、さらに兵衛の佐の弟、卿の公《きょうのきみ》とも呼ばれた義円《ぎえん》。この二人が総勢六千余騎で平家勢を迎える。尾張川《おわりがわ》を中に隔てて、源平は両側に陣をとった。

源平は。

よう！

同じ三月十六日の夜半、源氏の軍勢六千余騎が川を渡った。よほう！　平家三万余騎のなかへ喊声《かんせい》をあげて攻め入った。

南無《なむ》！

そのまま日が変わって十七日、寅《とら》の刻《こく》より矢合わせをして、夜が明け離れるまで戦った。なぁむ！　しかし平家のほうでは少しも騒がない。そうして、冷めて命令する、こうだ。

「敵は川を渡ったゆえに馬も武具もみな濡れている。それを目標《めじる》しに、討て」

南無！

源氏を、平家勢は大軍の中に包囲する。

「討て！　一人も残すな。討ち漏《も》らすな！」

攻めたてる。なぁむ！

源氏は、そして源氏勢は、減る、減る、残り少なに討たれる。二本の撥《ばち》を鳴らし、いや撥が鳴らし、二面の琵琶《びわ》を轟《とどろ》かせる必要もないほどに。しかし、すでに二面の琵琶はもうある。ここにある。

よう！

大将軍行家は危ない命を助かる。川から東へ引き退《の》く。

よほう！

義円は、卿の公こと義円は敵陣に深く入りすぎている。討たれる。

南無！

そして平家は、なぁむ！　ただちに川を渡って、落ちる源氏を追物射《おいものい》に射ながら進む。すなわち円《まる》い馬場に放した犬を追うように、小牛を射るように、狙い討ちに射て進む。源氏は、そこここで引き返しては戦う。そうだ、引き返しては戦う。そうやって防いだが、大勢なのは敵で無勢なのは味方だった。とても敵《かな》いそうには見えない。敵わないのだ。

それをある人は後《のち》に評した。

「兵法では『沼だの沢だのを背後において戦ってはならない』とする。今度の源氏の戦略、愚かだのう」

　さて源氏の大将軍十郎蔵人行家は三河《みかわ》の国に退《しりぞ》き、矢作川《やはぎがわ》の橋を壊し、楯《たて》を垣根のように立ち並べて道を塞《ふさ》いで、すなわち掻楯《かいだて》を構えて待った。平家の来襲を待ちうけた。じき平家はそこに押し寄せた。攻めたてた。南無、なぁむ！　支え切れるか、いや、支え切れない。源氏勢はそこもまた攻め落とされた。もしも、平家勢がそのまま続けて攻められたならば確実に三河と遠江《とおとおみ》の軍勢はこちらに付いた。平家方に従いついた。もしも、もしも平家の大将軍左兵衛の督知盛が病気にならず、三河の国から帰還されなかったならば。しかし、なったものはなったのだ。そして、撥はもう鳴らぬ。鳴らさぬ。一本も。

　そして戦果は。

　今度の戦《いく》さのそれは。

　平家軍は、わずかに敵の第一陣を打ち破ったが、残党を攻めることを怠った。大した戦果はないに等しい。

　何もしでかさなかったに、等しい。

　平家は前の前の年に小松の内大臣重盛《しげもり》公が薨《こう》ぜられた。今年はまた入道相国がお亡くなりになった。平家の運命が末になることは明らかだった。末に、末路に。長年恩顧をうけた者たちの他は、もう従いつく者もなかった。そして東国《とうごく》では、草も木もみな源氏に靡《なび》き従っている。

嗄声《しわがれごえ》――治承《じしょう》より改元し、養和《ようわ》へ

同じ治承《じしょう》五年の六月十五日、越後《えちご》の国。

北国《ほっこく》では誰かが朝廷のご恩に感激した。

越後の守《かみ》に任ぜられたこの国の住人 城太郎助長《じょうのたろうすけなが》だった。感激から、木曾義仲《きそよしなか》追討のために総勢三万余騎を率いて、この日、門出《かどで》したのだ。

翌《あく》る十六日の卯《う》の刻《こく》、いよいよ全軍出陣しようと決めていた、その夜中ごろ、急に大風が吹いた。大雨が降った。雷がおびただしく鳴った。やがて一天晴れわたる。と、虚空に大きなしわがれ声が、湧いた。

湧いたのだ。

「南閻浮提《なんえんぶだい》すなわち人間世界の金銅《こんどう》十六丈の盧遮那仏《るしゃなぶつ》を焼き滅ぼしたてまつった平家に味方した者がここにいるわい。そぉれ召し捕れ」

これをひと声のみならず、ふた声。三《み》声。そして通り過ぎた。城太郎をはじめとして、聞いた者は全員、おののいて身の毛がよだった。当然だけれども郎等《ろうどう》どもは、「これほど恐ろしい天のお告げがあります以上は、なにとぞ、理を枉《ま》げてでもお留《とど》まりくださいませ」と申した。だが城太郎は、「武士たる者がだ、恐いからやめた、は通らぬだろうが」と言って、翌十六日の卯の刻に予定どおりに城を出て、わずか十余町ほど進んだ。そのときだった。

突如、ひと叢《むら》の黒雲が天空に現われた。

城太郎助長の上を覆うかと見えた。

俄《にわ》かに、助長の身はすくんだ。

ふいに心が朦朧《もうろう》とした。落馬した。

郎等はその助長を輿《こし》に乗せて館《やかた》へ帰った。助長は、臥《ふ》した。それから三時《みとき》だ、ついに助長は死んでしまった。この越後の守は。飛脚によってこのことを都へ申し送ると、平家の人々はおおいに驚き、騒がれた。

同年七月十四日、年号が改められる。治承五年は養和《ようわ》元年となった。この日に筑後《ちくご》の守《かみ》の平貞能《たいらのさだよし》は、筑前《ちくぜん》、肥後《ひご》の両国を賜《たま》わって、九州の謀叛《むほん》を鎮圧するために西国へ出発する。これもまた同じ日、特別の大赦《たいしゃ》が行なわれる。去る治承三年に流されなさった人々の、誰もが召還される。松殿《まつどの》入道殿下、すなわち藤原基房《ふじわらのもとふさ》公は備前《びぜん》の国からご上洛《じょうらく》。太政大臣《だいじょうだいじん》妙音院《みょうおんいん》、すなわち藤原師長《ふじわらのもろなが》公は尾張《おわり》の国からご上京。按察大納言《あぜちだいなごん》こと源資賢卿《みなもとのすけかたきょう》は信濃《しなの》の国から帰洛《きらく》される、とこういう次第だった。

同月二十八日、妙音院殿が後白河《ごしらかわ》法皇の御所に参られる。去る長寛《ちょうかん》二年の帰京の折りには、当時は天皇であられた法皇の御前《ごぜん》の簀子《すのこ》縁《えん》で、賀王恩《がおうおん》と還城楽《げんじょうらく》を弾《ひ》かせられた。養和の今の帰京には、院の御所で、秋風楽《しゅうふうらく》を奏でられる。どちらの場合も、それぞれの曲の風情《ふぜい》と奏する時節とも考慮されておられて、さすがは妙音院殿だった。この日は按察の大納言資賢卿も院の御所に参られた。法皇は大納言に言われた。
「どうだ、朕《ちん》は夢のように思われているよ。資賢よ、住み慣れない田舎《いなか》の暮らしをして、郢曲《えいきょく》なども今はすっかり忘れてしまっていると法皇であられる自分は思われるのだけれども、そこで今様《いまよう》を一つ、歌ってはくれぬか」
大納言は笏拍子《しゃくびょうし》を打った。歌った。しかも、そこには相当な手柄があった。

信濃にあんなる　　信濃にあるといわれる
木曾路川《きそぢがは》　　木曾路川《きそじがわ》

もともとの今様にはこうあった。しかし大納言資賢卿は信濃に流され、実際に見てこられたので、歌い替えられたのだ。

信濃にありし　　信濃にあった
木曾路川　　木曾路川

この当意即妙さ。褒《ほ》むべし。

横田河原合戦《よこたがわらのかっせん》――養和《ようわ》より改元して、寿永《じゅえい》へ

さらに日を、月を。

八月七日、太政官庁《だいじょう》で大仁王会《だいにんのうえ》が行なわれた。これは平将門《たいらのまさかど》追討の例に拠《よ》る、とのことだった。

九月一日、藤原純友《ふじわらのすみとも》追討の例に倣《なら》い、鉄の鎧兜《よろいかぶと》を伊勢《いせ》神宮へ奉納された。勅使《ちょくし》は祭《さい》主神祇《しゅじんぎ》の権大副《ごんのたいふ》の大中臣定隆《おおなかとみのさだたか》だった。だがこの定隆は、都を発《た》って近江《おうみ》の国の甲賀《こうが》の駅《うまや》の辺りで発病し、伊勢の離宮院《りきゅういん》で死んでしまった。他にも死んだ者がいる。謀叛《むほん》の者どもを調伏《ちょうぶく》するために五壇《ごだん》の法《ほう》をうけたまわって行なわれた僧のうち、降三世明王《ごうざんぜみょうおう》担当の大阿闍梨《だいあじゃり》、法印覚算《かくさん》が大行事《だいぎょうじ》権現の彼岸所《ひがんじょ》で寝入ったまま死んだ。これらが何を証しているか。神も仏も調伏祈願をご納受ないということだ。また、大元《たいげん》の法をうけたまわって修《しゅ》せられた安祥寺《あんじょうじ》の実玄《じつげん》阿闍梨のことも語り落としてはならぬ。修法《ずほう》が終わり、ご施主にご巻数《かんじゅ》を進上した。それを披《ひら》いてご覧になったところ、平氏調伏のことが記されてあった。とんでもない報告だ。ご施主は「これはいったい、どういうことなのだ」とおおせられる。実玄阿闍梨は「『朝敵《ちょうてき》を調伏せよ』とご命じになりました」と答える。そして、続けた。

「当世のありさまを見まするに、平家こそまったく朝敵と。そう見えまする。そこで、これを調伏しました。なんの過《あやま》ちがございましょう」

たいしたものだ。もちろん実玄阿闍梨の処分は取り沙汰された。この不届き千万の法師、死刑か流罪か、と。しかし大小さまざまの事件がつぎつぎ起こるものだから、その慌《あわ》ただしさに紛《まぎ》れて、その後どうとも処分されなかった。源氏の世となってのち、鎌倉殿すなわち頼朝《よりとも》公が殊勝なことであったとご感心になって、その褒賞《ほうしょう》として大僧正にされたと言われている。

同じ養和《ようわ》元年の十二月二十四日、亡き高倉上皇の中宮が院号をお受けになって、建《けん》礼門院《れいもんいん》と申した。主上《しゅじょう》の安徳《あんとく》天皇はいまだ幼くいらっしゃる。そうした幼少のおん時に母后《ぼこう》が院号を賜わるのは、これが初めだということだった。

いずれにしても建礼門院がここに。

建礼門院が。

そうして養和も二年になる。その日、その月。追う。二月二十一日に天文の異変があった。太白星《たいはくせい》が昴星《ぼうせい》を侵した。唐《とう》の陣卓《ちんたく》が撰《せん》した天文要録《てんもんようろく》には「太白星が昴星すなわち『すばる』の星座の領地に近づくと、四方の蛮族が蜂起《ほうき》する」とある。また「将軍が勅命《ちょくめい》を受けて国外へ向かう」とも占っている。三月十日、除目《じもく》が行なわれて、平家の人々はおおかた官位を昇進なされる。そして四月十五日、前の権少僧都《ごんのしょうそうず》顕真《けんしん》が日吉《ひえ》神社にて法式どおり法華経《ほけきょう》一万部を転読することがあり、仏縁を結ばれるために後《ご》白河《しらかわ》法皇も御幸《ごこう》になる。

ところがだ。

何者が言い出したのか、法皇が山門の衆徒《しゅうと》に命じて平家を追討せられるぞ、との噂《うわさ》が立つ。この御幸を契機に。軍兵《ぐんぴょう》は内裏《だいり》に参集した。ただちに四方の詰め所を警固《けいご》した。平家の一族はみな六波羅《ろくはら》へ駆けつけた。

本三位《ほんざんみ》の中将、平重衡卿《たいらのしげひらきょう》が三千余騎で日吉神社に参向した。法皇をお迎えするためにだ。

するとだ。

山門すなわち比叡山《ひえいざん》のほうにはこれまた、平家が比叡山を攻めるために数百騎の軍勢を率いて登って来る、との噂が立つ。衆徒はみな、ただちに東坂本《ひがしさかもと》に降り下《くだ》った。比叡山の東の麓《ふもと》に。そして「どうしたものか」と協議する。

そうなのだ。山上も京都もとんでもない騒ぎだ。

山への道程《みちのり》では、法皇のお供をした公卿《くぎょう》、殿上人《てんじょうびと》が顔色を変えた。洛内《らくない》では、北面《ほくめん》の武士の中にあまりに慌て騒いだから、胃液を吐き散らしてしまう者がいた。いや、多かった。

どうにか本三位の中将重衡卿は穴太《あのう》の辺りで後白河法皇にお迎えとり申し、そのまま都へお帰りになるようお計らいした。そのとき、法皇はおおせられた。

「いつもいつもこういうことでは、もう社寺への参詣なども朕《ちん》の思われるままには、できまいぞ」

実際はといえば山門の衆徒が平家を追討しようということはなかったし、平家が比叡山を攻めようということもなかった。どちらも根拠がまったくなかった。それなのにこれほどの大騒ぎだったから、人は「天魔が荒れまわったせいだ」と説明した。同じ養和二年の四月二十日、朝廷から臨時に二十二社に官幣使《かんぺいし》が立てられた。これは飢饉《ききん》と流行する疫病《えきびょう》退散のためだった。

五月二十四日。

改元がある。寿永《じゅえい》、と。そうなのだ、この日は寿永元年五月二十四日となったのだ。そして、同じ日にまた、越後《えちご》の国の住人の城四郎助茂《じょうのしろうすけもち》が越後の守《かみ》に任命された。実は、兄の助長《すけなが》が越後の守となって死んだので不吉であると言って、しきりに辞退したのだが、勅命であるから拒み切れなかった。いろいろと思いを込めて助茂を長茂《ながもち》と改名した。

同年九月二日、この城四郎長茂が信濃《しなの》の国へ向かって出発した。木曾《きそ》追討のために。越後と出羽《でわ》、それから会津《あいづ》四郡の軍兵を率い、つごう四万余騎もの軍勢だった。同月九日、信濃の国は千曲川《ちくまがわ》の西岸、横田河原《よこたがわら》に陣を布《し》いた。

そのころ木曾義仲《きそよしなか》は依田城《よだじょう》にいた。

これを聞くや城を出た。

馳《は》せ向かうは三千余騎。信濃源氏の井上九郎光盛《いのうえのくろうみつもり》が計略をめぐらし、平氏の旗である赤旗を七本作った。風に靡《なび》かせる流れ旗だ。だから七流れだ。これを急に作った。

三千余騎は七手《ななて》に分けた。あそこの峰、ここの洞《ほら》から、てんでに赤旗をさしあげて、寄せる、寄せる。近づいた。この情景を見た城四郎は喜んだ。

「おお、この信濃の国にも平家に味方する者たちがあったか」と言った。「俺たちのほうに、勢力はさらに付いたぞ」

勇みたった。大声で喊声《かんせい》をあげた。

そして義仲勢は。

だんだんと近づいたところで、定《き》めていた合図に従った。七手が一つに合わさった。一度にどっと鬨《とき》の声をあげた。用意してあった白旗を、つまり源氏の旗をざっとさしあげた。

越後の軍勢どもは仰天した。蒼白《まっさお》になった。敵はいったい何十万騎いるのだ、どうしたらよいのだ、と周章狼狽《しゅうしょうろうばい》して、あるいは川へ追いつめられた。落ちた。あるいは足場の悪い、懸崖などに追いつめられた。落ちた。助かる者は少ない。討たれる者は多い。城四郎が誰よりも頼みとしていたのは越後の山太郎《やまのたろう》、会津の乗丹房《じょうたんぼう》などという名高い武者どもだったが、全員がそこで討ち死にした。当の城四郎も傷を負い、命からがら千曲川を伝って越後の国に引き退《の》いた。

同月十六日、都では平家がこの敗北を意にも介せず、前《さき》の右大将宗盛卿《むねもりきょう》が大納言に復せられた。これは次を見据えての下拵《したごしら》えだった。踏むべき階梯《かいてい》は踏まねばならぬ。

ということで、十月三日に内大臣になられた。同月七日、その昇進のお礼を申しあげるために参内《さんだい》され、平家の公卿十二人が随行された。蔵人《くろうど》の頭《とう》以下の殿上人十六人がその行列の前駆を務めた。

これらは全部、東国《とうごく》と北国《ほっこく》の源氏たちが蜂《はち》の巣をつついたように起《た》ち上がって、今にも都に攻め寄ろうというそうした情勢のなかで、行なわれた。

どこ吹く風だったのだ、平家は。

だから華やかな行事に明け暮れた。

かえって腑甲斐《ふがい》ない。そう見えた。

そして日が、月が、さらに。寿永二年になった。節会《せちえ》以下の宮中のもろもろのことは例年のように行なわれた。節会をとりしきる内弁の役は、平家の内大臣、宗盛公が務められた。正月六日、主上は朝観《ちょうきん》のために院の御所の法住寺殿《ほうじゅうじどの》に行幸《ぎょうこう》あそばされた。これは鳥羽《とば》天皇が六歳で朝観の行幸をなさった例に拠《よ》られたものだという。

二月二十二日、宗盛公は従《じゅ》一位に昇られた。ただちにその日、内大臣の辞表を提出なさった。これは相次ぐ戦乱の責任をとられて謹慎するためなのだという。

そして情勢は。真の情勢は。奈良や比叡山たちは源氏に心を寄せている。熊野や金峰山《ぶせん》の僧徒は源氏に心を通わせている。伊勢大神宮の祭主、神官にいたるまで、ことごとく平家に背いて源氏に、源氏に心を通じている。四方に天皇の宣旨《せんじ》を下したけれども、諸国に院宣《いんぜん》を遣《つか》わしたけれども、誰もがそうした院宣、宣旨を「これらは全部、ただの平家の命令にすぎぬ」と心得ている。

　平家に従いつく者など、ない。

七の巻

清水冠者《しみずのかんじゃ》――源氏の両雄、その対立

寿永《じゅえい》二年三月上旬に兵衛《ひょうえ》の佐頼朝《すけよりとも》と木曾《きそ》の冠者義仲《かんじゃよしなか》が反目するということがあった。源氏と源氏とが。兵衛の佐は木曾を討つため、十万余騎の軍勢を率いて信濃《しなの》の国へ進発した。木曾義仲は依田城《よだじょう》にいたが、これを聞くや城を出て、信濃と越後《えちご》の境《さか》いにある熊坂山《くまさかやま》に陣を構えた。兵衛の佐は同じ信濃の国の善光寺《ぜんこうじ》に着かれた。木曾義仲は、乳母子《めのとご》の今井四郎兼平《いまいのしろうかねひら》を使者として、兵衛の佐のもとへ派遣した。その口を借り、こう申し送った。

「さて、この義仲をどのような次第で討とうと言われるのか。佐殿《すけどの》よい、あなたは関東八カ国を平らげ、東海道を攻め上《のぼ》り、平家を追い落とそうとしておられるのだろうよ。義仲も東山《とうさん》、北陸の両道を討ち従えて、一日も早く平家を攻め落とそうと心に誓っているぜ。にもかかわらず、この義仲とあなたとが反目して平家に嗤《わら》われる事態となること、あってよいとは到底思われん。どうしたって思われんのだぞい。ただし一つだけならば、義仲のこの頭を『ああ、あれか』と掠《かす》めることもあるぞ。ええ、ありますぞ。すなわち十郎蔵人《じゅうろうくろうど》こと源行家《みなもとのゆきいえ》殿だ。我々の叔父《おじ》上だ。このお方が、あなたを恨むことがあると言って義仲のもとに来られたのは事実。また、義仲までもが叔父上を冷淡に扱い申すのはいかがなものかとも思い、一応は同行させているのも事実。しかしながら、なあ佐殿、この義仲にあってはあなたに含むところは決してないのですわ。おわかりか」

兵衛の佐の返事は、だが、こうだった。

「木曾殿よ。今はそのように言われるが、のう木曾殿よ、あなたには確かに頼朝を討たんとする謀叛《むほん》の企てがあるのだと申す者もいる。そうであるからは、お申し出を信じるわけにはゆかぬのだ」

そして今にも土肥《とい》と梶原《かじわら》を先陣として討《う》っ手《て》をさしむけられるとの噂《うわさ》が立った。これを耳にし、木曾義仲はまことに含むところはないのだと証明するため、嫡男《ちゃくなん》である清水《しみず》の冠者義重《かんじゃよししげ》という当年十一歳になる若者に海野《うんの》、望月《もちづき》、諏訪《すわ》、藤沢《ふじさわ》などといった信濃の名立たる武者たちをつけ、兵衛の佐のもとへ送った。

「そうか。木曾殿はこうまでなされたか」と兵衛の佐は思われた。「本当に意趣はないのだとわかった。頼朝はいまだ成人した息子は持たぬから、よいわ、それではこれを我が子にしよう」

挙兵した源氏の一方の雄、兵衛の佐頼朝は、こうして清水の冠者をいっしょに連れて鎌倉へと帰られた。

ひとまず落着した。

北国下向《ほっこくげこう》——その狼藉《ろうぜき》

風聞が、都にある。木曾《きそ》義仲《よしなか》が東山《とうさん》と北陸の両道を平らげて、五万余騎の軍勢でもうじき京に攻めのぼるぞ、との風の便りが。平家は昨年このかた、「来年には、馬に若草を食わせる四月ごろに戦《いく》さがあろう」と触れていた。それを受け山陰、山陽、南海、西海《さいかい》の兵《つわもの》どもが雲霞《うんか》のように馳《は》せ集まっていた。東山道《とうさんどう》は、近江《おうみ》、美濃《みの》、飛騨《ひだ》の兵どもが集まった。東海道は遠江《とおとおみ》から東は参集しなかった。西はみな集まったのだが。そして北陸道は、若狭《わかさ》から北の兵どもは一人も来ない。

平家は、まずは木曾の冠者《かんじゃ》義仲を追討してその後に兵衛《ひょうえ》の佐頼朝《すけよりとも》を討とうとの方針を立て、北陸道へ討《う》っ手《て》を派す。大将軍には小松の三位《さんみ》中将 平維盛《たいらのこれもり》、越前《えちぜん》の三位通《みち》盛《もり》、但馬《たじま》の守《かみ》の経正《つねまさ》、薩摩《さつま》の守の忠度《ただのり》、三河《みかわ》の守の知度《とものり》、淡路《あわじ》の守の清房《きよふさ》、侍大将には越中《えっちゅう》の前司《ぜんじ》盛俊《もりとし》、上総《かずさ》の大夫《たゆう》の判官《ほうがん》藤原忠綱《ふじわらのただつな》、飛騨《ひだ》の大夫の判官藤原景高《ふじわらのかげたか》、高橋《たかはし》の判官長綱《ながつな》、河内《かわち》の判官秀国《ひでくに》、武蔵《むさし》の三郎左衛門有国《さぶろうざえもんありくに》、越中《えっちゅう》の次郎兵衛盛嗣《じろうびょうえもりつぎ》、上総《かずさ》の五郎兵衛忠光《ろうびょうえただみつ》、悪七兵衛景清《あくしちびょうえかげきよ》を先として、以上、大将軍が六人に主立った侍が三百四十余人、つごう十万余騎の軍勢が都を出発した。

寿永《じゅえい》二年四月十七日、辰《たつ》の刻《こく》に。

辰の刻の一点めに。

北国《ほっこく》へ向かった。

片道の費用は沿道の国々から徴発することが許されていた。軍費としてだ。征討のためのそれとしてだ。逢坂《おうさか》の関から始めた。途中でたまたま出会った権門勢家《けんもんせいけ》の正税《しょうぜい》、官物《かんもつ》をかたっぱしから奪った。あらゆる年貢を憚《はばか》らずに奪いとった。志賀《しが》で、辛崎《からさき》で、三河尻《みつかわじり》で、真野《まの》で、高島で、塩津《しおつ》で、貝津《かいづ》でと、沿道をつぎつぎに横奪《おうだつ》して通ったので、人民は耐えられるものではない。財物が何もかも没収されてはたまらないと、みな山野に逃げ隠れた。

竹生島詣《ちくぶしまもうで》——経正《つねまさ》の見る瑞兆《ずいちょう》

大将軍の維盛《これもり》、通盛《みちもり》は進軍を続けられた。前へ前へと。しかし副将軍の経正《つねまさ》、忠度《ただのり》、知度《とものり》、清房《きよふさ》などはまだ近江《おうみ》の国の塩津《しおつ》や貝津《かいづ》にとどまっていた。いま副将軍として挙げたうちの経正は、入道相国《しょうこく》の弟であられる平経盛《たいらのつねもり》の嫡男《ちゃくなん》で、詩歌管絃《しいかかんげん》に長じておられる人だった。ゆえに、見よ。このような戦乱の中にあっても心を澄まし、湖水のほとりに出られた。遥《はる》か沖にある島を眺望され、お供に連れておられた藤兵衛有教《とうびょうえありのり》を呼んで、尋ねられた。

「あれは何という島だい」

「経正様、あれこそは名高い竹生島《ちくぶしま》でございます」

「なるほど。その島の名はかねてから聞いていたな。それでは、今から参詣しよう」

こう言われた。さすが風雅の人。藤兵衛有教と安衛門守教《あんえもんもりのり》以下、侍を五、六人連れて小船に乗り、竹生島に渡られたのだった。

時節は四月の半ば、十八日のことだった。緑の梢《こずえ》には今なお春の風情《ふぜい》が残っているかのようだ。谷間《たにあい》に鳴いている鶯《うぐいす》の声は老いたけれども、いっぽうで初音《はつね》が待たれたほととぎすは、いかにも時期を心得たかのようにあちらで囀《さえず》り、こちらで囀りしている。松に藤の花が咲きかかっている。まことに趣き深い。急いで船から降り、岸に上がって、この島の景色をご覧になった。

筆舌に尽くしがたいすばらしさだ。

喩《たと》えるならば、蓬萊洞《ほうらいどう》。かの秦《しん》の始皇帝《しこうてい》や漢の武帝《ぶてい》が、あるいは童男童女を遣《つか》わし、あるいは方術を使う者に命じて不死の薬を捜し求められたとき、「蓬萊の国を見なければ決して帰らぬ。蓬萊の島を」と言って、いたずらに船の上で年老い、空も海も茫々《ぼうぼう》とした大洋をさまよって、ついに薬は捜し出せなかったという、その蓬萊洞。その神仙境《しんせんきょう》たる島のありさまならば、このようであったろうと思われた。ある経に「閻《えん》浮提《ぶだい》すなわち人間界のうちに湖がある。その中に、金輪際《こんりんざい》すなわち世界のもっとも底より聳《そび》えたっている水精輪《すいしょうりん》の山がある。天女がそこに住む」と書かれているが、それが、ここだ。

この竹生島。

そして経正はご参詣なさった。竹生島明神の神前にひざまずいて、次のように申された。

「そもそも大弁功徳天《だいべんくどくてん》は昔の釈迦如来《しゃかにょらい》で、法身《ほっしん》の菩薩《ぼさつ》であられます。弁才天《べんざいてん》とも申され、妙音天《みょうおんてん》とも申され、二つの別の名を持っておられますけれども、本身は一体であって、衆生《しゅじょう》をお救いくださいます。一度ここに参詣した者の願いはすべて叶《かな》うとのこと。まことに頼もしいことでございます」

そのまま、しばらくは経を読み、法文を唱えられた。だんだんと日が暮れる。十八夜の月が出る。それが湖面を照らす、照りわたらせる。社殿もいよいよ輝いた。その興趣の深さ、比類ない。と、この社《やしろ》につねに住んで仏前に奉仕している僧たちが言った。

「経正様はあれの名手であられるとうかがっておりますよ。はい、琵琶《びわ》の」

琵琶、と言った。

おん琵琶を、それから、勧めた。この神社に奉納してあった一面のそれをさしだしたのだ。経正はこれをお弾《ひ》きになられる。

おん琵琶にて、上玄《しょうげん》の秘曲を奏でられる。

石上《せきしょう》の秘曲を奏でられる。

社殿のうちがその音《ね》で、満ちる。澄むように満たされる。

竹生島明神は感に堪《た》えず、そのお姿を顕《あら》わしなさる。それも経正の袖の上に、白竜となって。

その白竜を、経正も見られた。

あまりに忝《かたじけな》い。

うれしさのあまり、感慨をこのように歌に詠《よ》まれた。

千はやふる　　大いなるお力を持たれる
神にいのりの　　明神に、私の願いが
かなへばや　　聞き届けられたためだろうか
しるくも色の　　はっきりと、その霊験《れいげん》が
あらはれにける　　示されたのだな、今

そうであれば、朝敵《ちょうてき》の義仲軍をたちどころに平らげ、凶徒をすぐにも攻め落とすことは疑いない。そう経正は喜んで、また船に乗り、竹生島を出られた。

ああ、おん琵琶よ。

琵琶よ。

よう！

火打合戦《ひうちがっせん》――内通者あり

よほう！

木曾義仲《きそよしなか》は、自らは信濃《しなの》にいたままで越前《えちぜん》の国に火打《ひうち》が城《じょう》を築かせ、陣を布《し》いた。南無《なむ》！　その臨時の城郭に籠った軍勢はといえば、平泉寺《へいせんじ》の長吏《ちょうり》たる斎明威儀《さいめいいぎ》師《し》、稲津新介《いなづのしんすけ》、斎藤太《さいとうだ》、林の六郎光明《はやしろくろうみつあきら》、富樫《とがし》の入道仏誓《ぶっせい》、土田《つちだ》、武部《たけべ》、宮崎、石黒、入善《にゅうぜん》、佐美《さみ》。これらをはじめ、六千余騎。なぁむ！

元来きわめて頑丈な要害であるのがこの地だった。周囲には大きな岩石がそばだつ。四方には高い峰が連なる。後ろも山で前も山、城郭の前には能美川《のうみがわ》と新道川《しんどうがわ》というのが流れている。この二つが合流するところに逆茂木《さかもぎ》を立てた。流れを堰《せ》き止めるために、大木を伐《き》り倒し、水中に立てたのだった。篩《しがらみ》をおびただしく積みあげもし、水は止まった。東西の山の麓《ふもと》まで堰き止められた水が漲《みなぎ》り、さながら火打が城は湖に面したようだった。白楽天《はくらくてん》はその詩に、「湖水に南山《なんざん》の影が映じ、水は青々と果てしない。波は西日を反射して真紅に染まり、波紋を見せている」と詠《うた》ったが、同じ情景だった。そうした風情《ふぜい》だけではない。かの天竺《てんじく》の大雪山の北、無熱《むねつ》池の底には金銀の砂を敷きつめ、漢の武帝《ぶてい》が水戦の演習用に作った昆明池《こんめいち》の渚《なぎさ》には善政を行なわんがための船を浮かべたと伝えられているが、この火打が城の築池《つきいけ》にはといえば、堤を築き、水を濁らせて敵を欺《あざむ》いている。船がなくては容易に軍兵《ぐんぴょう》を渡らせることはできぬから、平家の大軍はその築池を隔てた対岸の山に野宿した。

どうにもならぬ。

何もできぬ。

いたずらに日が過ぎる。

しかし、いるのだった、内通者が。火打が城の側に。それも小物ではない者として。木曾義仲勢の総大将ともいうべき平泉寺の長吏の斎明威儀師がそうだった。平家に深く心を寄せていた。そこで、山麓《さんろく》に沿って回り、手紙を書いて、鏃《やじり》に空洞《うつろ》のある蟇目《ひきめ》の矢の中にこれを入れ、ひそかに平家の陣へ射込んだ。そこには次のように書いてあった。

「この湖は昔からの淵《ふち》ではないのです。いっとき山中の川を堰き止めて水をたたえさせたものです。夜に入ったら足軽《あしがる》どもを遣《つか》わして簗《しがらみ》を切り落とさせなさいな。水はほどなく引いて、流れ落ちますから。馬の足場のよいところですから急いでお渡りなさいな。それに合わせて、私はこちらの後ろから矢を射かけ、お味方しますから。以上、書きましたのは平泉寺の長吏、斎明威儀師」

平家の大将軍はそれはもう喜んだ。すぐに足軽どもをさしむけて簗を切り落とした。おびただしい水量と思えた湖水だったが、斎明威儀師の書状にあったように、所詮は山中の川を堰き止めただけのもの。水は引いた。ほどなく流れ落ちた、落ちてしまった。そして平家の大軍がひと瞬《また》きも無駄にせず、渡る、ざっと渡る。すると、よう！城の内の兵《つわもの》どもはしばしの間は防ぎ支える。だが、よほう！　敵は大軍にして味方は無勢《ぶぜい》で、敵《かな》いそうには見えぬ。見えぬ！

平泉寺の長吏斎明威儀師は平家方につき、その案内役をも務める。

稲津新介が、斎藤太が、林の六郎光明が、富樫の入道仏誓が、この場を落ちのびる。なおも平家に抗《あらが》う。叛《そむ》く！　加賀《かが》の国へ退却し、白山河内《しらやまかわち》にひき籠る。

南無！

平家はすぐさま加賀に攻め入る。林の城郭を焼いた！　富樫の城郭を焼き払った！

その勢い、何人《なんぴと》たりとも立ち向かえるとは到底思えぬ。なぁむ！

飛脚が走る。

近くの宿場、宿場から。

都へ。この勝利の報《しら》せを届けるために、走る。

告げる！

京の都に残っておられた前《さき》の内大臣宗盛卿《むねもりきょう》以下の平家一門の人々は、喜び勇んだ。並ひととおりではなく。

同じ寿永《じゅえい》二年五月八日、加賀の国篠原《しのはら》で平家の軍勢は勢揃《せいぞろ》いをする。十万余騎の軍兵を二手に分ける。いっぽうが大手《おおて》すなわち正面より攻めんと動き出し、他方は搦手《からめて》すなわち木曾義仲勢の背面へ。大手の大将軍は小松の三位《さんみ》中将維盛《これもり》、越前の三位通盛《みちもり》、侍大将には越中《えっちゅう》の前司《ぜんじ》盛俊《もりとし》をはじめとして総勢七万余騎。この兵力をもって加賀と越中の境《さか》いにある砥浪山《となみやま》へ向かわれる。搦手の大将軍には薩摩《さつま》の守《かみ》の忠度《ただのり》、三河《みかわ》の守の知度《とものり》、侍大将には武蔵《むさし》の三郎左衛門《さぶろうざえもん》を先として総勢三万余騎。この軍勢で能登《のと》と越中の境いにある志保《しお》の山へ進まれる。そちらへ、その山のほうへ。

木曾義仲は国府《こう》にいる。

この平家の進軍を聞き、動いた。ただちに五万余騎の軍を率いて馳《は》せ向かった。義仲は、それが自軍の吉例であるからといって全軍を七手《ななて》に分ける。そう、横田河原《よこたがわら》の合戦でのあの勝利に倣《なら》って。

まず叔父《おじ》の十郎蔵人行家《じゅうろうくろうどゆきいえ》が一万騎で志保の山のほうへ向かった。

仁科《にしな》、高梨《たかなし》、山田次郎《やまだのじろう》は七千余騎で北黒坂《きたくろさか》へ。これが搦手だった。樋口次郎兼光《ひぐちのじろうかねみつ》と落合五郎兼行《おちあいのごろうかねゆき》は七千余騎で南黒坂《みなみくろさか》へ遣わした。一万余騎を砥浪山の登り口、黒坂《くろさか》の裾、松長《まつなが》の柳原《やなぎはら》、茱萸《ぐみ》の木林《きばやし》にそれぞれ伏兵として隠した。

そして義仲は。木曾義仲は。

今井四郎兼平《いまいのしろうかねひら》は六千余騎で鷲《わし》の瀬《せ》を渡り、日宮林《ひのみやばやし》に陣を布いた。

一万余騎を率いて小矢部《おやべ》の渡りを越え、砥浪山の北端にある羽丹生《はにう》に陣を構える。

源平《げんぺい》はここに対陣した。

願書《がんじょ》——鳩、鳩、鳩が

木曾《きそ》義仲《よしなか》は言われた。

「平家は大軍だ。きっと大軍だぜ。とするとだ、連中は砥浪山《となみやま》を越えて広々としたところに出て、正面からその主力をぶつけようとするはずだぜ。しかし、そんな両軍正面切っての戦《いく》さなんていうのはだな、兵力が多いか少ないかを秤《はか》るに過ぎぬのだな。結局、多勢が勝利するのが理《ことわり》。大軍がその数を恃《たの》んで攻めかかってきたら敗《やぶ》れるに決まってる。それでだ、こんな戦法はどうだ。こちらの軍の旗印を持った武者を先頭に立てて馬を進めさせ、源氏の証《しる》したる白旗をさしあげるようにするのだ。すると平家どもはこう言うぜ。『うわっ、源氏の先陣が向かって来たぞ！　きっと大軍だぞ！　このまま無闇に広々としたところに軍勢を出しても、あっちは地理に通じている、こっちは不案内、包囲されてしまってはどうにもならないぞ！　だが幸い、この山は四方《よも》が岩や石であるということだから、敵はよもや搦手《からめて》へは回るまいて。じゃあ、しばらく鞍《くら》から下りて、馬を休めようや』と、絶対にこう言うって。そして山の中で休止するであろうよ。そのときを狙ってだがよ、俺が、この義仲がしばらく相手になるようなふりをする。見せかけの応戦だ。そうだぞい。それでだ、そうやって日が暮れるのを待ち、俺は平家の大軍を倶梨迦羅《くりから》が谷《たに》へ追い落とそうと思っている。どうだ」

　こう言われたのだった。

　そして白旗三十流れをまず先に進めた。黒坂《くろさか》の上に立てた。平家はあんのじょう、これを見て言った。

「うわっ、源氏の先陣が向かって来たぞ！　きっと大軍だぞ！　このまま無闇に広々としたところに軍勢を出しても、あっちは地理に通じている、こっちは不案内、包囲されてしまってはまずい、まずいぞ！　この山は四方《よも》が岩や石であるということだ。敵はよもや搦手へは回るまいよ。ここは馬に草を食わせるにも水を補給するにもよさそうなところだ。どれ、しばらく鞍から下りて、馬を休めようや」

そう言って砥浪山の山中の猿《さる》の馬場《ばば》というところで馬から下りて、その場にとどまった。

木曾義仲は羽丹生《はにう》に陣を構えている。そのとき、東西南北をきっと見回した。夏山の峰のその緑の木《こ》の間《ま》に、朱塗《しゅぬ》りの玉垣がほのかに見える。神社だ、それも片削《かたそ》ぎ造りの。前に鳥居が立っている。

木曾殿はこの国の土地の事柄に通じた者を呼び出された。

「おい、あれはなんという神社だ」と尋ねられた。「いかなる神をお祀《まつ》りしているのか。そいつを教えてくれよ」

「八幡《はちまん》様でございますよ。他ならぬここもまた、その八幡様のご神領でございます」

木曾殿は、いいや、木曾の冠者《かんじゃ》義仲はたいそう喜ぶ。そして右筆《ゆうひつ》すなわち書記の役として伴われた大夫房覚明《だいぶぼうかくめい》を、呼ぶ。

「覚明よ、この義仲はなかなかの幸運者だぜ。源氏の氏神《うじがみ》、新八幡《いまやわた》のご神殿の近くに参って合戦を遂げようとしているってよ。こいつは、どう考えても今度の戦《いく》さっていうのは、俺の勝利で間違いなしだな。そうであるからには、覚明よい、一つには後代のために、一つには目下の祈禱《きとう》のために、願書をひと筆書いて奉納したいと思うぜ。どうだ」

覚明は答えた。

「まこと、そうなさるのがよろしいでしょう」

覚明は馬から下りた。書こうとする。その覚明の装いは、濃い藍色《あいいろ》の直垂《ひたたれ》に黒革《くろかわ》威《おどし》の鎧《よろい》を着て、鞘《さや》には黒漆《くろうるし》を塗った太刀《たち》を帯び、箙《えびら》には黒ぼろの矢を二十四本さして負い、塗籠籐《ぬりごめどう》の弓を小脇にかい込み、兜《かぶと》を脱いで高紐《たかひも》にかけて背負うというもの。その立派な武者振りで、箙から小硯《こすずり》と畳紙《たとうがみ》すなわち折り畳んだ懐ろ紙《ふところがみ》を出し、木曾殿の御前《ごぜん》に畏《かしこ》まった。つ、つつ、つうと願書を書いた。

あっぱれ文武両道の達人よと見えた。

この覚明はもとは儒家《じゅか》の出だった。蔵人道広《くろうどみちひろ》と呼ばれて勧学院に出仕していたが、出家して最乗房信救《さいじょうぼうしんぎゅう》と名乗り、奈良の興福寺《こうふくじ》へもつねに出入りしていた。先年高倉の宮《みや》が園城寺《おんじょうじ》に入られて、牒状《ちょうじょう》を比叡山《ひえいざん》と奈良の興福寺へ送られたことがあったが、その折りに興福寺の大衆《だいしゅ》は返牒《へんちょう》をこの信救に書かせている。そこには「清盛《キヨモリ》入道ハ平家ノ滓《カス》デアリマス。武家ノ芥《ゴミ》モ同然デアリマス」とあった。これには太政入道《だいじょう》清盛公が激怒し、こう言われた。

「おのれ、おのれおのれ、信救法師めが。この浄海《じょうかい》を平家の酒かす米ぬかだの、武家のちりあくただの、そう書いただと！　その法師めを搦め捕り、死罪にせい！」

それで信救法師は奈良から逃げた。北国《ほっこく》へ落ち下《くだ》った。木曾殿の右筆となり、大夫房覚明と名乗るようになった。

そうした次第だ。

書いた願書は、こうだった。

「帰命頂礼《キミョウチョウライ》。八幡大菩薩《ハチマンダイボサツ》ハ日本国《ニッポンコク》朝廷ノ本来ノ主君、代々ノ天皇ノゴ先祖デアラセラレマス。皇位ヲ守リ、人民ニ利益《リヤク》ヲ施スタメ、阿弥陀仏《アミダブツ》ガ三身《サンジン》ノオ姿ヲ顕《アラ》ワシ、八幡《ハチマン》三所《サンジョ》トナッテオラレマス。サテサテココニ近年、平相国《ヘイショウコク》トイウ者ガアッテ、日本国ヲ支配シ、万民ヲ苦シメテオリマス。コレハマサニ仏法ノ仇《アダ》デアリ王法ノ敵デアリマス。私、義仲ハカリソメニモ武士ノ家ニ生マレテ、及バズナガラ父祖ノ業ヲ継イデオリマス。彼、清盛ノ暴悪ヲ考エマスト、アレコレ思慮スル余裕モゴサイマセン。運ヲ天ニ任セ、命ヲ国家ニ捧《ササ》ゲ、試ミニ義兵ヲ挙ゲテ、凶徒ヲ退《シリゾ》ケヨウトシテオリマス。シカシナガラデゴザイマス。源平《ゲンペイ》両家ガ合戦ノ場ニ兵ヲ進メ、スデニ対陣シテイルトイウノニ、兵士ニハ心ヲ一ツニシテ戦ワントスル士気ガ見エズ、ドウシタモノカト懼《オソ》レテオリマシタトコロ、今、我ラガ白旗ヲ掲ゲテオリマス戦場ニ突如トシテ八幡宮ヲ拝シマシタ。仏神ノ感応ガ熟シ、コノ義仲ノ祈願ヲ叶《カナ》エテクダサルコトハ明ラカデス。凶徒ノ討滅モ疑イアリマセン。歓喜ノ涙ガコボレ、アリガタサヲ肝ニ銘ジテオリマス。トリワケ我ガ曾祖父《ソウソフ》ノ前《サキ》ノ陸奥《ムツ》ノ守義家朝臣《カミヨシイエアソン》ハソノ身ヲ尊イ八幡大菩薩ノ氏子《ウジコ》トシテ捧ゲ、名ヲ八幡太郎ト号シマシタ。以来、ソノ一門ノ人間デハ子孫ノ誰一人トシテ八幡大菩薩ニ帰依シナイ者ハゴザイマセン。義仲モマタ子孫トシテ、長年敬イツヅケテオリマス。コノ義仲ハ、今、コノヨウナ大事ヲ起コシマシタガ、思エバ幼児ガ小サイ貝殻ヲモッテ大海ノ水ヲ計ルヨウナモノ。マタ、蟷螂《カマキリ》ガ斧《オノ》ヲ振リアゲテ大キナ車ニ向カウヨウナモノ。トハイエ、国ノタメ君《キミ》ノタメニコノ大事ヲ起コシマシタノデシテ、家ノタメ身ノタメデハナイノデス。義仲ノ深イ志《ココロザ》シハ天ニアル神ニ通ジマシタヨウデ、頼モシイコトデゴザイマス。悦《ヨロコ》バシイコトデゴザイマス。サラニ伏シテ願イマス。仏《ブッ》菩薩《ボサツ》ノゴ威光、霊神ノゴ助力ニヨリ、一挙ニ勝利ヲ決メマスコトヲ。凶徒ヲ四方ニ退散サセテクダサイマスコトヲ。ソウシテ、コノ義仲ノ丹誠コメタ祈リガ神仏ノ御心《ミココロ》ニ適《カナ》イ、ソノ深キゴ照覧ニヨッテ加護ヲ賜《タマ》ワルナラバ、マズ一ツノ吉兆ヲオ見セクダサイマセ。

寿永《ジュエイ》二年五月十一日。源《ミナモトノヨシナカ》義仲ガ敬《ウヤマ》ッテ白《モウ》シマス」

義仲の右筆、大夫房覚明はこう書いた。それから義仲自身をはじめとして、十三人が上差しの鏑矢《かぶらや》を抜きとり、願書といっしょに八幡大菩薩のご神殿に奉納した。

そのときだ。

頼もしいことがあった。大菩薩が義仲の二つなき真心をはるかにご覧になられたのだろう、雲の中から山鳩《やまばと》が三羽飛んで来て、源氏の白旗の上をひらひらと旋《めぐ》った。

鳩が。

鳩が。

ああ鳩が。数えればたしかに三羽。

昔、神功皇后《じんぐう》が新羅《しらぎ》をお攻めになったとき、味方の軍兵《ぐんぴょう》は弱く、対して異国新羅の軍兵は手強《てごわ》かった。もはやこれまでと見えたのだったが、そこで皇后が天にご祈願なされると、霊鳩《れいきゅう》が三羽飛んで来て楯《たて》の前面に現われ、新羅軍は敗《やぶ》れ去った。他にもまた、鳩が身をひるがえした昔年の場面がある。この義仲たちの先祖、源頼義朝臣《みなもとのよりよしあそん》が陸奥《むつ》にて安倍貞任《あべのさだとう》、宗任《むねとう》を攻められたときにも、味方の軍兵が弱く、蝦夷《えみし》の俘囚《ふしゅう》の長の子らが率いた賊軍のほうが手強かった。そこで頼義朝臣は敵の陣に向かって、「これは私という個人が放つ火ではないぞ。神火である」と言って火を放った。すると風が突然に吹き出して、夷賊《いぞく》にこの火を吹きつけ、貞任の館《やかた》である厨川《くりやがわ》の城は焼け落ちてしまった。その直前に頼義朝臣の陣の上には霊鳩が翔《か》けていた。その後に貞任と宗任は合戦に敗れて、滅びた。

木曾殿はこのような先例をお忘れにならなかった。鳩を認めるや、それも三羽の鳩を認めるや、馬から下りて兜を脱ぎ、手を洗い清め、口を濯《すす》いで、今、この霊鳩を拝みたもう。

その心のうち、頼もしい。

倶梨迦羅落《くりからおとし》——六万八千騎失《う》す

さあ、源平両軍は向かいあって陣を構えた。その間がわずか三町ほどの隔たりになるまで互いに兵を進めた。それからは源氏は進まなかった。平家も進まなかった。しかし源氏の側から弓に勝《すぐ》れる射手の乗った十五騎が、楯《たて》の前面に進み出て、全員が上差しの鏑矢《かぶらや》を平家側の陣に射込んだ。その鏑が、鳴る、鳴る、鳴る、十五本ぶん。平家は応じた。これが謀《はかりごと》とも知らず、同じく十五騎を出して、十五の鏑矢を射返した。

また十五本ぶん、鳴る。鳴る。

源氏は次いで三十騎を出した。射させた。

平家も続けて三十騎を出した。射させた。

鳴る。

鳴る！

五十本ぶん、鳴る！

五十騎を出せば五十騎が。

百騎を出せば百騎が。

鳴る、鳴る、鳴る、音が往《ゆ》き交う！

双方が百騎ずつを陣の前面に進ませている。双方、もちろん勝負を決しようと逸《はや》りたっている。しかし、源氏のほうでは実はわざと兵を抑えているのだった。勝負をさせない。

源氏はこうやって日が暮れるまで勝負を延ばし、平家の大軍を倶梨迦羅《くりから》が谷《たに》へ追い落とそうと企《たくら》んでいたのだが、それを少しも悟らないのが平家だった。源氏に一つひとつ応戦するのにかまけて日を暮らしたのだから、どうにも哀れだ。

そして夜陰が。

さあ、暗くなる。

すると源氏の、北と南とから回った搦手《からめて》の軍勢一万余騎が、峠にあった倶梨迦羅不動の堂の辺りで合流した。箙《えびら》の方立《ほうだて》を叩《たた》いた。箙の、下の箱の部分を。そして、鬨《とき》をあげる。

どっと鬨の声をあげた。

平家軍は後方をふり返る。

白旗だ。白旗が雲のように高く、高く掲げられている。

「この山は四方《よも》が岩や石であるから、敵はよもや搦手には回るまいよと思っていたのに」と平家の陣内の者たちは狼狽《ろうばい》する。「これはどうしたことなのだ、いったい！」

騒ぎに騒ぎ立った。

　さて木曾殿《きそどの》だ。搦手の軍勢一万余騎のあげる鬨の声にあわせて、木曾殿は大手《おおて》のほうから鬨を作られた。伏兵として松長《まつなが》の柳原《やなぎはら》と茱萸《ぐみ》の木林《きばやし》に控えていた一万余騎の軍勢、及び、日宮林《ひのみやばやし》にあった今井四郎《いまいのしろう》の率いる六千余騎の軍勢もまた同時に鬨の声をあげた。平家の前と後ろとに計四万騎が大声で叫ぶ声がある。山も川もただ一度に崩れるかと思われた。しだいに暗くはなる、前後から敵は攻めてくるで、平家のその陣容は崩れだした。木曾殿の企まれたとおりに。逃げ腰の軍兵《ぐんぴょう》に対して「見苦しいぞ、その様《さま》はなんだ！　引き返せ、引き返せ！」と叫ぶ者も多かったが、ひとたび浮き足だってしまった大軍を立て直すことは容易ではない。そうなのだ、総崩れは近い。避けられぬ。我さきにと倶梨迦羅が谷へ逃げ込んだ。まっ先に進んだ者の姿はもう見えなかったから、「この谷の底には抜け道があるに違いないぞ」とも思った。皆《みな》がみなだ。その急な坂道を、親が馬を下《くだ》らせれば子も下らせた。兄が馬で乗り入れるならば弟も続いた。主《しゅう》がその馬を走らせて下《お》りるのならば、むろん従《じゅう》たる家の子や郎等《ろうどう》も。こうして馬には人、人には馬が落ち重なる。

　重なる。

　転落、急落、無惨《むざん》に落ちる！　落ちる！

　あれほどに深い谷が七万余騎の平家の軍勢ですっかり埋まった。

　谷川が血で染まった。

岩間から湧いている清水が、ほら、赤い。

鮮血の赤ばかり。腥《なまぐさ》く赤い。

死骸は、ほら、うずたかく積み重なって丘をなした。

この倶梨迦羅が谷の付近には、だから、今も矢の穴や刀の疵《きず》あとが残っていると聞いている。

平家方が主《おも》な家来として頼りにされていた上総《かずさ》の大夫《たゆう》の判官忠綱《ほうがんだつな》も、飛騨《ひだ》の大夫の判官景高《かげたか》も、河内《かわち》の判官秀国《ひでくに》も、この谷底に埋もれて死んでしまった。備中《びっちゅう》の国の住人、瀬尾太郎兼康《せのおのたろうかねやす》という腕力に勝《すぐ》れた評判の武士も、ここで加賀《かが》の国の住人たる倉光《くらみつの》次郎成澄《じろうなりずみ》の手で生け捕りにされた。そして、あの、越前《えちぜん》の国の人打《ひうち》が城《じょう》で裏切った平《へい》泉寺《せんじ》の長吏斎明威儀《ちょうりさいめいいぎ》師《し》も捕らわれた。あの内通者当人が。木曾殿はおっしゃった。

「憎いなんぞという言葉では足りんぜ。その法師め、最初に斬らんとな。おお、ぶっ斬っちまえって」

命じて、これを斬ってしまわれた。

いっぽうで平氏の大将軍の維盛《これもり》と通盛《みちもり》とは不思議に命が助かった。加賀の国へ退却した。七万余騎の中で、逃《のが》れることができたのはわずかに二千余騎。

これが倶梨迦羅峠の合戦の顚末《てんまつ》。

翌十二日、鎮守府《ちんじゅふ》将軍として奥州《おうしゅう》を掌握していた藤原秀衡《ふじわらのひでひら》のところから駿馬《しゅんめ》を二頭、木曾殿に贈ってきた。一頭は黒月毛《くろつきげ》、一頭は連銭葦毛《れんぜんあしげ》。木曾殿はすぐにこれに鏡鞍《かがみくら》をつけて、白山《はくさん》神社に神馬《じんめ》として奉納された。

木曾殿はまず、言われた。

「今はもう心にかかることはない。皆目ないぜ」

木曾殿は次いで、言われた。

「しかし叔父《おじ》上の、つまり十郎蔵人行家《じゅうろうくろうどゆきいえ》殿が指揮される志保《しお》の合戦がどんな雲行きかは正直、ちょいと心にかかるな。どれ、行ってみるかよ《よ》」

そして木曾殿はその四万余騎の軍勢から馬や人を選りすぐって、二万余騎で急ぎ向かわれた。

氷見《ひみ》の湊《みなと》を渡ろうとしたときだったが、たまたま満潮時で、水が深いのか浅いのかがわからない。そこで、鞍を置いた馬十頭ばかりを試みに追い入れてみた。鞍爪《くらづめ》、すなわち鞍の前輪《まえわ》と後輪《しずわ》の下のほうの先端が水にひたる程度で、無事に向こう岸に着いた。「この水は浅いぞ、渡れ！」の号令一下、大軍二万余騎はみな馬を海中に乗り入れて渡った。

はたして十郎蔵人行家は、さんざんに平家の軍勢に蹴散らされて、退《しりぞ》いて馬の息を休めているところだった。

木曾殿は、おっしゃった。

「やはりかよ。義仲《よしなか》の案じたとおりだったってわけだ。わけだなあ。そうだろうが」

そして新手の二万余騎と入れ替え、平家三万余騎の中へ喊声《かんせい》をあげて駆け入った。

喊声を！

よう！　よほう！　よう！

入り乱れて戦う、劇烈《げきれつ》に。火が出るほどに。南無《なむ》！　なぁむ！　南無！　平家側は
しばらくの間は支えて防いだ、が、支え切れるものではなかった。

ついにそこをも攻め落とされた。

平家のほうで討ち死になさったのは、大将軍の三河《みかわ》の守知度《かみとものり》。これは入道相国《しょうこく》の末子《ばっし》だ。侍たちもずいぶん死んだ。

そして木曾殿は志保の山を越えて、能登《のと》の小田中《こだなか》、親王の塚の前に布陣した。

篠原合戦《しのはらがっせん》——屍《しかばね》が北陸につぎつぎと

陣を構えたのちに木曾殿《きそどの》は諸方の神社へ神領となる土地をご寄進された。白山《はくさん》の社《やしろ》へは横江と宮丸の荘《しょう》を。菅生《すごう》の社へは能美《のみ》の荘を。多田の八幡宮《はちまんぐう》へは蝶屋《ちょうや》の荘を。気比《けい》の社へは飯原《はんばら》の荘を。平泉寺《へいせんじ》へは藤島七郷《ふじしましちごう》を寄贈なさった。

源氏はこうだった。

いっぽう平家の軍勢の内では、何が。

そちらには関東の武者も混じっていた。先年の石橋山の合戦のとき、相模《さがみ》の国や武蔵《むさし》の国にありながら兵衛《ひょうえ》の佐《すけ》の源頼朝《みなもとのよりとも》殿に弓を引いた者たちが、都へ逃げ上《のぼ》って平家方に仕えていたためだ。その中で主《おも》だった者といえば、俣野《またの》の五郎景久《ごろうかげひさ》、長井《ながい》の斎藤別当実盛《さいとうべっとうさねもり》、伊東《いとう》の九郎祐氏《くろうすけうじ》、浮巣《うきす》の三郎重親《さぶろうしげちか》、真下《ましも》の四郎重直《しろうしげなお》で、これらの武者たちは合戦のあるまでしばらく休もうといって、連日寄りあっては各自の屯所《とんしょ》でかわるがわる主人役となって酒宴を開き、慰んでいた。まず最初に斎藤別当実盛の屯所に集まったとき、この斎藤別当が言った。

「つくづくと世の中の流れというものを見ると、源氏のほうが勢いあって強く、平家のほうは敗色濃厚だろうとこの実盛はお見受けした。そうであるからには、おのおの方《がた》、木曾殿のもとへ参ろうではないか。あちらにお味方すればよい」

「ああ、そうだなあ」

一同はこのように賛成した。

次の日に、この武者たちはまた浮巣の三郎の屯所へ寄り集まった。斎藤別当がそこで尋ねた。

「で、おのおの方、昨日この実盛が申したことは、いかがか」

すると名指されもせずに俣野の五郎が進み出て、こう言った。

「われらはなんといっても東国《とうごく》ではみな人に知られた名のある者だ。形勢がよいとなればそちらに味方し、またこちらに味方するというのは見苦しかろう。おのおの方のお考えは知らぬが、景久はこのまま平家のお味方でいて、まめ討ち死にでも遂げよう」

言った途端、聞いていた斎藤別当がからからと高笑いした。そして、こう説いた。

「実はな、昨日のあれはおのおの方のお心をちっとばかし試してみようとして申したこと。そのうえ、この実盛には覚悟がある。今度の戦《いく》さで討ち死にしよう、とのな。そして『二度と都へは帰らぬ』とみなにも言い置いた。大臣殿へもこの由《よし》すでに申しあげてある」

そのように在京の宗盛《むねもり》公のことにも言い及んだ。

そして全員がこの実盛の意見に賛成した。結局、この約束を違《たが》えまいとしたためか、酒宴のその席に連なっていた者たちは一人残らず北国《ほっこく》で討ち死にした。みな、この戦場で。

なんとも痛ましい。

ところで平家はどこに陣を構えたか。加賀《かが》の国の篠原《しのはら》だった。そこで人馬《じんば》の息を休めた。それから同じ寿永《じゅえい》二年五月の二十一日の辰《たつ》の刻《こく》、その辰の刻の一点めに、木曾義仲《よしなか》が篠原に攻め寄せて鬨《とき》の声をあげた。どっとあげた。平家のほうには畠山《はたけやま》の荘司《しょうじ》重能《しげよし》とその弟、小山田《おやまだ》の別当有重《べっとうありしげ》がいた。武蔵の国の住人であるこの坂東《ばんどう》平氏の二人は去る治承《じしょう》年間から今まで京都に大番《おおばん》役として召し置かれていたが、「お前たちは幾度もの合戦を勝ちぬいてきた老練な武士《もののふ》だ。このたびも戦さというもののやり方を指図せよ」と命ぜられて北国へ遣《つか》わされていた。兄弟で合わせてその勢は三百余騎、陣の前面に進んだ。源氏の側からは今井四郎《いまいのし》兼平《ろうかねひら》が三百余騎でこれに撃ち向かう。畠山と今井四郎は、初めは互いに五騎、十騎と出しあって勝負を挑む。

それからは両軍入り乱れて戦う。

五月二十一日の午《うま》の刻、すなわち時はまっ昼間、風はない、微風すら吹いていない、草葉《くさば》はそよりともせず、太陽はひたすら照りつけている。誰もが我劣らじと戦い、全身その酷暑に汗にまみれ、さながら一人ひとりの兵《つわもの》が水を流すに似る。

今井のほうでも軍兵《ぐんぴょう》が多く討たれ、死ぬ。

畠山のほうは家の子、郎等《ろうどう》を残り少なに討たれて、力及ばず退却する。

次は平家のほうから高橋《たかはし》の判官長綱《ほうがんながつな》が五百余騎で進み出た。木曾殿のほうからは樋《ひ》口次郎兼光《ぐちのじろうかねみつ》、落合五郎兼行《おちあいのごろうかねゆき》が三百余騎で急ぎこれに相対《あいたい》した。しばらくの間《か》は平家の軍勢も源氏勢を防いで奮戦した、が、高橋の配下にあったのは諸国からの駆り武者ばかりであったから、とことん立ち向かうということはなかった。結局、大将には続かずに我先にと逃げ出した。所詮は駆り武者、臨時傭《やと》いの兵士。高橋は心は逸《はや》りたつけれど、後ろに続く軍勢がない、あまりに背後が手薄でしかない。

力及ばず、高橋は退却する。

ただ一騎となって逃《のが》れる。その戦場から。

しかし、そんな高橋に越中《えっちゅう》の国の住人の入善小太郎行重《にゅうぜんのこたろうゆきしげ》が目をつける。

よい敵だ、とばかりに馬に鞭《むち》を入れ鐙《あぶみ》で腹を蹴り、その鞭と鐙とを合わせ、合わせ、だ！　だ！　駆けつける。

馬を横ざまに並べて、馬上から組みつく。

高橋は入善を摑《つか》んで鞍《くら》の前輪《まえわ》に押しつける。問う。

「何者だ、あなたは。名乗れ。聞こう」

「越中の国の住人、入善小太郎行重、生年《しょうねん》十八歳」

「おお痛ましや。この長綱の子も去年先立って死に、今年生きていれば十八歳！　あなたのな、首をな、本来ならば捩《ね》じ切って捨てるところだが、助けよう」

高橋の判官長綱は十八歳の入善を許した。自らも馬から下り「しばらく味方の軍勢が来るのを待とう」と言って休んだ。入善はその傍《かたわ》ら、こう思っていた。「俺の命を助けてくれたが、ああ立派な敵だ。討ちたい、だからこそ討ちたいぞ。なんとしても」と。高橋は、そんな入善の心中など知らぬ。すっかり気を許して、警戒の色など持たずに話をしていた。

入善はとんでもない早業《はやわざ》の男だった。

いきなり刀を抜いた。飛びかかった。

高橋の兜《かぶと》の内側を刺した。顔面を。一度、二度。

そこへ入善の郎等が三騎、後《おく》れ馳《ば》せに駆けつけた。いっしょになった。

高橋の心は奮う、奮い立つ。しかし心だけが。運の尽きなのか、敵は多勢で、しかも深傷《ふかで》を負ってもいる。そして、だから、そこでついに討たれる。

畠山の兄弟が退《しりぞ》き、高橋の判官長綱は討ち死にした。その次は。平家のほうからは武蔵《むさし》の三郎左衛門《さぶろうざえもん》有国《ありくに》が三百騎ばかりで突撃した、喊声《かんせい》をあげて。源氏のほうからは、仁科《にしな》、高梨《たかなし》、山田次郎《やまだのじろう》が五百余騎で駆け向かった。しばらくは防戦し、とはいえ有国のほうの軍勢は多くが討たれた。有国は敵陣深く、深く攻め入って戦う。箙《えびら》に入れていた矢を全部射尽くす。馬までも射られ、徒歩《かち》立ちとなる。刀を抜いた。戦った。数多くの敵を討ちとった。しかし矢が。

有国に刺さる。

七本。

八本。

有国は立ったまま死ぬ。

大将がこのように討たれて、配下の軍勢はみな逃げ去る。

実盛《さねもり》――老いた侍死す

　また、平家勢にはこの他に実盛《さねもり》がいた。武蔵《むさし》の国の住人、長井《ながい》の斎藤別当実盛《さいとうべっとうさねもり》は、味方は総崩れになったにもかかわらずただ一騎引き返し、引き返し敵に当たって、防ぎ戦った。実盛には心に期することがあった。だから次のような若々しい装いをしていた。赤地の錦《にしき》の直垂《ひたたれ》に萌黄威《もえぎおどし》の鎧《よろい》を着て、鍬形《くわがた》を打った兜《かぶと》の緒を締め、黄金作《こがねづく》りの太刀《たち》を佩《は》き、切斑《きりふ》の矢を背負い、滋籐《しげどう》の弓を持ち、連銭葦毛《れんぜんあしげ》の馬に金覆輪《きんぷくりん》の鞍《くら》を置いて乗っていた。そんな実盛に、木曾殿《きそどの》のほうの武者、手塚太郎光盛《てづかのたろうみつもり》が目をつけた。

　よい敵だ、と。そして言葉をかける。

「おお、殊勝！　そちらはどういう方でいらっしゃるか。味方は全軍落ちてしまったというのに、ただ一騎踏みとどまり、戦われるとは。立派、ご立派！　お名前頂戴《ちょうだい》したい」

「そういうあなたは、誰だろうな」

「信濃《しなの》の国の住人、手塚太郎金刺光盛《てづかのたろうかねざしのみつもり》」

　手塚は名乗った。

「よい敵。お互いにな」と実盛は言った。「しかしあなたを見下げるわけではないが、私は心に期することがあるので、名乗らぬ。さあ、寄れ。組もう！　手塚」

二人は、馬を横ざまに並べた。そこに手塚の郎等《ろうどう》が後《おく》れ馳《ば》せに駆けつけた。主人の手塚を討たせまいと中に割って入り、斎藤別当実盛にむんずと組みついた。

「あっぱれ！」実盛は言った。「お前は日本一の剛《ごう》の者《もの》と組もうというのだな。こやつめ！」

摑《つか》んで、引き寄せた。

鞍《くら》の前輪《まえわ》に押しつけた。

首をかき切り、捨てた。

手塚太郎はそうやって郎等が討たれるのを見た。左手に回った。実盛の鎧《よろい》の草摺《くさずり》を引きあげて、一度、二度と刀を刺し、弱ったところを組みつき、ともに馬から落ちた。地面へ。

斎藤別当の心は逸《はや》っている。しかし、すでに戦い疲れている。なにより老い武者である。手塚の下に組み伏せられた。手塚は後れ馳せに来た自らの郎等に、首を、斎藤別当のその首を取らせた。

それから自陣に戻った。木曾殿の御前《ごぜん》に馬を走らせて参り、こう言った。

「この光盛、ただいま異様な曲者《くせもの》と組んで、討ちとってまいりました。侍かと思うと大将軍の装束《しょうぞく》である錦の直垂を着ております。ならば大将軍かというと、後に続く軍勢もございませぬ。『名乗れ、名乗れ』と責めましたけれども、最後まで名乗りませぬ。声は関東訛《なま》りでございました」

木曾殿はおっしゃった。

「おい、この首は斎藤別当に違いなかろうぜ。ただしだ、斎藤別当はこの義仲《よしなか》が上野《こうずけ》の国へ行ったときに見たところ、すでに白髪まじりだったぞ。当時の幼い目をもって見たところ、すでにだぞ。ならば今はすっかり白髪になっていて当然だってわけだが、なんだなんだこれは。この首のありさま、どうしたことだ。鬢《びん》や鬚《ひげ》の黒いのはよ、怪《け》訝《げん》きわまりないぞい、おい。あれだな、樋口次郎《ひぐちのじろう》は日頃親しい仲であったはずだったな。とすれば顔を見知っているであろうから、よし、ここへ樋口を呼べい!」

こうして樋口を呼ばれた。

樋口次郎はただひと目見るなり、言った。

「なんと、ああ、いたわしい。斎藤別当でございますよ」

「それならば今は齢《よわい》七十も過ぎてよ、すっかり白髪になっているだろうによ」と木曾殿は問われた。「それなのに鬢や鬚が黒いっていうのは、なぜだ」

樋口次郎は泣いた。はらはらと涙を流した。

「そのわけを申しあげようと存じますが」と樋口次郎は言った。「あまりに不憫《ふびん》でありまして、自分は不覚にも涙があふれてしまいました。弓矢を取る者はやはり、いざというときのために、ちょっとした折りにも思い出となるような言葉を言い残しておくべきでございますね。斎藤別当はこの兼光《かねみつ》に向かっていつも話しておりましたよ。『六十を過ぎて戦場へ向かうときは、鬢や鬚を黒く染めて若々しくしようと思っているのだ。それというのもだ、若い侍たちと競って先駆けをするのも大人げないし、だからといって老い武者だと人に侮《あなど》られるのも口惜しいからな』と。ああ、だから、やはり黒々と染めておりました！　その首、洗わせてご覧なされませ」

「ぬう。そうかもしれん。しれんぞい」

木曾殿は言われて、洗わせ、ご覧になった。

たしかに白髪になっていた。

その実盛の首は。

錦の直垂を着用していたわけを今から語る。斎藤別当は京を発《た》つ前、最後の暇乞《いとまご》いにと前《さき》の内大臣の平《たいらのむねもり》宗盛公のところに参って、こう申したのだった。

「以下のこと、実盛一人だけの責めではございませんが、先年東国《とうごく》での合戦に向かいましたときに、富士川《ふじがわ》にて水鳥の羽音に驚き、矢一つすらも射かけず、駿河《するが》の国《くに》の蒲《かん》原《ばら》から京に逃げ上《のぼ》ってまいりました大失態、この実盛の老後に及んでのたいへんな恥辱でございます。今度北国《ほっこく》に向かいましては、きっと討ち死にする覚悟でございます。そう致しますについて、お願いがございます。実盛はもと越前《えちぜん》の国の者。近年は平家のご領地の別当として武蔵の国の長井に居住しておりましたが、つまり今回、故郷に戻るわけでして。あの喩《たと》えというものがございます。『故郷へは錦を着て帰れ』との。そこで、このたびの戦《いく》さ、どうか錦の直垂を着ることをお許しください」

宗盛公は「けなげにも申し出たものよ」とおっしゃった。

そして錦の直垂をこの老いた侍に許されたのだ。

昔、大陸にて武帝《ぶてい》に仕えた朱買臣《しゅばいしん》は、故郷の太守となるまで立身出世し、錦の袂《たもと》を会稽山《かいけいざん》にひるがえした。今、この国の斎藤別当は、勇名をその故郷たる北国に轟《とどろ》かせた。そのようにも語れる。しかし名は不朽のものとなったにしても肉体はそうではない、空《むな》しく朽ちる、失われる。その屍《しかばね》が北陸道の果ての塵《ちり》となったこと、痛ましい。

さて平家軍の敗北とは、ここまでに述べたとおり。去る四月十七日に都を十万余騎で出発したときには、何者もこれに敵対はできまいと思われる様子だった。それが今、この五月の下旬に都へ帰り上るときは、軍勢はわずかに二万余騎。

わずかに、わずかに。

この大敗。

そのために次のように申す人々も、あった。

「物の本にあるぞ。『川の流れを干《ほ》してしまって漁《すなど》れば、たしかに多くの魚を獲《え》る。しかし翌年には獲《と》るべき魚がいない。林の緑を焼いてしまって狩りをすれば、たしかに多くの獣を捕まえられる。しかし翌年には捕まえるべき獣はいない』と。つまりだ、平家も後《のち》のことを考えて、都に少々の軍勢は残しておくべきだったのだ」

玄昉《げんぼう》――都、陰々滅々

上総《かずさ》の守《かみ》の藤原忠清《ふじわらのただきよ》とその弟の飛騨《ひだ》の守景家《かげいえ》は、一昨年、入道相国平清盛《しょうこくたいらのきよもり》公が薨《こう》ぜられたときに二人とも出家をしていたのだが、今度北国《ほっこく》で子供たちがみな討ち死にしたと聞いて、その悲歎《ひたん》が積もったのか、ついに歎《なげ》き死《じ》にをして果てた。これをはじめとして、親は子に先立たれ、妻は夫に死に別れ、都の中ではどの家も門戸を閉ざした。そして声々に念仏を唱える。たとえば南無阿弥陀仏《なむあみだぶつ》と。南無と。あるいは喚《おめ》き、叫ぶ。そうしたことがおびただしい。

都だけではない。およそ遠国《おんごく》も近国《きんごく》も、同様のありさまだったろう。

平家に打つ手はあったか。

まずは神に祈願するしかない。それも、神威最大であるものに。

だから六月一日、蔵人《くろうど》の右衛門《うえもん》の権佐藤原定長《ごんのすけふじわらのさだなが》が神祇《じんぎ》の権少副《ごんのしょう》の大中臣親俊《おおなかとみのちかとし》を殿上《てんじょう》の間《ま》の戸口に呼んだのだった。そして兵乱が鎮まったならば、伊勢大神宮《いせだいじんぐう》へ行幸《ぎょうこう》あらせられる由《よし》、ご内意を申し伝えた。

伊勢の大神宮というのは、天上の神々の国である高天原《たかまのはら》から天降《あまくだ》られたのを、崇神《すじん》天皇の御代《みよ》の二十五年三月、大和《やまと》の国の笠縫《かさぬい》の里から伊勢の国の度会《わたらい》の郡《こおり》の五十鈴川《いすずがわ》の地に立派な神殿を建ててお遷《うつ》しし、その神殿は地下に埋めた礎石のうえに揺るがぬ太い柱を立てるという造営なのだが、そうやってお祀《まつ》り申しあげて以来、日本六十余州の三千七百五十余社の大小の天の神、地の神、冥府《めいふ》の神のなかで並ぶ者のないおん神、おん社《やしろ》だ。しかし、歴代の天皇は一人もご参詣に行幸されることがなかった。それが聖武《しょうむ》天皇の御代に、変わった。当時、左大臣藤原不比等《ふじわらのふひと》の孫で参議《さんぎ》式部《しきぶ》の卿宇合《きょううまかい》の子の、藤原広嗣《ふじわらのひろつぎ》という人がいた。右近衛《うこんえ》の権少将《ごんのしょうしょう》で大宰《だざい》の少弐《しょうに》を兼ねていた。この広嗣が、天平《てんぴょう》十五年十月、肥前《ひぜん》の国の松浦《まつら》の郡にて数万もの凶賊《きょうぞく》を組織して叛乱《はんらん》を起こし、すんでのところで国家を滅亡の危機に陥《お》とそうとした。そこで大野東人《おおののあずまうど》を大将軍として広嗣を追討せられ、このとき、初めて天皇が伊勢の大神宮に行幸なさったと聞く。このたびはその先例に拠《よ》るということだった。

ところでその広嗣だ。乱を起こしたこの人物は、九州は肥前の松浦から都へわずか一日で往復できる駿馬《しゅんめ》を持っていた。追討せられたときも、味方の凶賊がみな逃げ散り、滅びてしまった後、この馬にうち乗って海中に駆け入り、歿《ぼっ》したという。高麗《こうらい》に逃《のが》れようとして果たせなかったとも。その亡霊が暴れて恐ろしいことが多々あった。なかでも語っておくべきは、天平十八年六月十八日、筑前《ちくぜん》の国の御笠《みかさ》の郡の太宰府《だざいふ》の、観世音寺《かんぜおんじ》の供養があったときのことだ。その導師には玄昉《げんぼう》僧正がなったという。玄昉僧正が高座にのぼり、敬白《けいびゃく》の鐘《かね》を打ち鳴らすと、急に空が暗くなった。雷がおびただしく鳴った、鳴り響いた。そして玄昉の上に落ちかかり、そのまま首を取って雷雲のなかへ入ってしまった。なぜか。広嗣を追討したときに、誰あろうこの玄昉僧正が調《ちょう》伏《ぶく》したためだと言われている。

ところで、その僧正だ。この人物は吉備《きび》の大臣が唐《とう》に渡ったときに随行して、法相《ほっそう》宗《しゅう》を日本に伝えた。ある唐人が玄昉というその名を笑って、「玄昉という音《おん》は『還亡《げんぼう》』に通じる。還《かえ》って亡《ほろ》ぶという響きだぞ。なんとしても帰国ののち、事件に遭う人であるよ」と占ったなどとも伝えられている。

なるほど。

事件には続きがあって、これも天平十九年の、同じ六月十八日のことだ。いっさい肉も毛もついていない頭骨が、つまり髑髏《しゃれこうべ》が、興福寺《こうふくじ》の庭に落ちてきた。しかも髑髏には「玄昉」と銘が書かれてある。のみならず、落ちてきたその刹那《せつな》、人ならば千人ほどの声が虚空でどっと笑った。なぜか。なぜこの寺か。興福寺が法相宗の本山だからだ。玄昉僧正の弟子たちはこの髑髏を拾い、塚を築いてそこに納め、頭墓《ずはか》と名づけた。それは今も残っている。以上、いっさいは広嗣の亡霊の所業だった。このことによって亡霊は神として祀られることになった。

それも今もある。

肥前の国の松浦の、鏡の宮というのが、これだ。

そして祈り、祈り、神への祈禱《きとう》。嵯峨《さが》天皇の御代にはあの尚侍《ないしのかみ》の藤原薬子《ふじわらのくすこ》の勧めによって先帝平城《へいぜい》天皇が乱を起こされ、その鎮定のご祈願のために嵯峨天皇は第三皇女の有智《ゆうち》内親王を賀茂《かも》の斎院《さいいん》にお立てになった。これが斎院の始まりだ。朱雀《すざく》天皇の御代には平将門《たいらのまさかど》と藤原純友《ふじわらのすみとも》の乱を鎮めるため、石清水八幡宮《いわしみずはちまんぐう》の臨時の祭りが始められた。

祈り、祈り。

今度もこのような先例に倣《なら》って、いろいろのご祈禱が始められたのだ。

それだけを、打つ手として。

木曾山門牒状《きそさんもんちょうじょう》――義仲《よしなか》から延暦寺《えんりゃくじ》へ

都と平家から目を転じれば、木曾《きそ》だ。

木曾義仲《きそよしなか》。

この木曾は越前《えちぜん》の国府に着いた。そこで家の子、郎等《ろうどう》を呼び集めて、評定《ひょうじょう》した。

「さあてと。この俺、義仲は近江《おうみ》の国を通って都へ入ろうと思うぜ。しかし、その折りにだ、例によって比叡山《ひえいざん》のあの山法師《やまぼうし》どもがこっちの進軍を邪魔するなんぞということもありうるぜ。もちろんだ、それを駆け破って通るのはたやすいわなあ。しかしな、平家がここ最近仏法をも眼中に置かずにだな、寺を滅ぼし僧を殺し、そんなふうに悪行《あくぎょう》を重ねているからこそ、俺たちは都を守護せんがために上洛《じょうらく》しようとしているってわけでよ。なのになあ、比叡山が平家のほうに荷担しているからって山門《さんもん》の大衆《だいしゅ》に向かい合戦を仕掛けたとするならばだ、これは平家の二の舞だろうが。そっくり同じだろうよ。さて、つまりはこれこそ見かけによらぬ難題だってわけだなあ。困ったぞい。どのようにしたらよいもんか」

木曾はこう言われた。右筆《ゆうひつ》として連れておられた大夫房覚明《だいぶぼうかくめい》が、口を開いた。

「山門の衆徒《しゅうと》は三千人おります。必ずしも心を一つにしているわけではありません。なにしろ三千人もいるのですから、みな思うこと考えることはまちまちです。あるいは源氏に付こうという衆徒もございましょう。あるいはまた平家に味方しようという大衆も。ここは牒状《ちょうじょう》を送ってご覧ください。その返牒《へんちょう》によって、事の様子は示されましょう」

「なるほどな。覚明よ、もっともだわい」と木曾は言われた。「それではお前、覚明よい、書け」

覚明に牒状を書かせたのだった。山門へ送った。

その牒状に書かれていたところは、こうだ。

「義仲ガツクヅク平家ノ悪逆ノサマヲ見ルト、保元《ホウゲン》年間、マタ平治《ヘイジ》年間コノカタ、久シク臣下トシテノ礼ヲ失シテオリマス。ニモカカワラズ貴賤《キセン》トモニ両手ヲ組ンデコレニ敬礼シ、僧俗トモニ平家ノ足下《アシモト》ニ平伏《ヒレフ》シテオリマス。平家ハホシイママニ皇位ヲ左右シテオリマス。思ウガママニ国郡ヲ掠奪《リャクダツ》シ、横領シテオリマス。道理カ非道理カヲ問ワズニ権門勢家《ケンモンセイケ》ノ財産ヲ奪イ、有罪カ無罪カモ構ワズニ公卿《クギョウ》、大臣、君《キミ》ノ近臣タチヲ流刑ニ処シ、死刑ニ処シ、ソノ資財ヲ取リアゲテ悉《コトゴト》ク郎従ニ与エ、ソノ荘園《ショウエン》ヲ没収シテ勝手ニ自分タチノ子ニ分配シ孫ニ分配シテオリマス。特ニ申シアゲネバナリマセンガ、去ル治承《ジショウ》三年十一月ニハ後白河《ゴシラカワ》法皇ヲ鳥羽《トバ》ノ離宮ニ遷《ウツ》シタテマツリ、関白藤《フジ》原《ワラノ》　基房《モトフサ》公ヲ西海《サイカイ》ノ僻地《ヘキチ》ニ流シタテマツリマシタ。シカシ人々ハ口ニ出シテ平家ヲ難《ナン》ジルコトハ叶イマセンデシタ。詰《ナジ》ルコトハデキズ、タダ路上デ目配セヲシテ不平ノ意ヲ通ズルダケデシタ。サテ、平家ハソレノミナラズ、同ジ治承四年ノ五月ニハ法皇ノ第二ノ皇子《オウジ》以仁王《モチヒトオウ》ノ御所ヲ包囲シタテマツリ、朝廷ヲ驚カセマシタ。タメニ以仁王ハ不当ノ迫害ヲ逃《ノガ》レヨウト園城寺《オンジョウジ》ヘヒソカニオ入リニナッタノデス。ソノトキ、コノ義仲ハ前モッテ平家追討ノ令旨《リョウジ》ヲ賜《タマ》ワッテイタコトニヨッテ、馬ニ鞭《ムチ》打ッテ馳《ハ》セ参ジヨウトシマシタガ、途上ニアフレル敵勢ニ阻マレテ事前ニ参上スルコトガデキマセンデシタ。近国《キンゴク》ノ源氏デスラ参レナカッタノデスカラ、マシテヤ信濃《シナノ》トイウ遠国《オンゴク》ニアッタ義仲ニハドウニモ叶《カナ》ワナカッタノデス。シカルニ園城寺ハ境内モ狭ク、地形モ不利、マタ手勢モ少ナイト、モロモロ無力《ブリョク》デシタノデ以仁王ハ奈良ヘ向カワレマシタガ、ソノ途中、宇治橋《ウジバシ》デ合戦ニ及ンダノデシタ。大将三位《サンミ》入道　源　頼政《ミナモトノヨリマサ》父子ハ、命ヲ軽ンジテ義ヲ重ンジ、奮戦シタノデスケレドモ、多勢ノ敵ニハ抗シガタク、ツイニ屍《シカバネ》ヲ宇《ウ》治川《ジガワ》ノ岸辺ニサラシ、生命ヲ同ジソノ大河ノ波ニ流スコトトナッテシマイマシタ。義仲ハ、令旨ノ趣旨ハ肝ニ銘ジテオリマス。同ジ源氏ノ一族トシテノ悲シミ、マコトニ魂ヲ消スホドデアリマス。コレニヨッテ東国《トウゴク》ト北国《ホッコク》ノ源氏タチハオノオノ上洛ヲ企テ、平家ヲ滅ボソウト欲シマシタ。コノ義仲ニ関シテ語レバ、去年ノ秋、長年ノ宿望ヲ達センガタメニ旗ヲ揚ゲタノデス。スルト剣ヲトッテ信州ヲ出タ日ニ越後《エチゴ》ノ国ノ住人ノ城四郎長茂《ジョウノシロウナガモチ》ガ数万ノ軍兵《グンピョウ》ヲ率イテ向カッテキタノデ、信濃ノ国ハ横田河原《ヨコタガワラ》デ合戦シマシタ。義仲ハワズカ三千余騎デソノ数万ノ兵ヲ撃破シマシタ。ソウシタ風聞ヲ伝エ聞イテ平家ノ大将ハ十万ノ軍兵ヲ率イテ北陸ニ向カイ進発シマシタ。義仲ハコレト越前、越中《エッチュウ》、加賀《カガ》ノ国、砺浪《トナミ》、黒坂《クロサカ》、志保坂《シオサカ》、篠原《シノハラ》以下ノ城郭ニオイテ数度ニワタリ合戦シタノデスケレドモ、陣中ニテ作戦ヲ立テ、タチマチ目前ニ勝利ヲ得タノデシタ。ドウデスカ、撃テバ必ズ敵ヲ屈伏サセ、攻メレバ必ズ敵ガ降伏スルコトハ、秋ノ風ガ芭蕉《バショウ》ノ葉ヲ破ルヨウデスシ、冬ノ霜《シモ》ガ多クノ葉ヲ枯ラスノト同ジコトデショウヨ。コレハ偏《ヒト》エニ神仏ノ助ケニヨルノデアッテ、マッタク義仲ノ武略ニヨルモノデハナイ。

サテ平家ガ敗北シタ今、義仲ハ上洛ヲ企テテイルノデ、間《マ》モナク比叡山ノ麓《フモト》ヲ過ギテ京都ノ町ニ入ルダロウガ、コノトキニ当タッテ、ヒソカニ疑イ危ブンデモイル。ソモソモ天台ノ衆徒ハ、平家ニ同心スルノカ、源氏ニ協力スルノカ。ドチラナノカ。モシモ平家ノ悪徒ヲ助ケラレルノデアレバ、義仲ハ衆徒ニ向カッテ合戦スルワケダガ、ドチラナノカ。モシモ合戦スレバ比叡山ハタチマチ滅亡スルダロウガ、ドチラナノカ。トテモ悲シイコトダ、平氏ガ天皇ノオ心ヲ悩マシ仏法ヲ滅ボスカラコソ義仲ハ正義ノ兵ヲ起コシテソノ悪逆ヲ鎮メヨウトシテイルノニ、突然ニ三千ノ衆徒ニ向カッテ不慮ノ合戦ヲシナケレバナラヌコトハ。マタ、同時ニコレハ痛マシイコトダ、延暦寺《エンリャクジ》ノ本尊薬師《ヤクシ》如来《ニョライ》ト日吉《ヒエ》神社ニ憚《ハバカ》リタテマツッテ進撃ヲ遅ラスコトガアレバ朝廷ニ対スル怠慢デ不忠ナル臣下トナッテシマイ、武人ノ名誉ヲ損ナイ長ク謗《ソシ》リヲ残シテシマウコトハ。マッタク困惑シテイル。義仲ハ、イカニスベキカ迷ッテイル。ソノタメ、コウシテ事情ヲ申シアゲル次第デアル。願ワクハ三千ノ衆徒ヨ、神ノタメ仏ノタメ国ノタメ君《キミ》ノタメニ、源氏ト心ヲ同ジュウシテ凶徒ヲ討チ、天子ノ善政ニヨルゴ恩沢ヲ受ケテイタダキタイ。誠意ヲコメテオ願イイタシマスヨ。義仲恐レ畏《カシコ》マリ慎ンデ申シアゲル。

寿永《ジュエイ》二年六月十日。源 義仲《ミナモトノヨシナカ》。

差シ上ゲル。恵光房律師《エコウボウリッシ》ノ御房《オンボウ》へ」

こう書かれていたし、覚明はこう書いたのだ。

返牒《へんちょう》――延暦寺《えんりゃくじ》から義仲《よしなか》へ

比叡山《ひえいざん》。そう、叡山。そして言うところの、山門《さんもん》。そこに届けられた。義仲《よしなか》の牒状《ちょうじょう》は。

山門の大衆《だいしゅ》はこれを開き見て評議するが、あんのじょう意見はまちまちだった。源氏に付こうという衆徒《しゅうと》があり、また平家に味方しようという大衆もある。それぞれが思い思いに意見を唱えて、ばらばらでしかない。そこで老僧たちが評議したが、語りあったのは次のようなことだった。

「所詮はだ、我らはもっぱら天皇の御代《みよ》というものが天地とともに長久ならんことをお祈り申している。平家は当代の天皇のご外戚《がいせき》であり、山門にも深く帰依しておられるから、今に至るまで我らは平家の繁栄を祈誓してきた。しかしながら、どうだ。平家の悪行《あくぎょう》はすっかり度を越し、万民がこれに背《そむ》いている。叛乱《はんらん》平定のための討《う》っ手《て》を諸国へ遣わすけれども、かえって賊軍に滅ぼされている。いっぽうで源氏は近年以降、たびたびの合戦に勝利し、まさに運が開けようとしている。どうして我ら比叡山のみが運の衰えた平家に味方し、運の開けてくる源氏に背くことがあろう。たしかに平家とはこれまで親しくしてきたが、さあ、今は当然のようにその好《よし》みを断《た》ち、源氏に協力すると決めよう。そう決意を固めるべきだ」

このように発議した。

一同、これに賛意を表した。

そして返牒《へんちょう》を送ったのだった。

延暦寺《えんりやくじ》から義仲へ。木曾《きそ》義仲へ。

木曾殿はふたたび家の子、郎等《ろうどう》を呼び集めて、この返牒を覚明《かくめい》に披《ひら》かせられた。

「六月十日ノゴ書状ハ同月十六日ニ到着、ソノ文面ヲ披イテ読ミマシテ、日頃ノ鬱々《ウツウツ》タル思イガイッペンニ消エ失《ウ》セマシタ。オヨソ平家ノ悪逆ハ多年ニワタリ、ソノタメ朝廷ノ騒動ハ熄《ヤ》ムコトガアリマセン。コレハ人々ノヨク言ウトコロデアリマシテ、詳シク述べ尽クスコトモデキマセン。ソモソモ比叡山ハ帝都ノ鬼門《キモン》ニ当タル東北ヲ守ル寺トシテ国家鎮護ノ祈禱《キトウ》ヲ精魂コメテ行ナッテマイリマシタ。トコロガ天下ハココ久シク平家ノ暴逆ニヨッテ損《ソコ》ナワレマシテ、国内ハイツマデモ安泰トナラズニオリマシタ。顕教《ケンキョウ》ト密教ノ仏法ハナイノモ同然デ、王法ヲ護《マモ》ラレル神々ノ威光モシバシバ曇ッテイルカノヨウデス。シカルニ、ココニ貴殿ガイラッシャル。貴殿ハタマタマ先祖代々ノ武将ノ家ニ生マレテ、幸イナルカナ、当代デ随一ノ人物デイラッシャル。カネテカラ奇謀ヲメグラシ、タチマチニ義兵ヲ起コシ、死ヲ賭シテ大キナ戦果ヲアゲラレマシタ。ソノ合戦ノ労ハマダ二年ニモナラナイトイウノニ、スデニ武名ハ全国ニ轟《トドロ》イテオリマス。我ラ比叡山ノ衆徒ハ、早クモコレヲ聞キマシテ喜ンデオリマス。国家ノタメ、代々ノ武将ノ家デアル源氏ノタメ、ソノ武功ニ感ジ入ッテイルノデス。ソノ武略ニ感動シテイルノデス。コウシタコトデアレバ、比叡山上ノ精魂コメタ我ラノ祈禱ハ無駄デハナカッタ。国内ノ守護モヤハリ果タサレテイタ。コノ延暦寺ハ当然ナガラ、他ノ寺ニモマシマス仏モ、日吉《ヒエ》神社ノ本社、末社ニ祀《マツ》ラレル神々モ必ズヤソノ教法ガフタタビ栄エルコトヲ喜バレマショウ。崇敬ノ信仰心ガ昔ノヨウニ復スルコトヲ喜バレマショウ。衆徒タチノ心中ハ、ドウゾゴ賢察アレ。シカラバ冥界ニアッテハ十二神《ジュウニジン》将《ショウ》ガ畏《オソ》レ多クモ薬師如来《ヤクシニョライ》ノ使者トシテ凶賊追討ノ勇士ニ加ワリマスゾ。コノ世ニアッテハ我ラ三千ノ衆徒ガシバラク修学勤行《シュガクゴンギョウ》ヲ中止シテ悪人処罰ノ官軍ヲオ助ケ申シマスゾ。止観十乗《シカンジュウジョウ》ノ仏ノ風ハ悪《ア》シキ輩《トモガラ》ヲ日本国外ニ払イ除ケ、瑜伽《ユガ》三密《サンミツ》ノ教エノ雨ハ現在ノ世情トイウノヲ堯《ギョウ》ノ聖代ノ昔ニ復《カエ》スデショウ。衆徒ノ決議シタトコロハ以上ノトオリデス。ヨクヨク察シテクダサイマセ。

寿永《ジュエイ》二年七月二日。大衆等《ダイシュラ》」

こう書かれてあった。

平家山門連署《へいけさんもんへのれんじょ》——平家の十名から延暦寺《えんりゃくじ》へ

木曾義仲《きそよしなか》と比叡山《ひえいざん》はこうして書状を交わしたが、平家はそれを知らない。平家はこの比叡山延暦寺《えんりゃくじ》の動きを知らない。だから、こう言った。山門《さんもん》の力を恃《たの》んで、こう言った。

「興福寺《こうふくじ》と園城寺《おんじょうじ》とは平家を深く怨《うら》んでいるであろう今であるから、誘いかけてもよもや味方をすることはあるまい。しかし当家はまだ山門の怨みをうけることはしていない。かつ山門もまた当家に対して不忠な行ないはしていない。ここは山王大師《さんのうだいし》に祈誓して、やはり、三千の衆徒《しゅうと》をこちらの味方にしたい」

こう言いあったのだ。

それから一門の公卿《くぎょう》十人が同意見の連名の願書を書き、山門へ送った。

その願書に書かれていたのは、こうだ。

「敬白。延暦寺ヲモッテ平家ノ氏寺《ウジデラ》ニ准ジ、日吉《ヒエ》神社ヲ氏神《ウジガミ》トシテ、ヒタスラ天台ノ仏法ヲ仰グツモリニゴザイマスコト。

右ハ平家一門ノ者タチガ、コトニ祈誓スルトコロデアリマス。ソノワケトイウノハ、コウデゴザイマス。比叡山ハ桓武《カンム》天皇ノ御代《ミヨ》ニ、伝教大師《デンギョウダイシ》ガ唐《トウ》ニ渡ッテ帰国サレタ後《ノチ》、天台ノ仏教ヲコノ地ニ弘《ヒロ》メ、毘盧遮那仏《ビルシャナブツ》ノ大戒ヲコノ山内ニ伝エテ以来、モッパラ仏法繁盛ノ霊山トシテ鎮護国家ノ道場ノ任ヲ果タシテマイリマシタ。トコロガ今、伊豆《イズ》ノ国ノ流人《ルニン》ノ源頼朝《ミナモトノヨリトモ》ガソノ身ノ罪ヲ悔イルコトナク、カエッテ朝廷ノ法ヲ侮《アナド》リ、挙兵シテオリマス。ソレバカリカ、コノ謀叛《ムホン》ノ企テニ荷担シテ法ヲ嘲《アザケ》ル源氏ドモハ、義仲、行家《ユキイエ》以下、徒党ヲ組ンデ数多クアリマス。近国《キンゴク》モ遠国《オンゴク》モト数カ国ヲ掠奪《リャクダツ》シ占領シ、産物モ年貢モト何モカモ横領シテオリマス。ダカラコソ我々ハ、一ツニハ平家一門ガ代々立テテキタ勲功ノ跡ヲ受ケツギ、一ツニハ現在ノ武芸ニヨッテ、『速ヤカニ賊徒ヲ追討シ、逆賊ヲ降伏サセヨ』トノ勅命《チョクメイ》ヲ賜《タマ》ワリ、幾度《イクタビ》モ征伐ヲ企テテマイリマシタ。我々ハ魚鱗鶴翼《ギョリンカクヨク》ノ陣ヲ布《シ》イテ合戦シマシタトモ、シカシ官軍ニ利ガゴザイマセンデシタ。我々平家ハ、星ノヨウニ煌《キラ》メク旗ト雷ノヨウニ閃《ヒラメ》ク矛《ホコ》ヲモッテ攻メマシタトモ。シカシ賊軍ガ優勢デゴザイマシテ勝チヲ得ルカニ見エテオリマス。モシモ神仏ノゴ助力ヲ得ラレナケレバ、ドウシテ源氏ドモノ叛乱《ハンラン》ヲ鎮圧デキマショウ。ソレユエニ我々ハ、ヒタスラニヒタスラニ天台ノ仏法ニ帰依シ、ヤハリヒタスラニ日吉ノ神恵ヲ恃《タノ》ミスルバカリナノデス。マシテヤ、我々ノ祖先ハ畏《オソ》レ多クモ延暦寺建立《コンリュウ》ノ発願《ホッガン》者、桓武天皇デゴザイマスカラ、ソノ子孫トシテ貴寺ヲイヨイヨ崇《アガ》メタテマツリ、イヨイヨ敬イタテマツル決意ナノデス。今後ハ山門ニ喜ビガアレバ平家一門ノ喜ビトシ、日吉神社ニ憤《イキドオ》リガアレバ平家一門ノ憤リトシテ、ソレゾレノ喜ビ憤リヲ子孫ニ伝エテ、永ク忘レズニ守リツヅケマショウ。藤原氏ハ春日《カスガ》神社ト興福寺ヲモッテ、氏神、氏寺トシ、長キニワタリ法相宗《ホッソウシュウ》ニ帰依シテオリマスケレドモ、平氏ハ日吉神社ト延暦寺ヲモッテ、氏神、氏寺トシ、親シク天台ノ教法ヲ信奉スルデショウ。藤原氏ノ立場トハ昔カラノ伝統ニ基ヅクモノデ、一家ノ栄華ヲ願ッテオリマスガ、平氏ノ立場ハ現在ノ心カラノ祈リ、君《キミ》ノタメニ賊徒ノ討伐ヲ願ウモノデス。ソシテ仰ギ願イマス、山王《サンノウ》七社ニ、王子《オウジ》眷属《ケンゾク》ニ、東塔ト西塔《サイトウ》ヲハジメトスル全山ノ仏法ヲ擁護スル菩薩《ボサツ》タチニ、衆生《シュジョウ》救済ノ十二ノ大願《タイガン》ヲ立テラレタ薬師如来ト日光菩薩ト月光《ガッコウ》菩薩 ニ。ドウゾ我ラノ無二ノ真心ヲゴ照覧アッテ、唯一ノ感応ヲオ示シクダサイ。サスレバ悪《ア》シキ謀《ハカリゴト》 ヲメグラス逆賊ドモハ、ソノ手ヲ束《ツカ》ネテ我ラノ軍門ニ降伏シ、暴逆残害ノ者ドモノ首ヲ、我ラノ軍勢ハ京都ノ地ニ届ケルコトガデキルデアリマショウ。ヨッテ平家一門ノ公卿タチハ口ヲ揃《ソロ》エテ礼拝シマシテ、祈誓スルコト、以上ノトオリデス。

従三位行《ジュサンミギョウ》兼越前《エチゼン》ノ守《カミ》、平朝臣通盛《タイラノアソンミチモリ》。
従三位行兼右近衛《ウコンエ》ノ中将、平朝臣資盛《スケモリ》。
正《ショウ》三位行左近衛《サコンエ》ノ権中 将《ゴンノチュウジョウ》 兼伊予《イヨ》ノ守、平朝臣維盛《コレモリ》。
正三位行左近衛ノ中将兼播磨《ハリマ》ノ守、平朝臣重衡《シゲヒラ》。
正三位行右衛門《ウエモン》ノ督《カミ》兼近江遠江《オウミトオトオミ》ノ守、平朝臣清宗《キヨムネ》。
参議正三位皇大后宮《コウタイゴウグウ》ノ大夫《ダイブ》兼修理《シュリ》ノ大夫加賀《カガ》越中《エッチュウ》ノ守、平朝臣経盛《ツネモリ》。
従二位行中納言兼左兵衛ノ督征夷大将軍《セイイタイショウグン》、平朝臣知盛《トモモリ》。
従二位行権《ゴン》中納言兼肥前《ヒゼン》ノ守、平朝臣教盛《ノリモリ》。
正二位行権大納言兼出羽《デワ》陸奥《ミチノク》ノ按察使《アゼチ》、平朝臣頼盛《ヨリモリ》。
従一位、平朝臣宗盛《ムネモリ》。

寿永《ジュエイ》二年七月五日。敬白」

こう書かれてあった。

天台座主《ざす》はこれに同情なさった。平家から届いた書状をすぐには衆徒に披露されず、十禅師権現《じゅうぜんじごんげん》の社殿に納めて三日間加持祈禱《かじきとう》した後で、そうされた。ところが、願書の上包みの紙には、初めにはあったとも思われぬ一首の歌が現われていたのだ。

たひらかに　　平穏無事に、平家は
花さくやども　　花が咲いて繁栄していたけれども
年ふれば　　年月を経て
西へかたぶく　　西に傾く
月とこそなれ　　月のように、衰えてしまった

ああ、この一首の無惨《むざん》さよ。

届けられた願書は「山王大師よ、平家にお憐《あわ》れみを加えたまえ、三千の衆徒よ、平家に力を協《あわ》せよ」という主旨だった。しかし平家のその長年の行ないは神慮にも悖《もと》り、人望にも背《そむ》いていた。だから祈っても叶《かな》えられなかったのだ。味方になれと衆徒を誘っても従わなかったのだ。

山門の大衆《だいしゅ》は、ことの次第に関しては心から同情した。しかし、こう言わざるをえなかった。

「すでに源氏に味方する旨の返牒《へんちょう》を送った以上は、今また軽々しくその決議を改めるわけには、ゆかぬ」

そうなのだ、平家の申し入れを容《い》れる衆徒はいなかった。

主上都落《しゅしょうのみやこおち》――消える法皇、消える摂政

同じ寿永《じゅえい》二年の七月十四日に肥後《ひご》の守《かみ》の平貞能《たいらのさだよし》が九州の賊徒《ぞくと》を討ち平らげて、菊池《きくち》、原田、松浦《まつら》党以下の三千余騎を引き連れて上京した。九州だけはどうにか鎮められた。しかし東国《とうごく》と北国《ほっこく》ではそうはゆかず、戦《いく》さが依然続いている。

同月二十二日の夜半ごろに六波羅《ろくはら》近辺が騒《ざわ》めき立った。馬には鞍《くら》を置き、腹帯《はるび》を締め、家財などは洛外《らくがい》のあちこちに運び出して隠す。今にも敵が攻め込んでくるといった騒ぎっぷりだった。夜が明けてから事情が伝えられた。美濃《みの》源氏の佐渡衛門《さどのえもん》の尉重貞《じょうしげさだ》という者があるのだが、これは先年保元《ほうげん》の合戦のとき、鎮西《ちんぜい》の八郎《はちろう》こと源為朝《みなもとのためとも》が自軍が敗《やぶ》れて落人《おちゅうど》となっていたのを捕まえて突き出し、その賞としてそれまでは兵衛《ひょうえ》の尉であったのを右衛門《うえもん》の尉へと昇らせてもらえた。そのために源氏一門からは憎まれて、平家に媚《こ》びへつらっていた。その重貞が、昨夜の夜中ごろに六波羅に駆けつけ、こう申したのだ。

「木曾義仲《きそよしなか》はすでに北国から五万余騎で攻め上《のぼ》り、比叡山《ひえいざん》の東坂本《ひがしさかもと》はその軍勢で埋め尽くされております。木曾の郎等《ろうどう》、楯《たて》の六郎親忠《ろくろうちかただ》と右筆《ゆうひつ》の大夫房《だいぶぼう》が六千余騎を連れて比叡山に急ぎ登りまして、それに三千の衆徒《しゅうと》はみな同心して、いっしょに都へ攻め入ろうとしております。今にもです」

平家の人々は大いに驚き、騒いだ。とにかく諸方に討《う》っ手《て》を向けられた。大将軍には新中納言の知盛卿《とももりきょう》と本三位中将《ほんざんみ》の重衡卿《しげひら》が就《つ》かれ、総勢三千余騎を率いて都を発《た》ち、まず山科《やましな》に宿営される。越前《えちぜん》の三位通盛《さんみみちもり》と能登《のと》の守《かみ》の教経《のりつね》は二千余騎で宇治橋《うじばし》の警固《けいご》に当たられる。左馬《さま》の頭《かみ》の行盛《ゆきもり》と薩摩《さつま》の守の忠度《ただのり》は一千余騎で淀《よど》へと通じる路《みち》を守備される。

しかし噂《うわさ》がある。

源氏方では、十郎蔵人行家《じゅうろうくろうどゆきいえ》が数千騎で宇治橋から都に攻め入る、と伝えられる。陸奥《みちのく》の新判官義康《しんほうがんよしやす》の子である矢田《やた》の判官代義清《ほうがんだいよしきよ》が大江山《おおえやま》を経て都に入る、とも言われる。

また、摂津《せっつ》と河内の源氏一党がそれこそ雲霞《うんか》のように同時に都へ乱入するとも言われる。

平家の人々はそうした噂を耳にし、こう判断なされた。

「かくなるうえは、全軍、一カ所に集まり、最期を遂げるしかない。決戦だ」

そして諸方へ向けられていた討っ手を、今度はみな都へ呼び戻された。

かつて白楽天《はくらくてん》は詠《うた》った、「都とは名声や利益を追い求めるのに汲々《きゆうきゆう》としている巷《ちまた》、明け方に鶏《にわとり》が鳴けばもう心休まる暇《いとま》はない」と。平和に治まっている世においてもそうなのだ。まして乱世においては、なおさらのこと。古今集《こきんしゆう》には「吉野山《よしのやま》の向こうに宿所を持ちたい、世の憂《う》きときの隠《かく》れ処《が》にしたい」という読み人知らずの一首があるが、そうした吉野山の奥の奥に逃げ込もうと願っても、すでに、諸国七道はことごとく平家に叛《そむ》いてしまっている。どこに平穏な浦が見出せよう。かつて釈迦如来《しやかによらい》は言われた、法華経《ほけきよう》の妙文《みようもん》にそれを遺《のこ》された、「この三種の迷いの世界には一時《いつとき》も心が安まることなどない、なお火炎に包まれた家も同様だ」と。

そのとおり。

同じ七月二十四日の夜深《よふ》けに前《さき》の内大臣宗盛《むなもり》公が建礼門院《けんれいもんいん》のいらっしゃる六波羅殿《ろくはらどの》へ参られた。そこで申されたことは、こうだった。

「まだ一縷《いちる》の望みはあろうと思っていたのですけれども、この世の中のありさま、どうやら打開の道などありそうもなく今はこれまでと思われます。人々はこの都のうちで最期を迎えようと申しあわれておりますけれども、こうも目前に悲惨なることをお見せするのも残念に存じます。そこで、後白河《ごしらかわ》の院も主上《しゆじよう》もお連れ申して、西国《さいごく》のほうへ御幸《ごこう》と行幸《ぎようこう》をお願いしたい、とこう決心いたしました」

女院《にょいん》は言われた。

「今は、どうなりともあなたの計らいに任せましょう」

御衣《ぎょい》のおん袂《たもと》にあまるほどのおん涙を抑えかねておられた。宗盛公も直衣《のうし》の袖を絞るばかりのおん涙と見えた。

その同じ夜に、平家が内密に法皇をお連れ申して都落ちする計画があるということをお耳に入れられたのだろう、まさにその院、後白河法皇が奇々怪々に動かれた。法皇は按察《あぜち》の大納言資賢《すけかた》卿の子息の右馬《うま》の頭資時《かみすけとき》ただ一人をお供にして、ひそかに御所をお出になり、鞍馬《くらま》へ御幸になったのだ。誰もこのことには気づかなかった。法皇が御所をお脱《ぬ》けになる、などという大変な事態には。しかし、平家の侍に橘内左衛門《きちないざえもん》の尉季康《じょうすえやす》という者があり、これは抜け目のない男で院のほうでも召し使われていた。その季康がちょうどその夜は法住寺殿《ほうじゅうじどの》に宿直《とのい》をしていたのだ。すると、いつも法皇のおられる御座所《ござしょ》のほうがたいそう騒がしい。囁《ささや》きあう声がし、女房たちが忍び泣きなどをなさっている。

何事か、と耳をそばだてた。例によっての機転で。

「急に法皇様のお姿が見えないのは、いったい、いったい、どちらへ御幸なされたの」

こう言っているのを聞きとめた。

「すわ、一大事！」

季康はただちに六波羅へ駆けつけて、宗盛公にこの由《よし》を報《しら》せた。「よもや、何かの間違いであろう」とこの大臣殿は言われたが、この報告を聞くやいなや、急いで法住寺殿に駆けつけられはした。

大臣殿はご覧になった。

いや、ご覧になれなかった。まことに法皇はお見えにならない。

すなわち誤報ではなかった。

法皇の御前《ごぜん》にお仕えしておられる女房たちは、丹後殿《たんごどの》以下誰一人として身動《みじろ》ぎもなさらぬ。

「ど、どうした。ど、ど、どうしたのか！」

大臣殿は申された。前《さき》の内大臣殿は。

しかしお尋ねになっても、「お行方《ゆくえ》は私が存じております」と答えられる女房は、一人もない。全員ただ茫然《ぼうぜん》としていた。

さて、法皇がすでに都の内におられないという噂が伝わると、京じゅう、とんでもない騒ぎとなった。ましてや平家の人々が周章狼狽《しゅうしょうろうばい》されるありさまは、たとえ家々に敵が討ち入ったとしてもそれには限度のあること、よってこれ以上ではあるまいと思われた。ここ数日、平家は後白河の院も主上もお連れして、西国のほうへ御幸、行幸をお願いしようと準備を進めていられた。それなのに法皇がこのように平家をお見捨てになられてしまったのだから、頼みにしていた木陰に雨が漏《も》れたと言おうか、まあ途方に暮れる思いだった。

「しかしながら、せめて、せめて行幸だけでもお願いしよう」

その決心だけは残り、卯《う》の刻《こく》ごろ、朝まだきに行幸の御輿《みこし》をさっさと寄せた。天皇は今年六歳、まだ幼くましいます。何のお考えもなく、お乗りになる。国母《こくも》すなわち主上のおん母、建礼門院も同じ御輿にお乗りになる。そして三種の神器をお移しになる。すなわち内侍所《ないしどころ》、八咫《やた》の鏡を。

神璽《しんじ》、八坂瓊《やさかに》の曲玉《まがたま》を。

宝剣、草薙《くさなぎ》の剣《つるぎ》を。

「印鑰《いんやく》、時《とき》の札《ふだ》、玄象《げんじょう》、鈴鹿《すずか》などもいっしょに持参せよ」

平大納言《へいだいなごん》こと時忠《ときただ》卿が命じられた。天皇の正印や諸官庁の蔵の鍵、清涼殿《せいりょうでん》の殿上《てんじょう》の小庭に立てて時刻を示す札、琵琶《びわ》と和琴《わごん》の名器も持っていけ、と。そう、おん琵琶も！　よう！　しかしあまりに慌《あわ》てている。慌てふためき過ぎている。だから忘れるものも多い。よほう！　昼の御座に置かれていた御剣《ぎょけん》などもお忘れになった。よう、よほう、ほう！

そして、その時忠卿と子息の内蔵《くら》の頭信基《かみのぶもと》、讃岐《さぬき》の中将時実《ときざね》の三人だけがそのまますぐ衣冠姿でお供せられた。

御輿を担ぐ近衛府《このえふ》の役人たちと御輿の綱をとる大舎人《おおとねり》寮の助《すけ》一名は甲冑《かっちゅう》を鎧《よろ》い、弓矢を持ってお供された。

七条大路を西へ。

朱雀《すざく》大路を南へ。

そのように行幸された。この恐ろしい、異様な行幸。

夜が明けると七月二十五日だった。天の川が煌《きら》めく空は早くも明るみ、雲は東山《ひがしやま》に棚引《たなび》いた。明け方の月は白く冴《さ》えて、鶏どもの声がまた忙《せわ》しなく聞こえた。誰もが夢想だにしなかったことだった、こんなことになろうとは。しかし先年、都遷《みやこうつ》りといって慌ただしく福原へ向かったことはある。だから、「そうか」と思い当たるのだ。「そうだったのか、あれは前触れであったのか。こうなることの」と今こそ思い知らされるのだ。

摂政藤原《せっしょうふじわらの》基通《もとみち》殿も行幸のお供をしてお発ちになった。と、七条大宮でのことだったが、髪を角髪《みずら》に結った童子《どうじ》がお車の前をすっと走り通ったのをご覧になった。その童子の左の袂には春の日という文字が現われていた。春の日。これは春日《かすが》と読む。それでは法相宗《ほっそうしゅう》を擁護したまう春日大明神《かすがだいみょうじん》が大織冠《たいしょくかん》こと藤原鎌足《ふじわらのかまたり》公のご子孫をお守りくださるのだと頼もしく思っていると、おそらくはその童子の声らしい、一首の歌が聞こえてきた。

いかにせん　　　　　　どうにもなるまい
藤のすゑ葉《ば》の　　　藤原氏の末裔《まつえい》が
かれゆくを　　　　　　亡《ほろ》びてゆくのは、とはいえ
ただ春の日に　　　　　今はただ春日の思《おぼ》し召《め》しに
まかせてや見ん　　　　任せて、都へとどまってみよ

摂政殿はお供をしていた新藤左衛門《しんどうざえもん》の尉高直《じょうたかなお》を近くに呼んだ。それから言われた。

「この世の、のう、ありさまを、のう、つくづく考えてみるに、主上は行幸なさるけれども法皇様の御幸はない。平家の将来は、のう、どうにも頼み少ないと摂政のこの私には思われるが、お前はどうか」

高直はおん牛飼いに目配せをした。牛飼いはすぐにそれと心得た。お車を引き返した。そして大宮大路を北へと飛ぶように走らせて、北山の辺りの知足院《ちそくいん》にお入りになった。

維盛都落《これもりのみやこおち》――泣きすがる妻子

平家の侍、越中《えっちゅう》の次郎兵衛盛嗣《じろうびょうえもりつぎ》は摂政《せっしょう》殿がお車を引き返されたことを聞き、追いか

けてお止めしようとしきりに逸《はや》りたった。しかし人々に制されて、思いとどまった。

さて小松《こまつ》の三位《さんみ》中将のことだ。

三位中将、平維盛《たいらのこれもり》。東国《とうごく》と北国《ほっこく》での二つの合戦の大将軍にして、どちらの戦《いく》さにおいても敗将。入道相国《しょうこく》の嫡男《ちゃくなん》、亡き重盛《しげもり》公のやはり嫡子。

三位中将は以前から覚悟していた事態を迎えたわけだが、いざとなるとやはり悲しい。三位中将の北《きた》の方《かた》と申すのは、亡き中御門《なかみかど》家の新大納言藤原成親卿《ふじわらのなりちかきょう》のおん娘だった。お顔は露《つゆ》を含んで咲き初《そ》めた桃の花のよう、そこに紅《べに》と白粉《おしろい》で化粧して艶《あで》やか、いっそう色気のあられる眼差《まなざ》し、そして長い黒髪は風に吹かれて靡《なび》き、並ぶ者はなかろうと思われる美人だった。それから、お子たち。六代御前《ろくだいごぜん》という十歳になられる若君と、その妹の八歳の姫君がおられた。この人々はみな、三位中将といっしょにゆきたいのです、都を落ちてゆきたいのですと後を追われた。

「いつも申していただろう。私は一門の者たちとともに西国《さいごく》へ落ちる。あなたたちをどこまでもお連れしたいよ。それはもう、そうだよ。しかし途上にも待ち伏せる敵はいるのだよ。安全には通れないのだ。たとえ私が討たれたとお聞きになっても、お耳に入れられたとしてもだ、ゆめゆめ出家しようなどとお考えになるな」と三位中将は北の方に言われた。「なぜというに、どのような方とでも再婚して、暮らしが立つようにすれば、この幼い子供たちもお育てになれるのだから。そうなさい。情けをかける人は必ずあるから」

いろいろに慰められた。

北の方は、とかくの返事もなさらぬ。衣をひきかぶり、泣き伏しておられる。

そして三位中将がいよいよ出発なさろうとすると、袖に縋《すが》りつかれた。

「都には父もなければ母もおりません」と言われた。「なのに夫であられるあなたはお見捨てになる。その後は、ぜんぜん誰とも連れ添うつもりはございませぬのに、当のあなたは『どのような方とでも再婚せよ』とのお言葉を発せられるのですから恨めしい。あなたのお情けを受けることが叶《かな》いましたのは、前世の契《ちぎ》りがあったればこそ。それが他の誰かにもあろうはずなどございませぬ。私は、私は、どこまでもどこまでもお供をして同じ野辺《のべ》の露とも消え、同じ海の底の水屑《みくず》ともなろうとお約束をしました。なのに、なのに。それでは夜の寝覚《ねざめ》に交わした睦言《むつごと》はみんな嘘《うそ》となってしまったわけですね。せめて私がこの身一つならば、しかたがありません、捨てられてしまったことの悲しさを咀《か》みしめて嚼《か》みしめて、都にもとどまりましょう。けれども幼い子供たちを誰に頼み、どうせよと言うの。どうせよとおっしゃるのですか。都に残れとは、ただただ恨めしい。恨めしいお言葉」

北の方は、かつは恨まれた。

かつは慕われた。

三位中将は言われた。

「ほんとうに、ほんとうにそうだよ。あなたは十三で、私は十五の年から連れ添った。たとえ火の中でもいっしょに入り、水の底へもいっしょに沈み、死ぬときもごいっしょにと、そう申してきた。だが、今、このような歎《なげ》かわしさの中で戦場へ出かけようとしているのだ。そこへあなたたち妻と子らとをお連れして、その行方《ゆくえ》すらわからぬ旅の空で憂《う》き目《め》をお見せするのは、つらい。これまた、ほんとうにつらいのだ。しかも今度のこの出立《しゅったつ》は、そもそもお連れする用意もしていないのだよ。どこの浦でもいいが、安心して落ちつけるところに到《いた》ったならば、そこから迎えの人をさしあげる。そうしよう」

こう言われ、三位中将は思いきって起《た》ち上がられた。中門《ちゅうもん》の廊下に出る。鎧《よろい》を着る。馬を引き寄せさせる。いざ乗ろうとなさる。そのときだった。若君と姫君が走り出てきて、父の鎧《よろい》の袖や草摺《くさずり》すなわち胴の下に垂れたところに縋りついて、泣かれた。泣き悲しまれた。面々に言われた。

「父君、どこへ」

「父君は、これはいったい、どこへ」

「お出《で》かけになるのですか」

「お出《い》でになるのですか」

「私も参りたいです」

「私も行きます。行きとうございます」三位中将
後を慕われた。これぞ憂《う》き世《よ》の絆《きずな》、三位中将はそう思われて、悲しみ、歎きを抑えはそう思われて、悲しみ、歎きを抑える術《すべ》もないと見えた。

そうしているところへ三位中将のおん弟、新三位中将《しんざんみ》資盛卿《すけもりきょう》と左中将清経《きよつね》、同少将有盛《ありもり》、丹後《たんご》の侍従忠房《じじゅうただふさ》、備中《びっちゅう》の守《かみ》の師盛《もろもり》の兄弟五騎が現われた。馬に乗ったままで門の内に進み入り、庭で手綱を控えて、声々に次のように申された。

「兄上、行幸《ぎょうこう》はすでに遥《はる》か先へとお進みになっておられます。どうして今までお発《た》ちにならないのですか」

「兄上」

「兄上」

「兄上」

「兄上、この遅参、なにゆえ」

三位中将は馬にうち乗って一度はお出になられたが、しかしまたも引き返し、寝殿の縁側の近くまで馬を寄せられた。そして弓の弭《はず》でさっと御簾《みす》をかきあげ、言われた。

「これをご覧になれ、おのおの方《がた》。幼い子供たちがあまりに後を慕いますので、あれこれ宥《なだ》めようとしておりますうちに、遅参した。思いのほかの遅参です」

そう言いも終わらずに泣かれた。

庭に控えておられた人々も、そうして、やはり鎧の袖を濡《ぬ》らされたのだ。

この三位中将維盛の屋敷には、斎藤五《さいとうご》、斎藤六《ろく》という侍がお仕えしていた。兄は十九、弟は十七になる。兄弟は三位中将のお馬の左右の七寸《みずつき》、すなわち轡《くつわ》の両端にとりついて、どこまでもお供をするつもりでございますと申した。しかし三位中将は言われた。

「お前たちの父はあの斎藤別当《べっとう》だ」と言われた。「斎藤別当実盛《さねもり》は、北国へ下《くだ》ったとき、お前たちがしきりに父の供をしようと言っても斥《しりぞ》けたな。斎藤別当は『考えることがあるのだ』と言って、お前たちを都へ残してただ一人北国へ下り、ついに討ち死にしたな。あれは経験に富んだ古兵《ふるつわもの》であったから、平家が今日《こんにち》このような事態を迎えることをあらかじめ悟っていたに違いない。私はな、あの子を、あの嫡男たる六代を都に残していくのに、しかしながら安心して世話を頼める者がないのだ。そこでだ、兄弟よ、お前たち斎藤五と斎藤六よ、ここは無理にでも都にとどまってほしいのだ」

こう言われた。

斎藤別当の遺子の侍二人は、どうしようもない、涙を抑えて後に残った。

北の方は身悶《みもだ》えなさった。「長い間、ああ長い間、これほど情けのないお人とは少しも、ああ少しも思いませんでした」と悶えに悶えてお泣きになった。若君と姫君と女房たちとは御簾の外まで転がり出る。人の聞くのもかまわず声の限りに泣き叫ばれる。

その声。

その声々が、耳の底に残って、後《のち》、三位中将は西海《さいかい》に波の上、吹く風の音までも、その声を聞くように思われたという。泣き叫んでいる、その、否、この声々を。

声！

そして平家は都を落ちる。落ちてゆく。しかも落ちるにあたっては家々に火をかけた。六波羅《ろくはら》の池殿《いけどの》、小松《こまつ》殿、八条、西八条以下一門の公卿《くぎょう》と殿上人《てんじょうびと》の家々二十余カ所、その従者たちの宿所宿所。のみならず京都と白河の四、五万軒もの民家に一度に火を放ってみな焼き払った。

焼き払った。火！

聖主臨幸《せいしゅりんこう》――焦土

これらの焼き払われた邸宅のあるものは、かつて天皇の行幸《ぎょうこう》された地だった。その宮殿の門も今は空《むな》しく礎石を残すだけだ。天皇の御輿《みこし》が駐《と》められたという、その跡を残すだけだ。また、焼き払われた邸宅のあるものは、后妃が宴を開かれたところだった。その御殿の跡を風が吹きわたり、悲しい。後宮の庭には露《つゆ》が置かれ、心憂《こころう》い。以前はあったのだ、馨《かぐわ》しさに満ちて鮮やかな緑の帳《とばり》も連なる部屋部屋が、飛ぶ鳥を射る狩りを楽しんだ林と泳ぐ魚に糸を垂れる釣りに興じた池に囲まれる広大な御殿が、槐《えんじゅ》や棘《いばら》を植えるという大臣や公卿《くぎょう》の館《やかた》が、そして殿上人《てんじょうびと》の屋敷が。どれも多くの日を費して造営されていた。そして、今はない。一瞬の、一瞬の煙と化してしまった。あっという間《ま》に灰燼《かいじん》に帰した。ましてや郎従たちの粗末な家々にいたってはなおのこと。雑人《ぞうにん》たちの小屋小屋にいたってはなおさら、なおさらのこと。飛び火貰《もら》い火《び》は拡《ひろ》がって、郊外数十町もが類焼した。

火。火！

昔の話を想わせた。強大な呉国《ごこく》がたちまちに滅んで、その王の宮殿たる姑蘇台《こそたい》は生い茂る荊棘《いばら》に露を置く廃墟《はいきょ》となった。暴虐な秦国《しんこく》もすでに衰えし、その皇帝の宮殿である咸陽宮《かんようきゅう》が焼け落ちんとする煙は城壁の垣を覆って隠した。そうした大陸の先例もこのようであったかと思われて、哀れだ。

これまでは漢の国の函谷《かんこく》の関と二崤《じこう》になぞらえて険しい関所関所を固く守ってきたが、北陸の木曾義仲《きそよしなか》の軍勢にこれを破られた。また、大陸の黄河《こうが》、涇水《けいすい》渭水《いすい》ともいうべき深い河川を頼みとして今は都を守備していたが、それも東国《とうごく》の源氏勢に占領されてしまった。どうして予想しえただろう、文化の進んだ京の都を攻め出されることを。

泣く泣く遠く離《さか》った未開の辺地にその身を寄せざるをえない難境《なんきょう》に陥ることを。

昨日の平家は雲の上にあって雨を降らす神竜も同然だった。

今日の平家は市《いち》の店頭に並べられた、水気のない、魚の干物も同然だ。

そうだ。禍《わざわ》いと福とは同じ道から現われる。盛んになることと衰えることとは掌《てのひら》を返すように変わる、変転する。すなわち禍福《かふく》、および盛衰の道理、それが今、眼前に示されている。これを悲しまない者があるか。いるか。それが平家だったのだ、保元《ほうげん》の昔は春の花のように栄えて、寿永《じゅえい》の今は秋の紅葉《もみじ》と落ち果てるというのが。

さて、ここで少し新中納言のことだ。

新中納言、平知盛《たいらのとももり》。入道相国《しょうこく》の三男で、前《さき》の内大臣宗盛《むねもり》公のおん弟。征夷大将軍《せいいたいしょうぐん》の肩書きを具《そな》える一門きっての武将。

いや、この知盛卿《きょう》がお救いになった三人の東国武士のことだ。その三人とは、畠山《はたけやま》の荘司重能《しょうじしげよし》、小山田《おやまだ》の別当有重《べっとうありしげ》、宇都宮左衛門朝綱《うつのみやのさえもんともつな》。去る治承《じしょう》四年七月に宮中警固《けいご》の大番役《おおばん》として上京し、寿永になっても召し置かれていた。その三人が、平家の都落ちに先立って斬られるところだった。

しかし新中納言知盛卿が言われたのだ。兄の大臣殿にも進言された。

「平家のご運までも尽きてしまっておられるならば、たとえこれら百人、千人の首をお斬りになったところで世を統《す》べ直されることは難しいでしょうよ。しかも故郷にいるこれら三人の妻子や郎従たちがどれほど歎《なげ》き悲しむことでございましょう。もし、不思議と平家の運命が開けて、また都へ帰られることがあれば、斬首しなかったことこそがこのうえないお情けともなりましょう。ですから道理を枉《ま》げ、ここはただ、この者たちを本国へお帰しになるのがよいでしょう」

知盛卿のこのご意見に、大臣殿は「それはもっともなことだなあ」と応《こた》えられた。そして畠山と小山田、宇都宮の三人に帰国を許された。三人は、頭を地につけ、涙を流した。それからしきりに訴えたところは、こうだった。

「帰国など。関東に戻るなど。去る治承から今まで我ら三人の死ぬべき命をお養いくださったのですから、どこまでもお供をいたします。行幸のゆかれる先、どこまでもどこまでもお守り申します」

だが大臣殿は言われた。

「お前たちの魂は、みな、もう東国へ戻ってしまっているだろうに。脱《ぬ》け殻《がら》だけを西《さい》国《ごく》へ伴ってもなんにもなるまい。だから、急ぎ故郷へ下《くだ》れ」

これを聞き、畠山、小山田、宇都宮の三人は余儀なく涙を抑えた。そして東国へ下向した。

しかし坂東武者《ばんどうむしゃ》たちとはいえ、あの保元《ほうげん》の乱以来、二十余年も平家にお仕えしてきたのだから、別れの涙はやはり出た。こぼれ、こぼれて、抑えられるはずもなかった。

忠度都落《ただのりのみやこおち》――読み人知らずの一首

それから薩摩《さつま》の守《かみ》のこと。

薩摩の守、平忠度《たいらのただのり》。入道相国《しょうこく》のおん末弟で、平家随一の歌人にして、武人。その薩摩の守が、慌《あわ》ただしさ騒がしさの中、どこから引き返してこられたのであろうか、侍五騎と近侍《きんじ》の童《わらわ》一人を連れ、わが身とともに計七騎で都に引き返して、五条京極に邸《やしき》を構えられる三位藤原俊 成卿《さんみふじわらのしゅんぜいきょう》のところに来られた。しかし門は固く閉ざされている。押せども開かない。

そこで名乗られた。

「忠度です！」

門内は大変な叫騒《きょうそう》となった。「落人《おちゅうど》が帰ってきた。落人が！」と言った。乱暴狼藉《ろうぜき》があるのだろうと怯《おび》えた。薩摩の守は下馬し、ご自身、大声で言われた。

「他意があっての訪問ではございません。三位殿に申しあげたいことがあって、この忠度、引き返してまいりました。門をお開きにならぬにせよ、なにとぞこの門の際《きわ》までお出ましくださいまし。門の近くにまで、どうか！」

これを受け、俊成卿は家の者に伝えられた。

「なるほど。思い当たることがある。その人ならば障《さわ》りはなかろう。お入れ申せ」

邸は開門した。

俊成卿はご対面になった。

その様子、その情景、すべてが哀切さに満ちていた。薩摩の守が口を開かれた。

「長年、私はあなた様に歌の道のご指導をお受けしてまいりました」と、当時の歌壇の大立者たる俊成卿に言われた。「ですから疎《おろそ》かにお思いすることは少しもなかったのですけれども、この二、三年というもの、京都の騒動と国々の叛乱《はんらん》が熄《や》まず、しかも一切はわが平家の身の上に関わることでありましたので、歌道をなおざりに考えていたのではないのですが、以前同様にお伺いすることも叶《かな》いませんでした。ご承知のように、今は帝《みかど》もすでに都をお出になられました。平家一門の運命も、もはやこれまでであろうと思われます。さて、このたびは勅撰集《ちょくせんしゅう》が撰《えら》ばれるであろうとうけたまわっております。忠度も、生涯の名誉に一首でもご恩をこうぶり、入集《にっしゅう》させていただければと存じていましたが、たちまちにこの戦乱。修撰《しゅうせん》のご沙汰《さた》がお取り止《や》めになったこと、この身の悲しみと歎《なげ》きでございました。いずれ世が鎮まりましたら、あらためてご沙汰があることでしょう。そこで忠度、ここに巻物を持参いたしました。もし、『これなら』とあなた様が思し召《おぼめ》される歌がございましたら、一首なりともお情けをかけていただき、入集を果たせれば、草葉《くさば》の陰ででもうれしいと存じます。遠いあの世からでも、あなた様をお守りいたします。ええ、いつまでも、お守り申すでございましょう」

こう言われて、鎧《よろい》の合わせ目から巻物を取り出された。日ごろ詠《よ》んでおかれた多くの歌の中から秀歌と思われるものを百余首書き集め、出発のまぎわに持って出られた巻物だった。その一巻を俊成卿にたてまつった。

三位、俊成卿はこれを披《ひら》いて見て、それからおっしゃった。

「このような忘れ形見をいただきました以上は、お志《こころざ》し、決してなおざりには思いませぬよ。この点、お疑いなさいますな。それにいたしましても、物情騒然のただ今のお越し、この、引き返されてまでのご来訪、歌道にかけるご執心の深さにしみじみと感じ入っております。感涙、抑えがたいものがございます」

そうおっしゃった。

薩摩の守は喜び、言われた。

「ありがたき、なんとありがたきお言葉。今はもう西海の波の底に沈むなら沈んでもよい、山野に骸《むくろ》をさらすならさらしてもよい、この世に思い残しはございません。それでは、お暇《いとま》申して」

薩摩の守はこうお別れを言われた。

再び、馬上の人となられた。

兜《かぶと》の緒を締められた。

そして西へ、西へ。馬を進められた。

それを俊成卿が見送られる。

後ろ姿を遥《はる》かに遠くまで見送られる。立っておられる。と、高らかな吟詠がある。

それが俊成卿のお耳に入る。

「前途《せんど》程遠《ほどとお》し」

ああ、これからの旅路は遠い。私の行く道は、とそう詠んだ。

「思いを雁山《がんさん》の夕《ゆう》べの雲に馳《は》す」

途中、あの雁山にかかるであろう夕べの雲を私は想っていろ、ああそうなのだ、再会は期しがたい、とそう吟じた。忠度の声と思われた。俊成卿はいよいよ名残《なご》りが惜しまれ、涙を抑えて門内に入られた。

その後、世は鎮まり、俊成卿は千載集《せんざいしゅう》を撰ばれたわけだが、そのときには忠度のあの来訪時のありさまや言い残していった言葉が今さらながらに思い出されて、深い感慨に耽《ふけ》られた。例の巻物には勅撰集に入れてもよいと思われる優れた歌が幾らもあった。しかし忠度は当時でもなお勅勘《ちょっかん》の人、すなわち君《きみ》のお咎《とが》めを受けた人なので、平《たいら》の姓を表に出すことは許されない。そこで俊成卿は、故郷の花という題で読まれた歌一首を、読み人知らずとしてお載せになった。

さざなみや　小波《さざなみ》の

志賀《しが》の都は　打ち寄せる旧都、志賀の都は
あれにしを　すっかり荒れ果てたものだけれども、いいや
むかしながらの　ほら、昔ながらに長等山《ながらやま》には
山ざくらかな　桜が、ほら、美しく咲き匂っているよ

その身が朝敵《ちょうてき》となったからには致し方ない、とはいえ残念な。こうして読み人知らずとなったこと、なんと遺憾な。

経正都落《つねまさのみやこおち》――琵琶《びわ》の名手も

和歌があれば音楽もある。楽器も。弾《ひ》き物にまつわる別れも。

だから皇后宮《こうごうぐう》の亮《すけ》のことを、これより語る。

皇后宮の亮、平経正《たいらのつねまさ》。入道相国《しょうこく》のおん弟修理《しゅり》の大夫《だいぶ》経盛《つねもり》の子息。歌道に秀で、琵琶《びわ》に長じた平家の公達《きんだち》。

経正は、幼少のころは仁和寺《にんなじ》の御室《おむろ》の御所に稚児《ちご》姿でお仕えしていた。だからなのだが、このような慌《あわ》ただしさ忙《せわ》しなさの中、過ぎ去った日々がまざまざと心に蘇《よみがえ》り、侍五、六騎を引き連れて仁和寺へ馬を走らせた。そして門前で馬から下り、申し入れられた。

「平家一門の運も尽き、今日早くも都を退去することとなりました。この世に思い残すことといえば、ただ君《きみ》のお名残《なご》りばかりです。経正は八歳のときに初めてこちらへ参り、十三歳で元服いたすまでは、病《いたつ》いたりせぬ限りは御前《ごぜん》を少しの間も立ち去ることがありませんでした。なのに今日から後は西海《さいかい》千里の波の彼方《かなた》に赴いて、またいつの日、いつの時、帰ることになろうともわかりません。無念でございます。よってもう一度御前に参り、君にもお目にかかりたく存じますが、私はすでに甲冑《かっちゅう》を身にまとい、弓矢を帯しました、すなわち普段とは異なった失礼な装い。ご遠慮申しあげます」

こう言われた。

だが御室は、守覚法親王《しゅかくほっしんのう》は哀れに思し召された。ゆえに「ただその姿のままで参れ」とおっしゃった。

経正、その日は紫地の錦《にしき》の直垂《ひたたれ》に萌黄匂《もえぎにおい》の鎧《よろい》を着て、長覆輪《ながぶくりん》の太刀《たち》を佩《は》き、切斑《きりふ》の矢を背負っていた。そして滋籐《しげどう》の弓を脇に抱《かか》え込み、兜《かぶと》を脱いで高紐《たかひも》すなわち鎧の肩上についた紐にかけ、正殿の前庭に畏《かしこ》まった。法親王はすぐお出ましになって、御簾《みす》を高く揚げさせ、「これへ、これへ」とお召しになった。招かれた経正は大床《おおゆか》に上がられた。それから供に連れていた藤兵衛有教《とうびょうえありのり》をお呼びになる。呼ばれた有教は、赤地の錦の袋に入れられたおん琵琶を持って参った。

おん琵琶を。

経正はこれを受け取って法親王の御前にさし置き、言われた。

「先年お預かりいたしましたおん琵琶、青山《せいざん》を持参いたしました。これを手放すのはいかにも名残り惜しいのではございますが、これほどの名器を田舎《いなか》の塵《ちり》にしてしまうのは、あまりに残念と存じます。もし、不思議にも平家の運命が開けましてまた都へ立ち帰るようなことがございましたら、そのときこそはこの経正がふたたびお預かりいたしましょう」

涙ながらにこう言われた。法親王は心お打たれになり、一首の歌を作られて、これを経正に下《くだ》された。

あかずして　　不本意ながらも
わかる君が　　去ってゆくあなたの
名残《なごり》をば　　思い出として
のちのかたみに　　後々《のちのち》までの形見に
つつみてぞおく　　大切に包み、預かるよ

これを受け、経正はおん硯《すずり》を拝借して、こう返された。

くれ竹の　　庭先にございます、かの竹製の
かけひの水は　　筧《かけい》の水は流れ、流れまして

かはれども　　ゆえに決して昔の水ではありませぬけれども
なほすみあかぬ　　それでも澄み、ああ住み飽きぬ
みやの中《うち》かな　　この仁和寺の御所でございますね、今の世でも

さてお暇《いとま》を申して退出されると、経正の袂《たもと》には数人の稚児や法親王の近習を務める清僧、事務を執《と》る房官、侍法師までが縋《すが》り、袖をひきとめて別れを惜しむ。涙を流さない者がない。そのなかには大納言の法印行慶《ぎょうけい》といった人がいた。経正が幼少のときに小法師となって、ともに仁和寺の法親王の御前に仕えていた、葉室《はむろ》の大納言こと藤《ふじ》原光頼卿《わらのみつよりきょう》のお子であられる方だった。あまりに名残りを惜しんで桂川《かつらがわ》のほとりまで送って来られた、が、そのまま別れずにいるというわけにはいかぬ。結局は未練を断ち切り、泣く泣くそこで別れて行かれたが、その別れぎわに法印はこう詠《よ》まれた。

あはれなり　　哀れなこと
老木若木《おいきわかき》も　　老いた木も、また若木《わかぎ》でも
山ざくら　　山桜というものは絶対に
おくれさきだち　　早い遅いはあっても、みな、その
花はのこらじ　　花が散るわけで、平家も、平家もそうか

歌に託して述懐された。
経正はこれに、次のように返事をされた。

旅ごろも　　旅の衣《ころも》のことですが
夜な〱袖を　　これからは夜ごと、その袖の
かたしきて　　片方だけを敷いて、ひとり寝の旅を続けます
思へばわれは　　思えば私は
とほくゆきなん　　遠く、遠く、遠く去ります

それから経正は、家来に巻いて持たせていた赤旗をさっとさしあげさせられた。平氏の旗を。あちらこちらに馬を控えてお待ち申していた侍どもが、「おお、それ！」と馳《は》せ集まった。その数は百騎ばかり。そして鞭《むち》をあて、それぞれに馬を急がせて、この軍勢はまもなく行幸《ぎょうこう》の御輿《みこし》に追いつきたてまつった。

青山之沙汰《せいざんのさた》──名器その次第

琵琶《びわ》の名手、平経正《たいらのつねまさ》が今、もとの主《あるじ》に返上したおん琵琶だが、もちろん由来がある。名器には名器の逸話がある。

まずは名手のことより語りはじめるならば、この経正は十七の年に宇佐《うさ》八幡宮《はちまんぐう》への奉幣《ほうへい》の勅使《ちょくし》を命じられて西国《さいごく》へ下《くだ》られたのだが、そのときに法親王《ほっしんのう》から、おん琵琶、青山《せいざん》を賜《たま》わって宇佐へ参った。そして八幡宮のご神殿に向かって秘曲を弾ぜられたこ

とがあった。こうした名手の演奏を聞き慣れているということもなかったのに、勅使のお供であった官人はみな、感動にうち震えて緑衣《りょくい》の袖を濡《ぬ》らした。緑衣とは緑衫《ろうそう》、そう、官人たちは全員緑衫を着るたかだか六位の者たちであったのにだ。演奏の良い悪いなど聞き分けられるはずもない奴風情《やっこふぜい》ですら、村雨《むらさめ》の音と間違えることはなかった。なにしろ見事だった。

見事な琵琶。

おん琵琶の弾奏。

その名器を、次いで語る。その青山というおん琵琶は、昔、仁明《にんみょう》天皇の嘉祥《かしょう》三年の春に掃部《かもん》の頭《かみ》の藤原貞敏《ふじわらのさだとし》が唐《とう》に渡り、大唐の琵琶の博士《はかせ》廉承武《れんしょうぶ》に会い、三曲の伝授を受けて帰国した際に持ち帰られた品だ。

三曲とはすなわち、琵琶の三秘曲。

そして伝えられた琵琶も、最初は玄象《げんじょう》、師子丸《ししまる》、青山という三面だった。三面の琵琶、それが海を渡ろうとした。すると竜神が惜しまれたのか、波風が立った。荒く立った。師子丸が海中に沈んだ。竜神に供えられたのだ。残った二面の琵琶はといえば、ちゃんと持ち帰られた。

二面だ。

二面の琵琶。

よう！

よほう！

わが国の朝廷の宝とされた。おん琵琶、玄象と青山。

村上天皇の御代《みよ》、応和《おうわ》年間のころのことだが、十五夜の月が白く冴《さ》え、涼風颯々《さつさつ》たる夜半に、天皇が清涼殿《せいりょうでん》で玄象を弾じられたことがあった。と、なにやら影のようなものが御前《ごぜん》に参った。優雅にして気品のある声で唱歌を上手に歌った。

天皇は琵琶をお置きになり、影にお尋ねになった。

「そもそもお前は何者。どこから来たのだ」

「私は」と影は答え申した。「昔、藤原貞敏に三曲を伝授しました大唐の琵琶の博士廉承武という者でございます。しかしながら三曲のうちの秘曲を一曲残しましたために死後魔道に堕《お》ちております。今、おん琵琶のすばらしい撥音《ばちおと》が聞こえましたので、参り入ったのでございます。願わくは、この曲を君《きみ》にお授けいたし、成仏の望みを果たしたいと存じます」

こう言い、御前に立てられていた青山を取り、転手《てんじゅ》を捩《ねじ》って調絃《ちょうげん》し、秘曲を天皇に伝授したてまつった。

三曲のうち、上玄《しょうげん》、石上《せきしょう》がこれだ。

そののちは天皇も臣下の者もやはり恐れられて、この青山を弾くこともなさらない。

仁和寺《にんなじ》の御室《おむろ》へご下賜あった。そして経正が幼少のとき、ご最愛の稚児《ちご》であったので、お与えくださったと言われている。甲《こう》すなわち胴の膨らんだそこは紫藤《しとう》で作られ、撥の当たる面には夏山の峰の緑の木《こ》の間《ま》から有明《ありあけ》の月が出るところを描いてある。ゆえに、青山と名づけられた。

玄象にも劣らぬ、稀代《きたい》の名器だった。

琵琶の名器。

琵琶の！

一門都落《いちもんのみやこおち》——西へ

落ちる、落ちる、都を落ちる！

だがしかし、はたして一門全員か。

池《いけ》の大納言こと平 頼盛卿《たいらのよりもりきょう》もご自身のお邸《やしき》、池殿《いけどの》に火をかけし、いったんは都を出られた。落ちる、と見えた。が、鳥羽《とば》の離宮《りきゅう》の南の門まで来ると馬を留《とど》められた。

とめられた。

それから言われた。

「忘れていたことがあるぞ」

赤印《あかじるし》を切り捨て、すなわち平家の目印になるよう兜《かぶと》や鎧《よろい》の袖につけられていた赤い布を捨て、その勢三百余騎で都にとって返された。落ちると見えて、落ちなかった！

平家の侍、越中《えっちゅう》の次郎兵衛盛嗣《じろうびょうえもりつぎ》は前《さき》の内大臣宗盛《むねもり》公の御前《ごぜん》に駆けつけ、言った。

「あれをご覧ください！　池殿《いけどの》が都におとどまりになりますのに、多くの侍がお付き申してとどまるのは、奇怪《きっかい》！　奇怪千万！　大納言殿にまでは射ること憚《はばか》られますが、けしからん侍どもには矢の一つも射かけましょうぞ！」

だが平家の総帥たる大臣殿は言われた。

「長年の恩義というのを忘れて、今この時、こうした苦境にある平家を見限ろうとする人でなしは、捨て置け」

盛嗣は余儀なく、断念した。

大臣殿は続けて問われた。

「それで小松殿の公達《きんだち》はいかがされたか」

「まだ、お一人もお見えになりませぬ」

このとき涙をはらはらと流したのは新中納言こと知盛《とももり》卿だった。

「都を出てまだ一日すら経《た》っていないというのに、早くも人々の心は変わってゆくのか。この情けなさよ。ましてや都を落ちてからの先々にあっては必ずや頼りにならないだろうと見通していたからこそ、この知盛は、都にとどまって討ち死にでもしようとあのように申しあげましたのに」

なのに兄上よ、ああ一門の棟梁よと続けたげに、大臣殿のほうへ恨めしそうな目を向けられた。

そもそも池殿が都にとどまりなさることは、いかなるわけか。兵衛《ひょうえ》の佐《すけ》の源《みなもとの》頼朝《よりとも》がつねづね池殿に、この頼盛卿という人に情けをかけ、次のような誓書《せいしょ》を幾度も書いてきていたからだった。

「この頼朝、あなたを決して粗略には思っておりません。ひとえにあなたのお母上、亡き池《いけ》の禅尼《ぜんに》殿《どの》のお身代わりだと考えております。死罪に処せられるところであった頼朝の命をば、拾いあげてくだされた池の禅尼殿の。これらは頼朝のまことの心、八《はち》幡大菩薩《まんだいぼさつ》もご照覧あれ。偽りは申しておりませんぞ」

こう神仏にかけて誓ったうえ、平家追討のための討《う》っ手《て》の使いが都に上《のぼ》るごとに「間違えても池殿の侍たちに弓を引くな」と命じるなど慮《おもんぱか》られてもいた。そのような事情があったので、池殿は考えられたのだ。考えられたのだし、言われたのだ。次のように。

「平家一門はその運、尽きた。すでに都を落ちた。今となっては手は一つ。兵衛の佐に助けられるという、それだ」

こうおっしゃって都へ帰られたのだと言われている。

池殿はこの後、八条女院《はちじょうにょいん》が仁和寺《にんなじ》の常葉殿《ときわどの》という山荘にて戦《いく》さを避けておられたので、そこに身を隠された。女院のおん乳母子《めのとご》、宰相殿《さいしょうどの》といった女房と連れ添っておられたからだ。そして女院に「万が一の事態となりましたならば、なにとぞどうか、頼盛をお助けくださいと言われた。だが、応じられる女院は、「世が世であればもちろんそうですよ。もちろんそうしますとも。けれども今は、今はねえ」と頼りなげだった。

たしかに兵衛の佐頼朝は親切を尽くされてはいる。しかし他の源氏はどうか。頼朝以外の源氏の者どもは。それを思うと、池殿はなまじ平家の一門とは離れてしまわれたわけだし、中途半端で落ちつかないのだった。その心中、不安でたまらぬ。

さて落ちる一行に目を転じれば、しかし加わる者たちもあった。加われる方々《かたがた》が。小松殿の公達《きんだち》が、三位《さんみ》中将維盛《これもり》卿をはじめとして兄弟六人、その軍勢千騎ばかりで淀《よど》の六田河原《むつだがわら》にて行幸《ぎょうこう》の御輿《みこし》に追いつき申した。

待ち受けられていた大臣殿は、うれしげに言われた。

「どうしたのだ、あなた方《がた》。今まで遅参召されて」

三位中将がこれに答えられた。

「幼い子供たちがあまりに後を慕いまして。それを、あれこれ宥《なだ》めすかしているうちに思わずもこのような遅参に」

「ご子息の六代殿《ろくだいどの》はお連れにならなかったか。どうして」と大臣殿は言われた。「それであなたは、ななんとも、へ、平然と、へへ、平気でおられるのか」

「我々の行く末、頼もしくも思われませんので」

こう三位中将は言われた。問われたことで心痛が新たに込みあげ、涙を流される。悲しいことだ。

そして落ちる、落ちる、平家一門が都を落ちる。落ちる！　その人々を挙げれば、誰々か。

前《さき》の内大臣宗盛公。すなわち大臣殿。

平大納言《へいだいな》時忠《ごんときただ》。

平中納言教盛《のりもり》。すなわち門脇《かどわき》の中納言。

新中納言知盛。

修理《しゅり》の大夫《だいぶ》経盛《つねもり》。

右衛門《うえもん》の督清宗《かみきよむね》。

本三位《ほんざんみ》の中将重衡《しげひら》。

小松の三位中将維盛。

新三位《しんざんみ》の中将資盛《すけもり》。

越前《えちぜん》の三位通盛《みちもり》。

殿上人《てんじょうびと》では、内蔵《くら》の頭《かみのぶもと》信基、讃岐《さぬき》の中将時実《ときざね》、左中将清経《きよつね》、小松の少将有盛《ありもり》、丹後《たんご》の侍従忠房《ただふさ》、皇后宮《こうごうぐう》の亮経正《すけつねまさ》、左馬《さま》の頭行盛《ゆきもり》、薩摩《さつま》の守忠度《かみただのり》、能登《のと》の守教経《のりつね》、武蔵《むさし》の守知章《ともあきら》、備中《びっちゅう》の守師盛《もろもり》、淡路《あわじ》の守清房《きよふさ》、尾張《おわり》の守清貞《きよさだ》、若狭《わかさ》の守経俊《つねとし》、兵部《ひょうぶ》の少輔尹明《しょうまさあきら》、蔵人《くろうど》の大夫《たいふ》業盛《なりもり》、大夫《たいふ》敦盛《あつもり》。

僧では。

二位《にい》の僧都《そうず》全真《ぜんしん》。

法勝寺《ほっしょうじ》の執行《しゅぎょう》能円《のうえん》。

中納言の律師《りっし》忠快《ちゅうかい》。

経誦房《きょうじゅぼう》の阿闍梨《あじゃり》祐円《ゆうえん》。

侍では、受領《ずりょう》、検非違使《けびいし》、衛府《えふ》の役人とその他もろもろの官省の役人が百六十人。

総勢七千余騎。これがすべてだ。ここ二、三年の間に東国《とうごく》と北国《ほっこく》のたびたびの合戦に討ち漏《も》らされて、わずかに残った人々。それが、これだ。

山崎の関戸《せきど》の院に天皇の御輿を担《にな》い据え、一行は男山《おとこやま》八幡宮を伏し拝んだが、このとき、平大納言時忠卿はこう祈られた。

「南無帰命頂礼《なむきみょうちょうらい》、八幡大菩薩。主上《しゅじょう》をはじめ、我らをいま一度、京の都へ帰し入れたまえ」

この祈りの内容、やはり悲しい。

平家のそれぞれの人が後ろを振り返って見られる。関戸の院は、言うまでもないが山城《やましろ》の国と摂津《せっつ》の国の境《さか》いにある。空が霞《かす》んでいる。霞んでいるように思われるし、しかも都落ちに際して六波羅《ろくはら》などに放った火の、その炎上の跡の煙ばかりが虚《むな》しく、寂しく立ち昇っている。平中納言教盛卿は詠《よ》まれた。

はかなしな　　　　　　　　傻《はかな》いなあ
ぬしは雲井《くもゐ》に　　　　家の主《あるじ》はみな、雲の遥《はる》か
わかるれば　　　　　　　　彼方《かなた》へと別れ去ってゆくよ
跡はけぶりと　　　　　　　そして捨てられた家の跡も、ただただ煙となって
たちのぼるかな　　　　　　空に、空に、雲の彼方に立ち昇るよ

修理の大夫経盛も詠まれた。

ふるさとを　　　　　　　　故郷が
やけ野の原に　　　　　　　焦土となったのを
かへりみて　　　　　　　　顧みる、そうか
すゑもけぶりの　　　　　　行く先もまた煙の
なみぢをぞゆく　　　　　　波路《なみじ》ということか、往《ゆ》くのは

そうなのだ。まことに故郷を一片の煙塵《えんじん》として後に残し、前途万里《ばんり》の遠い旅路《たびじ》に赴かれた人々の、その心中が推し量られる二首の歌だった。哀れだ。

ところで家人《けにん》、平貞能《たいらのさだよし》のことだ。

入道相国清盛《しょうこくきよもり》公の股肱《ここう》の臣《しん》だった武将、肥後《ひご》の守《かみ》貞能は、淀川《よどがわ》の河口に源氏が待ち伏せしていると聞き、「蹴散《けち》らしてやろうぞ！」と五百余騎の軍勢で数日前にそちらへ向かっていた。が、それは誤報だった。それで帰り上る途中に、宇度野《うどの》の辺りでこの行幸に行き会った。貞能は馬から飛び下りた。弓を脇挟み、大臣殿の前に畏《かしこ》まってこう言った。

「これはいったい、ぜんたい、どちらへ落ちてゆかれるのですか。もし西国へお下りになるのでしたら、『落人《おちゅうど》だぞ』ということであちらこちらで討ち散らされ、不名誉なる評判をひろめられますことは必定《ひつじょう》、あまりに無念でございます。やはり都の内でこそ最後の決戦を迎えるべきでは」

「貞能はまだ知らぬのか」と大臣殿は言われた。「木曾義仲《きそよしなか》はすでに北国から五万余騎で攻め上ったぞ。その軍勢、比叡山東坂本《ひえいざんひがしさかもと》に充《み》ち満ちておる。のみならず、この夜半ごろには法皇様もそのお姿を隠され、どこにもいらっしゃらぬのだ。後白河《ごしらかわ》の法皇様も！　おお、もちろん、我らばかりならばどうとでもなろうぞ。決戦もよいだろう。しかし女院や二位殿《にいどの》に」と宗盛公は、自らのおん妹とおん母君の名を挙げられた。「目の前にて憂《う》き目《め》をお見せするのも心苦しいこと。そこで行幸《ぎょうこう》を願い、方々《かたがた》をもお引き連れ申して、とにもかくにもいったん都から離れるべしと考えたのだ」

これを聞き、貞能は応《こた》えた。

「そういうことでしたら」と言った。「貞能はお暇《ひま》をいただいて、都で最期《さいご》を遂げましょう」

引き連れていた五百余騎の軍勢を、貞能は小松殿の公達にお付けした。

貞能は、手勢三十騎ばかりで都へ引き返した。

そして都では。

噂《うわさ》が立つ。

貞能が帰ってくるのは京都に残った平家の残党を討たんとしてのことだとの噂が流れる。これに怯《おび》え、「つまり私のことだな。この頼盛を討とうとしてだ！」と大いに騒いだのは、もちろん池の大納言だ。

しかし入京した貞能は、池の大納言頼盛卿など捜さない。

貞能は西八条の焼け跡に大幕《おおまく》を引かせる。野営用の仮屋を設けるための幕を。

一夜を明かす。貞能は待つ。

しかし都に取って返してこられる平家の公達は一人もおられない。

貞能は、さすがに心細い。心細かっただろう。源氏の馬の蹄《ひづめ》にかけさせまいと考えて、小松の内大臣こと亡き重盛《しげもり》公のおん墓を掘らせる。そのお骨に向かい、涙ながらに言う。

「おお、情けないこと、情けないこと。平家ご一門の今のありさま、どうぞご覧なされませ。『生ある者は必ず滅す。楽しみ尽きて悲しみ来《きた》る』とは昔からものの本に書かれておることではございますけれども、現在、眼前にそれを見るとは。つらい、つらい、実《げ》につらいばかりです。ああ、殿よ、重盛様よ、あなたは早くからこうしたご一門の末路を悟らせられて、かねがね仏神三宝にご祈誓あってお命をわざと早められたのでしょうね。殿！　ご立派でございますよ。ああ、殿！　あのときに貞能も最後のお供をいたすべきでございました。死んでおるべきだった。なのに甲斐《かい》もない命を生き存《なが》らえて、今こうした憂き目に遭っております。ですから、殿、この貞能死すときは必ず同じ浄土へお迎え取りくださいませ」

涙を落とし、涙をこぼし、貞能は小松殿に訴える。

それから貞能は、その重盛公のお骨は高野山《こうやさん》へ送る。

あたりの土は賀茂川《かもがわ》へ流させる。

それから貞能は。

時局をどうにも頼もしからず思ったのだろう、主家の人々とは反対のほうに、東国にと向かって落ちていった。先年、都に召し置かれていた三人の坂東武者《ばんどうむしゃ》の一人、宇《う》都宮左衛門朝綱《つのみやのさえもんともつな》を他ならぬ貞能が預かり、温情をかけるということがあったが、その誼《よし》みからだろう、今度は貞能のほうがその宇都宮を頼みに下《くだ》ったのだ。東へ、東へ。

そして、大切にされたということだ。
懇《ねんご》ろに。宇都宮に、もてなされた。

福原落《ふくはらおち》——もっと西へ

平家は大臣殿以下、妻子を連れて落ちてゆかれた。小松の三位《さんみ》中将維盛卿《これもりきょう》のほかは。それより一段身分の低い人々はどうだったか。ありていに言えば、そう大勢を連れることはできない。それゆえに、いつまた会えるともわからぬまま、みな妻子は打ち捨てるようにして落ちていった。人というものは、いつの日、いつの時、必ず帰るぞと期日を定めておいても、それまでの時間を「長い」と思う。ましてやこれは今日を最後、ただ今限りの別れなので、都を去る者、都にとどまる者、どちらも互いに涙で袖を濡《ぬ》らした。

先祖代々、その家に仕えてきたという情誼《じょうぎ》、長年の重恩《じゅうおん》というのを、どうして忘れることができよう。だから、発《た》つ者は発ちはする。落人《おちゅうど》にはなる。しかし都を出ると老いも若きもただただ後ろをふり返るばかり。先へはどうしても進みかねた。

そして思うのだ。見越すのだ。

あるいは磯辺《いそべ》の波を枕とするだろう。

あるいは遠い、遠い海路《うみじ》に日を暮らすだろう。

あるいは広き野をかき分けるだろう。

険しい山を越えるだろう。

馬に鞭《むち》打って進む人がいるだろう。

船に棹《さお》さす者があるだろう。

それを心中に思い思い、すなわちそれぞれの心々に落ちていった。

落ちて、落ちて、都を。

そして幻の都に。西のそこに。

福原《ふくはら》だ。入道相国《しょうこく》が造営なされた帝都。

その福原の旧都に着いて、入道相国を嗣《つ》いだ今の平家一門の総帥、前《さき》の内大臣宗盛《むねもり》公は主《おも》だった侍たち老若数百人を呼び集め、おっしゃった。

「古書に言うだろう、『積善《しゃくぜん》の家に余慶《よけい》あり。積悪《しゃくあく》の家に余殃《よおう》とどまる』と。それだ。悪行《あくぎょう》の報いがとうとう及んできたがために、当家は神に見放され申した。法皇にも捨てられ申した。帝都を出て、漂泊の旅にさまようこととなった。そうである以上、なんの頼みがあるわけではない。しかしだ、一樹《いちじゅ》の陰に知らぬ者同士が身を寄せあうのも、前世の契《ちぎ》りに因《よ》るという。また同じ川の水を汲《く》んで飲みあうのも、やはり宿縁の深さからだという。ましてやお前たちは、一時《いっとき》従いついた家来というのではない。新参どころか、先祖代々の家人《けにん》だ。あるいは、近親の者として交わりが特に親しいのもある。あるいは、代々恩義の特に篤《あつ》いのもある。この一門繁栄の者は、みな、その恩沢によって各自が暮らしを立てたはず。だとしたらだ、今、どうしてその恩に報いないでよいことがあろうぞ。そのうえ、こちらには十善《じゅうぜん》の帝王が三種の神器を帯していらっしゃる。今上《きんじょう》陛下が、我ら平家には、だ。どうだ、どのような野の末でも山の奥までも行幸《ぎょうこう》のお供をいたそうとは思わぬか」

こう言われた。

その大臣殿のお言葉に、老いも若きもみな涙を流した。

「たとえ卑《いや》しい鳥でも、賤《いや》しい獣《けだもの》でも」と応《こた》え出た。「恩に酬《むく》いて徳に報じる心はあるものです。ましてや私どもは人間の身、どうしてその道理を弁《わきま》えないことがございましょう。二十余年のあいだ妻子を養いまして、家来どもの面倒を看《み》てまいりまして、これらの一切がそのまますべて主君のご恩に他なりません。特に申しあげますが、弓と矢と馬とに携わる武士の習いとして、二心《ふたごころ》あることは恥。ですから行幸のお供、どこまでもいたします。どこまでもどこまでも、日本国《にっぽんこく》の外に出て、新羅《しらぎ》、百済《くだら》、高麗《こうらい》、契丹《きったん》までも。雲の果てまでも。海の果てまでも。どのようにも、どのようにもなりましょう」

口を揃《そろ》えて言った。老若の侍たちが。

これを聞き、主な平家の人々は頼もしく思われているように見えた。見えたのだった。

夜。その福原の旧都の夜。落ちた一行はひと晩を過ごすが、折りから初秋の下弦《かげん》の月の夜空は深《ふ》けるにつれてますます静かだった。いよいよ静かだった。旅寝の床の枕は夜露《よつゆ》と争うほどに涙に濡れる。ありとあらゆることが、ただ悲しい。見るものも聞くものも。今となってはいつまた帰れるとも思われないので、亡き入道相国が造りおかれた旧都の御所御所を見回られもする。すると、春は花見に興じた岡の御所がある。秋は月見にうち興じた浜の御所がある。泉殿《いずみどの》がある。松陰殿《まつかげ》がある。馬場殿《ばば》がある。二階の桟敷殿《さじき》がある。雪見の御所がある。萱《かや》の御所がある。一門の人々の邸宅があり、五条の大納言こと藤原邦綱卿《ふじわらのくにつな》がおおせを受けて造進された里内裏《さとだいり》があり、鴛鴦《おしどり》の形をした瓦や玉を敷き詰めたような石畳が、あるにはあったが、どれもこれもここ三年ほどの間に荒れ果てて、年経た苔《こけ》が道を塞いでいる。咲き乱れる秋草が門を閉ざしている。

瓦には爪蓮華《つめれんげ》が生え。

垣には蔦《つた》が茂り。

高楼は傾いて苔が産《む》している。

訪れる者はない。いや、松風は通う。松風ばかりは通う。簾《すだれ》は落ちて寝所《しんじょ》もあらわ、そこに月の光だけが射《さ》し入る。

その夜が明けて、朝。一行は、いよいよ福原の内裏にも火をかけた。主上《しゅじょう》をはじめとして人々はみな船に乗られた。都を離れたときには比べられぬにしても、福原というこの旧都を発つのも名残《なご》り惜しい。依然として見るもの、聞くものがある。あるいはあった。夕暮れには海人《あま》が塩をとるために海藻を焼く煙、明け方には山の尾根にて鹿が鳴く声。渚々《なぎさなぎさ》に寄せては返す波の音。涙で濡れた袖に映る月の影。草叢《くさむら》にはこおろぎの声、それも一杯に。どれ一つとして哀れを誘わぬもの、心を悲しませぬものはない。

悲しませぬものは。

昨日は逢坂山《おうさかやま》の関の麓《ふもと》に十万余騎もの大軍を揃えて、木曾義仲《きそよしなか》の追討へと向かった。今日は西海に向かって、船出する者がわずかに七千余人。落ちる、落ちる、七千余人。

海は静まり返っている。漕《こ》ぎ出した海は。

雲が低く垂れこめている。その海の彼方に。

空は早くも暮れようとしている。早《はや》。

沖の離れ島を夕霧が包む。それから海上に月が浮かぶ。遠い、いとも遠い浦々の波を分け、船々は、潮にひかれて漂う。漂う、中空の雲の内側へといつしか漕ぎのぼり、漕ぎ消えるかのように。朝がたちまちに夕に、夜に、夜がたちまちに朝に。繰り返す繰り返す。こうして日数が経《た》ち、都はもう幾つもの山と川とを隔てて、雲の彼方となる。なってしまう。人々は遥々《はるばる》と来たものだと思い、思うにつけても涙を落とす。尽きるはずもない涙を。波の上に白い鳥が群がっているのをご覧になっては、「あの鳥は、あれかしら。その昔、在原業平《ありわらのなりひら》が隅田川《すみだがわ》で恋人の消息を尋ねた鳥かしら。都にいる恋人の。だとしたらあの鳥の名は、耳に入れるだけでも懐かしい都鳥《みやこどり》」と思い、思うにつけても切々となる。

寿永《じゅえい》二年七月二十五日に平家は都を落ち果てた。

（第3巻へ続く）

参考資料

桓武平氏系図　作成：佐伯真一

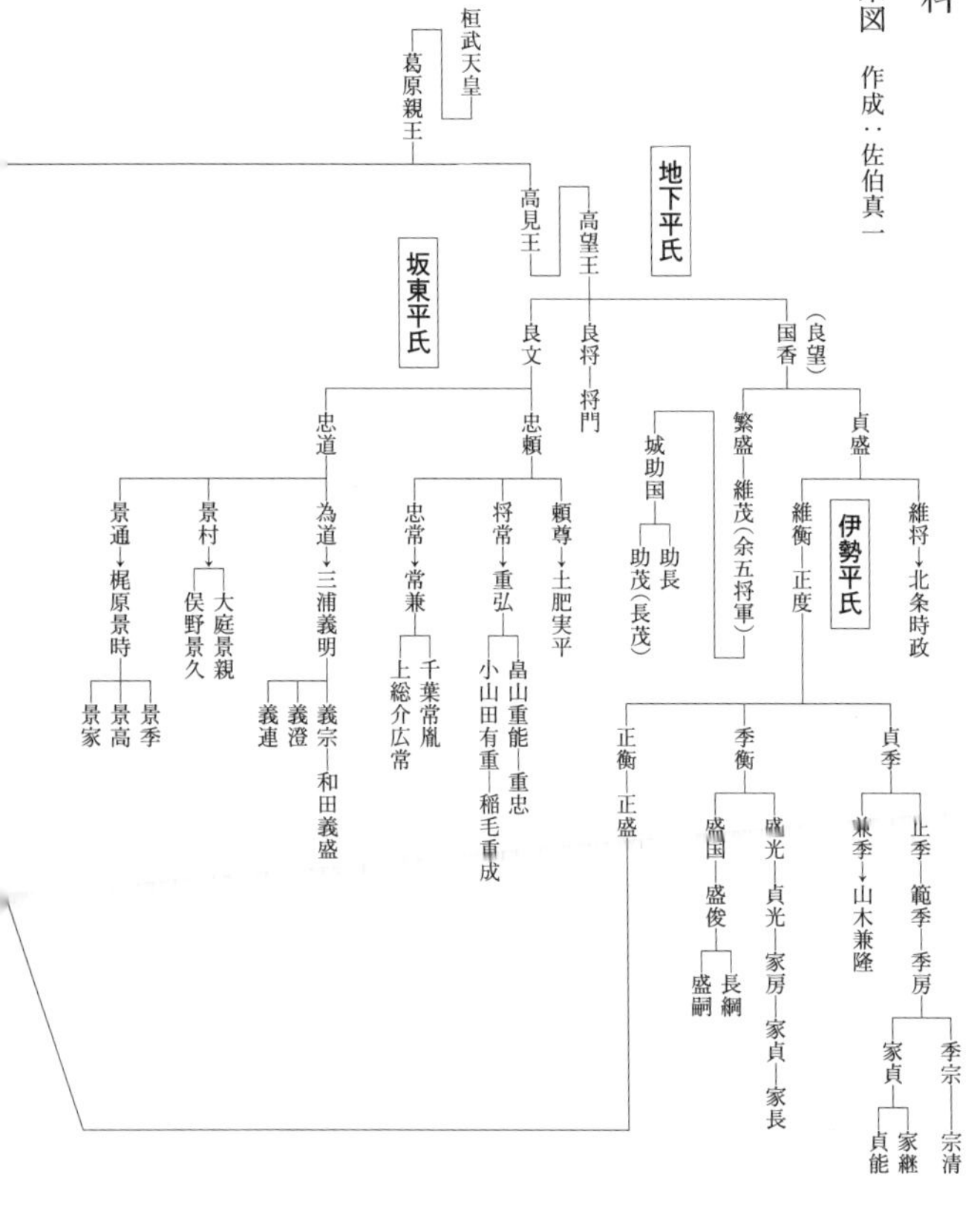

＊↓は途中略
＊左右は必ずしも兄弟姉妹の長幼を意味しない
＊『平家物語』の記述による部分がある

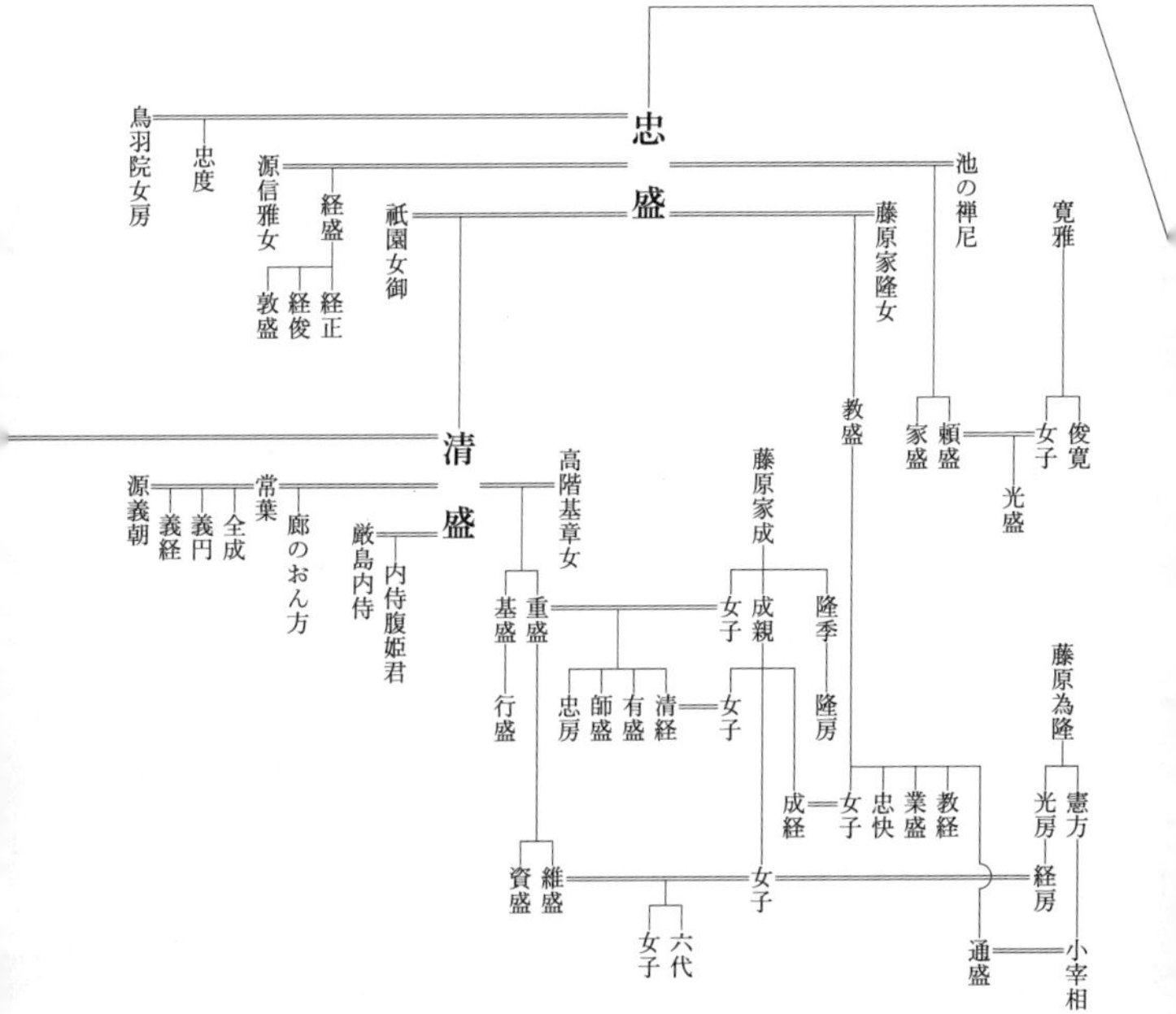

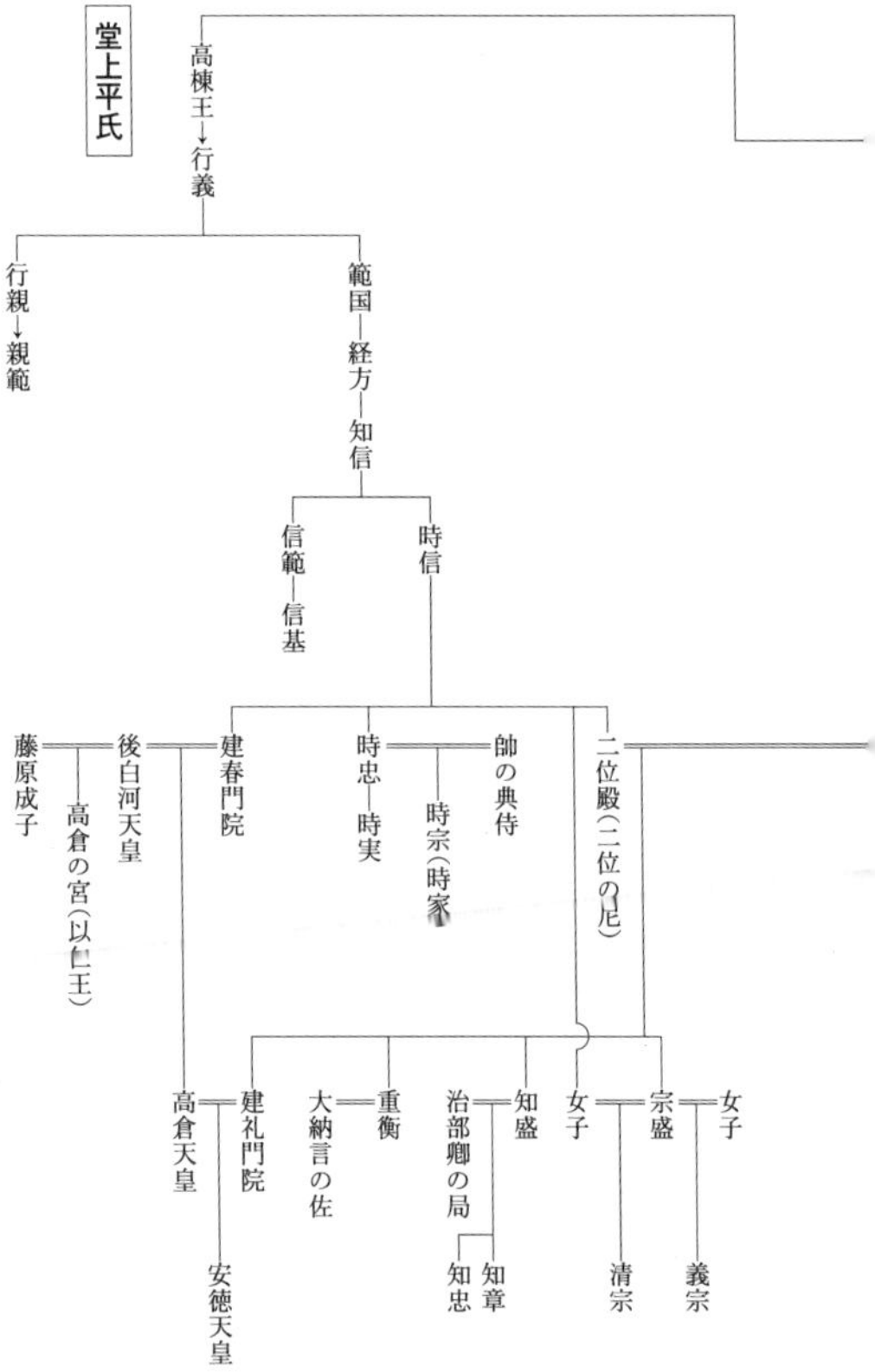
堂上平氏
高棟王
行義
行親
親範
範国
経方
知信
信範
信基
時信
藤原成子
後白河天皇
高倉の宮（以仁王）
建春門院
時忠
時実
帥の典侍
時宗（時家）
二位殿（二位の尼）
高倉天皇
建礼門院
安徳天皇
大納言の佐
重衡
治部卿の局
知盛
知章
知忠
女子
宗盛
清宗
女子
義宗

和暦と西暦の対応　作成：古川日出男

治承元年（安元三年）	……一一七七年	延暦寺衆徒が蜂起して入京、鹿の谷の事件
治承二年	……一一七八年	のちの安徳天皇が誕生
治承三年	……一一七九年	平重盛死去
治承四年	……一一八〇年	宇治橋の合戦、源頼朝挙兵、富士川の合戦
養和元年（治承五年）	……一一八一年	木曾義仲が叛乱、平清盛死去
寿永元年（養和二年）	……一一八二年	横田河原の合戦
寿永二年	……一一八三年	平家一門の都落ち、義仲が入京
元暦元年（寿永三年）	……一一八四年	義仲討たれる、一の谷の合戦
文治元年（元暦二年）	……一一八五年	屋島の合戦、壇の浦の合戦、京都で大地震
文治二年	……一一八六年	後白河法皇が大原に建礼門院を訪ねる

後白河抄《ごしらかわしょう》・二

それで院政ってなんなんだって話だ。

ここを解説しないと後白河法皇の個性には迫れない。その個性の深層（深み）、凄《すご》みには。平家の七の巻はいま「寿永《じゅえい》二年七月廿五日《にじふご》に、平家都を落ちはてぬ」という原文で終わって、私はシンプルにその後半部を平家は都を落ち果てたと訳していて、しかし問いたい、都落ちとはなんだ？

こんな問題が提起されたら、えっ、となるだろう。だが数分間、ここから歴史のお勉強に、もしかしたら算数か数学のお勉強にも、つきあってもらいたい。勉強に「お（御）」が付いていて申しわけない。都落ちとは、辞書的に言えば、都を追われて地方に落ちのびること、である。この定義はまさに模範的な答えだから難癖《けち》はつけられない。が、私はもっと掘り下げたい。都とはなんだ？　京である。平安京であり、現在の京都（京都市）である。なるほど、なるほど。じゃあ、福原に遷《うつ》った時は？　そこが都である――福原が。それが還都《かんと》して、また京に戻ったのだ、という挿話は、平家のその後の巻にちゃんと描かれている。すると、都とは京都に限られない、と言えてしまうわけで、都というのは首都、一国の中央政府のあるところ、である。つまり、日本列島でもいいし、算数的に簡略化して〝円〟でもいい、そういう空間、そういう図形には中心がある。この中心こそ、すなわち都だ。平安京が都であれば、ここに近接して畿内（五畿内）が設定され、さらに外に地方が存在する。こういう、中心から遠ざかること、逐《お》われることが都落ちだ。

で、先に源《みなもとの》頼朝《よりとも》の話をする。

鎌倉幕府とは何か？　政府である。これは地方政府か？　否、これも中央政府である。

要するに頼朝は、日本という国家の中心を、二つにした。

だから事態はこんがらかる。

この歴史認識に同意してもらったところで、今度は中心を持った平面的な図形から離れる。少しばかり立体のようなものをイメージしてもらう。頂点を持った立体がいいから、ピラミッドなどを想像してほしい。平安時代は、階層社会である。その上部にはいわゆる貴族がいて、これが支配層だ。下部には貴族以外がいて、被支配層に当たっていて、多数派だ。圧倒的に数が多い、だからピラミッドの基層を成す。平家には貴賤《きせん》上下という言葉が出る。貴《とうと》い人びとが上のほうにおられます——下には賤《いや》しい民どもがおりますーーこう言っている。さて、それでは頂《いただ》きには誰がいるのか？　何者がおられるのか？

この質問に臨《のぞ》むと、天皇だ、と答えたい衝動に駆られると思う。現代の日本人であれば反射的に。

が、不正解である。

たとえば後白河の曾祖父《そうそふ》は白河《しらかわ》法皇で、この人物は、ピラミッドの頂きにいた。天皇を超えていた。それから鳥羽《とば》法皇、これは後白河の父なのだけれども、やはり天皇（の権力）を超え（る権力を持っ）ていた。これこそが「院政なのだ」って話だ。なにしろ次はどなたを皇位に即《つ》けるか、を決定できる。後白河の場合は二条《にじょう》天皇に位を譲って上皇となってもその後の十年弱は「ただちに院政」はできなかった。そして「できる」となった瞬間から、ピラミッドのーー頂点を持った立体のーー頂きに立ったのである。

だが平清盛《たいらのきよもり》がそのピラミッドをぐらぐら揺らした。

頂点が二重化して、それは中心が二つある日本、鎌倉時代以後の日本という平面／国家の先駆けだった。

そして、ここでも頼朝の話題を出さなければならないのだけれども、平家一門の場合はまだ官位にこだわっていた。平宗盛《たいらのむねもり》だったら内大臣の従《じゅ》一位、みたいな。つまり伝統的権力＝ピラミッドの内側に残りつづけようとした。ぐらぐら、ぐらっと揺らしはしても、だ。しかし源頼朝は違う。頼朝率いる、源氏のほうはそうではなかった。武士というのは、無位無官でも、ピラミッドの上へ、上層へと登れる……。

これは新しいピラミッドである。

新しい階層社会こそ、武家権力の存在する日本――「武士が日本を支配する」、だったのだ。

まあ平安時代はここに終わったわけだ。こうして終焉《しゅうえん》したわけだ。頼朝に、源氏に止《とど》めを刺された。

だが、ここで私は二番めの、いいや三番めの問いを出したい。ピラミッドを新旧二つ仕込むのと、旧来のピラミッドを頂点側からシャッフル（攪拌《こうはん》）するのとでは、いずれがラディカルか？

で、やっと、後白河の「芸能命」の話題に帰還できる。後白河法皇は、

・今様《いまよう》の歌詞を集めて『梁塵秘抄《りょうじんひしょう》』を編んだ。編者すなわちエディターだった

・『梁塵秘抄口伝集《くでんしゅう》』という文章も著《あら》わした。文筆家すなわちライターだった

・自身、少年期から今様の修行を積んだ。実演者すなわちパフォーマーだったとは前回詳述した。このうちの三点め、パフォーマーであることが肝要で、一概に芸というものは習わなければ修められない。すなわち天皇権力を超越して、当時の日本の最高権力者である後白河が、あるいは最高権力者になりうるポテンシャルを秘めた（その院権力というものを獲《と》る前の）後白河が、誰かの弟子になっている。それが、何者であったか。

この頃、今様を活計《たつき》としているプロフェッショナルにはたとえば白拍子《しらびょうし》がいた。たとえば遊女がいた。女性芸能者たち、広義の、である。白拍子であれば、平家には一の巻から登場した。祇王《ぎおう》、祇女《ぎにょ》、仏御前《ほとけごぜん》が。それから、たとえば傀儡《くぐつ》がいた。こちらは漂泊の芸能集団で、すなわち日本――という平面、中心を持った空間――をあちらこちら、国々を移動した。男女から成る旅芸人たちで、しかし今様を歌うのは女だけ。男のほうは（芸以外に）狩猟にも従事して、ということは殺生《せっしょう》をやったわけで、仏教の十悪の一つに従《つ》いていたのだから、あらゆる意味で社会の最下層に属した。

それが〝円〟のような図形であれば、中心、地方を問わず、流浪する。

それが〝ピラミッド〟様《よう》の立体であれば、ほとんど基部に在《あ》る。

そのような存在の内側に、今様の名手たちはいたのだった。そして、ここで、後白河だ。この最高権力者の生涯の師は誰だったのか？　美濃《みの》の国青墓《あおはか》（現在の岐阜県大垣市）の傀儡、乙前《おとまえ》だった。乙前は、別名五条《ごじょう》の尼《あま》。この名手、この名歌手が、すでに齢《よわい》は七十を越していたというのに、後白河に召された。この頃、後白河は帝《みかど》。三十一歳。それは保元の乱の翌年である。三十一歳の後白河天皇が、このような一人の傀儡と師弟の契りを結ぶ。そして、この老師のもとで、ただ一向《ひたすら》に〝芸〟の修得に努めたのである。

自らを美声にしたかった。

古川日出男

〔「後白河抄・三」へ続く〕

本書は、二〇一六年十月に小社から刊行された『平家物語』（池澤夏樹＝個人編集　日本文学全集09）より、「四の巻」「五の巻」「六の巻」「七の巻」を収録しました。文庫化にあたり、一部加筆修正し、書き下ろしの「後白河抄・二」を加えました。

平家物語《へいけものがたり》 2

二〇二三年一一月一〇日　初版印刷
二〇二三年一一月二〇日　初版発行

訳　者　古川日出男《ふるかわひでお》
発行者　小野寺優
発行所　株式会社河出書房新社
〒一五一―〇〇五一
東京都渋谷区千駄ヶ谷二―三二―二
電話〇三―三四〇四―八六一一（編集）
〇三―三四〇四―一二〇一（営業）
https://www.kawade.co.jp/

ロゴ・表紙デザイン　粟津潔
本文フォーマット　佐々木暁
本文組版　株式会社キャップス
印刷・製本　大日本印刷株式会社

Printed in Japan　ISBN978-4-309-42018-9

河出文庫 古典新訳コレクション

古事記　池澤夏樹〔訳〕
百人一首　小池昌代〔訳〕
竹取物語　森見登美彦〔訳〕
伊勢物語　川上弘美〔訳〕
源氏物語1〜8　角田光代〔訳〕
堤中納言物語　中島京子〔訳〕
土左日記　堀江敏幸〔訳〕
枕草子1・2　酒井順子〔訳〕
更級日記　江國香織〔訳〕
平家物語1〜4　古川日出男〔訳〕
日本霊異記・発心集　伊藤比呂美〔訳〕
宇治拾遺物語　町田康〔訳〕
方丈記・徒然草　高橋源一郎・内田樹〔訳〕
能・狂言　岡田利規〔訳〕
好色一代男　島田雅彦〔訳〕

雨月物語　円城塔〔訳〕
通言総籬　いとうせいこう〔訳〕
春色梅児誉美　島本理生〔訳〕
曾根崎心中　いとうせいこう〔訳〕
女殺油地獄　桜庭一樹〔訳〕
菅原伝授手習鑑　三浦しをん〔訳〕
義経千本桜　いしいしんじ〔訳〕
仮名手本忠臣蔵　松井今朝子〔訳〕
松尾芭蕉 おくのほそ道　松浦寿輝〔選・訳〕
与謝蕪村　辻原登〔選〕
小林一茶　長谷川櫂〔選〕
近現代詩　池澤夏樹〔選〕
近現代短歌　穂村弘〔選〕
近現代俳句　小澤實〔選〕

＊以後続巻
＊内容は変更する場合もあります

平家物語　犬王の巻

古川日出男　41855-1

室町時代、京で世阿弥と人気を二分した能楽師・犬王。盲目の琵琶法師・友魚（ともな）と育まれた少年たちの友情は、新時代に最高のエンタメを作り出す！　「犬王」として湯浅政明監督により映画化。

ギケイキ

町田康　41612-0

はは、生まれた瞬間からの逃亡、流浪——千年の時を超え、現代に生きる源義経が、自らの物語を語り出す。古典『義経記』が超絶文体で甦る、激烈に滑稽で悲痛な超娯楽大作小説、ここに開幕。

ギケイキ②

町田康　41832-2

日本史上屈指のヒーロー源義経が、千年の時を超え自らの物語を語る！兄頼朝との再会と対立、恋人静との別れ…古典『義経記』が超絶文体で現代に甦る、抱腹絶倒の超大作小説、第２巻。解説＝高野秀行

現代語訳 義経記

高木卓〔訳〕　40727-2

源義経の生涯を描いた室町時代の軍記物語を、独文学者にして芥川賞を辞退した作家・高木卓の名訳で読む。武人の義経ではなく、落武者として平泉で落命する判官説話が軸になった特異な作品。

現代語訳 古事記

福永武彦〔訳〕　40699-2

日本人なら誰もが知っている古典中の古典「古事記」を、実際に読んだ読者は少ない。名訳としても名高く、もっとも分かりやすい現代語訳として親しまれてきた名著をさらに読みやすい形で文庫化した決定版。

現代語訳 日本書紀

福永武彦〔訳〕　40764-7

日本人なら誰もが知っている「古事記」と「日本書紀」。好評の『古事記』に続いて待望の文庫化。最も分かりやすい現代語訳として親しまれてきた福永武彦訳の名著。『古事記』と比較しながら読む楽しみ。

現代語訳 竹取物語

川端康成〔訳〕　41261-0

光る竹から生まれた美しきかぐや姫をめぐり、五人のやんごとない貴公子たちが恋の駆け引きを繰り広げる。日本最古の物語をノーベル賞作家による美しい現代語訳で。川端自身による解説も併録。

桃尻語訳　枕草子　上

橋本治　40531-5

むずかしいといわれている古典を、古くさい衣を脱がせて、現代の若者言葉で表現した驚異の名訳ベストセラー。全部わかるこの感動！　詳細目次と全巻の用語索引をつけて、学校のサブテキストにも最適。

桃尻語訳　枕草子　中

橋本治　40532-2

驚異の名訳ベストセラー、その中巻は——第八十三段「カッコいいもの。本場の錦。飾り太刀。」から第百八十六段「宮仕え女（キャリアウーマン）のとこに来たりなんかする男が、そこでさ……」まで。

桃尻語訳　枕草子　下

橋本治　40533-9

驚異の名訳ベストセラー、その下巻は——第百八十七段「風は——」から第二九八段「『本当なの？　もうすぐ都から下るの？』って言った男に対して」まで。「本編あとがき」「別ヴァージョン」併録。

現代語訳 歎異抄

親鸞　野間宏〔訳〕　40808-8

悩める者や罪深き者を救う念仏とは何か、他力本願の根本思想とは何か。浄土真宗の開祖である親鸞の著名な法話「歎異抄」と、手紙をまとめた「末燈鈔」を併録。野間宏の名訳で読む分かりやすい現代語の名著。

現代語訳 徒然草

吉田兼好　佐藤春夫〔訳〕　40712-8

世間や日常生活を鮮やかに、明快に解く感覚を、名訳で読む文庫。合理的・論理的でありながら皮肉やユーモアに満ちあふれていて、極めて現代的な生活感覚と美的感覚を持つ精神的な糧となる代表的な名随筆。

現代語訳 南総里見八犬伝 上

曲亭馬琴 白井喬二〔現代語訳〕 40709-8

わが国の伝奇小説中の「白眉」と称される江戸読本の代表作を、やはり伝奇小説家として名高い白井喬二が最も読みやすい名訳で忠実に再現した名著。長大な原文でしか入手できない名作を読める上下巻。

現代語訳 南総里見八犬伝 下

曲亭馬琴 白井喬二〔現代語訳〕 40710-4

全九集九十八巻、百六冊に及び、二十八年をかけて完成された日本文学史上稀に見る長篇にして、わが国最大の伝奇小説を、白井喬二が雄渾華麗な和漢混淆の原文を生かしつつ分かりやすくまとめた名抄訳。

ツクヨミ 秘された神

戸矢学 41317-4

アマテラス、スサノヲと並ぶ三貴神のひとり月読尊。だが記紀の記述は極端に少ない。その理由は何か。古代史上の謎の神の秘密に、三種の神器、天武、桓武、陰陽道の観点から初めて迫る。

ニギハヤヒと『先代旧事本紀』

戸矢学 41739-4

初代天皇・神武に譲位した先代天皇・ニギハヤヒ。記紀はなぜ建国神話を完成させながら、わざわざこの存在を残したのか。再評価著しい『旧事記』に拠りながら物部氏の誕生を考察。単行本の文庫化。

三種の神器

戸矢学 41499-7

天皇とは何か、神器はなぜ天皇に祟ったのか。天皇を天皇たらしめる祭祀の基本・三種の神器の歴史と実際を掘り下げ、日本の国と民族の根源を解き明かす。

日本の偽書

藤原明 41684-7

超国家主義と関わる『上記』『竹内文献』、東北幻想が生んだ『東日流外三郡誌』『秀真伝』。いまだ古代史への妄想をかき立てて止まない偽書の、荒唐無稽に留まらない魅力と謎に迫る。

日本書紀が抹殺した　古代史謎の真相

関裕二　41771-4

日本書紀は矛盾だらけといわれている。それは、ヤマト建国の真相を隠すために歴史を改竄したからだ。書記の不可解なポイントを30挙げ、その謎を解くことでヤマト建国の歴史と天皇の正体を解き明かす。

四天王寺の鷹

谷川健一　41859-9

四天王寺は聖徳太子を祀って建立されたが、なぜか政敵の物部守屋も祀っている。守屋が化身した鷹を追って、秦氏、金属民、良弁と大仏、放浪芸能民と猿楽の謎を解く、谷川民俗学の到達点。

応神天皇の正体

関裕二　41507-9

古代史の謎を解き明かすには、応神天皇の秘密を解かねばならない。日本各地で八幡神として祀られる応神が、どういう存在であったかを解き明かす、渾身の本格論考。

陰陽師とはなにか

沖浦和光　41512-3

陰陽師は平安貴族の安倍晴明のような存在ばかりではなかった。各地に、差別され、占いや呪術、放浪芸に従事した賤民がいた。彼らの実態を明らかにする。

柳生十兵衛死す　上

山田風太郎　41762-2

天下無敵の剣豪・柳生十兵衛が斬殺された！　一体誰が彼を殺し得たのか？　江戸慶安と室町を舞台に二人の柳生十兵衛の活躍と最期を描く、幽玄にして驚天動地の一大伝奇。山田風太郎傑作選・室町篇第一弾！

柳生十兵衛死す　下

山田風太郎　41763-9

能の秘曲「世阿弥」にのって時空を越え、二人の柳生十兵衛は後水尾法皇と足利義満の陰謀に立ち向かう！『柳生忍法帖』『魔界転生』に続く十兵衛三部作の最終作、そして山田風太郎最後の長篇、ここに完結！

室町お伽草紙

山田風太郎　41785-1

足利将軍家の姫・香具耶を手中にした者に南蛮銃三百挺を与えよう。飯綱使いの妖女・玉藻の企みに応じるは信長、謙信、信玄、松永弾正。日吉丸、光秀、山本勘介らも絡み、痛快活劇の幕が開く！

信玄忍法帖

山田風太郎　41803-2

信玄が死んだ⁉　徳川家康は真偽を探るため、伊賀忍者九人を甲斐に潜入させる。迎え撃つは軍師山本勘介、真田昌幸に真田忍者！　忍法春水雛、煩悩鐘、陰陽転…奇々怪々な超絶忍法が炸裂する傑作忍法帖！

外道忍法帖

山田風太郎　41814-8

天正少年使節団の隠し財宝をめぐって、天草党の伊賀忍者15人、由比正雪配下の甲賀忍者15人、大友忍法を身につけた童貞女15人による激闘開始！怒濤の展開と凄絶なラストが胸を打つ、不朽の忍法帖！

忍者月影抄

山田風太郎　41822-3

将軍の妾を衆目に晒してやろう。尾張藩主宗春の謀を阻止せんと吉宗は忍者たちに密命を下す！氷の忍者と炎の忍者の洋上対決、夢を操る忍者と鏡に入る忍者の永劫の死闘など名勝負連発、異能バトルの金字塔！

八犬伝　上

山田風太郎　41794-3

宿縁に導かれた八人の犬士が悪や妖異と戦いを繰り広げる雄渾豪壮な『南総里見八犬伝』の「虚の世界」。作者・馬琴の「実の世界」。鬼才・山田風太郎が二つの世界を交錯させながら描く、驚嘆の伝奇ロマン！

八犬伝　下

山田風太郎　41795-0

仇と同志を求め、離合集散する犬士たち。息子を失いながらも、一大決戦へと書き進める馬琴を失明が襲う――古今無比の風太郎流『南総里見八犬伝』、感動のクライマックスへ！